Alte Bekannte –
neue Liebschaften

Sybil G. Brinton

Alte Bekannte – neue Liebschaften

Aus dem Englischen von Dominik Fehrmann

parthasberlin

Impressum

1. Auflage 2017

Parthas Verlag Berlin
Gabriela Wachter
Planufer 92d, 10967 Berlin
www.parthasverlag.de

Übersetzung: Dominik Fehrmann
Lektorat und Satz: Gabriela Wachter
Umschlaggestaltung: Lisa Kröning
Gesamtherstellung: ggp media, Pößneck

ISBN 978-3-86964-109-6

„Es ist eine allgemein anerkannte Wahrheit,
dass ein Junggeselle im Besitz eines schönen Vermögens
nichts dringender braucht als eine Frau."
Jane Austen

Eine imaginäre Fortsetzung der Romane von Jane Austen

Bei diesem bescheidenen Versuch, die Lebensgeschichten einiger Figuren von Jane Austen weiterzuerzählen, konnte ich auf ihre eigenen Anmerkungen zu selbigen zurückgreifen, wie man sie in Mr. Austen-Leighs **Memoir** [einer frühen Jane-Austen-Biografie aus der Feder ihres Neffen] aufgezeichnet findet.

Mehr Dankbarkeit, als ich je auszudrücken vermag, gebührt meiner Freundin Edith Barran, ohne die dieses Buch nicht hätte geschrieben werden können.

Die Schwierigkeiten wie auch die Vermessenheit eines solchen Unterfangens liegen auf der Hand. Mögen jene, die – wie ich selbst – „Jane Austen einige der glücklichsten Stunden ihres Lebens verdanken", die Faszination des Gegenstands als Rechtfertigung gelten lassen.

S. G. B.

Folgende Figuren spielen in der Geschichte eine Rolle:

Aus **Stolz und Vorurteil**
Elizabeth Bennet (jetzt Mrs. Darcy)
Jane Bennet (jetzt Mrs. Bingley)
Mr. Fitzwiliam Darcy
Mr. Charles Bingley
Miss Caroline Bingley
Mr. und Mrs. Louisa Hurst (vormals Bingley)
Catherine Bennet, gen. Kitty
Mr. Bennet
Georgiana Darcy
Lady Catherine de Bourgh
Miss Anne de Bourgh
Colonel Robert Fitzwilliam
Mrs. Gardiner
Mrs. Annesley
Mr. and Mrs. Collins

Aus **Mansfield Park**
William Price
Mary Crawford
Henry Crawford
Mrs. Grant (geb. Crawford)
Mr. Yates
Mrs. Yates
Tom Bertram

Aus **Kloster Northanger**
James Morland
Eleanor Tilney (jetzt Lady Portinscale)
General Tilney
Captain Tilney
Isabella Thorpe

Aus **Verstand und Gefühl**
Elinor Dashwood (jetzt Mrs. Edward Ferrars)
Edward Ferrars
Robert Ferrars
Mrs. Jennings
Lucy Steele (jetzt Mrs. Robert Ferrars)
Anne Steele
Mr. Palmer

Aus **Überredung**
Captain Frederick Wentworth
Anne Elliot (jetzt Mrs. Wentworth)
Sir Walter Elliot
Miss Elizabeth Elliot

Aus **Emma**
Emma Woodhouse (jetzt Mrs. Knightley)
Mr. George Knightley

Weitere Orte: SOUTHAMPTON (Hampshire), PORTSMOUTH (Hampshire), Leicestershire, FARNHAM (Surrey) und GUILDFORD (Surrey)

PEMBERLEY (Derbyshire)
Fitzwilliam Darcy ∞ Elizabeth Darcy – Schwester von → Jane Bingley / Lydia Wickham / Kitty Bennet
Georgiana Darcy – Schwester von → Fitzwilliam Darcy
Colonel Fitzwilliam – Cousin von → Fitzwilliam Darcy / Georgiana Darcy

UNWEIT VON PEMBERLEY (Derbyshire)
Elinor Ferrars ∞ Edward Ferrars – Bruder von → Robert Ferrars

DESBOROUGH (Derbyshire)
[ca. 2o Meilen von PEMBERLEY entfernt]
Charles Bingley ∞ Jane Bingley – Schwester von → Elizabeth Darcy / Kitty Bennet / Lydia Wickham

KYMPTON (Derbyshire)
[unweit von DESBOROUGH]
James Morland

ROSINGS (KENT)
Lady Catherine de Bourgh – Mutter von → Anne de Bourgh
– Tante von → Fitzwilliam Darcy / Georgiana Darcy / Colonel Fitzwillam
Miss Anne de Bourgh – Cousine von → Fitzwilliam Darcy / Georgiana Darcy / Colonel Fitzwillam

LONGBOURN (HERTFORDSHIRE)
Mr. Bennet – Vater von → Elizabeth Darcy / Jane Bingley / Kitty Bennet / Lydia Wickham
Kitty Bennet – Schwester von → Elizabeth Darcy / Jane Bingley / Lydia Wickham

MANSFIELD (Northamptonshire)
Tom Bertram – guter Freund von → Mr. Yates
– Cousin von → William Price

NORTHANGER (Gloucestershire)
General Tilney – Vater von → Lady Portinscale / Captain Tilney / Henry Tilney
Captain Tilney – Bruder von → Henry Tilney / Lady Portinscale

WOODSTON (Somerset)
Henry Tilney ∞ Catherine Tilney – Lieblingsschwester von → James Morland

WINCHESTER (Hampshire)
Captain Frederick Wentworth oo Anne Wentworth

LONDON
Emma Knightley ∞ George Knightley
Mr. Hurst ∞ Louise Hurst – Schwester von → Charles Bingley / Caroline Bingley
Caroline Bingley – Schwester von → Charles Bingley / Louisa Hurst
Mrs. Gardiner – Tante von → Elizabeth Darcy / Jane Bingley / Kate Bennet / Lydia Wickham
Mrs. Annesley – frühere Gouvernante von → Georgiana Darcy
Mr. Yates – guter Freund von → Tom Bertram
Mr. Palmer – alter Bekannter von → Colonel Fitzwilliam
Mrs. Jennings – Schwiegermutter von → Mr. Palmer – alte Freundin von → Elinor Ferrars

BATH (Somerset)
Mary Crawford – Schwester von → Mrs. Grant / Henry Crawford
Mrs. Grant – Schwester von → Mary Crawford / Henry Crawford
Sir Walter Elliot – Vater von → Anne Wentworth und Miss Elizabeth Elliot
Miss Elizabeth Elliot – Schwester von → Anne Wentworth

AN UNBESTIMMTEN ORTEN LEBEND
William Price – guter Freund von → Mary Crawford – Cousin von → Tom Bertram
Henry Crawford – Bruder von → Mary Crawford
Lady Portinscale – Schwester von → Henry Tilney / Captain Tilney
Isabella Thorpe – frühere Verlobte von → James Morland
Lucy Ferrars ∞ Robert Ferrars – Bruder von → Edward Ferrars
Anne Steele – Schwester von → Lucy Ferrars
Lydia Wickham – Schwester von → Elizabeth Darcy / Jane Bingley / Kitty Bennet

Kapitel 1

Man darf wohl sagen, dass nahezu alle glücklich verheirateten Paare eines gemeinsam haben: Sie alle wünschen, ihre jungen Freunde in ebenso glücklichen Ehen zu sehen. Und manchmal, wenn dieser Wunsch besonders stark ist und die Umstände günstig scheinen, übernehmen sie sogar die sowohl riskante wie auch freudige Aufgabe, zwei Unschlüssigen bei dieser so wichtigen Lebensentscheidung behilflich zu sein, und ermöglichen ihnen, die einmal getroffene Entscheidung rasch in die Tat umzusetzen.

Es waren gute Absichten dieser Art, entsprungen tiefer Zuneigung zu den beiden Betreffenden und echter Sorge um die Zukunft der Jüngeren, die Elizabeth und Mr. Darcy bewogen hatten, die Verlobung von Georgiana Darcy und Colonel Fitzwilliam zu befördern. Georgiana war jetzt zwanzig und lebte noch bei ihrem Bruder, der vor dreieinhalb Jahren geheiratet hatte. Schüchtern, wenig selbstbewusst und zögerlich im Eingehen neuer Bindungen, hatte sie den Colonel, nach ihrem Bruder, seit jeher als ihren ältesten und besten Freund erachtet – ein Gefühl, das durch den Altersunterschied der beiden noch verstärkt worden war. So hatte sie denn ihre neuartige Beziehung mit banger Freude akzeptiert, aber Elizabeth beschworen, über eine Heirat vorläufig noch kein Wort zu verlieren.

„Elizabeth, werde ich, wenn ich verheiratet bin, fortgehen und ohne euch auf Rosings leben müssen?", hatte sie gefragt, worauf ihr bestätigt wurde, dass dies wohl die schmerzliche Konsequenz einer Vermählung sein werde. Seither neigte sie dazu, nicht in die Zukunft zu schauen, sondern für den Moment jene Liebe und Fürsorge zu genießen, die ihr im Hause ihres Bruders stets zuteil geworden war.

Lady Catherine de Bourgh hatte es der Form halber für nötig befunden, sich missfällig über die Vorgänge zu äußern, da Mr. Darcy es unterlassen hatte, sie wegen der Verlobung seiner Schwester um

Rat zu fragen. Doch insgeheim begrüßte sie die Verbindung zwischen ihrem Neffen und ihrer Nichte so sehr, dass sie ihren Groll schon bald vergaß und bei jeder Gelegenheit ihrer Zufriedenheit darüber Ausdruck verlieh, endlich ein Mitglied der Familie Darcy mit jemandem vereint zu sehen, der dessen in jeder Hinsicht würdig sei.

Eines Morgens im April, gut sechs Monate nach der Verlobung, saßen Mr. und Mrs. Darcy in der Bibliothek von Pemberley beieinander. Ihre beiden Kinder, ein hübscher Junge von zwei Jahren und ein Mädchen von wenigen Monaten, wurden gerade, nach einer dem fröhlichen Spiel mit den Eltern vorbehaltenen Stunde, nach oben gebracht, und nun besprachen Elizabeth und ihr Mann die weiterenPläne für den Tag.

„Wo sind Georgiana und Fitzwilliam?“, fragte Darcy. „Ich hörte, sie wollten gemeinsam ausreiten. Und meinten dann, sie würden es gern bis zwölf Uhr aufschieben, sodass ich sie begleiten kann.“

„Sie sind eine Weile auf der Terrasse herumspaziert, aber nun ist Georgiana wieder im Haus“, erwiderte Elizabeth und trat vom Fenster zurück. Sie setzte sich wieder zu ihrem Mann und begann in ernstem Ton zu reden. „Denkst du, die beiden sind über ihre Verlobung wirklich glücklich? Ich habe sie nun einige Tage beobachtet, und zumindest Georgiana wirkt nicht so.“

Aus Mr. Darcys Antwort sprachen Erstaunen und Ungläubigkeit. „Was für eine Flause hast du da schon wieder im Kopf, Elizabeth? Nein, derlei Gedanken sind mir wahrlich noch nicht gekommen. Du musst dich irren.“

„Das denke ich nicht“, sagte Elizabeth. „Ihre Beziehung hat seit Beginn seines jetzigen Besuchs ihre frühere Unbeschwertheit und Natürlichkeit verloren. Auch andere Anzeichen lassen mich glauben, dass Freiheit für beide eine Erlösung wäre.“

„Mich betrübt, was du da sagst, Elizabeth“, entgegnete Darcy ernst. „Doch womöglich misst du einer vorübergehenden Stimmung zu große Bedeutung bei. Als die Verlobung beschlossen wurde, schien mir, dass die zwei bestens zueinander passen, und bislang hatte ich keinen Grund, von dieser Meinung abzurücken. Hat Georgiana dir gegenüber denn etwas angedeutet?"

„Sie hat nichts gesagt, aber ich kenne sie gut genug, um ihr anzusehen, dass sie unglücklich ist. Sie ist nervös, unruhig, nicht sie selbst. Sie vermeidet es, mit Robert allein zu sein. Sie lenkt peinlich berührt von jeder Frage nach ihren Zukunftsplänen ab. Auch dir müssen doch Begebenheiten wie die gestrige aufgefallen sein, als sie, den Tränen nah, darum bat, uns nächste Woche nicht nach Bath begleiten zu müssen."

„Das war doch unsinnig. Sie hat nicht den geringsten Grund, ihre Tante Catherine auf einmal mehr zu fürchten als sonst."

„Sie hätte Grund genug, wenn ihr davor graute, dass ihre bevorstehende Hochzeit zum Thema wird, oder dass man darüber spricht, was für ein glückliches und harmonisches Paar sie und Robert doch seien. Du weißt ja, wie deine Tante den beiden damit bei jeder Gelegenheit in den Ohren liegt."

Darcy lächelte kurz, erhob sich und begann, im Raum auf- und abzuschreiten. „Wenn deine Vermutungen zutreffen, Elizabeth, und Georgiana über die Aussicht auf diese Ehe tatsächlich unglücklich ist, kann es natürlich nicht so weitergehen. Aber ich wäre aus vielerlei Gründen mehr als bloß bekümmert und wüsste kaum, wie ich Fitzwilliam bitten sollte, sie freizugeben. Selbst ein so feiner Kerl wie er könnte tief gekränkt sein, wenn er scheinbar aus einer mädchenhaften Laune heraus nach einem halben Jahr zurückgewiesen wird."

„Ich glaube nicht, dass er in jedem Fall gekränkt wäre", erwiderte Elizabeth. „Denn Bedauern gäbe es auf beiden Seiten – Bedauern darüber, dass es nicht gelungen ist, einander glücklich zu machen. Aber ich hege den starken Verdacht, dass wir, brächten wir seine Gefühle in Erfahrung, sähen, dass sie Georgianas entsprechen. In den vergangenen sechs Monaten hatten beide viel Zeit, nachzudenken und zu begreifen, was diese Verlobung für sie bedeutet."

„Du stellst eine Menge Vermutungen an, Elizabeth. Ich kann nicht glauben, dass Fitzwilliam diese Verlobung so unangenehm ist."

„Das liegt daran, dass er zu anständig und ehrenhaft ist, um es zu zeigen. Und doch bin ich mir sicher, dass es sich so verhält: dass seine Beziehung zu Georgiana die eines Freundes, eines Bruders ist. Und nicht mehr. Ich nehme an", fügte sie mit einem neckischen Blick auf ihren Ehemann hinzu, „dass du dich nicht mehr daran erinnern kannst, wie es war, als wir beide verlobt waren, Darcy, oder auch Bingley und Jane?"

„Daran, mein Liebling, erinnere ich mich mit größter Freude, aber weißt du, nicht alle zeigen ihre Gefühle auf dieselbe Weise. Fitzwilliam ist älter als ich und neigte noch nie zur Schwärmerei, während Georgiana längst nicht so keck ist wie meine Elizabeth."

„Ich weiß, dass sie sich kaum von ihren Gefühlen überwältigen ließen, wie Mr. Collins es ausdrücken würde", entgegnete Elizabeth lächelnd. „Doch selbst, wenn man Fitzwilliams Alter und Georgianas Ernst berücksichtigt, liegt die Sache hier doch völlig anders. Ich bin überzeugt, dass sie nicht jene ungetrübte Freude aus ihrer Verlobung schöpfen, die Menschen daraus schöpfen sollten, wie auch sie es täten, wären sie mit der richtigen Person verlobt."

„Willst du damit andeuten, dass es jemanden gibt, den Georgiana vorziehen würde?", fragte Darcy spitz.

Elizabeth verneinte entschieden. Ihr Gemahl versank für Minuten in Gedanken. Schließlich sagte er: „Du solltest mit Georgiana über die Angelegenheit sprechen, Elizabeth, und wenn es sich so verhält, wie du annimmst, werden wir gemeinsam mit Fitzwilliam darüber reden. Die Verlobung zu lösen, wäre für meine Schwester eine schwerwiegende Entscheidung, die wohlüberlegt sein will."

Seine Frau pflichtete ihm bei und fügte hinzu: „Bitte, lieber Darcy, falls es so ausgeht, dann lass dir Georgiana gegenüber keinen Unmut anmerken. Es wäre nicht ihre Schuld, wenn sie nicht genug für Fitzwilliam empfindet, und es wird für sie schmerzlich genug sein, mit ihm zu brechen und zu wissen, dass sie dich enttäuscht hat."

„Ich will mich bemühen, mir nichts anmerken zu lassen, Elizabeth. Aber du weißt, wie sehr mir am Herzen liegt, dass Georgiana in gesicherten und ehrbaren Verhältnissen lebt, was durch diese Heirat erreicht worden wäre."

„Wir beide wünschen dies so sehr, dass wir wohl die wahre Natur dieser Beziehung verkannt haben", gab seine Frau zu bedenken. „Auf jeden Fall tragen wir, die wir die Verlobung mit in die Wege geleitet haben, auch Verantwortung dafür, sie zu beenden. Woran uns deine Tante noch lange erinnern dürfte, nicht wahr, Darcy?"

„Wohl wahr", erwiderte Darcy. „Es ist überaus bedauerlich, dass die Verlobung schon weithin bekannt gegeben wurde. Nun, wenn Georgiana es vorzieht, sich vorerst von Bath fernzuhalten, mag sie das tun."

Elizabeth war im Nachhinein sehr froh, ihren Mann veranlasst zu haben, die Möglichkeit solch unliebsamer Entwicklungen in Betracht zu ziehen, denn ihre Befürchtungen erwiesen sich als begründet. Sie hatte Georgianas und Fitzwilliams Gefühle füreinander sowie hinsichtlich ihrer Verlobung ganz richtig eingeschätzt. Georgiana erklärte, bedrückt und verwirrt, dass sie wisse, wie undankbar und ungehörig es sei, allein – sie könne für ihren Cousin einfach keine Empfindungen jener Art hegen, und hätte das auch schon früher gesagt, hätte sie nicht befürchtet, ihren Bruder und ihre Tante damit zu verärgern. Fitzwilliam wiederum gab zu, schon lange befürchtet zu haben, dass er seine Cousine nicht glücklich machen könne. Noch größer jedoch sei seine Angst gewesen, sie durch eine Lösung der Verlobung zu verletzen oder Vorwürfen und hässlichem Gerede auszusetzen. Elizabeth hatte einige Mühe, die Dinge wieder ins Lot zu bringen und die Nöte zweier so sensibler Seelen zu lindern. Zudem galt es, Darcy davon zu überzeugen, dass die Trennung gut und richtig war, und Georgiana gegen alle Unannehmlichkeiten abzuschirmen. Doch nach einigen Tagen war alles vollbracht, bis auf das, was allein die Zeit vollbringen kann.

Darcy konnte sein Bedauern und seine Enttäuschung über das Ende seiner Hoffnungen nicht völlig verbergen, und Georgiana quälte die Gewissheit, dass er ihr insgeheim vorwarf, sich nicht bereits vor der Verlobung über ihre Gefühle klar geworden zu sein. Hätte sie wirklich etwas für Fitzwilliam empfunden, dann wäre es – davon war Darcy überzeugt – glücklich ausgegangen. Und natürlich konnte Fitzwilliam dem schwerlich widersprechen. Er konnte nur ein ums andere mal versichern, dass Georgiana nicht der geringste Vorwurf zu machen sei, und versuchen, die Aufmerksamkeit seines Cousins auf sich zu lenken.

Schließlich wurde beschlossen, dass Fitzwilliam die Darcys wie üblich nach Bath begleiten solle, wo sie Lady Catherine treffen würden, während Georgiana eine herzliche – auf Elizabeths Wink hin erfolgte – Einladung von Jane und Mr. Bingley annahm, eben jene Zeit in ihrem Haus am anderen Ende von Derbyshire zu verbringen.

Kapitel 2

Lady Catherine de Bourgh residierte mit ihrer Tochter und Mrs. Jenkinson bereits seit Mitte März in ihrem Stammdomizil in der Pulteney Street. Seit einigen Jahren verbrachte sie in jedem Frühling sechs oder sieben Wochen in Bath, da sie dies als der Gesundheit ihrer Tochter zuträglich erachtete. Doch auch ihrem eigenen leiblichen wie seelischen Befinden, so schien ihr, tat diese alljährliche gesellschaftliche Abwechslung gut. Die Kartenspielabende auf Rosings waren auf Dauer doch eintönig. Mr. und Mrs. Collins waren zwar vortreffliche Zuhörer, die Konversation mit ihnen und auch ihre Artigkeit aber bisweilen arg ermüdend. Zudem fand Lady Catherine, dass Mr. Collins sich zu sehr um seine Spargelbeete kümmerte und zu wenig um ihre Pfirsichhäuser. Mrs. Collins wiederum war wegen der Krankheiten ihrer Kinder an manchen Abenden unabkömmlich, an denen die Herrin von Rosings gern eine Quadrille-Runde versammelt hätte. Nun wäre der geeignetste Ort für eine Luftveränderung, wie sie Lady Catherine und ihrer Tochter vorschwebten, offenkundig das Haus ihres Neffen gewesen. Doch Darcy und Elizabeth hatten schon zu Beginn ihrer Ehe deutlich gemacht, dass sie ihr Haus nicht in eine Heilanstalt für die kränkelnde Verwandtschaft zu verwandeln wünschten, und die Besuchszeiten ihrer Gäste selbst zu bestimmen gedachten. So hatte sich auch Lady Catherine damit arrangieren müssen, frühjahrs nach Bath zu fahren und nur auf Einladung nach Pemberley. Allerdings bestand sie darauf, dass ihre Verwandten sie in Bath besuchten, und so pflegte Darcy, der die einzige Schwester seiner Mutter nicht brüskieren wollte, jedes Frühjahr mit seiner Frau und seiner Schwester eine Weile in einem der dortigen Hotels zu logieren. Mithin bildeten sie selbst schon eine kleine, aber feine und unabhängige Runde, zu der sich für gewöhnlich noch Colonel Fitzwilliam gesellte. In diesem Jahr hatte Lady Catherine, da bereits einige Wochen vor Ort, schon einen Kreis von Bekannten um sich geschart, mit denen die Verwandten, die nun zu Besuch kamen, mal mehr und mal weniger anzufangen wussten.

„Elizabeth", sagte Mr. Darcy zu seiner Frau, als sie zwei Tage nach ihrer Ankunft beim großen Empfang, den Lady Catherine zu ihren Ehren gab, in deren Salon standen, „der Herr dort drüben scheint mir General Tilney zu sein, und wenn mich mein Gedächtnis nicht täuscht, ist das seine Tochter, die da auf uns zukommt; wir haben sie letztes Jahr kennengelernt."

„Du hast recht. Was für eine freudige Überraschung!", rief Elizabeth aus. „Meine liebe Lady Portinscale, wie es mich freut, Sie wiederzusehen! Sagen Sie nicht, Sie hätten mich vergessen, das könnte ich Ihnen kaum verzeihen!"

„Aber keineswegs, Mrs. Darcy, ich wollte mich *Ihnen* gerade vorstellen, da ich befürchtete, Sie hätten *mich* vergessen. Guten Tag, Mr. Darcy. Lady Catherine hat mir schon verraten, dass sie in dieser Woche ganz Pemberley erwartet."

„Ja, und wie Sie sehen, erfüllen wir artig unsere Anwesenheitspflicht", bemerkte Elizabeth. „Allerdings hatte ich nicht mit der Freude gerechnet, Sie hier wiederzusehen, nach allem, was Sie letztes Jahr berichtet haben."

„Die Wahrheit ist, dass es meinem Vater nicht gut geht, er sich aber bemüßigt fühlt, wenigstens eine kurze Zeit in Bath zu verbringen. Also hat er uns inständig gebeten, ihm zwei oder drei Wochen Gesellschaft zu leisten."

„Ist Ihr Gemahl heute Abend auch hier?"

„Ja, er ist dort im Nebenzimmer. Ich sehe ihn im Gespräch mit Colonel Fitzwilliam."

„Und sind Ihr Bruder und seine hübsche Frau dieses Frühjahr ebenfalls in Bath? Sie ist mir in so angenehmer Erinnerung."

„Nein, sie sind zu Hause. Aber einer ihrer Brüder weilt hier mit uns, James Morland. Er war bis vor kurzem Hilfspfarrer in einem der Gesundheit sehr abträglichen Gebiet des Themsetals. Er ist ernstlich krank, hat leichtes Fieber, und so haben wir ihn für vierzehn Tage herkommen lassen, in der Hoffnung, dass ihm der Aufenthalt gut tue."

„Wie lieb von Ihnen, dass Sie sich um ihn kümmern! Er kann sich glücklich schätzen, solche Freunde zu haben."

„Ach, das ist doch nicht der Rede wert. Er ist ja ein solch feiner junger Mann – gescheit, herzlich und so fleißig! Mein Gemahl schätzt ihn über alle Maßen. Und wäre er auch weniger liebenswert, wäre es allemal ein Vergnügen, jemandem aus Lady Catherines Bekanntenkreis gefällig zu sein."

„Sie zwingen mich zu wiederholen, Lady Portinscale, dass sich glücklich schätzen kann, wer Sie zur Fürsprecherin hat", entgegnete Elizabeth lächelnd. „Nun aber, da ich Ihnen etwas über Ihren Charakter verraten habe, seien Sie doch so gut und leisten Sie mir denselben Dienst mit Blick auf einige der Anwesenden. Nahezu alle sind mir gänzlich unbekannt, und wenn mein Gemahl nicht zuhörte, würde ich glatt fragen: Wie schafft es unsere Tante nur, stets solche Leute aufzugabeln?"

„Lady Portinscale dürfte deinen Charakter rasch beurteilen können, Elizabeth, wenn du solch unverblümte Äußerungen machst", sagte Darcy lächelnd. „Sie dürfen es ihr nicht übel nehmen, Lady Portinscale, die Gegenwart meiner Tante hat eine enthemmende Wirkung auf meine Frau. Das ist bedauerlich, und ich habe es schon mehrmals angemerkt."

„Es ist nicht ihre Gegenwart schlechthin", widersprach Elizabeth, „vielmehr hatten wir heute einen so heftigen Streit, dass man mir das Gefühl nachsehen mag, deine Tante und ich sollten fürderhin getrennter Wege gehen."

„Tatsächlich?", fragte Eleanor Portinscale mit schalkhaftem Blick. „Arme Lady Catherine! Ich entsinne mich, dass Sie und Ihre Schwägerin im letzten Jahr ständig aufsässige Bosheiten gegen sie ausheckten."

„Eben damit hat der ganze Ärger zu tun", erwiderte Elizabeth. „Meine Schwägerin hat sich im vergangenen November mit Colonel

Fitzwilliam verlobt. Aber ich sah, dass beide mit dieser Verlobung todunglücklich waren. Also habe ich daran mitgewirkt, die Verlobung wieder zu lösen. Das ist letzte Woche geschehen. Und der Grund dafür, dass Robert Fitzwilliam nun wieder zehn Jahre jünger aussieht, sich Georgiana vorerst von Bath fernhält und Lady Catherine aller Welt zürnt, besonders mir."

„Das tut mir leid", entgegnete Lady Portinscale mitfühlend. „Derlei geht nicht ohne Bedauern und Bitterkeit vonstatten. Ich hoffe, dass es am Ende beiden zu ihrem Glück verhilft."

„Das kann man nur hoffen", entgegnete Elizabeth. „Meinen Mann indes hat es schrecklich aufgewühlt, und ich fürchte, dass er erst wieder beruhigt ist, wenn er Georgiana glücklich verheiratet weiß – mit jemandem, der bislang noch nicht in Erscheinung getreten ist."

„Ich kann mir vorstellen, dass sie keinerlei Neigung verspürt hat, mit Ihnen nach Bath zu kommen. Andererseits hätte sie hier Freunde treffen und dabei auf andere Gedanken kommen können."

„Das stimmt, doch sie wollte nicht, und ich habe sie nur mit Mühe überreden können, der Einladung meiner Schwester Jane zu folgen und einen Teil der Zeit unserer Abwesenheit bei den Bingleys zu verbringen. Wir haben sie in sehr bedrückter Stimmung zurückgelassen, und es ist ein kleiner Trost, dass zumindest Colonel Fitzwilliam, wenn man ihn hier so sieht, den Eindruck erweckt, als sei ihm ein Stein vom Herzen gefallen. Es wäre auch zu schade, wenn wir alle in Lady Catherines saure Äpfel bissen, ohne dass es irgendjemandem nützte."

Lady Portinscale lächelte. „Der Colonel ist ein stattlicher Mann und wirkt ausgesprochen jung. Er ist schon an die vierzig, nicht wahr?"

„Ja, man sieht es im gar nicht an. Das ist übrigens Captain Wentworth, mit dem er dort gerade spricht. Sie kommen wohl jedes Jahr hierher. Mrs. Wentworth und Georgiana haben sich angefreundet und schreiben einander. Aber die Verwandten von ihr, diese Ellliots, sind einfach unmöglich! Und was haben wir da? Lady Catherine scheint Colonel Fitzwilliam zu entführen, der Arme, wo er doch endlich unter seinesgleichen war! Mit wem will sie ihn da bekanntmachen? Ich habe diese Leute noch nie gesehen."

„Ich kenne sie nicht persönlich, habe sie aber schon mehrmals bei Lady Catherine gesehen", antwortete Lady Portinscale. „Sie heißen Ferrars, und eine der beiden Damen, ich weiß nur nicht welche, ist Mrs. Ferrars."

Es waren drei Personen, die Elizabeths Aufmerksamkeit erregt hatten. Die Damen ähnelten einander, in ihrer recht zierlichen Gestalt und ihrer ausgefallenen, modischen Kleidung. Eine der beiden hätte durchaus als hübsch gelten können, wären da nicht die harten, fast grimmigen Züge gewesen, die unruhigen Augen und die Missmutsfältchen, die sich in ihrem Gesicht gebildet hatten. Die andere wies diese Merkmale noch ausgeprägter auf und wirkte insgesamt deutlich weniger gebildet und klug. Es stand auch nicht zu erwarten, dass sich die Schwestern Lucy und Anne Steele noch sehr zu ihrem Vorteil verändern würden, denn der herausgeputzte Geck, der ihr Begleiter war, hatte Lucy die Ehre erwiesen, Mrs. Robert Ferrars zu werden. Die letzten vier Jahre hatte sie damit zugebracht, mehr als die Einkünfte ihres Mannes auszugeben, sich mit Mrs. Edward Ferrars und Mrs. John Dashwood zu streiten, Anne einen Ehemann zu beschaffen und Aufnahme in die feine Gesellschaft zu finden. Ihre einzige Freude bestand darin, in Kurorten neue Herrschaften kennenzulernen, in deren Gesellschaft sie eine Zeitlang die Verdrießlichkeiten ihres Alltags vergessen konnte. Anne verbrachte die meiste Zeit des Jahres mit ihrer Schwester und ihrem Schwager. Eine gewisse Abwechslung boten ihr Begegnungen mit Mrs. Jennings oder Besuche bei Elinor und Edward Ferrars, wenn diese sie – aus Gefälligkeit gegenüber Lucy – für eine Weile aufnahmen. Annes Besuche im Pfarrhaus von Delafor waren für dessen Bewohner eine ziemliche Qual, und seit Edward nach Colonel Brandons Tod mit einem Pfarrer in Derbyshire die Pfründen getauscht hatte, hegte Elinor die Hoffnung, Anne würde die nun viel weitere Anreise bald zu unbequem werden. Im Moment aber waren Lucy wie auch Anne recht zufrieden mit ihrer Situation. Sie hatten das große Glück gehabt, Lady Catherine de Bourgh vorgestellt worden zu sein, und sich danach unter Aufbietung ihrer ganzen Manierlichkeit und Schmeichelkunst auf allen Veranstaltungen Lady Catherines, den großen wie den kleinen, unentbehrlich gemacht. Sie wurden von ihr so ausgesprochen gütig behandelt, dass sie bereits Hoffnungen hegten, auch nach Rosings eingeladen zu werden, einem Herrenhaus, von dessen Pracht sie schon viel gehört hatten, so wie alle anderen Bekannten von Lady Catherine auch. Dass sie an diesem Abend nun einem so stattlichen, soldatischen und vornehm wirkenden Mann wie Colonel Fitzwilliam vorgestellt wurden, war ein Glück, das sich Anne in ihren kühnsten Träumen nicht ausgemalt hätte. Und obgleich er, als die gebührenden Höflichkeiten ausgetauscht waren, die erstbeste Gelegenheit ergriff, zu seinen Männerfreunden zurückzukehren, ließ Anne Lucy umgehend wissen, wie sehr es ihr gefalle, dass Lady Catherines Kreis um einen so eleganten Gentleman erweitert worden war.

„Sei nicht töricht, Anne", antwortete Lucy wenig ermutigend. „Du glaubst doch nicht wirklich, dass ein solcher Mann dich eines Blickes würdigt. Und überhaupt, ist er nicht mit Mr. Darcys Schwester verlobt?"

„Nein", erwiderte Anne eifrig, „die Verlobung wurde gelöst. Miss de Bourgh hat es mir heute erzählt. Und Lady Catherine macht uns prompt mit ihm bekannt! Ganz offensichtlich ist ihr daran gelegen, dass wir alle miteinander befreundet sind."

„Nun, du wirst es ohnehin wieder irgendwie verderben. Den Doktor hast du dir auch nicht geangelt, trotz seines Interesses an dir", bemerkte Lucy nun mit schwesterlicher Offenheit. „Und ich vermute, dass wir von Colonel Fitzwilliam nicht viel zu sehen bekommen werden. Er logiert mit den Darcys im Hotel, und den Blicken von Mrs. Darcy nach zu urteilen hat sie nur geringe Lust, ständig nach Lady Catherines Pfeife zu tanzen."

„Ich für meinen Teil werde mich zu Miss de Bourgh setzen“, erklärte Anne nach kurzem Grübeln ob dieser tristen Aussicht. „Vielleicht stellt mich Lady Catherine ja auch den Darcys vor. Komm lieber mit, Lucy. Wir können es uns kaum leisten, sie nicht kennenzulernen.“

Nach kurzem Zögern willigte Lucy ein. Und tatsächlich wurde beider Hoffnung auf eine Vorstellung im Laufe des Abends erfüllt, was ihrer Eitelkeit erkennbar schmeichelte. Mrs. Darcy – neugierig, was für ein Gefolge in diesem Jahr den Leichenzug ihrer Tante bildete – unterhielt sich kurz mit ihnen, sah allerdings – klug und rücksichtsvoll wie sie war – anschließend davon ab, ihrem Mann das ganze Ausmaß des unvorteilhaften Eindrucks zu schildern, den beide hinterlassen hatten.

„Mich kümmern diese neuen Bekannten meiner Tante herzlich wenig“, sagte Darcy zu seiner Frau, als sie und Fitzwilliam im Hotel ankamen.

„Ach, Liebling, du hast sie doch gar nicht kennengelernt“, rief Elizabeth aus. „Robert hat nicht die Flucht ergriffen, du schon. Das habe ich bemerkt. Übrigens sind sie mit den Ferrars verwandt, man wird ihnen also kaum entgehen können.“

„Ich habe sie gesehen, mag es aber nicht glauben. Dieser Mann ein Bruder von Edward Ferrars? Ich habe gehört, wie er mit Robert über Nelsons Taktik in der Seeschlacht bei Abukir sprach, und das hat mir gereicht. Ich habe schon Gesinde beim Abendbrot vernünftiger reden hören, sogar zu fortgeschrittener Stunde.“

Fitzwilliam und Elizabeth lachten. „Seine Ansichten über das Leben ließen auf einen etwas begrenzten Horizont schließen“, erklärte ersterer. „Aber gewiss wird sich ein langweiliger Gesprächspartner für ihn finden lassen. Und was die Damen angeht: Mit denen habe ich mich nur kurz unterhalten.“

„Mir scheint, ihre äußere Erscheinung hat Robert abgeschreckt“, sagte Elizabeth. „Dabei sind sie alles in allem doch recht annehmbar. Man darf an einem Ort wie Bath nicht zu wählerisch sein, und wir müssen mit Lady Catherines Bekannten höflich umgehen. Es ist ja nur vorrübergehend. Ich werde meinen Worten auch Taten folgen lassen, da brauchst du mich gar nicht so anzusehen, Mr. Darcy."

Die ganze Gesellschaft sollte sich schon am nächsten Abend bei einem Wohltätigkeitskonzert wiedersehen, das von Lady Catherine mit Kartenkäufen im Wert von mehreren Pfund unterstützt wurde. Die Darcys und Fitzwilliam hatten den Vormittag mit ihren eigenen Beschäftigungen zugebracht, fühlten sich aber verpflichtet, mit ihrer Tante zu dinieren. Mit ihnen zu Tisch saßen auch Mr. und Mrs. Robert Ferrars sowie Miss Anne Steele; General Tilney, der Vater von Lady Portsinscale, und sein Sohn Frederick komplettierten die erforderliche Anzahl an Herren. Mit einigem Amüsement beobachtete Elizabeth beim Essen die Manöver von Miss Steele, die, zwischen den zwei Junggesellen platziert, vollends damit beschäftigt war, sich beiden gleichermaßen und unablässig von ihrer besten Seite zu zeigen. Ihr jämmerliches Scheitern an dieser Aufgabe hätte vielleicht sogar Mitleid erweckt, wenn sie dabei nicht so durch und durch selbstgefällig gewesen wäre. Captain Tilney immerhin hielt die Unterhaltung in der von ihm erwarteten Weise nach Kräften am Leben, bevor er sich schließlich Miss de Bourgh zuwandte, nachdem er von seinem Vater erfahren hatte, dass sie über eine beträchtliche Erbschaft verfügte, was eine Neuausrichtung seiner Aufmerksamkeit erforderlich machte. Colonel Fitzwilliam wiederum war mit seiner Tante und dem ihm gegenüber sitzenden General Tilney in ein Gespräch über das militärische Genie französischer Generale verwickelt, das er zumindest unterhaltsamer fand als Miss Steeles Anmerkungen zu den Tanzabenden in Bath, darunter die freimütige Bekundung ihrer Vorliebe für Offiziere als Tanzpartner. Elizabeth und ihr Ehemann hatten es mit ihren jeweiligen Gesprächspartnern nicht besser getroffen. Denn Robert Ferrars' banales Geschwätz und die Prahlereien seiner Frau waren dazu angetan, die Gutwilligkeit von Lady Catherines Nichte und Neffen gegenüber ihren Gästen auf eine schwere Probe zu stellen.

„Wie elegant es bei Lady Catherines Dinnern immer zugeht!“, sagte Lucy zu Mr. Darcy wie beiläufig, aber doch recht laut, als sie ihre Servietten ausbreiteten. „Sie zählt offenbar zu den Glücklichen, denen es stets gelingt, sich überall ebenso exquisit einzurichten wie daheim. Finden Sie nicht auch, Mr. Darcy? Niemand sonst hätte diese Wohnung auf diese Art ausstatten können. Angesichts dieser Einrichtung könnte man sich, so wage ich zu behaupten, in einem der kleineren Speisesalons auf Rosings wähnen, nicht wahr?“

Mr. Darcy war über diese Äußerung einigermaßen verwirrt. Er rief sich rasch die Gäste seiner Tante in Erinnerung, konnte aber Mrs. Robert Ferrars partout nicht mit dem Speisesalon oder einem anderen Zimmer auf Rosings in Verbindung bringen. So war denn auch seine Antwort für die Fragestellerin wenig befriedigend.

„Es ist fürwahr ein wohnlicher und komfortabler Raum. Soweit ich weiß, ist dies das Stammdomizil meiner Tante. Und wenn sie sich irgendwo für mehrere Wochen einquartiert, macht sie es sich natürlich behaglich.“

„Ja, aber mir scheint, Lady Catherine hat dafür ein besonderes Händchen“, rief Lucy aus. „Das können Sie nicht bestreiten, Mr. Darcy, der Sie Rosings so gut kennen. In unserer Unterkunft – in der, nun ja, wie soll ich sagen, die Zimmer ein wenig kleiner sind – kann ich mich noch so sehr bemühen: Ich vermag dort einfach keine anheimelnde Atmosphäre zu schaffen, obgleich ich zwei große Kisten mit hübschem Zierrat aus unserem Landhaus mitgebracht habe.“

„Was Sie nicht sagen!“, entgegnete Darcy.

„Ja, die stilvolle Pracht und der beträchtliche Komfort des Interieurs von Lady Catherine beeindrucken mich hier jedes Mal aufs Neue. Ich bin sicher, Sie verstehen, was ich meine, Mr. Darcy, wo Sie mit Pemberley doch einen Wohnsitz ihr Eigen nennen, an dem sich anderer Leute Häuser messen lassen müssen.“

„Von dieser Warte aus habe ich die Unterkünfte in Bath nie betrachtet“, räumte Mr. Darcy ein. „Ist, wenn ich das fragen darf, Ihr Aufenthalt hier von längerer Dauer?“

„Oh ja, wir hoffen, mehrere Wochen zu bleiben. Ich genieße Bath in dieser Jahreszeit immer sehr, und Mr. Ferrars ebenfalls. Mir ist der Frühling hier so viel lieber als der Herbst, Ihnen nicht auch, Mr. Darcy? Alles, was Rang und Namen hat, scheint gerade vor Ort zu sein, und es ist beinahe ausgeschlossen, dass man hier eine Bekanntschaft macht, die man nicht auch anschließend noch pflegen möchte."

Die folgende Pause, während der sich seine Gesprächspartnerin etwas Fisch auftat, gab Mr. Darcy die Zeit zu überlegen, was er auf diese Äußerung ehrlicherweise antworten könnte. Doch noch bevor Mrs. Ferrars auf seiner Zustimmung bestehen konnte, forderte ihn seine am Kopfende sitzende Tante auf, sie in ihrer Widerrede gegen General Tilney zu unterstützen, der in einer recht hitzigen Diskussion den Sieg davonzutragen drohte.

Elizabeth hatte mit ihrem Gesprächspartner kaum mehr Glück. Robert Ferrars hatte zur Unterhaltung nichts beizutragen als ermüdende Schilderungen von Häusern, Gewohnheiten und Taten dieses oder jenes Freundes, die auch mit größter Geduld kaum ein ganzes Abendessen lang zu ertragen waren, nicht einmal von einer Person, die nahezu jeder kleinen Kuriosität noch etwas Erheiterndes abgewinnen konnte. Mit einem Seufzer der Erlösung vernahm Elizabeth daher die energische Aufforderung ihrer Tante, man solle nun Mäntel und Umhänge holen und aufbrechen, da sie nicht zulassen könne, dass ihre Abendgesellschaft zu spät zum Konzert erscheine.

Während die Herren sich zu Fuß auf den Weg machten, wurden die Damen auf mehrere Kutschen aufgeteilt. Elizabeth fuhr mit Miss de Bourgh und Miss Anne Steele. Erstaunt musste sie auf der Fahrt feststellen, wie vertraulich die zwei jungen Frauen miteinander waren. Anne hatte zunächst versucht, ein Gespräch zu dritt zu beginnen, doch als Mrs. Darcy beharrlich schwieg, wandte sie sich Miss de Bourgh zu und begann, sie ob ihres Kleides zu necken, wobei ihre Bemerkungen mit viel Kichern, geheimnisvollem Flüstern und versteckten Anspielungen auf „Lieblingsfarbe" und „schicke Uniformen“ einhergingen. Elizabeth wunderte sich, dass die Cousine derartiges Verhalten auch nur einen Moment lang duldete. Doch die arme Anne de Bourgh, deren Gemüt wegen ihrer Kränklichkeit und der starken Persönlichkeit ihrer Mutter ohnehin anfällig war, hatte sich ganz dem Einfluss einer Person ergeben, die ihr dem Alter nach näher war, und die es vermochte, ihre Schwächen zu erkennen und damit ihr Spiel zu treiben. Schnell durchschaute Elizabeth den Zweck dieser Vertrautheit: Bemüht, bei den De Bourghs in gutem Licht dazustehen, versuchte Miss Steele, durch Aufheiterung und Umschmeichelung der Tochter die Wertschätzung der Mutter zu gewinnen. Ihre letzten Worte vor dem Halt der Kutsche, die eigentlich nur für Miss de Bourghs Ohren bestimmt waren, bestätigten Elizabeth endgültig in ihrer Abneigung: „Ich und Lucy wären *so* betrübt, wenn sie uns nun, da ihre Cousins hier sind, keine Beachtung mehr schenkten, Miss Anne!“ Was Miss de Bourgh mit einer für ihre Verhältnisse höchst vehementen Geste zurückwies.

Nachdem Elizabeth drinnen im Saal ihre Schützlinge an Lady Catherines Seite gelotst hatte, fand sie für sich selbst einen Sitzplatz in reichlicher Entfernung von allen, die mit der Familie Steele zu tun hatten. Kurz vor Konzertbeginn setzte sich ihr Ehemann zu ihr, und die doppelte Freude, der Musik zu lauschen und seine Nähe zu spüren, ließ sie die vorherigen Ärgernisse des Abends vergessen.

„Nun, wie ist es euch bislang ergangen?“, fragte in der ersten Pause eine Stimme hinter ihnen.

„Ach, Fitzwilliam!“, rief Darcy sich umblickend aus. „Was hast du hier verloren? Du solltest doch dort drüben bei unserer Tante die jungen Damen unterhalten.“

„Armer Robert!“, warf Elizabeth ein. „Er hat kaum mal eine halbe Stunde dienstfrei.“

„So ist es“, erwiderte Colonel Fitzwilliam. „Erschöpft sah ich den freien Stuhl hier, da habe ich ihn sofort besetzt. Überdies möchte ich in aller Ruhe und Stille dem Solo lauschen. Ich habe seit Jahren kein Harfenspiel mehr gehört, dabei mag ich es so gern.“

„Du hast recht, es ist als nächstes an der Reihe. Jetzt aber still! Ich bin mir sicher, dass dieser Sänger dort schief singen wird. Man kann es ihm förmlich ansehen."

„Dafür sollte man als Zuhörer eigentlich entschädigt werden", murmelte Darcy, als das Lied gesungen war. „Da hätte uns ja Mr. Collins mehr zu bieten gehabt."

„Er hat überhaupt recht viel von Mr. Collins", merkte Elizabeth etwas spöttisch an. „Aber da kommt die Harfe – und was für eine reizende junge Dame! Steht ihr Name im Programmheft? Ah ja, es ist eine Miss Crawford."

Mary Crawford, die seit dem Tode von Dr. Grant bei ihrer Schwester Mrs. Grant in Bath lebte, hatte nichts von jener Schönheit und Anmut verloren, die einst Edmund Bertram so bezaubert hatten. Vielmehr hatten die vier Jahre, die seither vergangen waren, ihrer Erscheinung und ihrem Auftreten eine noch erhabenere Eleganz verliehen. Leidvolle Erfahrungen sowie das Bedauern darüber, dem eigenen Glück immer wieder im Wege gestanden zu haben, hatten sie sanftmütiger, fraulicher und verständnisvoller werden lassen, sodass sie nun in vielerlei Hinsicht eine andere Person war als die schillernde Miss Crawford früherer Tage. Mrs. Grant, die Mary zwar aufopfernd liebte und ihre Gesellschaft genoss, war insgeheim noch immer betrübt, dass nach Edmund Bertram kein würdiger Freier mehr um ihre liebe Schwester geworben hatte, und dass keine neue Herzensbindung jene eine hatte ersetzen können, die, obgleich ohne Bitterkeit gelöst, tiefe Spuren in Marys Wesen hinterlassen hatte. Die beiden führten in Bath ein geselliges Leben und machten dort viele Bekanntschaften. Doch Mary lachte stets über die Bemühungen ihrer Schwester, sie unter die Haube zu bringen, und pflegte zu sagen: „Ich erwarte so viel, und der Auserwählte dürfte nur so wenig erwarten, dass ich bezweifle, ob wir uns jemals arrangieren würden."

Ihre Schwester widersprach jedes Mal heftig, wusste sie doch um den edlen Charakter, der sich hinter Marys gleichgültiger und bisweilen kühler Art verbarg. Aber sie wusste auch, dass Mary wegen des erlesenen Geschmacks, den sie auf Mansfield Park ausgebildet hatte, sehr hohe Ansprüche hatte, sowohl an sich als auch an einen künftigen Ehemann. An diesem Abend nun haderte Miss Crawford, die sich wegen des wohltätigen Zwecks der Veranstaltung zu einem Solokonzert hatte überreden lassen, mit sich und der ganzen Welt. Da ihre Schwester unpässlich war, hatte sie mit einer anderweitigen Begleitung zum Konzert Vorlieb nehmen müssen, nämlich mit Sir Walter und Miss Elliot, die in Bath ansässig waren und die Mary kannte, seit ihre Schwester hierher gezogen war. Miss Crawfords anmutige Erscheinung war genau nach Sir Walters Geschmack. Während er ihre Schwester als dumpfbackig und bieder erachtete, war es ihm stets das größte Vergnügen, in aller Öffentlichkeit als Begleiter der bezaubernden und eleganten Miss Crawford aufzutreten. Sie wiederum war seiner nach sechsmonatiger Bekanntschaft längst überdrüssig und bestrebt, sich bei ihren unvermeidlichen Begegnungen mit seiner ältesten Tochter zu unterhalten, die sie etwas weniger ermüdend und geistlos fand. Heute Abend aber gab es kein Entrinnen. Sie war mit ihnen hergekommen, also musste sie bei ihnen bleiben. Zu allem Unglück war sie auch noch weit ab von all ihren Freunden aus Bath platziert. Da sogar ihr Musikgenuss durch das Geschwätz ihrer Begleiter getrübt war, fand sie Freude allein in der Aussicht auf einen bravourösen Vortrag des von ihr gewählten Stücks. Dies zumindest lag in ihrer Macht, dachte sie, als sie auf die Bühne ging und dabei letzte Reste von Lustlosigkeit und Verdruss abschüttelte. Ihre Darbietung war ein beachtlicher Erfolg. Die Zuhörer erhoben sich vor Begeisterung von den Sitzen, und sie musste zweimal auf die Bühne zurückkommen, um den Applaus entgegenzunehmen. Da ihr schien, oder scheinen wollte, als herrsche hinten im Saal gerade zu viel Gedränge, als dass sie auf ihren angestammten Platz zurückkehren könne, setzte sie sich, dankbar für die kurze Verschnaufpause, auf einen Stuhl in der ersten Reihe, der den Musikern vorbehalten war.

Auch bei Anbruch der Konzertpause blieb sie zunächst noch, wo sie war. Als ihr dann Mr. Durand, der Organisator des Konzerts, einige Minuten später bedeutete, zu ihm zu kommen, erhob sie sich widerwillig, in der Annahme, Sir Walter habe nach ihr gefragt. Wie überrascht war sie, als sie Mr. Durand sagen hörte: „Lady Catherine de Bourgh wünscht ausdrücklich, Sie kennenzulernen. Darf ich Sie mit ihr bekanntmachen?“

Es schien Mary, als habe sie kaum eine Wahl. Und so machte sie kurz darauf ihren Knicks vor einer großen und blendend aussehenden älteren Dame, die, in reiches Brokat gekleidet, wie aus großer Höhe auf sie herabsah und sagte: „Erlauben Sie mir, Miss Crawford, Ihnen mitzuteilen, wie viel Freude Sie mir mit ihrem Harfenspiel soeben gemacht haben. Ich habe in den letzten vierzig Jahren alle berühmten Harfenisten in Europa gehört und kann sagen, dass Sie aus meiner Sicht den Besten der Zweitklassigen unter ihnen durchaus ebenbürtig sind. Obwohl selbst keine Musikerin, kenne ich doch die Schwierigkeiten dieses Instruments.“

Mary wusste nicht, ob sie über diese befremdliche Ansprache verärgert oder amüsiert sein sollte und hätte womöglich zu ersterem geneigt, wäre da nicht Mrs. Darcy gewesen, die alles mitbekommen hatte und sich, um die gönnerhafte Unverschämtheit der Tante zu mildern, mit den Worten einmischte: „Wir alle haben ihren Vortrag genossen. Es muss herrlich sein, so spielen zu können. Unsere Tante ist eine solche Musikliebhaberin, dass sie ihre Begeisterung kaum verbergen kann.“

„Warum, bitte schön, sollte ich sie verbergen?“, fragte Lady Catherine. „Mein Urteil war Nachwuchstalenten oft eine große Hilfe, wozu du gern auch dich selbst zählen darfst, Elizabeth.“

„Ja, ich weiß“, antwortete Elizabeth lächelnd. „Aber Miss Crawford kann doch nicht als gewöhnliches Nachwuchstalent gelten. Darf ich mich, da Mr. Durand fort ist, Ihnen selbst vorstellen? Ich bin Mrs. Darcy. Ich habe sie bei den Elliots sitzen sehen und nehme an, dass Sie eine enge Freundin von mir kennen, Mrs. Wentworth.“

Miss Crawford wollte gerade voller Dankbarkeit auf Mrs. Wentworth zu sprechen kommen, als Lady Catherine erneut das Wort ergriff, und noch bevor Mary verstand, wie ihr geschah, hörte sie sich wenige Minuten später versichern, dass Mrs. Grant über einen Besuch von Lady Catherine und Mrs. Darcy hocherfreut sein würde und sie ihrerseits in zwei Wochen Lady Catherines Einladung zu einem Empfang in der Pulteney Street folgen werde. Als sie schließlich zurück zu ihrem Platz neben Sir Walter Elliot geführt wurde, fragte sie sich, ob es Lady Catherines gebieterische Art oder Mrs. Darcys angenehme Erscheinung gewesen war, die sie hatte kapitulieren lassen. Die Elliots jedenfalls hatten Redebedarf. Wie? Sie habe nicht gewusst, dass dies Lady Catherine de Bourgh war? Man kenne doch Lady Catherine, sie komme jedes Jahr nach Bath. Eine rüstige alte Dame, sie müsse fast sechzig sein und sehe kaum älter aus als achtundvierzig. Eine vermögende Familie sei das, mit einem großen Anwesen in Kent – „eine Bekanntschaft, die zu pflegen sich lohnt, meine liebe Miss Crawford. Selbstverständlich können *wir*, die wir schon über einen beträchtlichen Freundeskreis verfügen, ihn nicht noch um Menschen erweitern, die immer nur für kurze Zeit in Bath weilen. Andernfalls hätten auch wir uns natürlich glücklich geschätzt, Lady Catherine einen Besuch abzustatten."

Kapitel 3

Der Aufenthalt in Bath bescherte den Darcys vielerlei Freuden, denn bis auf jene Stunden des Tages, die sie pflichtschuldig Lady Catherine widmeten, in Form eines Besuchs oder einer Zusammenkunft in den *Lower Rooms*, konnten sie nach Belieben eigene Verabredungen treffen. So verbrachten sie viel Zeit mit Lord und Lady Portinscale, Mr. Morland und den Wentworths, und in der Regel war auch Colonel Fitzwilliam mit von der Partie. James Morland, der Gast der Portinscales, erwies sich als gescheiter und gebildeter junger Mann mit tadellosem Benehmen, der ihnen vom ersten Moment an imponierte. Seine eher unglückliche Beziehung zu den Thorpes sowie die Bekanntschaft mit den Tilneys hatten ihm wertvolle Erfahrungen beschert, seinen Charakter gebildet und ihn gelehrt, wie man sich in Freundschaften wahre Zuneigung und Anerkennung verdient. Harte Arbeit und das Eingeständnis eigener Torheit sowie die Güte und die aufmunternden Worte seiner Freunde hatten ihn Isabelle Thorpe vergessen und sein Herz genesen lassen, das ihm zuvor auf ewig gebrochen schien. Vor kurzem erst hatte er die Stelle als Hilfspfarrer im Themsetal, die er seit seiner Ordination bekleidete, wegen des seiner Gesundheit abträglichen Klimas aufgeben müssen. Nun hoffte er, wieder zu Kräften zu kommen, um in einem anderen Landstrich eine neue Arbeit aufnehmen zu können, denn er hatte entschieden, Junggeselle zu bleiben und zugunsten der Kirche und des Pfarramtes auf ein eigenes Familienleben zu verzichten. Seine Schüchternheit in Gesellschaft deutlich älterer Männer wie Mr. Darcy und Captain Wentworth wurde von diesen mitnichten als unangenehm empfunden, und noch viele Tage bevor sie alle Einzelheiten seiner Geschichte erfuhren, erwog Mr. Darcy bereits die Möglichkeit, Mr. Morland auf seinem Lebensweg materiell zu unterstützen.

Derweil hatte Elizabeth, ganz unabhängig von Lady Catherine, mit Mrs. Grant erste Besuche ausgetauscht. Diese schien ihr sehr um Freundlichkeit bemüht, bemühter jedenfalls als Mary, die zwar Mrs. Darcys Güte schätzte, die gönnerhafte Art Lady Catherines aber abstoßend fand. Eines Vormittags, wenige Tage nach dem Konzert, saßen die zwei Schwestern in Mrs. Darcys Salon. Elizabeth hatte den Gesang und das Klavierspiel nicht ganz aufgegeben, und da Mary auf Bitten der Gastgeberin ihre Harfe mitgebracht hatte, war für Gespräch und Musik und somit das Vergnügen der ganzen Runde gesorgt.

„Colonel Fitzwilliam scheint sich ebenfalls für Musik zu begeistern", sagte Mrs. Grant zu Mrs. Darcy, nach einem Blick hinüber zum anderen Ende des Raumes, wo der Colonel und ihre Schwester angeregt über jüngst erschienene Werke deutscher Komponisten sprachen. „Er rühmt die Musik nicht aus reiner Höflichkeit, sondern weiß sie wirklich zu schätzen, nicht wahr?"

„Meine liebe Mrs. Grant! Er ist der größte Musikliebhaber, den ich kenne. Ich sage oft zu meinem Mann, dass er sich nie in mich verliebt hätte, wenn Colonel Fitzwilliam und ich nicht über die Musik zu Freunden geworden wären, wodurch Mr. Darcy nämlich erst klar wurde, dass in mir mehr steckt als das, was er bis dahin wahrgenommen hatte. Er selbst hat keine ausgeprägte musikalische Ader, doch mein Cousin war tief beeindruckt vom Spiel Ihrer Schwester neulich Abend, und das können Sie als echte Wertschätzung verstehen."

„Wie sehr mich das freut. Es wird Mary ein Vergnügen sein, ihn näher kennenzulernen. Erlauben Sie die Frage, denn es ist mir nicht ganz klar: Lebt er hier bei Ihnen oder bei Ihrer Tante?"

„Weder noch. Er ist unser Gast, wann immer wir in Bath weilen, und er verbringt viel Zeit mit uns auf dem Lande. Aber er hat auch eine Wohnung in London und lebt generell, wie mir scheint, lieber in der Stadt. Andererseits mag er auch meinen Mann und unser Landgut sehr gern."

Es entstand eine kurze Pause. Dann fügte Elizabeth, der etwas in den Sinn gekommen war, hinzu: „Er ist ein vorbildlicher Mensch. Wir könnten keine höhere Meinung von irgendjemandem haben. Doch ihn belastet etwas, das er als beständigen Nachteil ansieht: Er ist ein nachgeborener Sohn und daher mit weltlichen Gütern nicht besonders gesegnet."

Sie hatte kaum geendet, als die Tür aufging und zwei Damen eintraten, in denen sie die jüngsten Lieblinge ihrer Tante erkannte.

„Du meine Güte", rief Anne Steele, noch bevor sie ganz im Zimmer stand, „das nenne ich aber eine hübsche kleine Musikrunde! Lieber Himmel! Wie schade, dass wir die Musik unterbrochen haben! Das hätten wir natürlich nicht, hätten wir davon gewusst! Wären wir doch nur schneller die Treppe heraufgeeilt ..."

Lucy gelang es, ihre Schwester zum Schweigen zu bringen. Dann begann sie einen Rundgang durchs Zimmer, grüßte förmlich alle ihr bekannten Anwesenden und hielt vor Mrs. Grant und Mary so demonstrativ inne, dass Elizabeth, obwohl es ihr widerstrebte, nicht umhin konnte, Mrs. Robert Ferrars und Miss Steele vorzustellen. Als das geschehen war, konnte Lucy ihr Anliegen verkünden.

„Wir unternehmen gerade mit Lady Catherine eine Fahrt im Landauer, und sie hat hier anhalten lassen, damit wir ausrichten, dass Colonel Fitzwilliam, falls er hier ist, sich uns doch als vierter im Bunde anschließen solle", erklärte sie, mimisch unterstützt von ihrer Schwester. „Wir fahren nicht weit", fügte sie hinzu, „nur bis Monkton Combe, und werden noch vor dem Dinner zurück sein. Die arme Miss de Bourgh fühlt sich heute zu unwohl für eine Spazierfahrt, und meine Schwester und ich haben Lady Catherine in der Pulteney Street unsere Aufwartung gemacht, als sie gerade aufbrechen wollte. Sie war dann so gütig, uns mitzunehmen."

„Was für ein Glück", erwiderte Elizabeth lächelnd, „dass meine Tante sich Ihrer Begleitung versichern konnte, denn ich bin nicht sicher, ob ich meinen Cousin heute Vormittag entbehren kann, da ich doch selbst Gäste habe." Sie blickte zu Fitzwilliam hinüber, der ungeduldig gewartet hatte und nun endlich antworten konnte: „Nein, ich danke vielmals, aber heute ist es mir nicht möglich, mitzukommen.“

Damit hatte Miss Steeles Elan einen gehörigen Dämpfer erlitten. Sie wies den Colonel noch auf das gute Wetter hin, das es auszunutzen gelte, bis sich Darcy mit den Worten einmischte: „Steht denn die Kutsche meiner Tante unten vor der Tür?“ Lucy bejahte.

„Dann lass uns mit den beiden Damen hinunter gehen, Fitzwilliam, und für deine Absage persönlich um Verzeihung bitten“, fuhr er fort. „Wenn unsere Gäste uns für einen Moment entschuldigen würden? Reichst du Mrs. Ferrars deinen Arm? Mrs. Ferrars, ich bedauere sehr, sie nicht zum Bleiben überreden zu können, aber ich weiß, es wäre ungehörig, wo meine Tante doch nichts mehr hasst, als wenn man sie warten lässt, besonders auf offener Straße.“

So kam es, dass Lucy und ihre Schwester, ohne recht zu wissen, wie ihnen geschah, und kaum dass der Diener sie hinaufgeführt hatte, schon wieder unten im Vestibül waren, in die Kutsche stiegen und abfuhren, nachdem die Entschuldigung der beiden Herren großmütig angenommen worden war. Auf ihrem Rückweg nach oben sagte Mr. Darcy zu seinem Freund: „Bei solchen Leuten hilft nur resolutes Auftreten. Du bist zu sanftmütig.“

„Ich empfand mich nicht gerade als sanftmütig“, erwiderte Fitzwilliam. „Aber du hast mir fein aus der Bredouille geholfen. Unsere Tante scheint zur Zeit einen besonderen Groll gegen mich zu hegen. Vermutlich lässt sie ihre Verärgerung an mir aus. Nun, besser an mir als an deiner Schwester.“

„Ich glaube nicht, dass das der Grund ist“, antwortete Darcy. „Sie ist seit jeher ein Werkzeug in den Händen hemmungsloser Schmeichler. Würde es sich lohnen, kämen Elizabeth und ich ihr zu Hilfe. Aber es dürfte ohnehin bald zum großen Knall kommen. Alle werden sich angiften, und sie wird kommen und erzählen, mit was für undankbaren Nattern sie es zu tun hatte, und im nächsten Jahr beginnt das ganze Spiel mit anderen Leuten wieder von vorn.

„Und?“, rief Elizabeth, als sie wieder in den Salon traten. „Wie hat Lady Catherine es aufgenommen?“

„Robert ist mit heiler Haut davongekommen“, antwortete ihr Ehemann. „Oder vielmehr: nicht gänzlich mit heiler Haut, da er sich verpflichten musste, dafür morgen am Ausflug nach Clifton teilzunehmen.“

„Den Ausflug nach Clifton hatte ich ganz vergessen“, rief Elizabeth erschrocken aus. „Ich wünschte, es würde regnen! Aber auch das hieße ja nur, dass es auf einen anderen Tag verschoben würde. Mr. Morland, waren *Sie* denn schon einmal in Clifton? Bitte sagen Sie uns, dass es eine Premiere für Sie sein wird! Wird es nicht? Gibt es denn niemanden, der noch niemals dort war? Unsere Tante veranstaltet diesen Ausflug jedes Jahr aufs Neue für ihre jüngsten Bekanntschaften, und auch diesmal wird es sein wie immer: derselbe Ablauf, dieselben Gespräche.“

Elizabeths Prognose sorgte für einige Erheiterung, und Miss Crawford sagte: „Alles, was ich über Lady Catherine höre, klingt für eine Fremde wie mich recht bedrohlich. Ich werde mir vor ihrem Empfang nächste Woche eine Erkältung zuziehen müssen, da ich wohl nicht den Mut aufbringen werde, dort zu erscheinen und vorzuspielen.“

„Aber nein, Miss Crawford, Sie müssen kommen“, sagte Darcy. „Unsere Späße über Lady Catherine sind furchtbar gemein, denn eigentlich meint sie es nur gut. So schändlich benehmen wir uns im Übrigen erst, seit meine Frau in die Familie eingeheiratet hat.“

„Im Gegenteil. Ich finde, ich habe dich ganz ausgezeichnet erzogen.“

„Siehst du, Darcy? Du solltest dich glücklich schätzen“, warf Colonel Fitzwilliam ein. „Miss Crawford, würden Sie uns die Freude machen und noch etwas spielen? Ich möchte die Gunst der Stunde nutzen, denn bis zum Empfang dauert es ja noch ein Weilchen.“

Diesem Wunsch kam Miss Crawford mit Vergnügen nach, und als sie ihr Stück beendet hatte, setzte sich Fitzwilliam zu ihr und unterhielt sich schon bald so unbeschwert und heiter wie seit Monaten nicht. Ihr Gespräch drehte sich um Alltägliches, doch die ungekünstelte und kultivierte Art des Colonel behagte Mary sehr, und er meinte, eine stillschweigende Sympathie zu spüren. Seine Ansichten über das Leben in London – über weite Strecken des Jahres angenehm und anregend, doch dauerhaft lebte es sich besser auf dem Land – deckten sich mit ihren. Mit einer gewissen Überraschung hörte sie sich vehement die These vertreten, die Stadt sei vielleicht der Ort, um Freundschaften zu schließen, das Land aber der Ort, um sie auszuleben. „Schätzen Sie typisch ländliche Vergnügen wie Reiten oder Kutschfahrten?", fragte der Colonel. Mary bejahte begeistert, obgleich sie bei der Erinnerung an ihre erste Reitstunde einen kleinen Seufzer nicht unterdrücken konnte. Ob sie auch in Bath reite? Er könne ihr einige Pferdevermietungen empfehlen. Seine Cousine, Mrs. Darcy, mache sich leider nichts aus Reiten, sonst hätte man hübsche Pläne schmieden können.

Derweil verlief die Unterhaltung der restlichen Runde nicht weniger angeregt. James Morland fragte gerade, ob die zwei Damen von vorhin jene seien, die General Tilney und dessen Sohn kürzlich beim Dinner in der Pulteney Street kennengelernt hatten.

„In der Tat", erwiderte Elizabeth. „Haben Sie von diesem Dinner gehört?"

„Lady Portinscale hat mir davon erzählt. Sonst hätte ich wohl nichts erfahren, denn ich sehe General und Captain Tilney eher selten", antwortete James Morland mit einem Lächeln.

„Ach, Eleanor hatte mir doch erzählt, alles sei vergeben und vergessen."

„Was Lady Catherine angeht, sehr wohl, doch ihre Verwandtschaft findet vor dem General keine Gnade. Aber es ist auch unerheblich, so lange er nett zu ihr ist, und ich darf wohl sagen, dass es sich so verhält."

„Ich nehme an, dass er oft bei den Portinscales zu Gast ist", sagte Elizabeth.

„Recht oft, aber Lord Portinscale weiß es so einzurichten, dass er nie lange bleibt. Er meint, es würde Eleanor zu sehr aufregen, und wie Sie wissen, ist sie darauf bedacht, sich zu schonen und ihre Gesundheit zu pflegen."

„Ach, die liebe Eleanor! Ich habe sie wirklich gern."

„Ja, wie könnte man nicht. Sie ist die liebenswerteste Freundin, die man sich denken kann. Wissen Sie, Mrs. Darcy, die Portinscales bestehen darauf, dass ich ein eigenes Zimmer habe, in dem ich ungestört lesen kann, wenn ich nicht Zeit mit ihnen verbringe. Ganz wie es mir beliebt."

„Das ist eine schöne Regelung. Und tut Ihnen der Aufenthalt in Bath gut?"

„Ja, sehr gut. Ich werde wohl schon bald wieder arbeiten können", entgegnete er, um leicht betrübt hinzuzufügen: „Wenn sich denn eine Arbeit findet."

„Ich bin sicher, dass sie sich finden wird. Sie müssen nur Geduld haben", sagte Elizabeth ermutigend. „Was man sich wünscht, wird einem oft unverhofft zuteil. Kennen Sie eigentlich unsere Gegend? Sie müssen uns dort einmal besuchen. Die Luft in Derbyshire ist herrlich belebend und würde Ihnen gewiss gut tun."

Morland gab eine höfliche Antwort, woraufhin Elizabeth, die erfolglos versucht hatte, die Aufmerksamkeit ihres Mannes zu erregen, fortfuhr: „Wir haben es daheim mit unserem Pfarrer sehr gut getroffen und noch besser mit dessen Frau. Sie sind erst kürzlich nach Pemberley gezogen und übrigens mit den Leuten verwandt, über die wir gerade gesprochen haben, dabei aber von denkbar verschiedener Art."

„Oh ja! Die Ferrars und die Steeles ... Ihre Verwandtschaftsverhältnisse sind mir noch reichlich unklar ..."

„Mr. Edward Ferrars, unser Pfarrer, ist ein Bruder von Mr. Robert Ferrars, dem Gemahl der Dame in Blau. Wir haben immer große Schwierigkeiten, Mrs. Robert Ferrars davon abzuhalten, diese Verwandtschaft zum Thema zu machen. Sie scheint zu glauben, damit gäbe es etwas Verbindendes zwischen uns, obgleich sie und ihr Mann ihre Verwandten nie besuchen."

„Vielleicht tun sie es demnächst", sagte Morland mit einem leichten Lächeln. „Ist es Ihre Pfarrei, die Sie erwähnten?"

„Ja, es handelt sich um ein recht großes Dorf, das um das Herrenhaus herum entstanden ist, oder vielmehr: um ein sehr viel älteres Haus, das früher einmal an derselben Stelle stand. Es ist ein herrliches Fleckchen Erde, Mr. Morland! Sie müssen es wirklich mal mit eigenen Augen sehen."

Mrs. Grant kam, um sich von Elizabeth zu verabschieden. Die beiden standen eine Weile plaudernd beisammen, bis auch Colonel Fitzwilliam und Miss Crawford aufstanden und sich zu ihnen gesellten.

„Morgen um elf passt es Ihnen also?", fragte der Colonel. „Liebe Mrs. Grant, Ihre Schwester war so liebenswürdig, mir zu erlauben, sie auf einen Ausritt zu begleiten, sofern sich für sie ein geeignetes Pferd findet – und falls Sie Ihr Einverständnis geben."

„Reiten? Das wird ihr gefallen", sagte Mrs. Grant sichtlich überrascht. „Sie ist lange nicht mehr geritten. Wir haben noch nie versucht, ihr hier in Bath ein Pferd zu besorgen."

Das Ganze schien wohlbedacht. Für alles werde gesorgt sein, versicherte Colonel Fitzwilliam, sollte Mrs. Grant ihm ihre Schwester für ein oder zwei Stunden anvertrauen. Und nachdem auch Mary noch einmal freudig zugestimmt hatte, war es beschlossen.

„Doch was wird dann aus Ihrer anderen Verabredung, dem Tagesausflug nach Clifton?", fragte Mrs. Grant unvermittelt in die Verabschiedung hinein. Während Colonel Fitzwilliam ein Gesicht machte, als würde er die schiere Existenz eines solchen Ortes vehement bestreiten wollen, machte sich Mr. Darcy Vorwürfe, weil er den Plan unterstützt hatte. Miss Crawford aber sagte sofort: „Ach, bitte sagen Sie meinetwegen nicht ab. Wir können ja auch an einem anderen Tag ausreiten, wenn uns danach ist."

„Auf keinen Fall, Miss Crawford", antwortete Fitzwilliam. „Verzeihen Sie, aber ich gedenke nicht, unseren Plan aufzugeben. Es besteht keine Notwendigkeit für mich, nach Clifton zu fahren."

„Es wäre unanständig, Sie zu veranlassen, eine frühere Abmachung zu brechen", erwiderte Miss Crawford. „Nein, verschieben wir es auf ein andermal."

Jetzt mischte sich Elizabeth ein. „Wenn Miss Crawford und du etwas früher ausrittet", sagte sie, „könntest du immer noch zum Dinner in Clifton sein, Robert, womit unsere Tante gewiss zufriedengestellt wäre."

Darcy unterstützte den Vorschlag seiner Frau, und da eine Entscheidung gemeinhin leicht getroffen werden kann, wenn alle Beteiligten sie befürworten, wurde der Ausritt schließlich für zehn Uhr vormittags verabredet, und die beiden Damen verabschiedeten sich mit dem ausdrücklichen Versprechen eines baldigen Wiedersehens. Wenig später brach auch James Morland auf, und Colonel Fitzwilliam begleitete ihn noch ein Stück des Weges in Richtung der Pferdevermietung.

Elizabeth setzte sich an ihren Sekretär, um einige Briefe zu schreiben, kam damit aber nicht weit, weil ein Gedanke sie beschäftigte und zum Handeln drängte. „Darcy", rief sie, stand auf und ging hinüber zu ihrem Mann, der in eine Zeitung vertieft war. „Kannst du mir kurz Gehör schenken? Ich würde Mr. Morland gern irgendwie behilflich sein. Es treibt mich um, seit ich heute Vormittag mit ihm gesprochen habe. Er ist so ein netter junger Mann, und er sollte eine Arbeit haben. Könntest du ihn nicht als Mr. Ferrars Hilfspfarrer anstellen, oder dergleichen?"

Der Ernst seiner Frau ließ Darcy lächeln. „Es mag dich überraschen, meine Liebe, aber ich habe auch schon darüber nachgedacht, ihm zu helfen."

„Hast du? Wie lieb von dir. Du kannst das besser als jeder andere. Er wird sich deiner Unterstützung würdig erweisen."

„Die Idee einer Anstellung als Hilfspfarrer habe ich auch schon erwogen, sie dann aber verworfen. Mr. Ferrars wünscht keinen Hilfspfarrer, und Mr. Morland braucht eine eigene Pfründe. Ich weiß nicht, ob ich es dir schon sagte, doch bevor ich aufbrach, hörte ich, dass der alte Pfarrer von Kympton sich wohl zur Ruhe setzen wird. In diesem Fall hätte ich eine Pfründe zu vergeben."

„Und dabei hast du an Mr. Morland gedacht? Das wäre ja wunderbar. Es wäre genau das Richtige für ihn."

„Wir dürfen darüber vorerst kein Wort verlieren, denn ich mag den alten Mann nicht aus dem Amt treiben. Ich rechne aber mit entsprechenden Neuigkeiten binnen eines Monats."

„Ich bin sicher, dass es dir gelingen wird. Wie gut sich heute alles fügt! Da droht uns bestimmt schon bald irgendeine schreckliche Katastrophe."

„Was hat sich denn sonst noch gut gefügt?"

„Nun, dass Robert sich bestens mit Miss Crawford versteht. Sie ist eine so ungemein nette Frau, und Robert wird diese Bekanntschaft bestimmt gut tun."

„Daraus solltest du keine voreiligen Schlüsse ziehen, Lizzy. Robert versteht sich mit allen netten Frauen gut, und was Miss Crawford angeht, würde ich glauben, dass es ihr an Verehrern nicht mangelt."

„Unfug! Du wirst mir meine Freude darüber nicht verderben. Warum sollten sie nicht gute Freunde werden. Ich habe ebenfalls versucht, ihm gefällig zu sein, indem ich Mrs. Grant bereits erzählt habe, dass er nicht wohlhabend ist. Wenn er es ihnen selbst sagt, wird er eine große Sache draus machen, in der ihm eigenen selbstkritischen Art, als handle es sich um eine Charakterschwäche oder einen Makel. Er ist in den letzten Monaten so verschämt, dass ich keine Geduld mit ihm habe! Er hat kein angemessenes Selbstwertgefühl und bringt andere Menschen dazu, ihn zu geringzuschätzen."

„Man kann nicht gerade sagen, dass Miss Crawfords zweiter großer Verehrer, Sir Walter Elliot, an Verschämtheit litte."

„Fürwahr, dieser lästige Zieraffe. Miss Crawford ist so vernünftig, mir ist absolut unbegreiflich, wie sie solche Leute als Freunde haben kann."

„Vielleicht hatte sie keine Wahl. Womöglich haben die Elliots ihre Bekanntschaft gesucht. Oder sie hat einen Fehler gemacht. Wer weiß das schon? Selbst die Klügsten unter uns täuschen sich bisweilen in der Beurteilung anderer Menschen, nicht wahr, Elizabeth?“

Kapitel 4

Der Ausritt fand wie geplant am folgenden Morgen statt, was Elizabeth heimlich frohlocken ließ. Darcy dagegen zögerte noch immer, der neu gestifteten Freundschaft große Bedeutung beizumessen und verschwendete vorerst keine Gedanken an etwas, das daraus erwachsen könnte. Die Verlobung zwischen seiner Schwester und seinem Cousin war ihm eine Herzensangelegenheit gewesen und seine Enttäuschung über ihr Ende so groß, dass er unbeirrbar davon ausging, Fitzwilliam müsse ebenso enttäuscht sein. Es fiel ihm schwer zu glauben, dass ein Mann, der Georgiana verloren hatte, sich mit einer anderen Frau trösten könne, und sei sie noch so kultiviert und liebenswert. Aus diesem Grund hielt es Elizabeth für ratsam, ihre Zufriedenheit für sich zu behalten, und so unterließ sie es auch, irgendetwas über ihren Cousin verlauten zu lassen, als sich die Kutschen um elf Uhr vor der Residenz ihrer Tante versammelten. Erst auf Lady Catherines bohrende Nachfrage hin antwortete sie, ihrem Mann einen warnenden Blick zuwerfend, dass Robert an diesem Morgen eine Verabredung habe, aber zu Pferde nachkommen und rechtzeitig zum Dinner bei ihnen sein werde.

„Eine Verabredung!", wiederholte Lady Catherine pikiert. „Mir war nicht klar, dass irgendeine Verabredung Vorrang vor meinem Ausflug haben könnte, dessen Termin seit Tagen feststeht. Das ist überaus ärgerlich. Und hat zur Folge, dass in Eurer Kutsche nun ein Platz frei bleibt. Hätten wir das gewusst, wäre Captain Tilneys Einspänner nicht nötig gewesen."

„Vielleicht hat Captain Tilney nichts dagegen, mich armes kleines Ding in seinem Einspänner mitfahren zu lassen", warf Miss Steele schnell ein, die, um das Vergnügen gebracht, eine Rückbank mit Colonel Fitzwilliam zu teilen, bereits einen neuen Plan schmiedete. Captain Tilney, der schon in seinem Gig saß, sah hilfesuchend in die

Runde, doch ein Machtwort von Lady Catherine erstickte seine Hoffnung im Keim: „Gut, dann soll es so sein", verkündete sie nach kurzem Überlegen. „Eigentlich hatte ich vorgehabt ... aber wenn die Leute so undankbar sind ... ich habe Mrs. Grant und Miss Crawford gestern Abend noch eine Einladung zukommen lassen, uns heute zu begleiten. Doch sie haben abgelehnt. Ich mache mir ja nicht oft die Mühe, wildfremden Menschen Beachtung zu schenken ..."

„Liebe Tante", unterbrach Darcy sie, „sollten wir nicht aufbrechen? Die Leute auf der Straße bleiben schon stehen und sehen herüber. Miss Steele, darf ich Ihnen auf den Wagen helfen? Ich denke, Ihre Schwester und ihr Gemahl fahren mit meiner Tante und Miss de Bourgh. Achten Sie auf das Rad! Tilney, Ihr Pferd sieht aus, als werde es uns allen davonpreschen. Nun Sie, Mrs. Ferrars. Wissen Sie, Gnädigste, es ist durchaus praktisch, dass wir einen freien Platz haben. So kann Mr. Morland auf die Körbe und Umhänge Acht geben. Und wenn Sie mögen, können wir die Besetzungen auf der Rückfahrt ändern."

Die Kutschen fuhren los, und Elizabeth gratulierte ihrem Ehemann in bester Laune dazu, ihnen die Steeles vom Hals gehalten zu haben. Doch die Ausflugsgesellschaft sollte nicht den ganzen Tag so günstig geschieden bleiben. Als sie eine Stunde vor dem Dinner durch Clifton spazierten, wurde Elizabeth von ihrer Tante in Beschlag genommen und wegen ihres Verhaltens in gewissen Familienangelegenheiten gerügt.

„Ich nehme dir sehr übel, Elizabeth, dass du deinen Einfluss auf Fitzwilliam nicht geltend gemacht hast. Er sollte wie üblich mit uns verkehren, statt – der Himmel weiß wo – seiner eigenen Wege zu gehen. So hilft man ihm nicht, jene Affäre zu vergessen, die unter deiner Obhut so kläglich gescheitert ist."

„Aber Tante, wir können ihn doch nicht auf Schritt und Tritt bewachen, als wäre er ein Kind. Natürlich tut er, was ihm beliebt, und schließt eigene Bekanntschaften."

„Eigene Bekanntschaften, fürwahr! Das müssen teure Bekanntschaften sein, die ihn eine Verabredung mit seinen engsten Verwandten brechen lassen. Es scheint mir höchste Zeit, dass ihn jemand an die Hand nimmt, dem sein Wohlergehen ebenso wichtig ist wie mir. Selbst bei Männern seines Alters darf man nicht davon ausgehen, dass sie wissen, was das Beste für sie ist. Deine und Darcys eifrige Bemühungen, ihn und Georgiana zusammenzubringen, schienen mir von Beginn an fragwürdig. Aber in deiner Familie werden eheliche Angelegenheiten ja seit jeher auf merkwürdige Art gehandhabt …"

„Lassen wir meine Familie bitte für einen Moment außen vor, Tante Catherine. Ich versichere Ihnen, dass die Lösung der Verlobung zwischen Georgiana und Robert für beide das Beste war."

„Mir ist klar, dass du dich bemüßigt fühlst, dein Vorgehen zu verteidigen, und ich bin heilfroh, dass mein lieber Neffe offenbar unter den Folgen nicht noch stärker leidet, als er es tut. Hoffentlich siehst du nun ein, dass er sich an den Rat derer halten sollte, die älter und klüger sind als er."

„Gewiss, Tante Catherine", entgegnete Elizabeth, die diese Äußerungen nur ertragen konnte, weil sie um die Enttäuschung ihrer Tante wusste. „Vielleicht wäre es das Beste, ihn ganz allein eine Frau zur Gemahlin wählen zu lassen, so er denn eine wünscht."

„Mir wäre es am Liebsten, er träfe eine Wahl, die ich billigen kann. Ich hätte gern Gewissheit, dass die nächste Verlobung aller Voraussicht nach hält", erwiderte Lady Catherine. „Als ich jung war, galt ein Verlöbnis als ernste Angelegenheit, als etwas, das man nicht leichtfertig beendet, nur weil man sich einbildet, irgendwelche Gefühle hätten sich geändert."

Elizabeth fragte sich inzwischen doch, wie lange sie dieses Gespräch noch würde aushalten können, als die Ankunft von Colonel Fitzwilliam die Aufmerksamkeit ihrer Tante schlagartig von ihr ablenkte. Elizabeth war froh, ihn zufrieden und heiter zu sehen, während er das Kreuzverhör seiner Tante erduldete und anschließend die Annäherungsversuche von Miss Steele ertrug, die, über seine ungewöhnliche Nahbarkeit erfreut, ihn mit allerlei Bemerkungen behelligte, als sie durch die Wandelhalle und am Fluss entlang spazierten. Elizabeth sah sich gezwungen, neben Mrs. Ferrars herzugehen, doch Lucy, die sehr viel schlauer war als ihre Schwester, hatte gleich erkannte, dass Mrs. Darcys Gunst mit anderen Methoden gewonnen werden musste als Lady Catherines. Schon seit Tagen war sie bemüht, dem Anspruch an Eleganz zu genügen, der an eine Dame von Welt gestellt wurde. Und so begann sie ihr Gespräch mit der Bekundung, wie vortrefflich doch das Konzert neulich Abend gewesen sei.

„Ja", sagte Elizabeth, „es war ein gutes Konzert, weit überdurchschnittlich, wie mir schien."

„Ach, es war herrlich! Ich weiß nicht, wann ich je beseelter war! Dieses hervorragende italienische Lied! Die Melodie ist mir immer noch im Ohr."

„Sie müssen ein fabelhaftes Gedächtnis haben, denn diese Opernarien sind ungemein schwer im Kopf zu behalten."

„Oh, liebe Mrs. Darcy, jetzt stellen Sie ihr Licht aber unter den Scheffel. Jeder weiß doch, welch hervorragende Musikerin und Kritikerin Sie sind." Elizabeth widersprach, doch Mrs. Ferrars fuhr unbeirrt fort: „Bevorzugen Sie vielleicht Instrumentalmusik? Das spräche zweifellos für einen besonders erlesenen Geschmack."

Elizabeth war leicht amüsiert. „Tatsächlich bevorzuge ich Instrumentalmusik, doch nur, weil ich davon am meisten verstehe."

„Dann wussten Sie gewiss das Harfenspiel jener jungen Dame, Miss Crawford, zu schätzen. Ich nehme an, es war ganz wunderbar. Lady Catherine jedenfalls war sehr angetan."

„Ich würde nicht sagen, dass es ganz wunderbar war, aber Miss Crawford ist sehr talentiert und spielt so gefühlvoll und bezaubernd, wie man es wohl von ihr erwarten würde."

„Sie kennen sie recht gut, nicht wahr?", fragte Lucy.

„Nicht allzu gut. Ich hoffe aber, Sie bald besser kennenzulernen."

Lucy geriet kurz ins Grübeln. Das waren keine angenehmen Neuigkeiten für sie. Käme Mrs. Darcy oft mit Miss Crawford zusammen, käme wohl auch Colonel Fitzwilliam oft mit ihr zusammen. Lucy begriff, dass die Erfolgsaussichten der armen, glücklosen Anne wieder einmal recht gering waren. Ihre Überlegungen mündeten in die Frage: „Ist Miss Crawford tatsächlich so wohlhabend, wie man allenthalben hört?“

„Ich weiß nicht, wie hoch Miss Crawfords Vermögen ist“, erwiderte Elizabeth überrascht und kühl. „Sie und ihre Schwester scheinen ein Auskommen zu haben.“

„Ach, ich meinte nur ...“, sagte Lucy verwirrt. „Sie soll ja eine so große Erbschaft gemacht haben, dass ich mich oft frage, warum sie noch unverheiratet ist.“ Und als Mrs. Darcy schwieg, fügte sie hinzu: „Es heißt, sie werde vielleicht die nächste Lady Elliot, und das würde doch trefflich passen, nicht wahr? *Sein* Titel und *ihr* Vermögen ...“

„Ich halte eine solche Verbindung für wenig wahrscheinlich, doch kenne ich Sir Walter Elliot kaum“, erwiderte Elizabeth knapp.

Doch Lucy mochte es damit noch nicht bewenden lassen. „Halten Sie Miss Crawford für sehr hübsch?“, fragte sie.

„Sie ist sehr anmutig und liebreizend, und sie hat eine ausdrucksvolle Mimik, was immer sehr attraktiv ist“, antwortete Elizabeth.

„Ihr Teint allerdings ist nicht mehr allzu rosig, und sie ist so unvorteilhaft dünn“, wagte Lucy einzuwerfen.

„Das ist mir noch nicht aufgefallen“, erwiderte Elizabeth, die bereits mit sich haderte, weil sie sich auf so ein intimes Gespräch mit Mrs. Ferrars eingelassen hatte. „Sollen wir uns zu Lady Catherine gesellen? Sie scheint uns alle versammeln zu wollen. Es dürfte Zeit für die Heimfahrt sein.“

Lucy erkannte, dass sie einen Fehler gemacht hatte. Sie überspielte es so gut wie möglich, indem sie sagte: „Oh, auch ich finde Miss Crawford reizend, das versichere ich Ihnen, und so talentiert. Ich wünschte, wir hätten ihrem Harfenspiel lauschen können, als wir Sie gestern Vormittag besuchten.“

„Dazu werden sie nächste Woche auf dem Empfang meiner Tante noch Gelegenheit haben“, entgegnete Mrs. Darcy.

Sie ahnte durchaus, welche Ziele Mrs. Ferrars mit diesem Gespräch verfolgte, denn sie hatte längst bemerkt, dass Miss Steele ein Auge auf Colonel Fitzwilliam geworfen hatte und dabei auf die Unterstützung ihrer Schwester zählen konnte. Es schien Elizabeth dringend geboten, ihren Cousin vor allen Andeutungen zu schützen, die ihm diese heikle Situation vor Augen geführt hätten. Ein spöttisches Wort von Miss Steele oder ein bissiges von Mrs. Ferrars würden genügen, um ihn angewidert aus Bath abreisen zu lassen. Nichts könnte ihn mehr kränken als die Unterstellung, er mache einer reichen Erbin den Hof, und Leute vom Schlage der Steeles, das wusste Elizabeth, waren zu derartigen Bemerkungen jederzeit fähig. Die Freundschaft zwischen ihm und Miss Crawford war in einem Stadium, in dem jeder kleine Zwischenfall ihren weiteren Verlauf bestimmen konnte. Elizabeth war höchst unbehaglich zumute, bis sie, nachdem man Mr. Morland an seinem Quartier abgesetzt hatte, endlich abends in ihrer Wohnung angelangt waren und zu dritt vorm Kamin saßen.

„Nun, Robert, ich hatte noch keine Gelegenheit, zu fragen“, begann sie so unverfänglich wie möglich. „Wie war denn der Ausritt heute Vormittag, wohin seid ihr geritten?“

„Er war sehr schön, vielen Dank“, antwortete der Colonel, „obgleich wir nicht weit geritten sind, nur drei Meilen die Straße nach Wells hinunter.“

„Wie schade!“, sagte Darcy. „Ihr hättet durch das Hügelland galoppieren sollen.“

„Das hätte ich gern getan“, sagte der Colonel, „aber ich hatte das Gefühl, es sei nicht in Miss Crawfords Sinn. Sie schien sehr besorgt, dass ich es womöglich nicht rechtzeitig nach Clifton schaffen würde, und drängte ständig zur Umkehr.“

„Ihr müsst ein andermal einen längeren Ausritt unternehmen“, riet Elizabeth.

„Das wäre in der Tat schön“, antwortete ihr Cousin. „Das Wetter ist ideal zum Reiten und Miss Crawford eine vorzügliche Reiterin.“

„Wo wir gerade von Pferden sprechen – Tilney ist entweder kein guter Wagenlenker oder hatte heute viel Freude daran, Miss Steele einen Schrecken einzujagen", bemerkte Darcy. „Das hast du nicht mitbekommen, Robert, oder? Nein, das war auf dem Hinweg. Er hat sein Pferd den weiten Hügel hinabgaloppieren lassen, ich dachte schon, sein Gefährt kippt um, und das dumme Mädchen hat sich doch tatsächlich an einen der Zügel geklammert."

„Miss Steele schien wirklich nur höchst widerwillig mit ihm zurückzufahren", sagte Fitzwilliam lächelnd. „Ist euch übrigens aufgefallen, wie wunderbar sie einen aushorchen kann? Darin kann sie es beinahe mit meiner Tante aufnehmen."

Elizabeths Befürchtungen regten sich erneut und sie fragte: „Hat sie *dich* auch ausgehorcht, Robert?"

„Und ob. Sie wollte mir entlocken, warum ich erst so spät dazugestoßen bin und was ich vorher gemacht habe. Ich musste gestehen, dass ich einen Ausritt unternommen habe, und irgendwie hat sie selbst dann Miss Crawfords Namen erwähnt. Ich tat, als hätte ich es überhört, und fing an, eifrig über etwas anderes zu sprechen. Was um alles in der Welt es sie interessiert, ob ich mit Miss Crawford ausreite oder mit Miss Irgendwem, will mir nicht einleuchten."

„Sie ist ein neugieriges kleines Biest, und ich kann sie nicht leiden", stieß Elizabeth mit Nachdruck aus. „Fitzwilliam, lass uns doch bald abreisen. Ich mag Bath dieses Jahr nicht, oder vielmehr die Leute hier. Die netten unter ihnen, wie Miss Crawford und Mr. Morland, können wir ja bitten, einige Zeit mit uns auf Pemberley zu verbringen."

„Meine Liebe, mir wäre es auch ganz recht, bald heimzufahren", warf Darcy ein. „Aber wir können unmöglich vor dem Empfang meiner Tante abreisen, und wir sollten uns schon gar nicht von einer Miss Steele verscheuchen lassen."

„Natürlich bleiben wir noch bis zum sechzehnten, aber danach kehren wir heim. So wäre unser Aufenthalt lediglich ein oder zwei Wochen kürzer als üblich. Die Wentworths reisen auch bald ab und

Eleanor Portinscale ist zu kränklich, als dass ich etwas von ihr hätte. Und Lady Catherine hat zu ihrer Unterhaltung all ihre merkwürdigen neuen Freunde. Eigentlich hält uns nichts hier. Du wirst doch auch mitkommen, Robert, nicht wahr?“

Der Colonel antwortete nicht, und Elizabeth deutete sein Schweigen in ihrem Sinne.

Die folgenden Tagen verliefen weitgehend ereignislos. Elizabeths Wunsch aber, Bath zu verlassen und Colonel Fitzwilliam zum Mitkommen zu überreden, wuchs beständig. Sie verspürte ein seltsames Unbehagen, wenn sie überlegte, was sich aus den in diesem Jahr geschlossenen Bekanntschaften ergeben könnte. Vor allem die Steeles und die Ferrars verdächtigte sie, ihrer Tante übel mitzuspielen. Sie scharwenzelten ständig um sie herum, und es schien Elizabeth, dass Lady Catherine allmählich wurde, was sie – bei all ihren Schwächen: dem Stolz, dem Hochmut, der Eitelkeit – nie gewesen war, nämlich argwöhnisch gegen die ihr wirklich Nahestehenden. Wenn ihr Neffe und ihre Nichte mit ihr zusammen waren, fragte sie beide aus und akzeptierte kaum eine Erklärung für deren anderweitigen Zeitvertreib. Allen hatte sie etwas vorzuwerfen: Mr. Morland, dass er die Gastfreundschaft der Portinscales in Anspruch nahm; Lady Portinscale, dass sie keinen Besuch empfing; Captain Tilney, dass er nicht heiratete; Anne Steele, dass sie eben dies so sehr wünschte; Colonel Fitzwilliam, dass er nach Bath gekommen, und Georgiana, dass sie ferngeblieben war. Mrs. Grant und Miss Crawford wurden dafür getadelt, an einem so teuren Ort zu leben, während Lady Catherine ansonsten kaum ein Wort über sie verlor, was Elizabeth als schlechtes Zeichen deutete, waren diese doch Freundinnen *ihrer* Wahl, über die Lady Catherine im stillen Kämmerlein gewiss ziemlich abfällig sprach.

Was James Morland anging, befand Elizabeth, dass zu seiner Verteidigung alles gesagt sei. Doch wäre sie auch ihm zuliebe gern zurück auf Pemberley gewesen, um alles Nötige in die Wege zu leiten, damit recht bald bekannt werden konnte, dass er Aussicht auf eine

Arbeit habe. Ihr Ehemann freilich wies sie lachend darauf hin, dass der Vikar kaum früher in den Ruhestand gehen werde, nur weil der Patronatsherr auf Pemberley statt in Bath weile.

Elisabeths größte Sorge aber galt der erblühenden Freundschaft zwischen Mary Crawford und Colonel Fitzwilliam; und in Bath, so schien ihr, waren ihr in dieser Hinsicht die Hände gebunden. Mary und Mrs. Grant kamen nur vorbei, um die Besuche von Elizabeth zu erwidern, und obgleich es zahllose Gelegenheiten gab, sich in den *Assembly Rooms*, den Parks, dem Theater und an anderen öffentlichen Orten zu begegnen, wurde ihre kleine Runde in solchen Momenten stets durch irgendjemanden gestört. Entweder war Lady Catherine zugegen, mit den Steeles, die verlässlich jede vernünftige Unterhaltung oder anderweitige Vergnügung zunichte machten, oder – schlimmer noch – Sir Walter und Miss Elliot tauchten auf und nahmen Mary in Beschlag, als genössen sie durch ihre ältere Bekanntschaft Vorrechte, zerrten sie fort von ihren neueren Freunden und lamentierten lauthals, dass „wir ja *arg* vernachlässigt wurden und wir unserer lieben Miss Crawford, die sich in letzter Zeit so rar gemacht hat, so viel zu erzählen haben". Sie waren nur lose mit den Darcys bekannt, zu denen sie – als Leuten von Welt – einst hatten enge Bande knüpfen wollen. Zu Miss Elliots Leidwesen hatte sich vor allem Mrs. Darcy damals recht abweisend gezeigt und stattdessen mit ihrer jüngeren Schwester, Mrs. Wentworth, Freundschaft geschlossen. Obgleich die Wentworths und die Darcys einander oft sahen, konnte sich Elizabeth mit ihren Sorgen ihrer Freundin Anne nicht anvertrauen, war doch offenkundig, dass Sir Walter Elliot ebenfalls um Miss Crawford buhlte, und überhaupt nicht offenkundig, welche Wahl die Dame treffen würde! Es war schwer vorstellbar, dass sie Sir Walter, mit seinem belanglosen Geschwafel, oder Miss Elliot, mit ihrer manierierten, überheblichen Art, als Gesellschaft schätzte. Und doch schien es bisweilen, als begrüßte sie die beiden geradezu herzlich und schlösse sich ihnen hocherfreut an, auch wenn sie sich einen Moment zuvor noch mit den Darcys und Fitzwilliam unterhalten und dabei unverstellt heiter gewirkt hatte. Wer jedoch genau hinsah, hätte erkennen können, dass es sich stets um Situationen handelte, in denen auch Lady Catherine auftauchte, die für gewöhnlich trachtete, ihren Neffen Colonel Fitzwilliam aus seiner Gesprächsrunde zu reißen und ihrer eigenen Entourage einzuverleiben. Er wiederum verzichtete in solcher Situation nur höchst widerwillig auf Miss Crawfords Gesellschaft, doch ließ sie ihm insofern auch keine Wahl, als sie stets mit einem netten Abschiedswort entschwand, noch bevor Lady Catherines drängendes „Ich würde gerne mit dir reden, Fitzwilliam, wenn du ein *paar* Minuten erübrigen könntest" ertönte. Er wusste Miss Crawfords Verhalten nicht zu deuten. Manchmal schien ihm, dass sie ihn wirklich mochte und er hoffen durfte, sie dazu bringen zu können, ihn noch mehr zu mögen. Andererseits war Sir Walter Elliot so oft an ihrer Seite – mit Komplimenten und Galanterien, die er wie eine zweite Muttersprache beherrschte, und die ihm selbst, dachte Fitzwilliam, so gänzlich fremd waren –, dass ihm, der er von Natur aus schüchtern und von seinem eigenen Charme wenig überzeugt war, jede Hoffnung abwegig schien, als Verehrer ernst genommen zu werden. Zugleich aber hielt ihn seine wachsende Zuneigung zu Mary davon ab, aufzugeben.

Elizabeth war sich über die Situation zumindest teilweise im Klaren und wünschte sehnlichst zu helfen. Doch etwas an Marys Reserviertheit machte es unmöglich, ihr Vertrauen zu gewinnen oder mehr für Colonel Fitzwilliam zu tun, als in seiner eigenen Macht stand. Mary gab ihm nichts, was sich im Entfernstesten als Zeichen der Ermutigung deuten ließ. Allein die Beobachtung, dass sie ihm gegenüber sehr natürlich zu sprechen und ihre wahren Ansichten offen zu äußern schien, ließ Elizabeth glauben, dass sein Interesse an ihr zumindest ansatzweise erwidert werde. Wäre da nicht die große Sympathie gewesen, die Elizabeth ihrerseits für die neue Freundin entwickelt hatte, wäre es ihr mit Blick auf das Seelenheil ihres Cousins womöglich ratsam erschienen, ihn einer Freude zu berauben, die zu großem Leid zu werden drohte. Doch nachdem er ihr in einer Unterredung seine starken Gefühle für Mary und seine Hoffnungen gestand, konnte sie ihm nicht mehr zum Aufgeben raten; vielmehr sah sie sich veranlasst, ihm ihre Anteilnahme und ihre Überzeugung zu bekunden, dass es sich fürwahr lohne, um Mary zu werben. Bei dieser Gelegenheit gestand er auch, dass es ihm Georgiana gegenüber ungebührlich vorkomme, sich so kurz nach ihrer Trennung derartigen Gedanken hinzugeben. Auch hielt er seine Hoffnung für vermessen, eine so geistreiche und bewunderte Frau wie Mary könne für einen „solch ramponierten alten Soldaten" – so seine Selbstbeschreibung – innige Gefühle hegen. Elizabeth versuchte, ihm diese Bedenken auszureden und so viel Gutes zu raten, wie sie in Kenntnis seines Charakters vermochte. Sie musste feststellen, dass er sich im Moment nicht die geringste Chance ausrechnete, erwählt zu werden. Er hoffte lediglich, während dieses Aufenthalts in Bath Miss Crawfords Wertschätzung zu gewinnen und die Gewissheit zu erlangen, dass sie keinem anderen Mann zugeneigt war.

Kapitel 5

Elizabeth lag daran, vor ihrer Abreise aus Bath, die nun für den 17. April, den Tag nach Lady Catherines Empfang beschlossen war, Miss Crawford noch möglichst oft zu sehen. Am Tag vor dem Empfang begab sie sich deshalb zu Mrs. Grants Haus. Als Vorwand für ihren Besuch hatte sie Noten für ein Musikstück dabei, das sich ihrer Ansicht nach dafür eignete, mit einer Harfenstimme arrangiert zu werden. Sie traf Mary allein an, doch trug diese Hut und Mantel und schnürte ein Paket, als Elizabeth ins Zimmer geführt wurde, so dass sie gleich erklärte, nicht weiter stören zu wollen, da Miss Crawford ganz offenbar im Aufbruch begriffen sei.

„Nein, nein, Sie stören nicht ... Es macht nichts ... Ich wollte dieses Paket nur zu Miss Elliot bringen ... Bitte, nehmen Sie doch Platz, Mrs. Darcy ... Ich kann auch den Laufburschen schicken." Miss Crawford rief den Diener und übergab ihm das Paket mit der Anweisung, es nach Camden Place zu bringen. Dann legte sie ihren Mantel wieder ab und sagte: „Es ist wirklich nichts von Belang, lediglich ein Fächer, den mir Miss Elliot neulich Abend geliehen hat – als Vorwand, wie sie sagte, um mich wiederzusehen, wenn ich ihn zurückbrächte." Sie sagte das leicht errötend, doch als Elizabeth erneut zu einer Entschuldigung ansetzte, rief sie aus: „Ach, ich bleibe doch so viel lieber hier und unterhalte mich mit Ihnen. Ich sehe Sie doch so selten allein. Man sieht in Bath, wie mir scheint, generell nur selten jemanden allein. Aber was haben Sie da mitgebracht? Noten? Wie wunderbar! Spielen Sie mir doch vor."

Elizabeth erläuterte ihre Idee, worauf Miss Crawford die Noten interessiert studierte und schließlich erklärte, dass das Stück ihrer Meinung nach ein wunderbares Duett abgäbe. Sie ging hinüber zu ihrer Harfe, und Elizabeth sagte: „Wenn Sie mögen, spielen wir es morgen Abend auf dem Empfang meiner Tante."

Miss Crawford schien ganz ins Stimmen ihrer Harfe vertieft und antwortete erst nach einer kurzen Pause: „Ich denke nicht, dass wir zu Lady Catherines Empfang gehen werden."

„Sie werden nicht hingehen?" Elizabeth versuchte, ihre Bestürzung zu verbergen. „Das bedaure ich sehr. Wir alle werden es sehr bedauern, Sie dort nicht zu sehen."

„Ich danke Ihnen", erwiderte Miss Crawford, die offenbar nichts weiter dazu sagen wollte. Elizabeth aber vermochte nicht, es dabei bewenden zu lassen. Nach einem kurzen Moment erklärte sie, dass sie, falls Mrs. Grant nicht der Sinn nach dem Empfang stünde, Miss Crawford gern abholen und zur Pulteney Street begleiten würde.

„Sie sind zu freundlich, Mrs. Darcy, aber das ist es nicht", sagte Miss Crawford, und Verlegenheit stand ihr im Gesicht. „Die Wahrheit ist", fuhr sie fort, „und zu einer Freundin wie Ihnen darf ich offen sprechen, dass mir nicht scheint, als sähe Lady Catherine so kleine Binsenlichter wie unsereins wirklich gern zwischen den funkelnden Sternen ihres Firmaments. Eigentlich kennt sie uns kaum. Sie hat uns kein einziges Mal besucht, seit wir ihr an jenem Konzertabend vorgestellt wurden, und uns nur einmal spätabends eine Einladung zu einem Ausflug nach Clifton zukommen lassen, der schon am nächsten Tag stattfinden sollte. Es macht mir nichts aus, nur wegen meiner Musik eingeladen zu werden, doch da ich dafür nicht bezahlt werde, sollte es – wie Frances und ich einhellig meinen – gebührlich geschehen. Oh! Verzeihen Sie", hielt sie errötend inne und biss sich auf die Lippe, „das hätte ich nicht sagen sollen. Natürlich steht es Lady Catherine frei, zu tun, was ihr beliebt. Nur dürfte sie, wage ich zu behaupten, längst vergessen haben, dass sie mich eingeladen hat."

„Liebe Miss Crawford", rief Elizabeth aus, die nun ebenfalls errötet war, „sprechen Sie nicht weiter. Sie beschämen uns allesamt. Was für eine taktlose Familie wir sind! Natürlich hatte ich angenommen, meine Tante hätte Ihnen und Ihrer Schwester eine Einladung in der gebotenen Form zukommen lassen. Geben Sie mir die Schuld, denn ich habe versäumt, sie daran zu erinnern. Wir sprachen darüber und gingen die ganze Zeit davon aus, Sie auf dem Empfang begrüßen zu dürfen. Darüber vergaß ich, und das ist unverzeihlich, was mir eine freudige Pflicht hätte sein müssen."

Miss Crawford versuchte, die Sache abzutun, indem sie lächelnd anmerkte, Mrs. Darcy sei gänzlich schuldlos und die Sache ohnehin zu banal, um darüber nur einen Moment zu sinnieren. Außerdem habe Mrs. Darcy, fügte sie hinzu, ja schon ihre Schwester mit Lady Catherine bekannt gemacht und schwerlich mehr tun können. Sie sei überzeugt, dass sie und Mrs. Grant auf einem so großen Fest nicht vermisst würden, und hoffe, Mr. und Mrs. Darcy bei anderer Gelegenheit zu treffen.

„Ich befürchte nur, dass Gelegenheiten wie diese in Bath wegen unserer baldigen Abreise rar sein werden, was mich den Verlust dieser einen umso mehr bedauern lässt", erwiderte Elizabeth. „Ich kann ihre Gefühle nachempfinden, Miss Crawford, aber wären Sie vielleicht so großmütig, zum Zeichen, dass Sie mir verziehen haben, die Einladung meiner Tante anzunehmen, wenn sie in gebührender Form erfolgte?"

Doch Miss Crawford ließ sich nicht dazu bringen, diesem Vorschlag ausdrücklich zuzustimmen. Sie tat die Frage ihrer Anwesenheit beim Empfang weiterhin als unerheblich ab und sagte lachend, sie werde ihre Harfe schicken, womit Lady Catherines Wünschen voll und ganz entsprochen sei. Das Äußerste, zu dem Elizabeth sie bewegen konnte, waren die Worte: „Es wäre mir eine Freude, es *Ihnen* zuliebe zu tun." Damit musste sich Elizabeth zufrieden geben. Doch ihr lag so sehr an Miss Crawfords Anwesenheit beim Empfang – zum einen weil sie hoffte, Lady Catherine werde ihr bei näherer Bekanntschaft freundlicher gewogen sein, zum anderen weil sie Colonel Fitzwilliam eine Begegnung mit Miss Crawford ermöglichen wollte, der keine Störung durch die Elliots drohte –, dass sie vom Haus von Mrs. Grant sogleich in die Pulteney Street eilte, in der Hoffnung, dass Lady Catherine dort allein zu sprechen sei und ihr

Gehör schenken werde. Beides war ihr vergönnt. Zwar weilte die unvermeidliche Miss Steele im Haus, jedoch oben bei Miss de Bourgh. Lady Catherine hatte soeben enttäuscht erfahren müssen, dass sich einige alte Bekannte gezwungen sahen, noch vor dem Empfang aus Bath abzureisen. So kam ihr Elizabeth, von der sie Mitgefühl einfordern und mit der sie über Erfreulicheres sprechen konnte, gerade recht.

„Es ist ungemein nervenaufreibend", sagte sie. „Ich kann diese vielen Ärgernisse kaum mehr ertragen. Meine Freunde sollten mir, in meinem Alter, derlei wirklich ersparen. Ich bin mir sicher, dass Lady Markhams Sohn *so* krank nicht ist und es sehr wohl noch zwei Tage ohne seine Mutter ausgehalten hätte."

Elizabeth bekundete ihr Mitgefühl und wurde dann über den Stand der Planungen des Empfangs in Kenntnis gesetzt, an denen Mrs. Ferrars offenbar unschätzbaren Anteil gehabt hatte. Als Lady Catherine schließlich die Namen der erwarteten Musiker nannte, nutzte Elizabeth die Gelegenheit und schlug vor, Miss Crawford eine förmlichere Einladung zu schicken, um sich ihrer Anwesenheit zu versichern.

Lady Catherine blickte verdutzt auf und erinnerte Elizabeth in beleidigtem Ton an ihre erste Begegnung mit Miss Crawford. „Wenn ich mich recht entsinne, warst du dabei, Elizabeth, als ich ihr anbot, ihr Instrument zu meinem Empfang mitzubringen."

„Ja, ich erinnere mich an diese Bemerkung", sagte Elizabeth, „aber ich glaube kaum, dass sie diese als Einladung aufgefasst hat. Ich nahm an, Sie würden es mit einem anschließenden Besuch bei ihr und ihrer Schwester besiegeln."

„Daran hatte ich tatsächlich gedacht", erwiderte Lady Catherine, „doch letztlich habe ich davon abgesehen. Ich kann nicht mit allen jungen Damen verkehren, die neu nach Bath kommen, und schon gar nicht mit einer jungen Dame, über die so viel geredet wird. Sie ist die denkbar größte Schäkerin. Dieser närrische alte Dandy, Sir Walter Elliot, sowie die Hälfte aller Männer in Bath laufen ihr nach."

„Aber nein, meine Gnädigste, da hat man Ihnen Falsches berichtet", widersprach Elizabeth in ernstem Ton. „Ich muss sie verteidigen. Sie ist überhaupt keine Schäkerin. Es mag sein, dass ihr Männer nachlaufen, doch werden sie dazu von ihr in keiner Weise ermutigt. Sollten Sie sie allerdings nicht mögen, brauchen wir darüber kein Wort mehr zu verlieren. Wen könnte man anstatt ihrer bekommen? Eine andere Dame wüsste ich nicht, aber es gibt da einen Herrn am Theater, der ganz passabel Harfe spielen soll."

Lady Catherine schwieg einen Moment verärgert. Dann brach es aus ihr heraus, ganz wie Elizabeth es erwartet hatte: „Es gibt niemanden, den ich anstatt ihrer bekommen könnte. Diese freche Göre! Sie sollte froh sein, in ein Haus wie dieses geladen zu werden. Wahrscheinlich hat sie ohnehin die ganze Zeit geplant zu kommen. Weiß man denn, ob dem nicht so ist?"

„Mir sagte sie bei unserer letzten Begegnung ausdrücklich, sie und ihre Schwester hätten keinen Grund zur Annahme, sie würden erwartet."

„Keinen Grund? Wo ich doch persönlich sagte: ‚Ich würde mich freuen, wenn Sie am sechzehnten kämen und bei mir spielten.' Deutlicher geht es doch nicht. Und was ihre Schwester anbelangt, falls es sich um jene sehr gewöhnlich aussehende Person handelt, die du mir eines Vormittags vorgestellt hast – ich entsinne mich nicht, ihr gegenüber etwas geäußert zu haben; sie spielt ja auch nicht Harfe."

„Sie ist eine sehr nette und kultivierte Frau, die Witwe eines Kanonikers von Westminster, und Miss Crawford geht ohne sie nirgendwohin."

„Nun, all das ist höchst ärgerlich. Ich weiß gar nicht, wann ich je so aufgebracht war. Du, Elizabeth, hättest ihr mitteilen müssen, und zwar unmissverständlich, dass sie kommen soll. Also wirklich, was sich diese Leute nur immerzu einbilden! Hier haben wir eine Einladungskarte. Ich werde ihre Namen darauf schreiben und sie ihnen noch heute Nachmittag zustellen lassen. Ich hoffe, dass diese Narretei damit ein Ende hat."

Damit aber gab sich Elizabeth keineswegs zufrieden. In den nächsten zehn Minuten bot sie all ihre Überredungskunst auf, um die Tante dazu zu bringen, Mrs. Grant aufzusuchen und persönlich einzuladen und damit alle bisherigen Versäumnisse vergessen zu machen. Lady Catherine wies diesen Vorschlag zunächst empört zurück und hätte sich auch auf nichts anderes eingelassen, wäre ihr nicht bewusst geworden, dass Miss Crawfords Musik ein Glanzpunkt des Abendprogramms sein würde. Überdies hatte sie vielen Freunden erzählt, sie bekämen eine wenig bekannte junge Dame zu hören, deren beachtliches Talent *sie* entdeckt habe.

Dies aber verriet sie ihrer Nichte nicht, und als letztere das Haus verließ, hatte sie keinerlei Versprechen erhalten. Elizabeth fand zwar, dass sie gesagt hatte, was gesagt werden musste, doch auf dem Heimweg grübelte sie noch lange über das Gespräch nach und fragte sich mit einigem Unbehagen, ob sie Mary wirklich einen Gefallen getan hatte. Das hielt auch ihr Ehemann für fraglich, dem sie nach ihrer Rückkehr von ihrer Unterredung erzählte. Er schüttelte nur den Kopf und erklärte, da seine Tante so schroff zu Miss Crawford gewesen sei, könne man wohl kaum eine Begegnung in entspannter und verheißungsvoller Atmosphäre erwarten.

„Aber wäre es nicht noch schlimmer", gab Elizabeth zu bedenken, „wenn Tante Catherine mit Miss Crawfords Erscheinen gerechnet hätte, diese aber fern geblieben wäre? Dann wäre der Bruch zwischen beiden gewiss endgültig gewesen."

„Wäre ein solcher Bruch wirklich so schlimm?", fragte Darcy. „Aber sei's drum, meine Liebe, du hast dein Bestes getan, und es wird allemal interessant sein zu sehen, welche Ergebnisse Tante Catherines Versöhnungsbemühungen zeitigen werden – schließlich schlüpft sie zum ersten Mal in diese Rolle."

Erstaunlicherweise waren Lady Catherines Bemühungen tatsächlich von Erfolg gekrönt, obgleich niemand wusste, wie sie es genau angestellt hatte. Zum Teil war es damit zu erklären, dass sie Mrs. Grant allein antraf, als Miss Crawford gerade außer Haus war. Sie war lediglich in Begleitung ihrer Tochter und hatte darauf verzichtet, Miss Steele zur Zeugin eines Gesprächs zu machen, das zweifellos an ihrem Stolz nagen würde. Mrs. Grant wiederum, die nur bruchstückhaft begriff, wie ungebührlich die ehrenwerte Lady ihre Schwester behandelt hatte und wo Marys Unmut herrührte, erkannte nur, dass Lady Catherine darauf bedacht war, sie beide beim Empfang zugegen zu wissen, und daher bereit, Versäumnisse in der Form ihrer Einladung einzugestehen. Lady Catherines Erleichterung, sich nicht direkt beim Objekt ihrer Abneigung entschuldigen zu müssen, war so groß, dass sie im Laufe des Gesprächs immer gnädiger zu Mrs. Grant wurde – einer, wie sie hinterher zu ihrer Tochter sagte, liebenswerten und bescheidenen Frau. Sie räumte sogar ein, dass sie Mrs. Grant schon früher einmal hätte besuchen sollen, doch habe sie zu jener Jahreszeit in Bath einfach zu viele Verpflichtungen.

Lady Catherines Besuch war streng auf eine Viertelstunde begrenzt, und Mrs. Grant setzte Mary, nachdem diese bester Laune heimgekehrt war, gleich über alles ins Bild. Als Mary hörte, dass ihre Schwester die Einladung angenommen hatte, war sie geneigt, trotzig zu erklären, dass sie Kopfschmerzen habe und deshalb nicht hingehen könne. Offenkundig hatte Mrs. Darcy ihre Hände im Spiel gehabt, und Mary mochte partout keine Gefälligkeiten annehmen, die ihr in letzter Minute von übellaunigen alten Damen erwiesen wurden, für die sie nur ein Mittel zum Zweck war. Mrs. Grant, deren Schwesterliebe und Stolz auf Mary keine Grenzen kannten, und die deren Schönheit und Talent nur zu gern erstrahlen sah, vermochte sie nicht zu überreden. Als Mary die Darcys und Fitzwilliam am folgenden Morgen in den *Lower Rooms* traf, erklärte sie ihr Erscheinen beim Empfang für so ungewiss, dass sie Mrs. Darcy nicht aufbürden könne, das Duett einzustudieren.

Elizabeth aber blieb zuversichtlich, Mary beim Empfang zu sehen, so wie auch Colonel Fitzwilliam, der frohgemut darauf hinwies, dass „sie ja nicht gesagt hat, dass sie nicht komme“. Ihre Hoffnungen sollten sich erfüllen - die zwei Schwestern kamen tatsächlich. Mary sah bezaubernd aus, sie trug ein weißes Kleid und wenige, aber erlesene Schmuckstücke, allesamt Geschenke ihres geliebten Bruders. Elizabeth, die ein wenig früher eingetroffen war, stand unweit ihrer Tante und konnte sich so zu ihrer Zufriedenheit davon überzeugen, dass beide Schwestern von der Gastgeberin angemessen höflich, wenn nicht gar herzlich empfangen wurden. Lady Catherine bequemte sich sogar dazu, ihnen ihre Tochter vorzustellen, und Miss de Bourgh machte artig gleich zwei Knickse, wobei ihr die Bemerkung, dass es ein kühler Abend sei, von Anne Steele aus dem Mund genommen wurde, die neben ihr stand und sich wie selbstverständlich als Teil dieser Vorstellungsrunde zu begreifen schien.

Elizabeth sah erfreut, wie Colonel Fitzwilliam ungeduldig darauf wartete, dass die Förmlichkeiten ein Ende hatten, und sich sogleich an Miss Crawfords Seite stellte. Beide hatten einander offenbar viel zu sagen. Elizabeth ihrerseits unterhielt sich mit Mrs. Grant, nachdem sie die beiden Damen begrüßt und Mary einen dankbaren Blick zugeworfen hatte, der weit mehr auszudrücken vermochte als ihre leise Bemerkung: „Wie schön, dass Sie gekommen sind".

Unter den Gästen, die Elizabeth nun eintreffen sah, war zu ihrem Amüsement auch das Gefolge der Eheleute Robert Ferrars. Dieser hatte in Lady Catherines Kreis offenbar einige Leute eingeführt, die mit ihnen in der Welt der Mode lebten. Robert Ferrars war ganz in seinem Element. Feste in fremder Leute Häusern schienen ihm noch weitaus mehr zu behagen, als wenn sie ihn selbst Geld und Mühe kosteten – ganz abgesehen von dem Vorteil, seinen Freunden als Gastgeberin die Tochter eines Earls präsentieren zu können. Als schließlich alle Gäste an Lady Catherine vorbei defiliert waren, begann er, in Begleitung eines geckenhaften, äußerst modisch gekleideten jungen Mannes durch die Räume zu stolzieren, um diesen oder jenen Gast zu beeindrucken. Elizabeth dachte schon, sie und ihr Mann blieben von Mr. Ferrars Anbiederungen verschont, als zu ihrer Überraschung eben jener junge Mann vor ihnen stehen blieb, woraufhin Mr. Ferrars bat, ihnen seinen Freund Mr. Yates vorstellen zu dürfen, der unlängst aus London eingetroffen sei. Womöglich seien Mr. und Mrs. Darcy, so fuhr er fort, in Anbetracht ihrer bevorstehenden Reise an einem Gespräch mit Mr. Yates interessiert, könne dieser sie doch über den gegenwärtigen Zustand der Straßen aufklären.

Mrs. Darcy hatte kaum ihren Knicks gemacht und wollte gerade eine angemessene Antwort formulieren, als der Blick des Neuankömmlings auf Mrs. Grant fiel, die nicht weit entfernt in einem Sessel saß. Im Ton ungläubigen Erstaunens nannte er ihren Namen, und als sie aufsah, rief er aus: „Wusste ich es doch. Und fürwahr, das rechne ich mir als Verdienst an, Gnädigste, bedenkt man, wie weit unsere letzte Begegnung zurückliegt. Ich hoffe auf das Glück, mich Ihnen ins Gedächtnis rufen zu können?"

„Sie sind zu freundlich, werter Herr", antwortete Mrs. Grant. Doch ihre Miene zeugte nicht gerade von Freude ob des Wiedersehens. „Natürlich erinnere ich mich an Sie. Mrs. Yates erfreut sich, so hoffe ich, guter Gesundheit?"

„Bester Gesundheit, haben Sie vielen Dank, Gnädigste. Ich hoffe, dasselbe gilt für ihre Schwester, Miss Crawford. Aber vielleicht ist sie gar nicht mehr Miss Crawford?"

„Sei ganz beruhigt, Yates", mischte sich Robert Ferrars ein. „Sie ist immer noch Miss Crawford, und über ihr Befinden kannst du dir einen eigenen Eindruck verschaffen, denn du wirst sie heute Abend sehen und hören."

Diese Äußerung empfand Mrs. Grant als derart unflätig, dass sie Mr. Yates' weitere Schmeicheleien mit den Worten unterbrach: „Ja, ich kann mit Freude sagen, dass meine Schwester immer noch bei mir lebt." Dann stand sie auf und machte Anstalten, sich zu entfernen, woraufhin Elizabeth ihr rasch vorschlug, sich gemeinsam auf die Suche nach einer Tasse Tee zu machen. So sah der perplexe Mr. Yates Mrs. Darcy entschwinden, noch bevor er ein einziges Wort über London oder die vornehmen Leute verlieren konnte, mit denen er zwei Abende zuvor diniert hatte.

„Tut mir leid, Ferrars", erwiderte er auf die Vorhaltungen seines Freundes. „Ich hatte gewiss nicht die Absicht, mich mit Mrs. Grant zu unterhalten, aber sie zu sehen, war eine kolossale Überraschung. Ich hätte nicht im Traum gedacht, ihr hier zu begegnen, und natürlich musste ich ein höfliches Wort an sie richten, alles andere wäre ihr zurecht merkwürdig erschienen."

„Lieber Freund", entgegnete Ferrars, „warum sollte das von Belang sein? Ich nahm an, dir sei klar, dass Mrs. Darcy diejenige ist, deren Gunst man gewinnen muss, und nicht Mrs. Grant, diese Pfarrerswitwe. Da du sie von früher kennst, vermute ich, dass sie in jenem herrlich öden Nest lebte, aus dem du deine Frau hast."

„In der Tat", antwortete Mr. Yates. „Doch spielen da noch andere Dinge eine Rolle, mit denen sie nichts zu tun hat. Willst du sagen, ihre Schwester ist wirklich hier und spaziert in Bath herum?"

„Und ob sie hier herumspaziert, warum auch nicht?", entgegnete Ferrars. „Spricht etwas dagegen? Alle Frauen sind schlecht auf sie zu sprechen – du solltest mal meine Gemahlin und meine Schwester hören –, aber nur, weil sie eine so verflixt hübsche Person ist und stolz dazu. Außer den Darcys wird sie hier sicher keine Freunde finden."

„Weißt du es tatsächlich nicht? Hast du nie von der Sache mit ihr und ihrem Bruder gehört? Die zwei haben die Familie meiner Frau ganz schön an der Nase herumgeführt. Beide können sich in Mansfield nie wieder blicken lassen. Daher können sie von Glück sagen, dass die Grants fortgezogen sind. Der Gedanke, Miss Crawford wiederzusehen! Ich werde ihr berichten, dass Edmund Bertram überaus munter und wohlhabend ist und Tom Bertram noch nicht verheiratet. Pass auf, wie sie dann dreinschauen wird."

Doch der hübsche Plan wurde durchkreuzt. Denn Elizabeth, die Mary vor allen Unannehmlichkeiten zu bewahren gedachte, hatte sofort erkannt, wie verstört Mrs. Grant durch das Vorgefallene war. Deren Bemerkung, sie hoffe, dass Mary nicht auf Mr. Yates treffen werde, da er mit den Bertrams in Beziehung stehe und daher mit einem schmerzlich erinnerten Teil ihres Lebens, hätte es nicht mehr bedurft. Zusammen gingen sie in den Teesalon, in dem sich Colonel Fitzwilliam und Mary zum Glück schon aufgehalten hatten, bevor Mr. Yates eingetroffen war. Darcy hatte sich zu ihnen gesellt, so dass sie nun zu fünft plaudernd beieinander standen. Mrs. Grant flüsterte ihrer Schwester kurz etwas zu, der für einen Moment die Gesichtszüge entglitten. Doch Mary verscheuchte den düsteren Gedanken und gab sich rasch wieder den Freuden der Gegenwart hin. Dann wurde Elizabeth die Bitte ihrer Tante übermittelt, „Miss Crawford nun zum Spielen zu bewegen". Also begleitete sie ihre Freundin ins Musikzimmer und wich ihr auch nach der Darbietung nicht von der Seite, bis Colonel Fitzwilliam diesen Part schließlich wieder übernahm. Zu Elizabeths Überraschung wurde keine Zugabe verlangt, doch da sie ihre Aufmerksamkeit gleich mehreren Freunden schenken musste, verschwendete sie darauf bis zu ihrem recht frühen Aufbruch, auf den ihr Ehemann mit Blick auf die Reise am folgenden Tag drängte, keinen weiteren Gedanken.

Mr. Yates kam niemandem aus dieser kleinen Runde im weiteren Verlauf des Abends nahe. Doch man hätte ihn in einer anderen Ecke des Zimmers in einem längeren Gespräch mit Lucy Ferrars und ihrer Schwester sehen können, die, ihrer andächtigen Aufmerksamkeit und ausdrucksvollen Mimik nach zu urteilen, sehr interessant fanden, was Mr. Yates zu sagen hatte. So sehr sogar, dass die beiden jungen Damen sofort, nachdem seine Erzählung beendet war und sie geschworen hatten, über das Gehörte kein Sterbenswörtchen zu verlieren, die erste Gelegenheit nutzten, sich in Richtung ihrer Gastgeberin davonzustehlen. Mit wichtigtuerischer Gebärde nahmen sie Lady Catherine beiseite und erzählten ihr die ganze Geschichte. Eine Geschichte, die – wie man sich denken kann – in der Version der beiden jungen Damen nichts von ihrer Dramatik verlor. Lady Catherine jedenfalls war am Ende so wütend, dass sie zunächst verlangte, man solle sowohl Mr. Yates als auch Miss Crawford – letztere war natürlich die Hauptfigur der Erzählung – herbeiholen. Immer noch schwelte in Lady Catherines Kopf der wirre Wunsch, aller Welt zu beweisen, dass ihre Abneigung gegen Mary Crawford die ganze Zeit über begründet gewesen war. Lucy aber beschwor Lady Catherine, aus panischer Angst vor den Folgen solchen Handelns, in die sie ja verwickelt wäre, mit ihrer Urteilsverkündung noch bis zum folgenden Tag zu warten. Es werde, versicherte Lucy ihrer Gönnerin, noch genügend Begegnungen mit Miss Crawford geben. Lady Catherine versprach nichts. Sie erklärte lediglich, dass allein der Umstand, sich um ihre anderen Gäste kümmern zu müssen, sie davon abhalte, Miss Crawford auf der Stelle ihr Missfallen kundzutun. Sie werde nicht länger als unbedingt nötig den Eindruck erwecken, ein solches Verhalten wie das von Miss Crawford zu billigen. Lucy und ihre Schwester hielten es für das Beste, sich unauffällig unter die Gästeschar zu mischen, bevor der Sturm über den Köpfen anderer Leute losbrach.

Elizabeth und ihr Mann hatten sich derweil schon von den meisten Freunden verabschiedet und wechselten einige letzte Worte mit Mrs. Grant und Mary. Letztere sah ungewöhnlich liebreizend aus, und der Ausdruck stiller Freude erhellte ihr Gesicht. Colonel Fitzwilliam gestattete sich ihr gegenüber noch nicht die Ungezwungenheit eines engen Freundes, doch der Ernst, mit dem er Mary ansah, und der Eifer, mit dem er ihren kleinsten Wünschen nachkam, verrieten seine Gefühle. Sein Auftreten war das eines Menschen, der ausnahmslos frohe Gedanken hegt.

„Wie schade, dass wir nun wirklich Abschied nehmen müssen“, sagte Elizabeth. „Doch mich tröstet die Gewissheit, dass es nur für eine Weile ist. Sie werden doch hoffentlich ihr Versprechen halten und uns im Sommer besuchen?“

Mary Crawford und ihre Schwester erneuerten freudig ihre Zusage, und erstere fügte noch hinzu: „Sie müssen uns genau mitteilen, wie man zu Ihnen gelangt, Mrs. Darcy. Sie müssen uns über alle Widrigkeiten einer Fahrt von Brighton nach Derbyshire aufklären, andernfalls werden wir uns gewiss bei der Anreise verirren.“

„Brighton? Sie werden von dort aus anreisen?“

Nun wurde Elizabeth erklärt, dass die Damen den Juni und Juli für gewöhnlich am Meer verbrachten, wobei die Wahl in diesem Jahr auf Brighton gefallen sei. „Vielleicht aber sind wir auch bei meinem Bruder in London“, fuhr Mary fort, „doch wo immer wir sein werden: Wenn Sie sich unser erinnern und uns einladen, werden wir kommen.“

Nach der unvermeidlichen Beteuerung, dass dies zu vergessen unmöglich sei, gab man sich herzlich die Hand. Dann sagte Elizabeth an den Cousin gewandt: „Kommst du mit, Robert? Es wäre nicht nett von dir, noch länger zu bleiben. Wann würden wir dich sonst noch sehen, wo du dich so standhaft weigerst, morgen mit uns abzureisen?“

Fitzwilliam zögerte und sagte dann, er habe eigentlich noch nicht an Aufbruch gedacht. Da aber mischte sich Mary mit den Worten ein: „Bitte, Colonel Fitzwilliam, wir wollen Sie nicht aufhalten. Ich bin mir sicher, unsere Kutsche steht inzwischen bereit – wenn Sie das kurz für uns in Erfahrung bringen könnten.“ Und an Elizabeth gerichtet fügte sie hinzu: „Colonel Fitzwilliam war nämlich so freundlich, den Wunsch zu äußern, uns bei der Abfahrt in die Kutsche zu helfen. Doch wäre es ungehörig, ihn allein deshalb davon abzuhalten, mit Ihnen und Mr. Darcy heimzufahren.“

„Gewiss, ich werde nachsehen“, sprach der Colonel und wandte sich zum Gehen, „aber wartet bitte nicht auf mich, Elizabeth. Ich spaziere lieber nach Hause und sehe dich und Darcy dann beim Frühstück.“

Darcy zog seine untergehakte Frau mit sich fort, hinüber zu Lady Catherine, die ausgesprochen aufrecht in einem Sessel saß und ihre strengste und abweisendste Miene aufgesetzt hatte. Auf Elizabeths Dank für all die Güte und Freuden, die die Tante ihnen während ihres Aufenthalts hatte zuteil werden lassen, erwiderte sie zunächst nichts. Als Elizabeth aber ihre bevorstehende Abreise erwähnte, zuckte sie kurz, legte dann für einen Moment ihre Hand kühl in die ihrer Nichte und sagte: „Ja, ihr reist morgen ab. Ich erinnere mich. Ihr habt es zwar nicht mit mir besprochen, aber vielleicht ist es in diesem Jahr das Beste, wenn ihr nicht länger bleibt."

Elizabeth kannte die Unverfrorenheit der Tante zu gut, um nach Erklärungen für derlei Äußerungen zu suchen. Sie wandte sich ab, woraufhin Darcy seiner Tante mit den Worten „Ja, wir sind diesmal so lange geblieben, wie es uns beliebte" gleichfalls die Hand gab und seine Frau umgehend nach unten geleitete.

Mary Crawford sah ihnen vom Salon aus nach und bemerkte zu Mrs. Grant: „Wir sollten uns ebenfalls verabschieden, Frances. Die Kutsche dürfte bereitstehen, und die Harfe muss auch noch hinuntergetragen werden."

„Das soll mir recht sein, meine Liebe", erwiderte ihre Schwester. „Wir werden uns anstellen müssen, denn alle Welt scheint nun gleichzeitig im Aufbruch begriffen."

Sie näherten sich Lady Catherine, und als sie nach wenigen Minuten vor ihr standen, sprach diese sie zu ihrer beider Erstaunen viel steifer und förmlicher an als zuvor. „Ah, Miss Crawford! Auf Sie habe ich gewartet. Wenn Sie mir bitte kurz folgen würden." Sie führte die beiden in eine kleine Bibliothek, in der einige Kartenspieltische standen, die aber menschenleer war.

Mary, nicht im Geringsten argwöhnisch, flüsterte ihrer Schwester schelmisch zu: „Vielleicht will sie mir ja doch ein Honorar aushändigen." Umso größer war ihre Überraschung, als Lady Catherine, nachdem sie die Tür geschlossen hatte, sie mit einer vor Wut schrillen Stimme anherrschte: „Da dies unsere letzte Begegnung sein dürfte, Miss Crawford, erlauben Sie mir, Ihnen mitzuteilen, dass ich bei meiner Einladung an Sie einem großen Irrtum aufgesessen bin und diese Einladung nun zutiefst bereue." Die Schwestern starrten sie stumm vor Verblüffung an, und Lady Catherine beeilte sich fortzufahren: „Ihnen scheint die Frage auf der Zunge zu liegen, wie ich zu diesem Urteil komme. Ich will mich nicht mit Einzelheiten aufhalten. Es muss ihnen genügen, dass mir gewisse Tatsachen zur

Kenntnis gebracht wurden – Tatsachen, die, wenn Sie einmal scharf nachdenken, zweifellos ..."

Da aber hatte Mary ihre Sprache wiedergefunden, und mit einer Stimme, die vor Gekränktheit zitterte, fiel sie Lady Catherine ins Wort: „Mir lag nicht die Frage auf der Zunge, warum Sie mich zur unerwünschten Person in ihrem Haus erklären. Was das anbelangt, ging mein Entschluss ihrem Wunsch voraus. Doch habe ich ein Recht zu erfahren, was es mit dieser Beleidigung auf sich hat. Selbst Eure Ladyschaft wird sich nicht weigern können, mich darüber aufzuklären, wessen ich durch wen beschuldigt werde."

Lady Catherine nahm eine noch strammere Haltung an und erwiderte: „Wie bereits gesagt, will ich das nicht im Einzelnen ausführen. Mir liegt nicht daran, Dinge auszusprechen, die Ihnen in Ihrem weiteren Leben schaden könnten. Die Tatsachen, die mir zu Kenntnis gebracht wurden, sind, wie Ihnen selbst klar sein dürfte, für Sie und jedes Mitglied ihrer Familie desaströs – für Sie, Mrs. Grant, in geringerem Maß. Ich werde niemanden darüber unterrichten. Ich möchte Sie nur wissen lassen, dass unsere Bekanntschaft hiermit beendet ist."

Ihre letzten Worte hörte Mary kaum noch. Sie hatte sich ihrer Schwester zugewandt, die völlig fassungslos schien und nur kaum vernehmbar murmelte: „Dieser schreckliche Mr. Yates! Ich hatte es befürchtet ... hatte es befürchtet ..."

„Frances, liebe Frances, lass dich nicht gehen, ich flehe dich an. Lass nicht zu, dass sie dich unglücklich macht. Wer ist schon Mr. Yates? Die Wahrheit kann uns beiden doch nichts anhaben." Dann wandte sie sich, den Kopf stolz nach hinten werfend, wieder Lady Catherine zu und fragte: „Nun, Gnädigste, um zumindest meiner Schwester, wenn schon nicht mir, Gerechtigkeit widerfahren zu lassen: Hätten Sie die Güte uns mitzuteilen, was Mr. Yates Ihnen erzählt hat?"

Lady Catherine, die mit schamvoller Demut gerechnet hatte, war auf diesen Gegenangriff nicht vorbereitet und antwortete erst nach kurzem Zögern: „Offensichtlich wissen Sie, dass Mr. Yates durchaus etwas zu erzählen hat."

„Allerdings. Wir wissen sehr genau, was Mr. Yates weiß", entgegnete Mary forsch, „doch was er Ihrer Ladyschaft erzählt hat, steht auf einem anderen Blatt. Werden Sie es uns nun sagen, oder wollen Sie das lieber im Beisein von Mr. und Mrs. Darcy tun? Eine entsprechende Nachricht würde die beiden zweifellos veranlassen, die morgige Abreise zu verschieben."

Diese spitze Bemerkung tat ihre Wirkung. Bestrebt, nicht weiter in die heikle Angelegenheit verstrickt zu werden, rief Lady Catherine aus: „Mr. Yates hat nicht mit mir über diese Sache gesprochen. Es genügt mir, dass er anderen, die mein Vertrauen genießen, die Geschichte von der schändlichen Verbindung ihres Bruders zu einer verheirateten Frau erzählt hat, deren entehrten Namen ich nicht in den Mund nehmen werde. Ist dies etwa nicht die Wahrheit? Sie sagten, die Wahrheit könne Ihnen nichts anhaben."

„Es ist tatsächlich wahr", antwortete Mary, die blass geworden war.

„Oh, Mary!", rief Mrs. Grant aus. „Lass uns gehen, es ist schon schlimm genug."

„Nein", antwortete Mary, die mit größter Mühe die Fassung bewahrte, „wir wollen Lady Catherine nicht um das Vergnügen bringen, uns alles zu erzählen, was sie gehört hat."

„Zeigen Sie denn keinerlei Reue, Sie schamlose, argwillige Person?", brach es aus Lady Catherine heraus, die ihrer Wut nun freien Lauf ließ. „Sie scheinen zu glauben, als Mitwisserin in dieser schockierenden Affäre hafte Ihnen keinerlei Makel an, dabei hätten Sie allein deshalb schon die Gesellschaft ehrbarer Leute meiden sollen. Doch zu allem Übel sind da noch Ihre eigenen Ränkespiele mit den zwei Brüdern jener liederlichen Frau, von denen Sie einen seiner Herzensdame abspenstig gemacht haben. Und dann ihre Tändeleien hier, auf die ich nicht näher eingehen werde, die ich aber mit eigenen Augen beobachten konnte ..."

„Es reicht, denke ich", sagte Mary mit erhobener Hand. „Sie haben uns auf jede erdenkliche Weise beleidigt. Ich hoffe nur, Lady Catherine, dass dieser Affront ihre Rachegelüste gänzlich befriedigen konnte."

„Wie können Sie es wagen, derart mit meiner armen Schwester zu sprechen", rief nun Mrs. Grant aus, deren Entsetzen in Zorn umgeschlagen war. „Wenn Sie die ganze Wahrheit in dieser Sache kennen würden ... Wenn Sie wüssten, wer gelitten hat und wer die Schuld trägt! ... Möge Gott Ihnen ihre boshaften Gedanken und giftigen Worte vergeben!"

„Still, Frances!", unterbrach Mary ihre Schwester und zog sie fort. „Versuche gar nicht erst, sie zu widerlegen. Sie ist es nicht wert." Die beiden Schwestern verließen den Raum und gingen entschlossenen Schrittes nach unten, wo sie ihre Mäntel abholten und Mrs. Grant ihre Gefühle verbergen konnte, indem sie die Kapuze tief ins Gesicht zog. Nachdem Mary das Personal angewiesen hatte, ihr Instrument nach unten zu bringen, warteten sie in der Garderobe. Wenig später klopfte ein Diener an der Tür und fragte nach Miss Crawford. Die beiden Damen eilten herbei, in Erwartung der Nachricht, dass ihre Kutsche bereitstehe, doch dann standen sie unvermutet vor dem bleichen und besorgt blickenden Colonel Fitzwilliam, der zu Mary sagte: „Ich hatte schon befürchtet, Sie verpasst zu haben ... dass Sie gegangen seien ... Ich habe in allen Zimmern nach Ihnen gesucht ... und dann erfahren, dass Sie ein Gespräch mit meiner Tante hatten. Ist etwas vorgefallen, liebe Miss Crawford? Ich fürchte, dass etwas vorgefallen ist."

„Es ist nicht von Belang, vielen Dank, Colonel Fitzwilliam", antwortete sie mit kühlem Stolz. „Sie sind etwas zu spät erschienen, um behilflich sein zu können. Und wie ich sehe, hat der Lakai meine Harfe gebracht, wenn Sie uns also freundlicherweise erlaubten, das Haus zu verlassen – das wäre alles, was Sie tun können."

„Ich flehe Sie an, liebste Miss Crawford: Sprechen Sie nicht so!", rief er aus, wenn auch mit gedämpfter Stimme, wegen der umstehenden Leute. „Gibt es nichts, was ich tun kann? Nichts, was ich wieder ins Reine bringen kann? Gewiss könnte ich es, wenn ich nur wüsste, was vorgefallen ist."

„Das mag Ihnen Lady Catherine erzählen", erwiderte Mary eisig. „Darf ich noch mal darum bitten, dass Sie unsere Kutsche rufen lassen?"

„Nur einen Moment noch, und ich werde Sie nicht länger aufhalten", sagte er hastig. „Dürfte ich Sie morgen besuchen, zu früher Stunde? Bitte gestatten Sie es."

„Morgen werde ich nicht zu Hause sein", antwortete Mary und schritt an ihm vorbei zur Haustür, wo ein Lakai soeben verkündet hatte: „Mrs. Grants Kutsche steht bereit."

„Mrs. Grant!", rief Colonel Fitzwilliam nun und eilte ihr nach, die ihrer Schwester folgte, „gestatten *Sie* mir, Sie morgen aufzusuchen? Ich werde Ihre Schwester nicht bedrängen, allein ... Sie werden mir doch nicht Ihre Tür verschließen, ohne mir den Grund für diese furchtbare Wandlung zu erläutern?"

„Oh, Colonel Fitzwilliam!", rief Mrs. Grant aus, die ihre Erregung kaum im Zaum halten konnte, „wenn Sie alles wüssten, würden Sie von mir nicht verlangen, Sie zu empfangen. Aber ich kann es Ihnen auch nicht völlig abschlagen. Nur brauche ich Zeit zum Nachdenken ... und all meine Sorge muss zuvörderst meiner Schwester gelten."

Ihm blieb nur, sich zu verbeugen und zu fügen. Er half ihr in die Kutsche, die sogleich davonrollte.

Kapitel 6

Mr. und Mrs. Darcy waren bestürzt ob des Anblicks, den ihr Cousin bot, als er am nächsten Morgen zum Frühstück erschien. Er sah aus wie jemand, der nicht geschlafen und dessen Schlaflosigkeit eine schlimme Ursache hatte. Auf ihre Nachfrage schilderte er ihnen, so knapp und ruhig er konnte, die Ereignisse des vorigen Abends. Elizabeth schrie ungläubig auf, als er Miss Crawfords Verhalten bei ihrem Aufbruch beschrieb, enthielt sich aber vorerst jeder Bemerkung. Fitzwilliam erzählte, wie er anschließend nach seiner Tante gesucht hatte, um von ihr eine Erklärung zu erhalten. Er hatte sich gedulden müssen, bis fast alle Gäste gegangen waren, ehe er allein mit ihr sprechen konnte. Doch dieses Gespräch gestaltete sich schwierig. Auf Fitzwilliams Vorwurf, sie habe Miss Crawford und Mrs. Grant schlecht behandelt, räumte sie ein, womöglich recht harsch zu Miss Crawford gewesen zu sein. Doch habe deren Haltung sie erbost. Außerdem habe sie nichts geäußert, was nicht gerechtfertigt gewesen sei. Und inzwischen sei ihr völlig klar, dass sie eine Person wie Miss Crawford niemals in ihr Haus hätte lassen dürfen.

„Grundgütiger! So kann man doch nicht ungestraft reden“, rief Elizabeth aus. „Was hast du ihr geantwortet, Robert?“

Colonel Fitzwilliam sagte, er habe seinen Zorn hoffentlich im Zaum gehalten, doch sei es ihm nicht leicht gefallen. Seine Tante habe die Vorwürfe nicht weiter erläutert. Sie habe lediglich angedeutet, dass Miss Crawford und vor allem deren Bruder sich einer Familie namens Bertram gegenüber auf empörende Weise verhalten hätten, und hinzugefügt, dies sei ihr selbst zwar eben erst zu Ohren gekommen, in London allerdings, wie sie annehme, allgemein bekannt. Natürlich zeigten die Einwände ihres Neffen, dass, was immer der Bruder auch getan habe, Miss Crawford gewiss keinerlei Schuld treffe, nicht die geringste Wirkung. Ebenso wenig sah Lady Catherine ein, dass es schändlich gewesen war, in ihren eigenen vier Wänden zwei ihrer Gäste allein auf der Grundlage einer Tratschgeschichte zu beschimpfen und zu verunglimpfen.

„Dieser Einwand machte sie nur noch wütender", fuhr Colonel Fitzwilliam fort. „Sie sagte, es gehe nicht um eine Tratschgeschichte, sondern vielmehr um eine gesicherte Tatsache, und obgleich sie offenkundig ein Versprechen gegeben hatte, die Quelle ihrer Erkenntnisse nicht zu nennen, entfuhr ihr doch einmal der Name ‚Ferrars', sodass ich mich in dem bestätigt sah, was ich schon vorher vermutet hatte, dass wir nämlich ihm diese scheußliche Sache verdanken."

„Das ist alles höchst bedauerlich", sagte Darcy ernst. „Wir werden es niemals wiedergutmachen können. Es tut mir leid für dich, Fitzwilliam, und noch mehr für Mrs. Grant und ihre Schwester. Aber ich wüsste nicht, was man tun könnte, außer dass sich alle, die in irgendeiner Weise enger mit meiner Tante bekannt sind, entschuldigen. Um Miss Crawfords willen sollte man über die Sache möglichst wenig Worte verlieren. Die Ferrars werden weiter ihre üblen Spielchen treiben, und wir als Freunde von Miss Crawford sind verpflichtet, dies einfach zu ignorieren. Gleichwohl, nehme ich an, ist auch ein Quäntchen Wahrheit an dieser Geschichte?"

„Ich weiß es nicht und will es auch nicht wissen", begann Fitzwilliam, doch Elizabeth unterbrach ihn: „Ich kann Euch alles berichten, was man darüber wissen muss. Ich habe diese Geschichte, wenn man sie so nennen will, erst kürzlich von Anne Wentworth gehört. Ich habe nicht darüber gesprochen, weil es nichts bringt, derlei Dinge aufzuwärmen. Es ist wahr, dass Miss Crawfords Bruder mit Mrs. Rushworth, der früheren Miss Bertram, davongelaufen ist. Er hat ihr vor ihrer Ehe übel mitgespielt, hat erst ihre Zuneigung gewonnen und ihr dann zu verstehen gegeben, dass er sie nicht zu heiraten gedenke. Mary Crawford war der ganzen Familie in Freundschaft verbunden, und einer der Brüder, ein junger Bertram, hatte ein Auge auf sie geworfen. Die skandalöse Scheidung aber entzweite die beiden Familien, und bösartige Menschen könnten vermutlich Gründe dafür anführen, dass Mary an all dem Schuld trage. Ich allerdings wüsste keinen solchen Grund."

„Woher weiß Mrs. Wentworth von dieser Geschichte?", fragte Darcy. Colonel Fitzwilliam schien der Frage keine Beachtung zu schenken; er stand auf, ohne sein Frühstück auch nur angetastet zu haben.

„Durch einen Freund, einen Marineoffizier, den jungen Lieutenant Price, dessen Schwester mit einem der Bertram-Söhne verheiratet ist. Sie wurde schon als Kind von der Familie adoptiert, sodass sie natürlich über all deren Angelegenheiten Bescheid weiß. Ich nehme an, dass die Ferrars ihre Informationen von jenem Mr. Yates haben, der gestern Abend zugegen war. Ich weiß nichts über ihn, werde mich aber bei Anne Wentworth über ihn erkundigen."

„Du kennst meinen Ratschlag, der da lautet: Möglichst wenig Worte darüber zu verlieren", erklärte Darcy und ging hinüber ans Fenster, legte seinem Cousin die Hand auf die Schulter und sagte mitfühlend: „Nimm es nicht zu schwer, mein Bester. Wenn Miss Crawford wieder gefasst ist, wird sie einsehen, dass dich keine Schuld trifft, und auch Mrs. Grant, die zweifellos eine kluge Frau ist, wird die richtigen Schlüsse ziehen, wenn sie die Dinge in Ruhe überdacht hat."

„Das hoffe ich", erwiderte Colonel Fitzwilliam, doch seine Stimme und Miene wirkten wenig hoffnungsvoll.

„Ich wünschte, wir könnten noch ein oder zwei Tage länger bleiben, um in dieser elenden Affäre Gutes zu bewirken", rief Elizabeth aus. „Vielleicht sollten wir unsere Abreise doch verschieben."

„Nein, Elizabeth, das ließe sich schwerlich einrichten und wäre auch nicht ratsam", entgegnete Darcy entschieden. „Keiner von uns könnte meine Tante dazu bewegen, sich mit den beiden Damen zu versöhnen. Und was *unser* Bedauern angeht, auch Roberts, so teilen wir es besser schriftlich mit. Übrigens, Robert, wie seid ihr denn auseinandergegangen, du und unsere Tante?"

„Im Zorn, fürchte ich", antwortete Fitzwilliam. „Nach dem Streit, den wir miteinander hatten, war das unvermeidlich. Aber das kümmert mich nicht. Sie weiß nun, dass ich auf Miss Crawfords Seite stehe, und wird deshalb kaum erwarten, mich bald wiederzusehen."

„Entgegen deiner Meinung, Darcy, denke ich, dass wir vielleicht doch Gutes bewirken können", warf Elizabeth ein. „Lass uns die Kutsche abbestellen. Und mit dem Vermieter könnten wir bestimmt aushandeln, die Wohnung noch bis Montag zu behalten."

Fitzwilliam bat beide inständig, sich seinetwegen nicht solche Umstände zu machen. Und da Darcy ebenfalls nicht geneigt war, ihre Pläne zu ändern, zumal die Kutschen schon auf dem Weg zu ihnen waren, musste Elizabeth ihre Idee aufgeben, was ihr umso schwerer fiel, als sie meinte, dass das Unheil nicht geschehen wäre, wenn sie Miss Crawford nicht überredet hätte, zu Lady Catherines Empfang zu kommen. So aber machte sie sich wieder an die Vorbereitungen für ihre Abreise, dabei Pläne für die nahe Zukunft schmiedend, wenn alle Beteiligten nicht mehr den in Bath wirkenden Kräften ausgesetzt wären. Als alles bereit und das Gepäck in den Kutschen verstaut war, ging sie mit Colonel Fitzwilliam hinunter, redete ihm tröstlich und ermutigend zu und versprach, gleich beim ersten Zwischenhalt an Miss Crawford zu schreiben. Außerdem mahnte sie ihn zur Geduld; er solle sich nicht grämen, wenn Mary ihn nach dieser leidvollen Erfahrung eine Weile nicht zu sehen wünschte. Er versprach, die Hoffnung nicht aufzugeben, äußerte aber auch die Sorge, die schon geknüpften Bande könnten sich wieder gänzlich lösen.

„Du bist zu gütig, Elizabeth", sagte er schließlich, als sie einander die Hand gaben. „Sollte diese Geschichte dennoch glücklich ausgehen, so werde ich es dir zu verdanken haben. Aber das ist mehr, als ich erwarten darf. Sie hatte nie Grund, mich eines Blickes zu würdigen, und nun erst recht nicht, falls sie mich mit dieser elenden Affäre in Verbindung bringt."

Abermals beschwor Elizabeth ihn, die Dinge nicht so düster zu sehen. Kurz darauf traten sie und Darcy die lange Fahrt gen Norden an. Ihr Cousin kehrte, nachdem er einige Worte mit James Morland gewechselt hatte, der kurz zuvor zum Hotel gekommen war, um von seinen Freunden Abschied zu nehmen, zurück in seine eigenen Gemächer und zu den Gedanken an Mary Crawford, die ihn im Grunde keine Minute losgelassen hatten. Das Verlangen, sie wiederzusehen, wurde nur noch von seinem Wunsch übertroffen, ihren guten Ruf zu verteidigen. Entgegen Darcys Ratschlag gelangte er nach reiflicher Überlegung zu der Ansicht, dass es nur recht und billig sei, zunächst die Ferrars aufzusuchen und, wenn nötig, auch Mr. Yates, um zu verlangen, dass, wer immer die verleumderischen Behauptungen zu verantworten hatte, diese zurücknehmen solle. Zwar wollte er nicht als Marys edler Ritter auftreten, solange sie ihm nicht gestattet hatte, seine Zuneigung deutlicher als bisher zu zeigen. Da er aber nun mal um den Affront am vorigen Abend wusste und zugleich Miss Crawfords Freund und Lady Catherines Neffe war, fühlte er sich persönlich verpflichtet, die Dinge wieder ins Reine zu bringen, nachdem der Appell an seine Tante erfolglos geblieben war.

Also begab er sich umgehend zur Unterkunft der Ferrars, deren Adresse ihm Anne Steele mitgeteilt hatte, als sie ihn wieder einmal gebeten hatte, sie doch zu besuchen – eine Bitte, der er bis dahin nicht nachgekommen war. Als er nun in den Salon geführt wurde, sah er, dass seine zwei Vorhaben sich auf einen Schlag in die Tat umsetzen ließen, denn Mr. Yates saß dort mit den Ferrars und Miss Steele zusammen. Fitzwilliam reichte ihnen weder die Hand, noch nahm er – wie ihm angeboten wurde – Platz. Zugleich an die Ferrars und an Mr. Yates gewandt verlangte er, so ruhig und besonnen wie möglich, dass sie augenblicklich und vorbehaltlos alle Anschuldigungen zurücknähmen, die sie gegen Miss Crawford erhoben hatten, und überdies Lady Catherine gegenüber all ihre früheren Behauptungen widerriefen. Er achtete darauf, Miss Crawfords Namen möglichst selten zu nennen, und verlangte keine persönliche Entschuldigung bei ihr, da es ihm überaus heikel schien, als ihr Anwalt zu sprechen, und ihm klar war, dass nicht das hässliche Gerede sondern die Beleidigung durch seine Tante sie am tiefsten gekränkt hatte. Fitzwilliams Mission erwies sich als einfacher denn erwartet, und wäre er leichteren Herzens gewesen, hätte es ihn wohl gar amüsiert zu sehen, welchen Aufruhr seine Worte unter seinen Zuhörern auslösten. Weder Robert Ferrars noch Mr. Yates waren streitlustige Menschen, sondern seichte und geschwätzige Müßiggänger, die einen leidlichen Frohsinn an den Tag legten, solange es nur vergnüglich und behaglich zuging. In jenem Moment nun war es ihr höchstes Bestreben, sich mit dem vornehmen Herren, der so gebieterisch vor sie getreten war, wieder gut zu stellen. Und so versicherten und beteuerten sie eifrigst, leugneten und bedauerten oder erklärten zu einem Missverständnis, was auch immer jemanden aus seinem Freundeskreis habe verärgern können.

Robert Ferrars, der Fitzwilliams Worten zwar aufmerksam gelauscht, mit der Angelegenheit aber nichts zu tun hatte, erkannte sehr rasch, dass vor allem seine Frau und seine Schwester für diese unschöne Geschichte verantwortlich waren. Und sowohl er als auch Mr. Yates machten beiden Damen sogleich heftige Vorwürfe, weil sie ihr Versprechen gebrochen und Mr. Yates' Äußerungen an Lady Catherine weitergegeben hatten. Anne Steeles Contenance hielt dieser, im Beisein des von ihr verehrten Colonel Fitzwilliam erhobenen Anklage nicht lange stand. Während es ihr als das Ratsamste erschien, in Tränen auszubrechen, verteidigte sich Lucy vehement. Sie habe Lady Catherine nur erzählt, was diese habe wissen müssen, da ihre Ladyschaft doch Miss Crawford zweifellos nicht zu empfangen wünschte, falls auch nur die Hälfte dessen, was Mr. Yates erzählt habe, wahr sei. Damit löste sie wiederum bei Mr. Yates einen weiteren Redeschwall aus, der nun weitschweifig leugnete, irgendetwas zu Miss Crawfords Ungunsten gesagt zu haben. Er endete mit der kühnen Behauptung, dass sie eine Dame sei, die er überaus achte, und die man für die Fehltritte ihres Bruders keinesfalls verantwortlich machen könne, und was Edmund Bertram angehe, so meine doch ohnehin jeder, dass *er* es gewesen sei, der *ihr* übel mitgespielt habe – „immer nur um sie herumscharwenzelt und ihr nie einen Antrag gemacht – niemand von uns wusste, was er im Schilde führte".

Colonel Fitzwilliam gab zu verstehen, dass er über derlei Details nichts zu wissen wünsche, sondern nur gekommen sei, weil er erfahren habe, dass Lady Catherine sich aufgrund des Gehörten habe verleiten lassen, ihre Gäste höchst ungerecht zu behandeln – „ungerecht" war das stärkste Wort, das er sich zu verwenden erlaubte – , und dass es im Sinne aller Beteiligten dringend notwendig sei, sie über ihre Irrtümer aufzuklären. Als Mr. Yates das hörte, erklärte er sich auf der Stelle bereit, Lady Catherine aufzusuchen und ihr darzulegen, was er die „wahren Tatsachen" nannte, und er pflichtete Colonel Fitzwilliam auch emphatisch bei, als dieser den Wunsch äußerte, Mr. Ferrars möge ihn begleiten. Mr. Ferrars sah recht verdattert zunächst seinen Freund und dann seine Frau an. Lucy war so verstimmt, dass sie kein Wort mehr hervor brachte. Mr. Yates jedoch hatte seine Unbekümmertheit und Redseligkeit bereits wiedergefunden und war als einziger aus der Runde imstande, Colonel Fitzwilliam unter lächelnden Verbeugungen und mit dem Versprechen, ihn binnen ein oder zwei Tagen über das Ergebnis seines anstehenden Gesprächs zu unterrichten, hinauszugeleiten. Mr. Yates war niemand, der sich lange von etwas bekümmern ließ, und die Aussicht auf die Begegnung mit Lady Catherine erfüllte ihn bereits mit einiger Vorfreude, sah er sich doch nun in einer bedeutenden Rolle.

Auf seinem Heimweg musste Colonel Fitzwilliam kurz lächeln, als er sich das Gewitter aus gegenseitigen Vorwürfen vorstellte, das im Salon nach seinem Aufbruch zweifelsfrei losgebrochen war. Er fürchtete aber, das Erreichte werde von geringem Nutzen sein, da seine Tante an die erste Version der Geschichte gewiss viel lieber glauben wollte als an die zweite. Umso mehr hing nun von seinem Einfluss auf Mary und ihre Schwester ab – davon, ob es ihm gelingen würde, ihnen für das erlittene Unrecht irgendeine Art Wiedergutmachung zu leisten. Da er wenig Vertrauen in seine eigenen Fähigkeiten hatte, kam er voller Trübsinn am Haus der beiden Schwestern an.

Nachdem der Diener erklärt hatte, die Damen seien zu Hause, wartete Colonel Fitzwilliam eine Weile im Salon. Dann erschien Mrs. Grant, mit einer Miene, die kaum geeignet war, ihn zu ermutigen. Sie bat ihn nicht, Platz zu nehmen, und blieb in einiger Entfernung zu ihm stehen, während sie knapp und förmlich erklärte, dass ihre Schwester sich unwohl fühle und außerstande sei, Gäste zu empfangen. Fitzwilliam wurde schwer ums Herz. Seine schlimmsten Befürchtungen bestätigten sich. Eilig sagte er, natürlich habe er nicht annehmen können, dass Miss Crawford irgendjemanden aus seiner Familie zu sehen wünsche, nach allem, was am vorigen Abend vorgefallen sei, doch sei er gekommen, um – auch im Namen der Darcys – aufrichtig um Entschuldigung zu bitten. Er wisse nur zu gut, dass keine seiner Worte die Erinnerung an die schlechte Behandlung auslöschen könnten, die Mrs. Grant und ihre Schwester erfahren hätten, doch habe er sich um ihre Rehabilitierung bemüht und hoffe, dass „wenn Lady Catherine erst einmal zur Kenntnis gebracht ist …“

Hier unterbrach ihn Mrs. Grant: „Colonel Fitzwilliam, ich muss Ihnen offen sagen, dass die Erwähnung dieses Namens gegenüber mir oder meiner Schwester nicht im Geringsten dienlich ist. Ich weiß, Sie meinen es gut, doch das Unheil ist nun mal angerichtet, und keine Worte oder Taten Lady Catherines könnten es wiedergutmachen. Ich möchte nicht näher darauf eingehen, es ist alles zu schmerzlich, doch wenn Sie wüssten, welche Worte sie uns gegenüber gewählt hat, würden Sie einsehen, dass derlei nie vergessen werden kann – und beinahe hätte ich gesagt: nie verziehen.“

Colonel Fitzwilliam äußerte sein vollstes Verständnis. Er erzählte Mrs. Grant, wer die wahren Urheber der Verleumdung waren, und sagte, er ahne wohl, wie man Lady Catherine zu ihrer Entrüstung verleitet und wie sie geredet habe, obgleich er nicht dabei gewesen sei. Und er wiederholte, dass man Lady Catherine aufzuklären gedenke und diese hernach bereuen werde, so voreilig geurteilt zu haben. Doch nichts von all dem zeigte Wirkung bei Mrs. Grant. Zwar sah sie, wie sehr Colonel Fitzwilliam bemüht war, ihre und ihrer Schwester Schmerzen zu lindern. Und sie dankte ihm auch für seine Bemühungen. Doch sie endete mit den Worten, dass sie die Ansicht ihrer Schwester teile, beide Familien sollten besser nicht mehr miteinander verkehren.

Colonel Fitzwilliam war zutiefst bestürzt. Er fühlte sich abgewiesen, nahm dennoch alle Kräfte zusammen und fragte: „Aber, Mrs. Grant, Sie lasten uns, meinem Cousin, meiner Cousine und mir doch nicht an, was meine Tante getan hat? Zumindest Mrs. Darcy müssten Sie doch gut genug kennen, um sie von dieser Verurteilung auszunehmen."

Mrs. Grant schien verwirrt. „Mrs. Darcy ist immer sehr gütig", sagte sie zögernd. „Das weiß ich zu schätzen."

Dahinter schien ein „aber" zu lauern, und so drängte Colonel Fitzwilliam vorsichtig auf weitere Erläuterungen, bis Mrs. Grant schließlich sagte: „Die Wahrheit ist, wenn Sie es denn wissen wollen, Colonel Fitzwilliam, dass meine Schwester – und obgleich ich mit ihr nicht völlig einer Meinung bin, verstehe ich doch ihre Sichtweise – zu gekränkt ist, um unparteiisch urteilen zu können. Sie meint, dass sie sich nicht von Mrs. Darcy hätte überreden lassen sollen ... dass es ein Fehler war, im Grunde auf Einladung von Mrs. Darcy zu Lady Catherines Empfang zu gehen."

„Gütiger Himmel!", brach es aus Fitzwilliam hervor. „Aber sie denkt doch nicht etwa, meine Cousine trage irgendwelche Schuld für das Verhalten meiner Tante?"

„Nein, gewiss nicht", antwortete Mrs. Grant. „Sie gibt sich, wie ich schon sagte, selbst die Schuld. Aber sie bedauert auch, dass Mrs. Darcy Lady Catherine unbedingt zu einer Geste der Höflichkeit uns gegenüber bewegen wollte. Lady Catherine mochte uns nicht, und als die Gelegenheit kam, uns ihre wahren Gefühle zu zeigen, hat sie diese dankbar ergriffen und weidlich ausgenutzt."

„Mrs. Grant, glauben Sie mir: Es ist nicht, wie sie denken", sagte Fitzwilliam in ernstem Ton. „Meine Tante ist zur Zeit der Spielball einiger bösartiger und skrupelloser Personen, die sie gänzlich nach ihrem Willen handeln lassen."

„Das mag sein. Ich will es gern glauben. Doch entschuldigt das ihr Verhalten nicht", erwiderte Mrs. Grant.

Gedankenversunken schritt Fitzwilliam zwei oder drei Mal durchs Zimmer. Dann trat er vor Mrs. Grant und sagte in einem Ton, der seine Erregung kaum verbarg: „Verzeihen Sie mir, aber ich kann Ihre Äußerungen nicht als endgültig erachten. Natürlich liegt die Entscheidung ganz bei Ihnen und Ihrer Schwester, doch mag ich nicht glauben, dass Sie wirklich mit uns, meinem Cousin, meiner Cousine und mir, wegen der vorgefallenen Sache brechen wollen – einer Sache, von der Sie wissen, dass wir sie so sehr bedauern wie verurteilen. Darf ich nicht doch hoffen, dass mir gestattet wird, mit Ihrer Schwester zu sprechen? Wenn auch nur wenige Minuten? Nicht heute, das ist mir klar, aber morgen oder übermorgen? Mrs. Grant, ich habe kein Recht, irgendetwas zu verlangen, aber ich denke, Sie wissen, wie viel es mir bedeutet."

Mrs. Grants Gesichtszüge waren weicher geworden, und sie sprach nun freundlicher als zuvor. „Ich will nicht so tun, als verstünde ich Sie nicht, Colonel Fitzwilliam, doch offen gesagt möchte meine Schwester Sie jetzt nicht sehen, und es wäre auch niemandem gedient, wenn Sie sie jetzt sähen. Die Gefühle meiner Schwester sind tief verletzt worden – tiefer, als Sie es sich wohl vorstellen können. Es wäre besser für Sie, die Sache auf sich beruhen zu lassen. Sie verlassen Bath in Kürze. Auch wir werden Anfang des Sommers abreisen, und irgendwann in der Zukunft werden wir uns womöglich einmal wiedersehen und imstande sein, unsere freundschaftlichen Bande neu zu knüpfen."

Fitzwilliam war blass geworden. Denn obgleich halbwegs auf einen solch schweren Schlag vorbereitet, hatte er doch auf mildernde Umstände gehofft. Mrs. Grants Worte aber klangen ihm in diesem

Moment, als rate sie ihm zur Resignation. Er konnte nicht gleich antworten. Doch dann fasste er sich und entgegnete mit fester Stimme: „Mir liegt einzig am Glück Ihrer Schwester, und was immer sie wünscht, soll geschehen." Dann verbeugte er sich und verließ rasch den Raum.

Allein zurückgelassen, dachte Mrs. Grant noch eine Weile mit einiger Seelenpein über das Gespräch mit Colonel Fitzwilliam nach. Zwar grollte sie weiterhin wegen dem, was Mary und auch ihr angetan worden war. Doch als Überbringerin der Botschaft, die ihr Gast zu hören bekam, hatte sie sich höchst unwohl gefühlt. Sie hatte ihn von Anfang an geschätzt und schätzte ihn noch immer. Mit Freude hatte sie beobachtet, wie er und Mary sich immer stärker zueinander hingezogen fühlten, denn sie fand ihn *beinahe* ihrer geliebten Schwester würdig. Der Vorfall des vorigen Abends hatte an diesem Urteil nichts geändert. Wer auch immer die Schuld daran trug – es war bestimmt nicht Lady Catherines Neffe. Als Mrs. Grant ihre Erregung einigermaßen unter Kontrolle hatte, versuchte sie Mary zu überzeugen, ihm Gerechtigkeit widerfahren zu lassen, wohl wissend, dass er die Angelegenheit nicht auf sich beruhen und wieder von sich hören lassen würde. Doch Mary war nicht zu überzeugen. Sie war nachhaltig erschüttert, nicht nur durch die unglaubliche Kränkung, sondern auch durch die Konfrontation mit einer längst zu Grabe getragenen Vergangenheit, die sie nun in Gestalt eines unvergänglichen Vorwurfs einholte. Was sie am stärksten bedauerte, an eigenen wie an fremder Leute Handlungen, was sie mehr als alles andere hatte vergessen wollen, war in ihrem Kopf nun wieder zum Leben erweckt, und das gerade zu einer Zeit, da sie wieder gewagt hatte zu denken, ihr könne doch eine glückliche Zukunft beschieden sein, unter Menschen und in Verhältnissen, die mit ihrer Vergangenheit nichts zu tun hatten. Nun aber hatten die schmerzlichen Erinnerungen sich der Gegenwart bemächtigt, suchten sie auf besonders schlimme Weise heim und drohten, ihr neues Leben zu verderben. Mary war zu bekümmert und aufgewühlt, um zu erkennen, dass es allein in ihrer Hand lag, ob diese Erinnerungen ihre Kräfte entfalten konnten. Und so fiel sie unvermeidlich in jenen Zustand der Unzufriedenheit, Apathie und Bitterkeit zurück, aus dem sie sich gerade erst befreit hatte. Sie erkannte nur, dass die alten Geister zurückgekehrt waren, und diese Erkenntnis ließ sie unglaublich zornig werden. Auf die Fürsprache ihrer Schwester antwortete sie, dass sie wild entschlossen sei, keine Angehörigen dieser Familie je wiederzusehen, die alle gleich seien, nämlich stolz und hartherzig. Sie würden sie von oben herab behandeln, sie zu Dingen verleiten, die sie nicht wolle, und sie wünschte nur, sie wäre keinem von ihnen je begegnet. Mrs. Grant versuchte, ein gutes Wort für Colonel Fitzwilliam einzulegen, doch Mary – voll Kummer und umso stärker leidend, da sie wusste, wie ungerecht sie war – entgegnete nur, dass es Colonel Fitzwilliam zwar gut meine, er aber seine grässliche Tante wirklich besser unter Kontrolle haben sollte. Mary hätte nicht einmal sich selbst, geschweige denn ihrer Schwester gegenüber eingestanden, wie stark ihre Gefühle für den Mann geworden waren, den sie nun zurückwies – aus gekränktem Stolz, aus Starrsinn, aus Wut ... Sie hätte kaum sagen können, warum.

Mrs. Grant blieb nur, Marys Leid so weit wie möglich zu lindern und zu teilen. Sie sah ein, dass es besser war, das Thema ruhen zu lassen, und richtete ihre Hoffnung darauf, dass die verstreichende Zeit und ein Wechsel von Ort und Gesellschaft Mary ein gewisses Maß an Trost und Aufheiterung bescheren würden.

Dieser Segnungen bedurfte Colonel Fitzwilliam noch viel mehr. Auf dem Rückweg ins Hotel litt er Seelenqualen wie nie zuvor in seinem Leben. Zum Schmerz der Enttäuschung kam Hoffnungslosigkeit, denn es schien ihm außerhalb seiner Macht zu liegen, die Ursache für die Zurückweisung durch Miss Crawford zu beseitigen. Sie war zu tief gekränkt, um ihn sehen oder anhören zu wollen, und dass sie dies nicht wollte, hieß für ihn, dass er ihr unmöglich etwas bedeuten konnte. Nun aber, gänzlich getrennt von ihr, hatte er keine Möglichkeit, sie sich wieder gewogen zu machen. Die Wut auf seine

Tante hielt an. Selbst wenn es gelänge, sie zu überreden, alle mögliche Wiedergutmachung zu leisten, wäre dies doch – wie er nun erfahren hatte – vergeblich. Es gab nichts, was irgendjemand hätte tun können.

Er rief seinen Diener und erteilte ihm Anweisungen für eine frühe Abreise aus Bath am folgenden Tag. Er tat, als würde er zu Abend essen, sank dann in seinen Sessel und brachte den weiteren Abend mit traurigen und einsamen Gedanken zu. Es war schon kurz vor halb zehn, als ihm von unten eine Visitenkarte gebracht wurde, und überrascht erinnerte er sich, dass ihm Mr. Yates einen Besuch versprochen hatte.

Wenige Momente später wurde besagter Gentleman – höflich, beschwingt und redselig wie eh und je – ins Zimmer geführt. Nie war Colonel Fitzwilliam ein Besucher ungelegener gekommen, doch dieser musste angehört werden, auch wenn es quälend lang dauerte, bis er von seinen artigen Floskeln und Bemerkungen über das Wetter zur Sache kam, über die er dann mit einer gewissen Beiläufigkeit zu sprechen begann, als habe er sich eben erst erinnert, weshalb er eigentlich gekommen war.

„Übrigens, Colonel", fing er an, „heute Nachmittag habe ich Lady Catherine einen Besuch abgestattet und die Gelegenheit genutzt, ihr gegenüber jene Angelegenheit zu erwähnen, über die wir heute Vormittag sprachen."

„Ach, tatsächlich?", antwortete Colonel Fitzwilliam. „Ich hoffe, Sie haben sie überzeugen können."

„Nun, was das anbelangt", fuhr Mr. Yates fort und machte es sich in seinem Sessel noch ein wenig bequemer, „bin ich mir nicht sicher. Selten hatte ich mit einer Dame zu tun, die so schwer zu überzeugen ist. Doch im Wunsch, Ihnen, mein werter Herr, zu Diensten zu sein, habe ich mein Bestes getan. Mein Bestes, das kann ich ehrlich sagen. Wie versprochen, erklärte ich ihr, dass sie irregeführt worden sei. Miss Crawford sei nicht im Mindesten die Art von Person, für die sie sie halte, und damit war unsere Unterhaltung eigentlich schon beendet. Denn ich schwöre Ihnen, Colonel, mit aller Hochachtung vor ihrer Ladyschaft: Sie wurde ziemlich wütend. Erklärte, dass sie weder den Namen der jungen Dame noch irgendein weiteres Wort über sie hören wolle. Dass sie die ganze Sache wirklich leid sei."

„Wahrscheinlich würde sie sich ungern eingestehen, dass sie einen Fehler gemacht hat", sagte Fitzwilliam, nachdem Mr. Yates, offenbar in Erwartung eines Kommentars, innegehalten hatte.

„Nun, ich vermute tatsächlich, das erklärt ihren scharfen Ton. Denn, wissen Sie, es schien, als würde sie ungern gut von Miss Crawford denken müssen, was schwer verständlich ist. Ich teilte ihr mit, was ich den Ferrars gesagt hatte, also ich meine, den Ferrars hatte anvertrauen wollen, dass ich nämlich überrascht gewesen sei, dass niemand von der Sache mit ihrem Bruder wusste, und fügte hinzu, dass mir unbegreiflich sei, wie jemand meine Bemerkungen zu Miss Crawfords Ungunsten hatte verdrehen können – Bemerkungen, die ja allgemeiner Art waren und in keiner Weise böswillig geäußert. Daraufhin nahm sie mich ins Verhör, wollte wissen, was an der Sache dran sei, bis sich mir schließlich der Kopf drehte und ich darauf hinweisen musste, dass es mir wegen meiner Beziehung zu jener Familie nicht anstünde, über deren Angelegenheiten im Detail Auskunft zu geben."

Er machte eine weitere Pause, und Fitzwilliam zwang sich zu sagen: „Ich bin Ihnen sehr dankbar, dass Sie Ihr Möglichstes getan haben, obgleich ich befürchte, dass es kaum von Nutzen war."

„Nun, das dachte ich ebenfalls. Doch ganz zum Schluss sagte ihre Ladyschaft mit offenbar großem Unmut: ‚An all dem muss etwas dran sein, auch wenn Sie es bestreiten. Warum sollten Mrs. Ferrars und Miss Steele eine Geschichte erfinden und mir erzählen? Was hätten sie davon, Miss Crawford zu verleumden? Sie haben keinen Grund, einen ihnen zugetragenen Bericht aufs Übelste zu verdrehen.' Worauf ich ihr schlicht die Wahrheit sagte. ‚Werte Lady Catherine', sagte ich, ‚Sie fragen nach dem Warum? Der Grund ist, wie jeder weiß, dass Mrs. Ferrars darauf aus war, ihre Schwester mit

Colonel Fitzwilliam zu verbandeln, und beide Damen waren tief enttäuscht, als er seine Aufmerksamkeit stattdessen Miss Crawford schenkte.' Warum schauen Sie so verärgert, Colonel Fitzwilliam? Machen Sie sich nicht die Mühe, es zu bestreiten, mein werter Herr, das ist doch unter Freunden wahrlich nicht nötig."

„Ich wünschte, Sie beschränkten sich darauf, über Sachen zu sprechen, von denen Sie eine Ahnung haben, Mr. Yates", stieß der Colonel gereizt hervor, „und diese zählt nicht dazu."

„Unfug, mein lieber Herr – ich und keine Ahnung? Wie hätte ich das Augenfällige übersehen können? Noch bevor wir gestern Abend zum Empfang ihrer Tante aufbrachen, sprachen Mrs. Ferrars und ihre Schwester auf eine Weise über sie, dass man annehmen konnte, Sie stünden Miss Steele den ganzen Abend zur Verfügung. Zumindest hoffte sie das. Natürlich sagte ich keinen Ton, obgleich ich erkannte, dass die Dinge ganz anders lagen. Überdies legte mir Mr. Ferrars im Laufe des Abends alles dar: wem Miss Steeles Interesse galt, was die beiden Damen ausgeheckt hatten und so weiter. Es fällt mir wirklich schwer zu glauben, dass Lady Catherine, wo sie doch so eng mit beiden befreundet ist, von all dem nicht die geringste Ahnung hatte."

Fitzwilliam hätte nicht für möglich gehalten, dass seine Abscheu gegenüber der Ferrars-Fraktion noch steigerbar war, doch jenes vulgäre Gemisch aus Tratsch und Ränkespiel hatte eben diese Wirkung. Er spürte das starke Verlangen, seinen Besucher loszuwerden, um von dieser widerlichen Geschichte kein Wort mehr zu hören. Er stand auf und dankte Mr. Yates kühl ein weiteres Mal für seine Bemühungen, und dieser, zu höflich, um den Wink zu ignorieren, erhob sich gleichfalls, wenn auch mit deutlichem Unwillen, das Gespräch schon zu beenden. Er schritt hinüber zum Kamin, streckte einen Fuß zum Feuer vor und sagte: „Ich darf Sie nicht mit dem Eindruck zurücklassen, dass Lady Catherine *nicht* überzeugt war. Im Gegenteil, ich vermute eher, dass sie es letztlich doch war, denn sie wirkte doch verändert, nach allem, was ich ihr sagte. Sie schien zunächst verblüfft, zeigte sich sehr ungläubig und entrüstet und fragte, wie irgendwer wagen könne, so etwas zu sagen oder zu denken, obgleich die Idee, wie ich ihr erklärte, so leid es mir tue, ihr Unangenehmes mitgeteilt zu haben, nicht von mir stamme. Daraufhin beruhigte sie sich und schien nachzudenken, dankte mir schließlich und bat mich, sie nun zu entschuldigen und, falls ich in unsere Herberge zurückkehren würde, Mrs. Ferrars und Miss Steele unverzüglich zu ihr zu schicken. Ich war nicht besonders wild darauf, ihren Boten zu spielen, und vermutlich bemerkte sie das, denn sie rief mich zurück und sagte, es sei nicht nötig, da sie den beiden schreiben werde."

„Aus all dem höre ich heraus", sagte Fitzwilliam, „dass Mr. Ferrars Sie zu diesem Gespräch nicht begleitet hat."

„Oh Gott, nein! Das hätte ich gleich zu Beginn erwähnen müssen, habe es aber schlicht vergessen. Nein, ich konnte ihn nicht überreden, mich zu begleiten. Ich nehme an, ihm ist bedeutet worden, dass seine Frau dies nicht wünsche."

„Das ist bedauerlich, denn er hätte Ihre Aussagen bestätigen und Lady Catherine weitere Beweise liefern können", gab Colonel Fitzwilliam zu bedenken.

„Gewiss hätte er etwas sagen können, doch bezweifle ich, dass er mehr Erfolg gehabt hätte, als mir vergönnt war", antwortete Mr. Yates selbstgefällig. „Mein lieber Herr, ich denke, Sie können beruhigt schlafen. Sollte Lady Catherine ihren Fehler jetzt nicht eingesehen haben, wird sie es nie tun. Wahrscheinlich erklärt sie gerade in diesem Augenblick den Ferrars, wie diese sie bedauerlicherweise zu einem Irrtum verleitet haben."

Colonel Fitzwilliam war sich ziemlich sicher, dass seine Tante gerade nichts dergleichen tat, und dass das von Mr. Yates geschilderte Gespräch anderes zum Inhalt gehabt hatte, als Miss Crawfords Rehabilitation. Doch selbst wenn die Ferrars durch Mr. Yates' Ausführungen in Ungnade gefallen wären, würde das nicht bedeuten, dass das von ihnen tags zuvor angerichtete Unheil aus der Welt wäre.

Lady Catherine wäre sicher nicht geneigt, Miss Crawford zu vergeben, nur weil ihre eigenen Freunde sie wütend gemacht hatten. Und dass sie wütend war über die Machenschaften, die Mr. Yates so nonchalant enthüllt hatte, das nahm Fitzwilliam an. Es war ja auch ein Affront gegen sie, und ihr Neffe ahnte, dass selbst das Fingerspitzengefühl und die Schlagfertigkeit einer Mrs. Ferrars nicht vermochten, Lady Catherines wallende Wut einzudämmen. Selbst die Gewissheit, dass sie Miss Steele nun ebenso wenig wie Miss Crawford als geeignete Ehefrau für ihn ansah, war ihm nur ein schwacher Trost. Allein die Vorstellung, dass diese Möglichkeit in Erwägung gezogen worden war, widerte ihn so sehr an, dass er sie gern für immer aus seinem Kopf verbannt hätte. Diese Leute hatten alles so gründlich verdorben, dass es nun nichts gab, womit sie Miss Crawford noch mehr verletzen oder seine eigene Zukunft noch weiter zerstören konnten.

Nachdem Mr. Yates dieses Thema, wie er fand, abgehandelt hatte, begann er, von etwas anderem zu sprechen, doch Fitzwilliam gelang es, seinen Gast zu unterbrechen und zum Aufbruch zu drängen, indem er den Wunsch äußerte, nun die Vorbereitungen für seine frühe Abreise am nächsten Morgen zu treffen. Mr. Yates zeigte sich betrübt ob der Mitteilung, dass der Colonel Bath schon um acht Uhr verlassen werde. Er selbst erwäge ja ebenfalls, am nächsten Tag abzureisen. Eigentlich sei er mit der Absicht gekommen, eine ganze Woche bei den Ferrars zu verbringen, doch wegen dieser leidigen Affäre herrsche nun ein höllischer Aufruhr – Mrs. Ferrars habe ihn ja gewissermaßen der Lüge bezichtigt! –, sodass er seinen Besuch zu verkürzen gedenke und wohl umgehend zu seiner Schwester nach Berkshire reisen werde. Er fürchte allerdings, nicht vor zwölf Uhr abfahrbereit zu sein ... ob Colonel Fitzwilliam seine Abreise nicht verschieben und in seinem Zweispänner mitfahren wolle? Der Colonel antwortete, dass ihm dies leider nicht möglich sei, doch tue Mr. Yates gewiss gut daran, abzureisen. Insgeheim wünschte er in diesem Moment, der wohlmeinende Herr wäre nie aufgetaucht.

Kapitel 7

Die Darcys waren gemächlich gereist und noch nicht lange wieder zu Hause, als Mr. Darcy einen Brief seines Cousins erhielt, der von Bath aus geradewegs nach London gefahren war. In kurzen Worten umriss Colonel Fitzwilliam die Geschehnisse nach der Abreise der Darcys. Er berichtete davon, wie er sich leidlich erfolgreich bei Yates und den Ferrars beschwert hatte, und auch von der Vergeblichkeit seines Besuchs bei Mrs. Grant. Wohlweislich verschwieg er den zweiten Teil der Unterhaltung zwischen Yates und Lady Catherine; auch seine Kommentare zu den wenigen Tatsachen beschränkte er aufs Nötigste. Abschließend schrieb er, dass er seinem Cousin und Elizabeth für ihr Mitgefühl in dieser Angelegenheit danke, es ihm freilich ratsam scheine, vorerst nicht nach Pemberley zu kommen, sondern sich stattdessen mit Arbeit abzulenken. Er habe das Angebot eines Offizierskameraden angenommen, an einer Geschichte seines Regiments mitzuschreiben. Aus diesem Grund wolle er einige Zeit in London verbringen, wo er Zugang zu Dokumenten und Behörden habe. Doch müsse Darcy deshalb nicht befürchten, dass er seine Korrespondenz mit ihm vernachlässigen werde. Zudem werde er gelegentlich bei den Hursts vorbeischauen, solange diese in London weilten. So bleibe er in ständigem Kontakt mit den – wie es ganz zum Schluss hieß – „besten Freunden, die je ein Mensch hatte". Elizabeth seufzte ob dieser Zeilen, tröstete sich aber mit dem Gedanken, dass Mrs. Grant und Miss Crawford den Sommer vielleicht ebenfalls in London verbringen würden. Darcy dagegen war zufrieden. Er fand, dass sein Cousin mit der gebotenen Ehrbarkeit gehandelt habe, und sprach sich gegen Elizabeths Vorhaben aus, zu gegebener Zeit eine Wiederannäherung in die Wege zu leiten. „Fitzwilliam ist alt genug, meine Liebe", sagte er zu ihr, „um seine Angelegenheiten selbst zu regeln – wie uns dieser Brief beweist."

„Ich finde nicht, dass er viel mehr beweist, als dass Tante Catherine jene grausame und herrische alte Frau ist, für die wir sie immer schon gehalten haben“, erwiderte Elizabeth. „Armer Robert! Wie übel ihm mitgespielt wurde! Es ist kein Wunder, dass ein so aufrichtiger Mann inmitten all dieser unausstehlichen Leute, die nicht ein wahres Wort miteinander wechseln, auf verlorenem Posten stand.“

Elizabeth war enttäuscht darüber, dass sie ihre Hoffnungen nun doch begraben musste. Sie warf sich eine Mitschuld an der Tragödie vor und bereute tief, Miss Crawford überredet zu haben, zum Empfang zu kommen. Wie versprochen hatte sie Mary bei der ersten Gelegenheit geschrieben, doch erst eine Woche nach ihrer Heimkehr eine Antwort erhalten, die überdies eine weitere Enttäuschung bedeutete: In dem kurzen Schreiben hatte ihr Mary zwar für ihre Güte gedankt und ihre Entschuldigung akzeptiert, aber auch gebeten, über den Affront kein Wort mehr zu verlieren. Zum Schluss versicherte sie Elizabeth, dass sie ihr gegenüber keinen Groll hege, aber leider nicht imstande sei, sich ausführlicher mitzuteilen. Nur im Postskriptum erkannte Elizabeth die wahre Mary wieder: „Ich werde Ihnen ab und an schreiben, liebe Mrs. Darcy, wenn es Sie nicht stört, sehr dumme Briefe zu erhalten.“ Die Schrift der wenigen Zeilen zeugte von der angeschlagenen Gesundheit der Verfasserin, deren Stolz es ihr aber verbot, dies als Entschuldigung anzuführen. Elizabeth war zunächst betrübt und fühlte sich abgewiesen. Nach einer Weile aber beschloss sie, Miss Crawford einen heiteren Brief über andere Dinge zu schreiben, mit der Absicht, so ihre Freundschaft wiederzubeleben und den Kummer, den Miss Crawford zur Zeit mit den Darcys verband, allmählich vergessen zu machen.

Trotz all dieser belastenden Gedanken und der vielen Zeit, die sie ihren Kindern und Georgiana widmete, die merklich erholt und guter Dinge nach Pemberley zurückgekehrt war, fiel Elizabeth auf, dass Lady Catherine noch nichts von sich hatte hören lassen. Sie hatte fest damit gerechnet, dass ihre Tante alsbald ihren Triumph über Miss Crawford vermeldete – und alles Weitere geflissentlich verschwieg. Und so war sie, als ihr Ehemann eines Vormittags beim Sichten der Post erklärte, es sei auch ein Brief ihrer Tante dabei, auf sehr viel Unangenehmeres gefasst, als es tatsächlich zu verkraften galt.

Der Brief begann mit der Mitteilung, dass Lady Catherine und ihre Tochter seit Kurzem wieder zu Hause weilten, und Mr. und Mrs. Collins sowie alle Nachbarn hocherfreut gewesen seien, sie wiederzusehen. Der brave Pfarrer und seine Frau seien gleich am ersten Abend nach Rosings gekommen, um ihre Aufwartung zu machen. Mrs. Jenkinson weile noch im Urlaub, da man ihrer schriftlichen Bitte entsprochen habe, diesen um eine Woche zu verlängern, was nun freilich bedeute, dass die liebe Anne sie sehr vermisse. Anne sei fürwahr ein höchst empfindsames Geschöpf! Sie verfüge vielleicht nicht über ihre, Lady Catherines, Charakterstärke, dafür sei ihr aber eine große Herzlichkeit eigen! Diese verleitete sie mitunter zu Bekanntschaften mit Menschen, die ihrer Zuneigung nicht würdig seien. Erst kürzlich, während ihres Aufenthalts in Bath, habe es erneut einen solch bedauerlichen Fall gegeben.

An dieser Stelle hielt Darcy, der seiner Frau und seiner Schwester den Brief vorgelesen hatte, inne. Elizabeth bat ihn, weiterzulesen. Georgiana, erklärte sie, sei ohnehin über die Ferrars im Bilde und wünsche so sehr wie sie selbst zu erfahren, ob jene ihren Einfluss endlich verloren hätten.

Darcy las weiter. „Ihr habt vermutlich schon gehört, wie unschön mein Empfang an Eurem letzten Abend in Bath geendet ist. Die junge Dame, die zu protegieren mir Elizabeth beständig ans Herz legte, muss früher einmal – gelinde gesagt – höchst unbedacht gehandelt haben. Ich halte es wahrlich nicht für meine Aufgabe, hier Recht und Unrecht zu klären, doch waren die mir anvertrauten Informationen so eindeutig, dass ich mich zum Handeln gezwungen sah und ihr mitteilte, wie sehr ich bereue, sie in meinen engeren Freundeskreis aufgenommen zu haben.

Ich darf sagen, dass sie oder zumindest doch ihre Schwester die Berechtigung meiner Äußerung einräumte. Ich hoffte nun, die Sache sei damit erledigt, musste jedoch kurz darauf erfahren, dass die Personen, die mich vor Miss Crawford warnten, mir gegenüber selbst auf skandalöse Weise heuchlerisch und hinterlistig gehandelt hatten. Wie ihr Euch denken könnt, rede ich von Robert Ferrars und Miss Steele. Ich möchte hier nicht ins Detail gehen, sondern nur so viel sagen: Die zweite Hälfte ihres Aufenthalts in Bath war eine einzige Intrige aus niederträchtigen und gemeinen Plänen zu ihrem eigenen Vorteil. Um ihre schamlosen Ränke zu schmieden, haben sie nicht nur *meine* Güte ausgenutzt, sondern auch die innige Wertschätzung, die meine arme treuherzige Anne Miss Steele entgegenbrachte. Nie habe ich mich mehr in Menschen getäuscht, die ich meiner Gunst für wert hielt. Nie habe ich niederträchtigere Undankbarkeit erlebt. Ihr könnt Euch vorstellen, dass ich diese Brut auf der Stelle herbeizitierte und unsere Bekanntschaft aus den genannten Gründen für beendet erklärte, und dass ich ihre Ausflüchte erst gar nicht hören wollte. Miss Steele war es überaus peinlich. Mrs. Ferrars aber zeigte, da sie ihre Verschwörung aufgedeckt wusste, ihr wahres Gesicht: Sie geriet außer sich und verwendete Ausdrücke, die unverschämter waren als alles, was je irgendjemand in meiner Gegenwart geäußert hat. Tatsächlich versuchte sie so vehement, sich Gehör zu verschaffen, dass ich mich ihrer nur entledigen konnte, indem ich das Zimmer verließ und meinen Diener schickte, der sie dann hinausführte. Und was Mr. Ferrars angeht: Er ist nur ein dummer Schwächling, was daran zu erkennen war, wie erfolglos er versuchte, seine Frau zur Räson zu bringen. Dabei schien ihm nicht einmal einzuleuchten, wie anstößig diese und ihre Schwester sich benommen hatten.

Wie Ihr Euch vorstellen könnt, war mir der Aufenthalt in Bath durch diesen Vorfall vergällt. Eigentlich hätten wir auf der Stelle abreisen sollen, doch Anne fühlte sich, nachdem sie von all dem erfahren hatte, einer einwöchigen Reise nicht gewachsen. Ich kann meine Entrüstung über diese Angelegenheit noch immer nicht in Worte fassen.“

Darcy hielt inne, und Elizabeth fragte: „Ist das der ganze Brief?"

„Ja", antwortete er, „allerdings gibt es ein Postskriptum, das offenbar dir persönlich gilt."

Er reichte Elizabeth den Brief, die ihn nahm und vorlas: „Wenn Elizabeth nicht aus reiner Sturheit immer genau das Gegenteil dessen täte, was ich rate, würde ich Euch empfehlen, bei Eurem weiteren Umgang mit der von mir erwähnten jungen Dame große Vorsicht walten zu lassen." Elizabeth lief rot an und legte den Brief beiseite, um ihn gleich wieder in die Hand zu nehmen und sich Lady Catherines Version des Fiaskos der Ferrars noch einmal durchzulesen.

Derweil fragte Georgiana: „Was meint Tante Catherine, Darcy? Das klingt alles merkwürdig, nicht wahr? Warum sollten diese Leute niederträchtige Pläne gegen sie schmieden? Sie verrät auch nicht, woher sie ihr Wissen hat."

„Auch mir ist dies alles recht schleierhaft", erwiderte Darcy, „aber wie du weißt, hat sich deine Tante schon oft von Menschen enttäuscht gezeigt, wenn diese mehr von ihr wünschten, als sie zu geben bereit war."

„Ja, sie frisst immer wieder einen Narren an irgendwelchen Leuten und vergisst sie dann genauso schnell wieder", bekräftigte Georgiana. „Aber diesmal ist sie offenbar furchtbar verärgert. Elizabeth sagte, dass ihr beiden diese Ferrars auch nicht leiden konntet."

„Das stimmt, sie waren uns in der Tat nicht sympathisch", antwortete Darcy, „und warum auch immer unsere Tante nun mit ihnen hadert, so tut sie es gewiss zurecht."

Georgiana erkannte, dass sie über die Ferrars nicht mehr erfahren würde, und so ließ sie das Thema ruhen, was ganz in Darcys Sinne war, den die Angelegenheit längst anwiderte. Mehr noch als die meisten Günstlinge seiner Tante verabscheute er die Ferrars. Er war froh zu hören, dass sie in Ungnade gefallen waren, und die Gründe interessierten ihn nicht. Elizabeth war sich dessen wohl bewusst, und unterließ es daher, mit ihm noch weiter über den Brief zu spekulieren. Nur ein kleines Lächeln konnte sie sich nicht verkneifen, als sie an die „schamlosen Ränke“ dachte, denn sie ahnte, was es damit auf sich hatte. In Anbetracht dessen schien ihr die harsche Kritik, die Lady Catherine an den Ferrars übte, etwas übertrieben, und wäre da nicht Mrs. Ferrars unverzeihliches Verhalten gegenüber Miss Crawford gewesen, hätte Elizabeth sie ob der drakonischen Verbannung aus der Pulteney Street vielleicht sogar ein wenig bemitleidet.

Georgiana nutzte die erstbeste Gelegenheit, um Elizabeth auf die Anmerkungen zu Miss Crawford anzusprechen. „Ist das nicht die Freundin, von der du mir erzählt hast, Elizabeth? Ich frage mich, was vorgefallen ist, und warum Tante Catherine so abfällig von ihr spricht. Es schien sehr unhöflich.“

„Es war sehr unhöflich, Georgiana. Lady Catherine war leider völlig falsch unterrichtet. Sie hat boshaftem Gerede Glauben geschenkt und Miss Crawford an jenem Abend, als wir schon gegangen waren, sehr barsch behandelt. Ich weiß es von Robert, der länger dort war als wir. Das Schlimme ist, dass Miss Crawford sich nun, wie ich fürchte, von unserer ganzen Familie tief verletzt fühlt.“

„Ach, das tut mir leid. Kann man denn nichts tun? Du wirst es doch bestimmt wieder ins Reine bringen können, nicht wahr?“

„Ich hoffe es. Natürlich werde ich mein Möglichstes tun. Ich würde es sehr bedauern, sie gänzlich aus den Augen zu verlieren.“

„So wie du von ihr sprichst, muss sie sehr charmant sein“, sagte Georgiana errötend, um dann schüchtern zu fragen: „Mochte Cousin Robert sie auch?“

„Ja, ich glaube, er mochte sie auf Anhieb. Sie spielt Harfe, und du weißt doch, welch großer Musikliebhaber er ist.“

„Ja, das weiß ich“, antwortete Georgiana und fügte leise hinzu: „Ich erinnere mich, dass er stets lieber meinem Spiel gelauscht hat, als sich mit mir zu unterhalten.“

„Sei nicht betrübt, Georgiana“, sagte Elizabeth und küsste sie auf die Stirn. „Du weißt auch, dass Robert dich über alle Maßen schätzt, und wenn ihr euch das nächste Mal seht, werdet ihr feststellen, dass ihr die besten Freunde seid.“

Georgiana lächelte traurig. Es schien ihr oft, als habe sie nicht nur die Achtung ihres verehrten Cousins verloren, sondern ganz allgemein keinerlei Vorzüge, um eines anderen Mannes Herz zu gewinnen, und überdies – was noch weit schlimmer war – selbst kein Herz zu verschenken. Elizabeth wusste darum und versuchte immer wieder, Georgianas Selbstbewusstsein und Selbstachtung zu stärken. Zwar legte sie ihre Schüchternheit allmählich ab, doch sie war weiterhin furchtsam und hatte wenig Vertrauen in ihr eigenes Urteil, obgleich sich Elizabeth zunehmend weigerte, ihr Entscheidungen abzunehmen, und wenn sie Georgiana half, Dinge abzuwägen und zu bewerten, zeichnete sich deren Urteil stets durch Besonnenheit und Scharfsinn aus.

Der Mai war schon zur Hälfte vergangen, und es nahte die Zeit, da James Morland zu Besuch in Pemberley erwartet wurde. Der Aufenthalt in Bath hatte den Darcys so viele Enttäuschungen beschert, dass ihnen die Bekanntschaft mit dem jungen Mann in der Rückschau als der einzig ungetrübte Lichtblick erschien. Darcy, der ihn mittlerweile von Herzen schätzte, hatte noch in Bath Nachrichten erhalten, die es ihm erlaubten, Morland schon vor der Heimreise mitzuteilen, dass in seinen Ländereien bald eine Pfarrei vakant sein werde, die er ihm zu gegebener Zeit gern anbieten wolle. Der junge Geistliche hatte diese Mitteilung beglückt und dankbar aufgenommen, was Darcy nur noch zufriedener machte. Die Pfründe war zwar nicht besonders einträglich, für Morlands Bedürfnisse aber ausreichend, da er selbst über ein gewisses Vermögen verfügte, das sein Vater ihm im Voraus überlassen hatte. Zudem war ihre geografische Lage in einer hügeligen Landschaft höchst vorteilhaft für einen jungen Mann von so anfälliger Gesundheit. Das kurze Gespräch hatte am Tag vor der Abreise der Darcys stattgefunden, und so war Morland, der sein Glück kaum fassen konnte, am folgenden Morgen zum Hotel geeilt, um den Freunden Lebewohl zu sagen und noch einmal zu danken. Vor der Haustür hatte es kaum Zeit für große Worte gegeben, und Morland vermochte lediglich stockend über dieses Thema zu sprechen, das ihm so sehr am Herzen lag, doch Elizabeth und ihr Mann hatten ihm mit einigen freundlichen Bemerkungen über seine Verlegenheit hinweggeholfen und ihn bei dieser Gelegenheit erneut eingeladen, sie im Anschluss an seinen Aufenthalt bei den Portinscales zu besuchen. Kurz nach ihrer Rückkehr war dann bekannt gegeben worden, dass der alte Pfarrer von Kympton, besagter Pfründe, sich zur Ruhe setzen werde. Dies sollte binnen weniger Wochen geschehen, sodass Morland, als designierter neuer Pfarrer, bei seinem Besuch Gelegenheit haben würde, das Dorf und einige seiner künftigen Gemeindemitglieder kennenzulernen. Pemberley gehörte nicht zum Kirchspiel des achtzehn Meilen entfernten Kympton, doch waren beide Orte seit jeher eng miteinander verbunden – in jüngster Zeit auch dadurch, dass Desborough Park, das von den Bingleys bewohnte Anwesen, nur anderthalb Meilen vom Pfarrhaus des Kirchspiels entfernt lag. Hocherfreut vernahm Morland, dass Mrs. Darcys Schwager und Lieblingsschwester seine nächsten Nachbarn sein würden – ganz zu schweigen von dem Glück, dass die Darcys selbst nur einen Steinwurf entfernt lebten.

Morland traf eines Spätnachmittags auf Pemberley ein, gerade rechtzeitig zum Dinner. Als sich vor dem Essen alle im Salon eingefunden hatten, wurde er Miss Darcy vorgestellt. Georgianas Schüchternheit machte ihr den Umgang mit Fremden für gewöhnlich nicht leicht, doch hatte die Offenheit und das angenehm unprätentiöse Auftreten dieses jungen Mannes so etwas Anziehendes, dass sie schon bald ganz ungezwungen miteinander plauderten. Morland wollte möglichst viel über sein künftiges Heim erfahren und löcherte seine Gastgeber mit Fragen. Da Georgiana erst kürzlich auf Desborough Park geweilt und während ihres Aufenthalts dort mehrmals den alten Dr. Taylor und seine Frau besucht hatte, konnte sie deren Haus und Garten noch genauer beschreiben als ihr Bruder und ihre Schwägerin. Erfüllt von Gesprächen und Musik verging der Abend wie im Flug und endete schließlich mit der Verabredung aller, am nächsten Tag nach Desborough Park aufzubrechen, und zwar früh genug, um vor dem Dinner noch Zeit zu haben, durch das Dorf zu spazieren und Kirche und Pfarrhaus zu besichtigen.

Das Wetter war ihnen hold, und so bereitete die Fahrt durch einige der schönsten Täler von Derbyshire allen große Freude. Eine besondere Wonne aber war sie für James Morland, dem nun nahe schien, wonach er sich so lange gesehnt hatte: eine gute Gesundheit und die Kraft, in herrlicher Umgebung jene Arbeit zu tun, die er liebte. Darcy hatte ihn, damit er sich keine übertriebenen Hoffnungen machte, darüber aufgeklärt, dass die Häuser der Pfarrei weit verstreut und die Wege dorthin in einem schlechten Zustand seien. Er erwähnte, dass es in dieser Gegend sehr kühl werden könne, weshalb man die entlegenen Cottages bei stürmischem Wetter fast nicht erreiche, und dass es unter den Bauern manchen Dickkopf gebe, mit dem nur schwer auszukommen sei – doch vergeblich: Morland vermochte in all dem nichts Missliches zu sehen, sondern nur weiteren Ansporn, seine Aufgabe in Angriff zu nehmen. Elizabeth lobte seine Begeisterung, fügte aber klugerweise hinzu, dass er vom Haus vielleicht doch enttäuscht sein werde. Es mochte groß, weitläufig und hübsch gewirkt haben, als es von den Taylors mit ihren sieben Kindern bewohnt worden war, doch scheine es ihr für einen Junggesellen ein wenig geeignetes Heim.

„Es wird gewiss zu groß sein“, erwiderte Morland, „aber wissen Sie, ich muss ja nicht jedes Zimmer möblieren. Zudem gedenke ich, sobald ich mich eingerichtet habe, meine Schwester Sarah bei mir einziehen zu lassen, falls sie denn zu Hause entbehrlich ist.“

Georgiana wünschte mehr über diese Schwester zu erfahren, und so erzählte ihr James Morland von seinem Elternhaus in Fullerton, von seinem Bruder und seinen Schwestern, neun Geschwistern an der Zahl, neben ihm und Catherine, der jetzigen Mrs. Henry Tilney. Catherine war offenkundig seine Lieblingsschwester – wann immer er von ihr sprach, huschte sogleich ein Lächeln über sein Gesicht. Er wünschte, sie könnte kommen und ihm beim Einrichten helfen, doch lebten die Tilneys zu weit weg, in Woodston, vierzig Meilen von Bath entfernt am anderen Ende von Somerset.

Zur Mittagszeit fuhr Mr. Darcys Vierspänner schließlich in Kympton ein und hielt an, um seinen Besitzer, dessen Schwester und den jungen Gast aussteigen zu lassen. Es gab viel zu besichtigen, doch Georgiana war gut zu Fuß und wollte mit den beiden Herren gehen, bis die Kutsche sie alle hier wieder abholte, um sie rechtzeitig zu einem frühen Dinner nach Desborough zu bringen. Elizabeth fuhr noch zwei Meilen weiter, bis vor die Tür eines hübschen, modernen Hauses im italienischen Stil, wo sie von Bingley und Jane herzlich begrüßt wurde, die sie seit Wochen nicht gesehen hatte.

Als Bingley hörte, wo der Rest der Gesellschaft abgeblieben war, machte er sich kurzentschlossen zu Fuß auf den Weg zu ihnen. Die Schwestern gingen derweil in den Garten, denn es war für die Jahreszeit erstaunlich warm und sonnig. Sie konnten sich sogar auf einer Bank niederlassen, die geschützt an einer Hausecke stand, von wo aus sie einen wunderschönen Blick auf den weiten Park hatten, mit seinen in voller Blüte stehenden Walnussbäumen und seinen rosafarbenen Weißdornbüschen. Desborough war ein weniger imposantes Anwesen als Pemberley, dafür aber idyllisch und heimelig. Besonders die Gartenanlagen waren herrlich: Es gab einen Obstgarten, Strauchgehölze und mehrere Rasenflächen mit Rabatten, die terrassenförmig den Abhang zum Park zierten. Die Bingleys liebten ihren Garten und hatten in den zwei Jahren, die sie nun schon hier lebten, viel Neues angepflanzt und Altes ausgebessert.

„Ich bin so froh, dass du gekommen bist, Lizzy“, begann Jane. „Ich habe viel zu erzählen und manche Frage. Wir haben uns nicht gesehen, seit wir Georgiana vor gut einem Monat wieder zu euch zurückgebracht haben. Denkst du, sie fühlt sich nun wieder wohler?“

Elizabeth bejahte und berichtete, dass Georgiana nun viel besserer Stimmung war als all die Monate zuvor. Jane erkundigte sich besorgt nach Fitzwilliam, und Elizabeth gab so freimütig wie möglich Auskunft, doch da es ihr nicht zustand, von den Geschehnissen in Bath zu erzählen, musste sie Jane über sein Befinden teilweise im Ungewissen lassen. Sie wählte ein unverfänglicheres Thema, indem sie auf Mr. Morland zu sprechen kam, dessen Bescheidenheit, Fähigkeiten und praktische Vernunft sie lobte. Erneut äußerte sie ihre Überzeugung, dass die Bingleys mit ihm einen höchst angenehmen Nachbarn bekämen. Jane hörte interessiert zu und versprach, dem mit solchen Vorschusslorbeeren bedachten neuen Pfarrer jede Art von Unterstützung zuteil werden zu lassen. Doch schien sie irgendwie geistesabwesend, und Elizabeth, die dies bemerkte, fragte, welche Neuigkeiten sie ihrerseits zu vermelden habe.

„Es sind leider keine guten Neuigkeiten", begann Jane zögernd. „Ich habe, wie du dir wohl denken kannst, einen Brief von Lydia erhalten. Sie geht fort, ins Ausland, Elizabeth, stell dir nur vor, schon bald! Arme Lydia! Wickhams Regiment ist auf die Karibischen Inseln beordert worden, und er besteht darauf, dass sie ihn begleitet."

„Ich weiß nicht, warum Lydia deshalb zu bedauern wäre", antwortete Elizabeth lächelnd. „Du nimmst dir immer alles so zu Herzen, Jane! Ich würde denken, dass es Lydia in der Karibik sehr gut gefallen könnte. Allenfalls vor der Reise dorthin dürfte ihr grauen."

„Aber nein, sie glaubt nicht, dass es ihr gefallen wird. Es ist so heiß dort, und sie erträgt die Vorstellung nicht, von schwarzen Angestellten bedient zu werden. Ihr einziger Trost ist, dass nur wenige Damen des Regiments dorthin mitkommen, wohl nicht mehr als sechs, darunter keine so jung wie sie."

„Wenn so viele hier bleiben, hätte sie es doch gewiss ebenso einrichten können. Obgleich ich es persönlich für besser halte, dass sie bei Wickham bleibt."

„Nun, sie sagte, dass sie lieber in England geblieben wäre, und dass auch Wickham erklärt habe, sie eigentlich nicht mitnehmen zu wollen, nur könne er es sich nicht leisten, ihr hier einen Hausstand zu finanzieren, während er im Ausland weile." Jane seufzte. „Es ist schon traurig, dass sie derart miteinander reden. Ich hoffe, sie meinen es nicht so."

Elizabeth zog es vor, diese Äußerung zu übergehen, und fragte: „Ich nehme an, dass sie dich weiterhin um Geld bittet?"

Jane räumte dies ein, fügte aber hinzu, dass Lydia angemessene Kleidung für die Karibik benötige, und dass derlei Dinge offenbar sehr teuer seien. Lydia habe auch den Wunsch geäußert, vor ihrer Abreise noch einmal nach Derbyshire zu kommen, sofern man ihr Geld für die Fahrt zukommen lasse. Darauf aber, sagte Jane, sei sie nicht eingegangen.

„Das halte ich ebenfalls für unnötig", sagte Elizabeth. „Aber natürlich lasse ich dir wieder einiges Geld da, das du ihr zusammen mit deinem schicken kannst, wie üblich unter der Bedingung, dass Lydia nicht erfährt, von wem es stammt. Ich wünschte nur, man könnte sicher sein, dass es zur Begleichung der Schulden bei den Händlern in Newcastle verwendet wird, die gewiss hoch sind. Kannst du sie nicht dazu bringen, dir die Höhe ihrer Schulden mitzuteilen? Dann könntest du vielleicht dafür sorgen, dass einige davon tatsächlich auch beglichen werden."

„Ich will es versuchen. Ich werde Bingley darum bitten. Aber es ist schwer, Lydia so zu helfen, wie man es für richtig hält. Sie hat die erstaunlichsten Erwartungen! Denk dir nur: Sie hat Kitty eingeladen, mit ihr in die Karibik zu reisen, wofür natürlich Vater aufkommen soll."

„Mich erstaunen Lydias Ansprüche schon lange nicht mehr", sagte Elizabeth. „Ich hoffe nur, dass Kitty vernüftig genug war, um eine solche Reise nicht ernsthaft in Erwägung zu ziehen."

„Ich glaube, sie wusste, dass es ihr nicht erlaubt werden würde, obgleich sie die Vorstellung gewiss verlockend fand. Arme Kitty! Aber vielleicht hilft ihr der anstehende Aufenthalt bei uns darüber hinweg. Sie kommt Ende nächsten Monats."

„Dann ist es entschieden? Ich bin froh, das zu hören. Sie muss unbedingt auch nach Pemberley kommen – ein Wiedersehen mit Georgiana wäre beiden gewiss eine große Freude."

„Ganz bestimmt. Ich hoffe nur, dass sie bis zum Herbst bleibt. Ich hätte es gern gehabt, wenn sie schon früher gekommen wäre, doch sie ist zur Zeit in London, auf Einladung einer gewissen Familie Knightley."

„Ich weiß wohl, von wem du redest. Es sind Freunde von Onkel und Tante Gardiner. Sie wohnen am Brunswick Square."

„Ich glaube, es handelt sich nicht um jene Knightleys, sondern um Verwandte von ihnen. Aber wir werden es bald wissen. Ich rechne stündlich mit einem Brief von Kitty, in dem sie mir ihre Adresse in London mitteilt, und wann sie von dort aufzubrechen gedenkt, denn Bingley wird sie abholen."

„Bingley fährt nach London? Ob er dann vielleicht Georgiana mitnehmen könnte? Eigentlich wollte Darcy sie bringen, doch gewiss wäre er froh, wenn es ihm erspart bliebe. Falls es Bingley keine Umstände macht."

„Ich bin sicher, dass es Bingley ein Vergnügen wäre. Sie wird die Hursts besuchen, nicht wahr? Ich habe davon gehört."

„Ja, Mrs. Hurst und Caroline haben ihr geschrieben und um einen längeren Besuch gebeten. Allerdings dürfte er kaum länger als einen Monat dauern, denn wenn Tante Catherine erst einmal erfährt, dass Georgiana in der Nähe weilt, möchte sie sie auch auf Rosings sehen. Georgiana ist ungern länger fort von Zuhause, und auch wir sind nur ungern ohne sie."

„Das kann ich verstehen. Sie ist so so einfühlsam und aufgeweckt, dass ihre Gesellschaft eine wahre Freude ist. Und du hast bei ihr so viel Gutes bewirkt, Elizabeth. Es gab eine Zeit, da schien sie mir schwer zugänglich. Mittlerweile ist sie so viel umgänglicher und gewandter, sie bezaubert alle auf Anhieb. Oft denke ich, dass Fitzwilliam es sehr bedauern muss, sie verloren zu haben."

„Meine liebe Jane, lass mich dir zum zwanzigsten Mal versichern, dass er es nicht bedauert, weil er nicht verlieren konnte, was er ohnehin nie besaß. Ihrer beider Herzen waren nie vereint. Du wirst sehen: Beide werden jeweils eine glückliche Ehe eingehen, und ihre Freundschaft wird ungetrübt fortbestehen. Hättest du Fitzwilliam in Bath erlebt, würdest du keine mitleidigen Gedanken an ihn verschwenden. Aber wie wäre es jetzt mit einem kleinen Spaziergang? Ich würde gern sehen, ob euer Flieder schon kräftiger blüht als unserer."

Gegen drei Uhr stießen die übrigen Ausflügler zu ihnen. Mr. Morland wurde Mrs. Bingley vorgestellt und fand in ihr mit seiner Begeisterung über sein neues Heim eine geneigte Zuhörerin. Er war voller Tatendrang und hatte an allem großes Interesse gezeigt, von der hübschen kleinen Kirche bis zu dem Geißblatt, das auf der Veranda des Pfarrhauses rankte. Darcy hatte ihm versprochen, gleich nach dem Auszug der Taylors einige Renovierungsarbeiten durchführen zu lassen, und so redete man über defekte Schornsteine und neue Tapeten, und an diesen Gesprächen fand auch Bingley sichtlich Gefallen. Er hätte seinem jungen Gast sogar das Mobiliar mehrerer Zimmer in Desborough sowie einen Teil seiner Ställe zur Verfügung gestellt, wäre er sich nicht sicher gewesen, dass dieser ein solches Angebot ablehnen würde.

An diesem Tag war nicht genug Zeit, um alle wichtigen Fragen endgültig zu klären, denn um halb fünf mussten die Besucher wieder die Kutsche besteigen. Elisabeths Vorschlag, Bingley solle Georgiana mit nach London nehmen, wurde von allen Beteiligten angenommen. Bingley würde in London auch seiner Schwester einen Besuch abstatten, und es war ihm einerlei, an welchem Tag er dort eintreffen oder wie lange er dort auf Kitty Bennet warten würde. Er meinte, etwas von einem Ball gehört zu haben, dessentwegen Kitty noch zu bleiben wünschte, erinnerte aber das genaue Datum nicht.

So beschloss man, dass die nächsten Briefe der Verwandten aus London über die Reisetermine entscheiden sollten.

Kapitel 8

Morland ließ sich ohne Umstände dazu überreden, seinen Aufenthalt auf Pemberley solange zu verlängern, bis er in sein neues Amt eingeführt war. Das würde spätestens Ende Juni geschehen, denn Dr. Taylor lag daran, ihm die Amtsgeschäfte so bald wie möglich zu übergeben. Derweil war Morland nicht untätig. Er brachte viel Zeit mit seinen Studien zu und unterstützte Edward Ferrars gelegentlich bei dessen geistlichen Pflichten. Die Bekanntschaft der beiden Männer, gleich nach Morlands Ankunft auf Pemberley geknüpft, versprach, zur Freundschaft zu reifen. Beide verband eine Ähnlichkeit der Wesensart, und Morland hoffte auch, dass ihm die genügsame Beschaulichkeit des Lebens im Pfarrhaus der Ferrars als Vorbild dienen könne. Die Ferrars lebten erst seit Kurzem in dieser Gegend, nachdem sie, wie schon erwähnt, die Pfründe mit dem früheren Amtsinhaber getauscht und Delaford kurz nach Colonel Brandons Tod verlassen hatten. So hatte es bislang kaum Gelegenheit für längere Gespräche mit den Darcys gegeben, wiewohl Elizabeth Mrs. Ferrars schon jetzt sehr mochte. Seit ihrer Rückkehr aus Bath, nach den schlimmen Erfahrungen mit dem anderen Zweig der Familie Ferrars, wusste sie Edward Ferrars und seine Frau umso mehr zu schätzen. Mr. Ferrars war zu scheu und zurückhaltend, um sogleich die ihm gebührende Wertschätzung zu erfahren, doch in seiner Gemahlin erkannte jeder auf Anhieb eine Frau von seltenem Edelmut, deren Charakter ebenso fein wie stark war.

Die Darcys nutzten freudig die Möglichkeiten, die ihnen die Anwesenheit gleich mehrerer Gäste eröffnete, und organisierten allerlei Spaziergänge, Fahrten und Ausflüge, zu denen das herrliche Wetter der ersten Junitage einlud. Ihren ersten Verlust erlitt die Runde durch Georgianas Abreise nach London, die am siebzehnten des Monats erfolgte. Der Besuch war seit langem geplant und Georgiana voller Vorfreude auf ein Wiedersehen mit ihren alten Freundinnen, denn Caroline Bingley und Louisa gaben sich Mühe, die herzlose und eigensüchtige Seite ihres Wesens vor ihr, die sie sehr mochten, zu verbergen. Aber als Georgiana schließlich mit Bingley und ihrer Zofe in der Kutsche saß, hatte sie wie jedes Jahr das Gefühl, alles zurückzulassen, was ihr am Herzen lag, und sich in eine bedrohliche, weil fremde Welt zu begeben. Bingley mühte sich redlich, sie auf verschiedene Weise abzulenken. Er sprach von den Freuden und den Freunden, die in London auf sie warteten, von Kitty Bennet und Mrs. Annesley und nicht zuletzt ihren Gastgeberinnen. Beiläufig erwähnte er, dass sie womöglich auch Colonel Fitzwilliam über den Weg laufen werde. Schon Elizabeth hatte sie auf diese Möglichkeit vorbereitet, und die bloße Vorstellung hatte Georgiana schaudern lassen. Dann aber hatte sie sich mit dem naheliegenden Gedanken beruhigt, dass dieses zwangsläufig schmerzliche Wiedersehen früher oder später ohnehin stattfinden musste, und dass es wohl am besten war, wenn es in größerer Runde geschehe, mit einigen harmlosen Worten der Begrüßung, die den Beginn ihrer neuen Beziehung markieren würden. Und so gab sie sich Mühe, auf Bingleys Äußerungen fröhlich einzugehen, und war nicht im Geringsten erschöpft von der Reise, als sie am dritten Tag rechtzeitig zum Dinner in Londons Grosvenor Street eintrafen.

Caroline und Louisa Bingley waren ganz bezaubert von Georgiana und sprachen den ganzen Abend über die Pläne, die sie zu ihrem Vergnügen geschmiedet, und die Verabredungen, die sie ihr zuliebe getroffen hatten. Wie sich herausstellte, stand der von Bingley erwähnte Ball auch auf ihrer Liste, denn sie waren ebenfalls mit Mrs. George Knightley, die diesen Ball gab, bekannt und hatten auch ihrem Bruder und ihrer jungen Freundin Einladungen gesichert. Bingley erkundigte sich nach dem Datum des Balls und erläuterte kurz, inwieweit der Termin seine Reisepläne beeinflusste. Seine Schwestern konnten nur schwer ihr Erstaunen ob der Nachricht verbergen, dass Miss Kitty Bennet bei den Knightleys weilte.

„Als du davon sprachst, dass du sie abholen würdest, Charles, da dachte ich, sie sei bei ihrem Onkel und ihrer Tante in der Gracechurch Street“, sagte Miss Bingley.

„Ehrlich gesagt war ich mir darüber selbst nicht im Klaren“, entgegnete Bingley. „Jane erzählte mir, dass Kitty mindestens bis zu dem Ball bleiben wolle. Ob sie bei den Gardiners oder den Knightleys zu Gast sein würde, wusste ich bis kurz vor unserer Abfahrt nicht. Es scheint mir aber auch keinen großen Unterschied zu machen.“

„Es macht schon einen Unterschied. Und sei es nur den, dass die Knightleys am Portland Square wohnen“, antwortete Miss Bingley.

„Ach, tatsächlich? Wie schön, dann muss ich ja nicht so weit fahren, um Kitty abzuholen“, erwiderte Bingley fröhlich und entfernte sich, um mit Mr. Hurst zu plaudern, woraufhin seine Schwestern sich die Köpfe darüber zerbrachen, woher um alles in der Welt Miss Bennet die Familie George Knightley kannte. Georgiana wusste es auch nicht, äußerte aber die Vermutung, die Verbindung sei über Mr. und Mrs. Gardiner zustande gekommen, was die beiden, obgleich sie es sich nicht anmerken ließen, nur noch mehr verblüffte. Sie konnten sich partout nicht erklären, über welche Ecken der in Cheapside lebende Onkel so mondäne Leute kannte.

„Habt ihr Fitzwilliam in letzter Zeit gesehen, Louisa?“, erkundigte sich Bingley bei seiner ältesten Schwester, nachdem er zurückgekommen war, um seine Kaffeetasse nachfüllen zu lassen.

„Ach bitte, Charles, was für eine dumme Frage“, antwortete Mrs. Hurst mit gekünstelter Gleichgültigkeit. „Natürlich sehen wir ihn oft, wenn er in London weilt.“

„Sehr schön. Ich hoffe, er wird einmal vorbeischauen, solange ich hier bin, und falls nicht, werde ich Euch um seine Adresse bitten, denn ich muss ihn auf jeden Fall sprechen, bevor ich zurückfahre.“

Mrs. Hurst antwortete ausweichend, wie ihre Schwester war sie darauf bedacht, Georgiana jede Peinlichkeit zu ersparen. Sie wäre von sich aus nie auf Fitzwilliam zu sprechen gekommen, bevor sie nicht wusste, dass Georgiana eine solche Unterhaltung ertragen konnte.

Caroline wechselte daher das Thema, doch Georgiana, die ihre Absichten erriet, fand, dass sie nicht zu zartbesaitet wirken und ihren Freunden damit einen falschen Eindruck vermitteln sollte. Also fasste sie sich ein Herz und sagte, errötend, doch mit recht fester Stimme: „Ja, mein Cousin weilt diesen Monat hoffentlich ebenfalls in London. Elizabeth und mein Bruder haben mir einige Nachrichten an ihn mitgegeben – für den Fall, dass ich ihm begegnen sollte."

Sie bemerkte, dass die Damen sie erstaunt anblickten, und es war nicht ungünstig, dass Bingleys Aufmerksamkeit in diesem Augenblick allein der Menge an Milch galt, die Louisa ihm in den Kaffee goss. Schon im nächsten Moment erklärte Caroline ruhig: „Oh, ja, er wird gewiss vorbeischauen", wodurch es Georgiana erspart blieb, sich noch weiter dazu äußern zu müssen. Bingley holte, nachdem er seinen Kaffee bekommen hatte, ein Notizbuch hervor und schrieb sich die Adresse von Fitzwilliams Unterkunft und den Namen seines Clubs auf, sowie nachträglich auch noch die verschiedenen Veranstaltungen, an denen teilzunehmen ihn seine Schwestern gebeten hatten. Mrs. Hurst und Caroline empfahlen Georgiana unterdessen für den folgenden Tag einen gemeinsamen Besuch am Portman Square, damit sie Mrs. George Knightley kennenlerne.

Mrs. Knightley, die frühere Emma Woodhouse, hatte seit ihrer Hochzeit mehr Gelegenheit denn je, sich ihrer Lieblingsbeschäftigung als Beziehungsmaklerin zu widmen. Nach dem Tod von Mr. Woodhouse konnte sie ihren Ehemann zu einer Karriere als Parlamentsabgeordneter überreden, sodass sie beide nun, von Stippvisiten in Donwell abgesehen, ganzjährig in London lebten, was Emma nur recht war, die sich nach all den Jahren auf dem Lande schon lange nach etwas Aufregung und Abwechslung in ihrem Leben gesehnt hatte. Mr. Knightley, der weiterhin die auf seinem Gut betriebene Landwirtschaft beaufsichtigte, hatte, seit er als Treuhänder auch das Anwesen seiner Schwägerin Mrs. John Knightley in Hartfield verwaltete, das sie nach dem Tod ihres Vaters geerbt hatte, ebenso viel in wie außerhalb von London zu tun. Emma dagegen mochte Donwell zwar, war der Leute dort aber seit langem überdrüssig. Umso mehr Freude machte es ihr, den Kreis ihrer Bekannten in London ständig zu erweitern, mit Veranstaltungen zu unterhalten und am inneren wie äußeren Leben all dieser Menschen Anteil zu nehmen.

Mrs. Knightleys alljährlicher Ball im Juni war längst ein fester Termin im gesellschaftlichen Kalender, und diesmal hatte sie einen besonderen Grund, ihn so unterhaltsam wie möglich zu gestalten. Im Hause ihrer Schwester Isabella hatte sie Mrs. Gardiner kennengelernt, deren Mann ein alter und enger Geschäftsfreund von Mr. John Knightley war. Mrs. Gardiner fungierte als Anstandsdame einer ihrer Nichten, Miss Kitty Bennet, einer anmutigen, wenn auch nicht überwältigend hübschen jungen Dame, deren feines Benehmen Mrs. Knightley ebenso beeindruckte wie ihre Begeisterung über einen bevorstehenden Theaterabend, von dem bei jener Gelegenheit die Rede war. Emma musste nicht lange überlegen, um ihre Schwester zu bitten, Miss Bennet doch zum Ball mitzubringen. Im Laufe des weiteren Abends aber reifte in ihr eine noch bessere Idee, nämlich Miss Bennet einzuladen, anlässlich des Balls einige Tage bei Ihnen am Portman Square zu verbringen. Was läge näher? Isabella würde nicht lange bleiben wollen, während junge Damen gern bis zuletzt tanzten, und ihr, Emma, wäre gedient, wenn Miss Bennet ihr bei den Vorbereitungen zur Hand ginge; außerdem könnte sie ihr so schon vorher einige ihrer Tanzpartner vorstellen. Oh doch, Miss Bennet war zweifellos sehr hübsch, hübscher als sie auf den ersten Blick gewirkt hatte: diese schlanke und gerade Gestalt, das volle Haar und eine so feine Blässe – sie würde einiges Aufsehen erregen! Damit versprach dieser Ball ebenso erfreulich zu werden wie der im letzten Jahr, als am Ende des Abends die Verlobung jener jungen Dame, die Mrs. Knightley damals unter ihren Fittichen hatte, mit Sir William Manvers angebahnt war, dem begehrtesten aller anwesenden Junggesellen. Die Erinnerung ließ Emma vor freudiger Erregung schaudern. Der Abend hatte ihre hohe Meinung von Sophia Lennox bestätigt, und selbst der zweifelnde Mr. Knightley hatte zugeben müssen, dass manche Menschen doch jene heirateten, die ihnen bestimmt waren. Zwar gab es dieses Jahr keinen Sir William Manvers, doch Miss Bennet war jung und hatte noch reichlich Zeit, den ihr Bestimmten zu finden. Man musste sie lediglich in die entsprechenden Londoner Kreise einführen, und eben dies konnte ihre Tante, Mrs. Gardiner, nicht leisten.

So mündeten Mrs. Knightleys Überlegungen in einem höflichen Schreiben an Mrs. Gardiner, mit der Bitte um das Vergnügen eines Besuchs durch Miss Bennet, sobald deren Aufenthalt in der Gracechurch Street beendet sei. Kitty wähnte sich im siebten Himmel, als alles arrangiert war und sie ihren Besuch bei den Knightleys antreten konnte, mit der Aussicht auf einen Ball und auf Tage voller aufregender Begegnungen und Besorgungen und anderer Vergnügungen, zwischen denen kaum genug Zeit blieb, um ein elegantes Kleid gegen das nächste zu tauschen, denn ihre Mutter und Schwestern hatten dafür Sorge getragen, dass sie in London über eine umfangreiche Garderobe verfügte. Bald verflog auch ihr Bedauern, nicht mit Lydia in die Karibik gereist zu sein, und wenige Tage später hatte sie allen Grund, sogar herzlich froh zu sein, diese Reise nicht angetreten zu haben.

Zu Mrs. Knightleys regelmäßigen Besuchern zählte zu dieser Zeit ein junger Marineleutnant namens William Price, dem Kitty schon im Haus jenes Mr. Yates begegnet war, der sich im Frühjahr in Bath aufgehalten hatte. Mr. Yates lebte mit seiner Frau, die eine Cousine von William Price war, am Cavendish Square, und sie hatten dem jungen Mann angeboten, ihr Haus als Unterkunft zu nutzen, wann immer er in London weile. William Price hatte kürzlich den Befehl erhalten, ein ihm zugeteiltes Linienschiff, die „Andromeda“, zur Reparatur nach Portsmouth zu überführen. Nachdem das erledigt war, hatte er einen Teil seiner ungewollten Freizeit darauf verwendet, einen Kurs in Signalwesen und Schiffsartillerie zu absolvieren, da er hoffte, dies werde eine baldige Beförderung begünstigen. Dann aber hatte er feststellen müssen, dass es dabei nicht allein auf harte Arbeit ankam, und so lebte er gegenwärtig in London, im Bemühen, mit der Admiralität in Verbindung zu bleiben und sich möglichst vielen hochrangigen oder einflussreichen Personen zu empfehlen, wenn er nicht gerade seinen in Northamptonshire lebenden Schwestern oder seiner in Portsmouth lebenden Mutter einen kurzen Besuch abstattete. Als junger Mann aus gutem Hause, mit bestem Benehmen und einer charmantem Art, erfreute er sich zurecht einiger Beliebtheit und genoss seinerseits die Freuden eines Lebens in London, die ihm dank der Gastfreundlichkeit verschiedener Freunde zahlreich beschieden waren. Mrs. Knightley hatte ebenfalls großen Gefallen an ihm gefunden, wie auch an seinem Bruder David, der als Sekretär im India Office arbeitete. Beide jungen Männer weilten gern im Haus der Knightleys zu Besuch, zumal sie dort nun neben ihrer Gastgeberin eine hübsche junge Dame antrafen, die in ihrer herzlichen und impulsiven Art keinen Hehl daraus machte, wie angenehm ihr wiederum die Gesellschaft der beiden Herren war.

David Price war zwei oder drei Jahre jünger als Kitty, und in ihm sah sie lediglich einen fröhlichen und jungenhaften Freund. Die Männlichkeit des jungen Marineoffiziers dagegen weckte in ihr Gefühle anderer Art, und schon bald erkannte sie, dass William Prices Besuche für sie zum Wichtigsten im Leben geworden waren. Sie träumte von ihm, bevor er kam, hatte keine Augen für sonst jemanden, wenn er bei ihnen weilte, und gedachte voll Wonne seiner Worte, wenn er wieder fort war. Und obgleich, wie sie sich eingestehen musste, aus seinen Worten nicht mehr als Freundlichkeit herauszuhören war, gestattete sie sich doch die Hoffnung, dass ihre Beziehung mit jeder Begegnung ein wenig inniger würde. Die arme Kitty sehnte sich nach einer Heirat, seit sie sechzehn war, und nun schien es, als habe das Schicksal endlich ein Einsehen mit ihr. Es hatte ihr eine Gönnerin beschert, die gern Einladungen aussprach und damit aussichtsreiche Gelegenheiten schuf, und ihr einen romantischen Helden zum Verlieben gesandt, denn ein Held war er, hatte er doch in einem Seegefecht den Mut bewiesen, der seinem

Fleiß an Land nicht nachstand. Ein gutaussehender Held in gesicherter Stellung mit einem Beutel voll Prisengeld, der im Moment eigentlich nichts Besseres zu tun hatte, als sich in Miss Kitty Bennet zu verlieben! Wie konnte es anders sein? Gewiss dachte Mrs. Knightley ähnlich, auch wenn sie sich nicht eindeutig dahingehend äußerte. Doch allein schon durch ihre wohlwollende Art fühlte sich Kitty in ihrer Hoffnung und ihrem Selbstvertrauen bestärkt.

So lasteten keine geringen Erwartungen auf diesem Ball, und Emma träumte nun gar von einem so wunderbaren Dénouement wie im letzten Jahr. Sie hatte eine große Zahl an Leuten eingeladen, und da ihr an möglichst vielen Tanzpaaren gelegen war, gestattete sie auch Mrs. Hurst nur allzu gern, ihren Bruder und Miss Darcy mitzubringen. Bedauerlich war allein, dass ihr Freund Colonel Fitzwilliam in diesem Jahr nicht dazu überredet werden konnte, am Ball teilzunehmen. Kitty aber freute sich darauf, Georgiana wiederzusehen, und als der geplante Besuch bei Mrs. Hurst am Tag nach Georgianas Ankunft stattfand, nutzte sie – unter Mrs. Knightleys beifälligem Nicken und Lächeln – eine Gesprächspause, um ihre Freundin zu bitten, ihr nach oben zu folgen, wo sie ihr einige neu erworbene Kostbarkeiten zu zeigen wünschte.

Georgiana bewunderte all die Hüte und Mäntel gebührend, und auch die Goldkette, die ein Geschenk von Mrs. Knightley war, sowie das rosafarbene Ballkleid, das an jenem bedeutsamen Abend sein Debüt feiern sollte. Kitty schien nichts anderes mehr im Kopf zu haben, kam immer wieder auf den Ball zu sprechen, und aus ihrer Nervosität schloss Georgiana, dass es damit eine besondere Bewandtnis hatte.

„Du bist also sehr glücklich hier, Kitty? Vielleicht sollte ich das gar nicht fragen“, sagte sie, während Kitty ein weiteres Musselin-Kleid ausbreitete.

„Ach, sehr, sehr glücklich, überglücklich“, rief Kitty aus. „Mrs. Knightley ist so gütig, und so nette Leute kommen zu Besuch, das kannst du dir nicht vorstellen, Georgiana. Jetzt schau mal: Ist das nicht wunderschön? Echter indischer Musselin, und die Farbe steht mir ausgezeichnet. Es sollte dir gefallen, denn ich habe es mit Geld gekauft, das Elizabeth mir gab."

„Ja, natürlich gefällt es mir", erklärte Georgiana. „Aber erzähl mir doch mehr von dir. Wie lange warst du bei den Gardiners?"

„Ich weiß schon nicht mehr, wie lange genau, aber seit dem ersten Juni bin ich hier. Und ich weiß nicht, wie ich je wieder von hier fortgehen soll! Georgiana, ich muss dir etwas anvertrauen! Ich wollte es schon lange, und doch weiß ich nicht wie, denn eigentlich ist noch nichts geschehen."

„Natürlich hast du längst erraten", fuhr sie auf Georgianas betont neugierigen Blick hin fort, „dass es sich nur um eine Sache handeln kann. Aber schwöre mir, dass du mit niemandem darüber sprichst, denn niemand ahnt etwas davon außer Mrs. Knightley. Es ist so wunderbar! Georgiana, glaubst du an Liebe auf den ersten Blick?"

„Ich habe nie darüber nachgedacht", antwortete Georgiana aufrichtig, „aber ich denke, es wäre möglich."

„Und ob, natürlich ist es möglich! Es kommt tatsächlich vor. Sobald du ihn gesehen hast, wirst du es verstehen. Am Dienstagabend wirst du Gelegenheit dazu haben. Ich bin neugierig, was du von ihm hältst. Du musst mir versichern, ganz ehrlich zu mir zu sein."

„Liebe Kitty, du glaubst nicht, wie sehr mich das freut. Das heißt, du bist verlobt, oder doch so gut wie?"

„Oh nein, nicht, nein!", rief Kitty aus. „Du verstehst nicht. Ich glaube ... ich hoffe ... aber ich weiß nicht mal, ob ich ihm irgendetwas bedeute. Manchmal bin ich mir dessen sicher, und dann wieder wirkt er völlig gleichgültig, und das ist ganz schrecklich, schrecklicher als du es dir vorstellen kannst. Aber du wirst es ja erleben – bilde dir dein eigenes Urteil. Dein Zuspruch und Rat wird so wichtig für mich sein, besonders falls Bingley ihn einlädt, einige Zeit auf Desborough zu verbringen, wozu ich ihn überreden will."

Georgiana wurde aus all dem nicht besonders schlau, und ihre Schüchternheit und natürliche Zurückhaltung hielten sie von Nachfragen in einer Angelegenheit ab, über die sie, wäre sie an Kittys Stelle, mit keiner Menschenseele hätte reden wollen. Kitty aber sehnte sich anscheinend nach Anteilnahme und sprach ganz offenherzig über ihre Hoffnungen und Ängste und ihre Gründe für beides, ohne freilich zu versäumen, William Price zwischendurch immer wieder in den leuchtendsten Farben zu beschreiben. Sie hob seine Tapferkeit und sein Ansehen als Offizier hervor, seine Liebenswürdigkeit als Mensch, sein vollendetes Geschick als Tanzpartner sowie die hohe Meinung, die Mr. Knightley und alle klugen Männer von ihm hatten. Georgiana hörte, mit größerem Interesse, als ihr lieb war, zu. Sie hatte schon mehrmals erlebt, dass Kitty für Männer schwärmte, die ihre Zuneigung nicht erwiderten. Doch in diesem Fall schien der junge Mann, nach allem, was sie heraushören konnte, Kittys Bewunderung wirklich zu verdienen. Sie hatten einander unter Mrs. Knightleys Obhut kennengelernt, er war oft in deren Haus zu Gast, und alles in allem schien es wahrscheinlicher, dass er sich in Kitty verliebte als dass er es nicht täte. Dennoch wusste Georgiana kaum, was sie ihr antworten sollte. Sie in Hoffnungen zu bestärken, die trügen konnten, wäre grausam, und so wünschte sie ihrer Freundin zwar murmelnd das Beste, stimmte ihr aber auch darin zu, dass sie den Ball abwarten müsse, um sagen zu können, ob Kittys Träume Aussicht auf Erfüllung hatten.

Sie redeten so lange, dass Georgiana schließlich darauf drängte, in den Salon zurückzukehren, um Mrs. Knightley gegenüber nicht unhöflich zu sein. Und sie war froh, dass Kitty auf dem Weg die Treppe hinunter nur wenig Zeit hatte, sich nach *ihrem* Befinden zu erkundigen und sie die Sache mit einer flüchtigen Bemerkung abtun konnte. Kitty war zwar ein wenig enttäuscht, dass Georgiana nicht über Colonel Fitzwilliam reden wollte, kehrte aber sogleich zu ihrer eigenen Herzensangelegenheit zurück, indem sie sagte: „Ich wünschte, du würdest auch jemanden wie meinen lieben Mr. Price kennenlernen!“

Kapitel 9

Die nächsten Tage vergingen für die jungen Damen wie im Flug. Sie hatten zahlreiche andere Verpflichtungen, sodass sie kein weiteres Treffen verabreden konnten, und Georgiana bedauerte, Kitty nur noch einmal kurz auf dem Ball wiederzusehen, bevor diese mit Bingley aus London abreisen würde. Sie wünschte ihr aufrichtig, dass alles wie erhofft kommen werde, und freute sich auf einen nicht allzu fernen Gedankenaustausch in Derbyshire. Einstweilen galt es viele Bekannte zu treffen, und Georgiana hätte sich rundum wohlgefühlt, wäre da nicht ihre Befürchtung gewesen, unverhofft auch Colonel Fitzwilliam zu begegnen. Dieses Ereignis warf seine Schatten voraus, seit Bingley den Colonel in London aufgesucht und auch angetroffen hatte, da Georgiana nicht wusste, wann es zu einer Begegnung kommen würde. Bisweilen ertappte sie sich bei dem Gedanken, diese könne vorerst noch abgewendet werden. So war sie am Tag des Balles, an dem sie mit Mrs. Knightley zu Hause geblieben war und mehr Gäste als üblich den Salon füllten, einigermaßen schockiert, als auch sein Name verlesen wurde, und erplötzlich im Raum stand. Doch schon im nächsten Moment ärgerte sie sich, dass sie kurz die Fassung verloren hatte. Sie riss sich zusammen und gab sich alle Mühe, ihr Gespräch mit drei Freundinnen von Mrs. Hurst fortzusetzen, bei denen es sich, wie sie nun dankbar feststellte, um ihr völlig fremde Personen handelte. Wenige Minuten später sah sie Colonel Fitzwilliam auf sich zukommen, im Schlepptau von Miss Bingley, deren Absicht, eine möglichst zwanglose Begegnung herbeizuführen, zwar gut gemeint war, aber das Gegenteil bewirkte. Georgiana suchte die ganze Schuld dafür bei sich, denn sie vermochte lediglich – durch Carolines beschwingte Äußerung „Colonel Fitzwilliam war so froh zu erfahren, dass du hier bist, Georgiana“ nicht im Geringsten beruhigt – ihm mit kaum vernehmbaren Worten der Begrüßung die Hand zu reichen, wobei sie so errötete, dass sie glaubte, niemand im ganzen Salon könne es übersehen haben. Es oblag Colonel Fitzwilliam, ihr die Verlegenheit zu nehmen, was ihm zumindest teilweise gelang, indem er sich freundlich und ungezwungen nach ihrer Anreise und der Gesundheit der Daheimgebliebenen erkundigte.

Georgiana bemühte sich, ihre Augen auf ihm ruhen zu lassen, und war erstaunt, um wie viel älter er aussah, nach der kurzen Zeit, die sie ihn nicht gesehen hatte, und wie krank und erschöpft. Ihr Herz krampfte sich zusammen bei dem Gedanken, sie trage womöglich Schuld an dieser Veränderung. Doch verscheuchte sie den Gedanken sogleich. Es gab keinen Zweifel daran, dass die Trennung für sie beide das Beste gewesen war. Aber armer Cousin Robert, ihm stand ins Gesicht geschrieben, dass er gelitten hatte, warum auch immer, und unwillkürlich empfand sie tiefes Mitleid für ihn, wenngleich sie weiterhin kaum ein Wort herausbrachte, weil es ihr nicht behagte, dass Caroline Bingley in der Nähe stand, die zwar mit anderen Gästen zu sprechen schien, aber gewiss aus jedem aufgeschnappten Wort ihre Schlüsse ziehen würde.

„Ich hatte dich ohnehin besuchen wollen, Georgiana“, sagte Fitzwilliam, „aber ich bin sehr beschäftigt ... und gehe auch nicht viel unter Leute. Du dagegen lebst gerade vermutlich wie berauscht vor Heiterkeit.“ Er sagte das lächelnd, und Georgiana versuchte, im selben leichten Ton zu antworten. Sie erzählte ihm, dass sie zwar viele Verabredungen habe und die Leute ausnehmend freundlich seien, wie berauscht aber lebe sie nicht, vielmehr werde sie die Grosvenor Street schon am nächsten Morgen verlassen, um einige Tage in Ruhe mit ihrer alten Freundin Mrs. Annesley zu verbringen, die in Hans Place wohne, fernab des Londoner Trubels.

„Mrs. Annesley?“, sagte Fitzwilliam. „Ich erinnere mich an sie. Es wird sie freuen, dich bei sich zu haben. Aber werden Mrs. Hurst und Miss Bingley dich eine Woche entbehren können?“

Georgiana erklärte, dass diese Verabredung recht spontan getroffen worden war. Mrs. Annesley hatte sie um einen Besuch gebeten, weil sie kurz vor der Abreise nach Indien stand, wo sie bei einem ihrer verheirateten Söhne leben würde, dessen Frau gestorben war. Es könnte daher für Jahre die letzte Gelegenheit sein, ihren ehemaligen Zögling zu sehen. Georgiana war froh, einer alten Freundin in solch einem Moment beistehen zu können und ihre derzeitigen Gastgeberinnen hatten Mrs. Annesley eine Woche ihrer Zeit zugestanden.

„Ich nehme an, dein Aufenthalt in der Grosvenor Street wird sich entsprechend verlängern“, sagte Colonel Fitzwilliam.

„Das weiß ich noch nicht. Ich denke, Elizabeth und mein Bruder wünschen meine baldige Rückkehr nach Hause, aber natürlich bin ich auch gern hier“, antwortete Georgiana und stolperte dabei über ihre eigenen Worte. Sie hatte das Gefühl, sich zu blamieren. Wenn nur Caroline nicht dort stehen und sie beobachten würde! Es fiele ihr gewiss leichter, mit Cousin Robert zu reden, wenn sie unter wildfremden Menschen wären. Dieser Gedanke ließ sie Fitzwilliam recht unvermittelt fragen, ob auch er an Mrs. Knightleys Ball teilnehmen werde.

„Leider nicht, Georgiana. Ich denke, ich bin langsam zu alt für Bälle. Aber ich wünsche dir dort das größte Vergnügen.“

„Ach Cousin Robert, du bist dafür doch nicht zu alt, aber ...“ – sie biss sich auf die Zunge und beendete den Satz leicht konfus – „aber ... aber du siehst erschöpft aus“. Das war es nicht, was sie hatte sagen wollen.

Ihr Cousin sah sie freundlich an und tat ihre Bemerkung mit einem Lachen ab. Da er im Begriff schien fortzugehen, sagte Georgiana, verzweifelt und über sich selbst erstaunt, in zaghaftem Ton: „Ich hoffe, dass wir einander wiedersehen, auch wenn du nicht mehr auf Bälle gehst.“

„Das hoffe ich auch, Georgiana. Und natürlich werden wir das. Vielleicht komme ich eines schönen Morgens vorbei und führe euch alle nach Kensington Gardens aus.“

Für Georgiana schien dies kein besonders heller Hoffnungsschimmer zu sein, doch ihr fiel dazu nichts weiter ein, und sie hielt das

Gespräch schon für beendet, als Fitzwilliam, der bereits einen Schritt zurückgetreten war, offenbar einen jähen Gedanken hatte und sie erneut ansprach: „Dürfte ich dich wohl bei Mrs. Annesley besuchen? Womöglich erinnert sie sich an mich. Später bin ich vielleicht nicht mehr in der Stadt."

Georgiana errötete überrascht und beglückt und willigte eifrig ein, damit Fitzwilliam keine Zweifel daran hegen konnte, willkommen zu sein. Er fragte noch nach Mrs. Annesleys Hausnummer, dann verbeugte und entfernte er sich rasch, da Miss Bingley auf sie zusteuerte, mit der offenkundigen Absicht, ihrem Tête-à-Tête ein Ende zu bereiten. Georgiana musste sich allerhand Kommentare der beiden Schwestern anhören, die mit ihr ob der durchstandenen unbehaglichen Situation mitfühlten und sich überrascht zeigten, dass Georgiana überhaupt mit Colonel Fitzwilliam hatte sprechen können. Sie selbst aber war in diesem Moment einfach nur glücklich, ihren Cousin wiedergesehen zu haben. Nun hielt sie es auch für möglich, mit ihm wieder, wie von Elizabeth vorhergesagt, einen freundschaftlichen Umgang zu pflegen.

Den Nachmittag brachte sie weitgehend damit zu, ihrer Schwester einen langen Brief zu schreiben, in dem sie von den Geschehnissen berichtete. Bei der Beschreibung ihres Cousins achtete sie allerdings darauf, daheim möglichst keine Besorgnis zu erregen. Sie beließ es bei der Mitteilung, dass er nicht gut aussehe, und schrieb, dass sie wünschte, Elizabeth könne ihn zu einem Aufenthalt auf Pemberley überreden, da er in London offenbar zu hart arbeite. Sie endete mit den Worten: „Ich breche an dieser Stelle vorerst ab, liebe Lizzy, sodass ich Dir morgen noch von dem Ball berichten kann, und vor allem, wie Kitty aussah."

Tatsächlich galten ihre Gedanken, sofern sie den bevorstehenden Abend betrafen, vor allem Kitty, und als es schließlich ans Ankleiden ging, war sie im Geiste viel mehr mit Kittys rosafarbenem Seidenkleid beschäftigt als mit ihrem eigenen perlenbesetzten Satinkleid. Als dann die Hursts und ihr Gefolge in das Vorzimmer traten, in dem Mrs. Knightley ihre Gäste empfing, wechselten sie und Kitty ein paar Worte, aus denen Georgiana schloss, dass der Held des Abends noch nicht eingetroffen war. Mit der Ankunft der vielen Gäste verlor sie Kitty aus den Augen, und so kam es, dass es ihre Gastgeberin war, die Miss Darcy schließlich mit Mr. William Price bekannt machte.

Beim Anblick der edlen Stirn und der klaren blauen Augen des jungen Mannes musste Georgiana unwillkürlich denken, dass Kittys Schwärmerei nur zu verständlich war. Und jeder Moment, den sie in seiner Gesellschaft verbrachte, bestärkte sie noch in dieser Ansicht. Sie war bestrebt, ihn zu mögen, alles an dem von ihrer Freundin Verehrten – der ja vielleicht auch ihr Verehrer war – löblich zu finden, und die ansteckende Fröhlichkeit des jungen Mannes sowie seine ungekünstelte Herzlichkeit machten es ihr leicht.

Er bat Georgiana gleich mehrmals um einen Tanz, nachdem er die ersten beiden Male mit Kitty getanzt hatte, und aus dem Glanz in Kittys Augen und dem schnellen Einvernehmen nach seiner Aufforderung hatte Georgiana geschlossen, dass dies schon vorher verabredet worden war.

Georgiana durfte nun selbst feststellen, dass William Price nicht zuletzt auch ein vollendeter Tänzer war, und überdies einer, der sich in den Figuren bewegte, als genieße er jeden Schritt. Schüchtern brachte sie es zur Sprache.

„In der Tat, Miss Darcy, ich liebe das Tanzen. Ich habe schon früh damit begonnen, als ich noch so klein war, dass Sie mich in einem Ballsaal kaum entdeckt, geschweige denn mit mir getanzt hätten. Als Kinder sind wir ständig herumgehüpft. Und als Seemann lernt man es dann zwangsläufig, um für die vielen Bälle gewappnet zu sein."

„Gibt es denn so viele Bälle bei der Marine?", erkundigte sie sich.

„Oh ja. Wo immer wir stationiert waren, hat irgendjemand– eine Privatperson, der Gouverneur oder ein Mitglied des Regiments – einen Ball veranstaltet, hat für Musiker und einen gewachsten Parkettboden gesorgt und uns eingeladen. Seeleute und Tanzen – das scheint für viele tatsächlich zusammenzugehören. Da hielt ich es für ratsam, Gefallen daran zu finden."

„Es ist ein großes Glück, wenn man wie Sie Gefallen an dem findet, was man tut", sagte Georgiana, die sich prächtig unterhalten fühlte.

„Ist es denn eine Frage des Glücks? Jeder kann es doch so halten", erwiderte William Price. „Sie gewiss auch, Miss Darcy."

„Nein. Ich kann manches nicht leiden, was ich tun muss."

„Wenn Sie es aber ohnehin tun müssen, könnten Sie dann nicht beschließen, es zu mögen? So würde es Ihnen viel angenehmer sein."

Dieser Gedanke war Georgiana noch nie gekommen, und sie erwog ihn einen Moment, bevor sie mit einem Lächeln erwiderte: „Ich bin überzeugt, dass es manches gibt, das ich niemals mögen werde. Etwa in einer Kutsche entgegen der Fahrtrichtung zu sitzen."

„Ich weiß durchaus, dass dies für einige Menschen unangenehm ist, aber ich bin mir sicher, dass man mit einigem Nachdenken eine Möglichkeit fände, es weniger unangenehm zu machen", sagte der junge Lieutenant mit großem Ernst. „Bei geöffnetem Fenster zum Beispiel", so dachte er laut nach, „richten Regen und Wind weniger Schaden an den Federn des Huts einer Dame an, wenn sie entgegen der Fahrtrichtung sitzt. Und nachts könnte man einfach die Augen schließen und sich vorstellen, man fahre vorwärts – der Unterschied wäre kaum zu bemerken." Er sah Georgiana forschend an, die seine Argumentation so amüsant fand, dass sie lachend antwortete: „Ich hatte Recht, als ich sie einen Glückspilz nannte, Mr. Price, denn sie scheinen im Besitz einer wirksamen Medizin gegen alle erdenklichen Übel. Aber sagen Sie mir doch bitte, wie Sie sich trösten würden, wenn Sie ausrutschten und sich das Bein brächen, sodass Sie lange Zeit nicht mehr tanzen könnten? Ich frage mich, ob ihr Grundsatz wirklich in jedem Fall gilt."

„Jetzt, Miss Darcy, treiben Sie mich in die Ecke. Ich habe nur gesagt: falls ich etwas Unleidliches tun müsste und es keinen Ausweg gäbe. Ich gestatte mir, Sie freimütig darüber in Kenntnis zu setzen, dass es in Ihrem Szenario sehr wohl einen Ausweg gibt, nämlich gar nicht erst auszurutschen und sich das Bein zu brechen, und eben dafür entscheide ich mich hiermit. Falls mir derlei aber zustieße, würde ich gewiss versuchen, mich zu trösten, wenngleich ich noch nicht genau weiß, wie ... allerdings kommt mir da gerade eine Idee, doch sollte ich Ihnen lieber nicht sagen, welche."

„Er denkt gewiss daran, dass er dann Kitty bitten könnte, sich zu ihm zu setzen und sich mit ihm zu unterhalten", dachte Georgiana. „Welchen Eindruck er wohl als Kranker oder Verletzter macht? Wahrscheinlich kommt ihm selbst dann sein fröhliches Lächeln nicht abhanden." Und laut sagte sie: „Ich bin leider nicht so willensstark, wie Sie denken, Mr. Price. Ich werde mir nie etwas ausdenken können, das mich über ein gebrochenes Bein hinwegtröstet."

„Ich hoffe, Sie müssen nie etwas erleiden, das auch nur im Entferntesten so schlimm ist, Miss Darcy", erwiderte ihr Tanzpartner und wurde für einen Moment ernst. „Zwar hat es mir letztlich geholfen, meine Prüfungen zu bestehen, doch ist mir die Erinnerung daran noch immer unangenehm."

„Waren Sie ... ist es Ihnen tatsächlich passiert?", rief Georgiana erschreckt aus, und nie war ihr ein Partnerwechsel ungelegener gekommen als in diesem Moment. Nur widerwillig reichte sie ihrem neuen Partner den Arm und wurde weitergeführt, dabei hätte sie viel lieber William Price über sein Unglück sprechen hören. Dieser, in Sorge, er könne sie beunruhigt haben, ging noch einige Schritte neben ihr her und sagte: „Es ist schon gut, Miss Darcy, denn es bedeutet auch, dass es heute Abend garantiert nicht wieder geschieht."

Bingley, der nun ihr Tanzpartner war, erkundigte sich nach dem Namen des Lieutenants, und Georgiana erzählte, was sie über ihn wusste, und dass er ein Freund von Kitty sei. Bingley erinnerte sich, dass Kitty ihm von William Price erzählt hatte, und äußerte – von dessen äußerer Erscheinung beeindruckt und stets an neuen Bekanntschaften interessiert – den Wunsch, ihn kennenzulernen. Nur zu gern hätte Georgiana nach dieser Tanzfolge die beiden einander vorgestellt. Doch dazu kam es nicht. Kitty und Mr. Price, erneut ein

Tanzpaar, waren ihnen mehrmals nahe gewesen, und Georgiana hatte die roten Wangen ihrer Freundin gesehen, und wie sie vor Glück strahlte. Doch nach dem Ende der Folge wurden Bingley und Georgiana im Gedränge fortgetrieben, und als sie sich gerade nach freien Stühlen umsahen, behelligte Mrs. Knightley sie mit der Bitte, ihnen Mr. und Mrs. Yates vorstellen zu dürfen, die liebend gern ihre Bekanntschaft machen wollten. Beiden war der Name unbekannt, wie auch das Paar selbst, das nun auf sie zusteuerte: Mr. Yates mit dem für ihn typischen Ausdruck völliger Selbstzufriedenheit und seine Gemahlin, ganz Frau von Welt, von durchaus anmutiger Erscheinung, doch mit einer Miene, aus der unentwegt Verdruss und Ungeduld sprachen.

Während Bingley es mit der Dame zu tun bekam, erfuhr Georgiana von Mr. Yates, dass er ihren Namen bereits gehört hatte und auf das Vergnügen ihrer Bekanntschaft gehofft habe, da ihm ihr Bruder und ihre Schwägerin schließlich schon aus Bath bekannt seien. Georgiana beantwortete Fragen nach deren Gesundheit sowie nach Colonel Fitzwilliam, den Mr. Yates, wie er erzählte, wirklich sehr gut kannte. Er bat Miss Darcy, den Colonel zu grüßen, falls sie ihm begegnen sollte. „Er ist doch in London, soweit ich weiß?“ Georgiana bejahte.

„Dann bin ich also richtig informiert. Und die Dame ist gleichfalls in London, nehme ich an?“ Der Blick, mit dem Georgiana diese Frage beantwortete, war so ausdruckslos, dass Mr. Yates, der sich ungern mit großen Erklärungen aufhalten wollte, rasch fortfuhr: „Richten Sie ihm meine herzlichsten Grüße aus. Und sagen Sie ihm, ich hoffe, dass er mir verziehen hat. Ich habe ihm unglücklicherweise einen kleinen Bärendienst erwiesen. Was sich aber leicht wieder in Ordnung bringen ließ. Ich habe es höchstpersönlich erledigt. Lady Catherine de Bourgh hat gewiss Abbitte geleistet. Sie kennen doch Lady Catherine, Miss Darcy? ... Ihre Tante? Aber natürlich, ich bitte um Verzeihung. Das hätte mir klar sein müssen. Seien Sie doch so gut und grüßen auch sie von mir. Sie waren also dieses Frühjahr nicht in Bath? Nun, da haben Sie nicht viel verpasst. Ich habe dort schon weit vergnüglichere Saisons erlebt."

Georgiana beließ es bei einer Verbeugung. Mr. Yates vertrauliche Anspielung auf Colonel Fitzwilliam hatte ihr missfallen, und instinktiv brachte sie diese in Zusammenhang mit der Bedrücktheit ihres Cousins. Ihr Gesprächspartner hatte längst anderes im Sinn und fuhr fort: „Ich glaube, ich sah Sie mit meinem jungen Cousin William Price tanzen. Ein fescher Bursche, nicht wahr?"

„Er ist Ihr Cousin?", fragte Georgiana höchst überrascht.

„Ja, oder vielmehr: der meiner Frau, mütterlicherseits. Aber wir alle kennen ihn seit Jahren, er gehört gewissermaßen zur engsten Familie und verbringt die Hälfte seiner Zeit, wenn er in London weilt, in unserem Haus. Wobei ich meiner Frau immer sage, dass uns seine Aufenthalte nicht gerade schmeicheln, denn er spielt ständig mit unseren Kleinen. Er ist kaum aus dem Kinderzimmer zu bewegen."

Georgiana fühlte sich bestätigt. Dass Mr. Price Kinder mochte, passte zu dem fröhlichen Ausdruck, der so typisch für ihn war. Sie erkundigte sich nach seiner Karriere als Marineoffizier, und Mr. Yates, der nichts lieber tat, als über sich oder die Seinen zu sprechen, hob sogleich an, Williams beachtliche Taten in der Schlacht von St. Domingo zu schildern, sowie den außerordentlichen Mut, den er beim Kapern eines französischen Schiffes sowie bei der Verteidigung der eigenen Fahne bewiesen hatte. Sein Vortrag erregte Bingleys Aufmerksamkeit, und Georgiana war ihm dankbar für seine Fragen, die Yates zu einer Fortsetzung der Geschichte veranlassten, sowie für die mehrfache Bekundung seiner Bewunderung – einer Bewunderung, die auch sie empfand, aber nicht zu äußern vermochte. Je mehr sie von William Price hörte, umso lieber wurde ihr der junge Held, denn als solchen sah sie ihn nun. Und umso mehr achtete sie Kittys Gespür dafür, dass dieser Mann ihrer Verehrung wahrlich würdig war. Freudig sah sie künftigen Gelegenheiten entgegen, aus Mr. Prices eigenem Mund weitere seiner Abenteuer zu hören. Derlei

Gelegenheiten würde es zuhauf geben, wenn sich alles wie gewünscht entwickelte, und so hielt sie es für das Beste, die ihr an diesem Abend noch verbleibende Zeit mit ihm darauf zu verwenden, über Kitty zu sprechen – in der Hoffnung, sich seiner starken Zuneigung zu ihr versichern zu können. Er wusste ja, dass sie Kittys Freundin war, und wenn sie einander erst einmal besser kannten, würde Kitty ihr natürliches Gesprächsthema sein und das stärkste Band zwischen ihnen.

Kurz nach dem Abendessen forderte William Price sie zum zweiten Mal auf, und in der ersten längeren Tanzpause fragte Georgiana ihn: „Wer tanzt dort drüben mit Miss Bennet? Haben Sie eine Ahnung, Mr. Price?“

„Ein gewisser Mr. Churchill, ein enger Freund der Knightleys. Er scheint mir ganz nett zu sein, aber Miss Bennet sagte mir, sie möge ihn nicht“, antwortete William Price lachend.

„Warum sollte sie ihn nicht mögen?“, fragte Georgiana.

„Das weiß ich nicht genau. Nur eine Flause, nehme ich an. Er und ich hatten neulich einen Streit – ein Wortgefecht. Und ich zog den Kürzeren. Es ging um die Fuchsjagd, also geschah es mir wohl ganz recht. Aber Miss Bennet ergriff freundlicherweise Partei für mich und war ziemlich verärgert über Mr. Churchill.“

„Kitty ist so eine treue Freundin“, sagte Georgiana.

„Ja, sie ist eine reizende junge Dame, und auch Mrs. Knightley ist ungemein liebenswürdig. Sie war so freundlich zu meinem Bruder und mir – noch nie habe ich meine freie Zeit an Land so sehr genossen.“

„Es muss eine große Freude sein, als Gast in diesem Haus zu leben“, sagte Georgiana. „Ich weiß, dass Miss Bennet es sehr bedauert, bald wieder fortgehen zu müssen.“

„Ja, wie schade, dass sie wieder fort muss. Und dann auch noch zurück in die tiefste Provinz. Verzeihung, ich sollte nicht so verächtlich daherreden, denn es ist ja auch Ihr Zuhause. Doch wenn Menschen sich so weit entfernen, kann man Angst bekommen, sie nie wiederzusehen. Sie werden London doch nicht gemeinsam mit Miss Bennet verlassen, oder?“

Georgiana war gerade im Begriff, ihre weiteren Pläne zu erläutern, als zur Fortsetzung des Tanzes aufgerufen wurde. Doch schon bald sorgte ein kleiner Unfall für eine erneute Unterbrechung. Eine neben William Price tanzende Dame trat bei einer engen Drehung auf ihr eigenes Kleid, sodass sie ausrutschte, zu Boden fiel und dabei unglücklich auf ihrem Fuß landete. Der junge Lieutenant sprang ihr sofort bei, hob sie behutsam mit fachmännischem Griff hoch und trug die bleiche Verletzte in ein Nebenzimmer, wohin auch Mrs. Knightley und einige Freunde ihr zur Hilfe eilten. Ein Diener wurde nach einem Arzt geschickt, und William Price kehrte zu Georgiana zurück, mit der Mitteilung, dass sich die Dame den Fuß verstaucht habe und bis zum Eintreffen des Arztes entsprechend behandelt werde.

„Armes Ding!“, sagte Georgiana zitternd. „Es tut mir so leid für sie. Sie muss starke Schmerzen haben. Ich hatte schon befürchtet, sie habe sich etwas gebrochen.“

„Nein, es ist schlimm genug, aber nichts gebrochen, soweit ich das feststellen konnte“, erwiderte der junge Mann. „Sie dürfen so etwas Schreckliches nicht herbeireden, Miss Darcy. Wie sie sehen, fehlte nicht viel, und es wäre tatsächlich geschehen.“

Georgiana sah ihn verständnislos an und musste dann unvermittelt lächeln. „Ach, Mr. Price, es ist nicht nett von Ihnen anzudeuten, ich sei dafür verantwortlich. Ich hatte einen Beinbruch nur befürchtet. Sie hingegen sprachen von einem tatsächlich gebrochenen Bein, dem Ihren. Wie kam es damals dazu? Ist es im Einsatz geschehen?“

William geleitete sie zu einem Stuhl, da sie durch den Zwischenfall zu aufgeregt war, um weiterzutanzen. Was er ihr dort erzählte, war freilich kein Heldenepos à la Mr. Yates. Vielmehr erklärte er lachend, die Geschichte sei kaum glorreicher gewesen als ein Ausrutscher im Ballsaal. „Ein Kamerad hatte sich bei der Erstürmung einer Festung törichterweise in eine recht missliche Lage gebracht, und ich war so dumm, zwischen ihn und einige herabhagelnde Felsbrocken zu geraten, von denen einer beschloss, mir möglichst nahe zu kommen. Ich handelte mir einen strengen Tadel ein und musste sechs Wochen im Krankenhaus verbringen." Georgiana war überzeugt, dass es noch eine andere Version der Geschichte geben musste, die Mr. Price in hellerem Licht hätte dastehen lassen, doch sie sagte nur: „Sie sprachen in diesem Zusammenhang von Ihren Prüfungen."

„Nun, ich hatte im Krankenhaus einige Bücher zur Hand und einen guten Freund, der mir nach Kräften beim Lernen half, sodass ich mich, obzwar bettlägerig, so gut präparieren konnte, dass ich meine Prüfungen mit Ach und Krach bestand."

Sie unterhielten sich noch eine Weile, bis William seine nächste Tanzpartnerin suchen musste und Georgiana von Mrs. Knightley entführt wurde, die sie an einem kleinen Tisch Platz nehmen ließ, um mit ihr und Mr. und Mrs. Gardiner Kaffee zu trinken. Die Gardiners waren natürlich keine Unbekannten für Georgiana, und sie zeigte sich sichtlich erfreut über das Wiedersehen.

„Ist es nicht äußerst liebenswürdig von Mrs. Gardiner, mir Kitty so lange überlassen zu haben, Miss Darcy?", sagte Mrs. Knightley. „Ich mag sie nun kaum mehr missen. Nach all der schönen Zeit, die wir zusammen hatten, wird sie mir sehr fehlen."

Georgiana erwiderte ein paar höfliche Worte, und Mrs. Gardiner ergänzte: „Vielleicht wird Kitty in den nächsten Jahren wieder einmal bei Ihnen weilen können."

„Das hoffe ich inständig. Sie ist mir stets willkommen, doch dürfte ihr ein Besuch in den nächsten Jahren schwerfallen. Da wird der eigene Haushalt sie zu sehr in Anspruch nehmen."

„Das mag sein, doch scheinen mir solche Spekulationen verfrüht", sagte Mrs. Gardiner.

„Verfrüht? Oh nein, wohl kaum. Es würde mich nicht überraschen, noch vor Weihnachten um Mithilfe beim Kauf von Kittys Hochzeitskleid gebeten zu werden", entgegnete Mrs. Knightley mit geheimnisvollem Lächeln.

Mrs. Gardiner zeigte sich überrascht und neugierig, und auch Georgiana wartete gespannt, was Mrs. Knightley sagen würde, da sie diese in jener Angelegenheit vorläufig als höchste Autorität erachtete.

Ihre Gastgeberin fuhr fort: „Es bleibt bitte noch unter uns, Mrs. Gardiner, doch ich weiß, dass ich es Ihnen als Kittys Tante und Miss Darcy als Kittys bester Freundin getrost anvertrauen darf. Sie können sich vorstellen, wie sehr mich die Gewissheit freut, dass zwei junge Menschen, die mir am Herzen liegen, ihr Herz für einander entdeckt haben."

„Natürlich", sagte Mrs. Gardiner, „doch klären Sie mich bitte darüber auf, Mrs. Knightley, um welchen Herrn es sich handelt."

„Sie haben ihn heute Abend kennengelernt, Mrs. Gardiner. Ich spreche von Mr. Price, dem jungen Marineoffizier, den ich Ihnen vorstellte."

Mrs. Gardiner wollte nun weitere Einzelheiten hören, und Mrs. Knightley gab bereitwillig Auskunft über William Prices Karriere und Perspektiven. Was nun Kitty angehe, habe sie allen Grund zur Annahme, dass die Zuneigung gegenseitig sei und eine Verlobung der beiden kurz bevorstehe, sofern ihr Freundeskreis es guthieße. Mrs. Gardiner erklärte, dass dies wunderbare Neuigkeiten seien, falls Mrs. Knightleys Beschreibung des jungen Mannes zutreffe, und dass es eine große Freude für ihre Schwester, Mrs. Bennet, wäre, die sich Kitty schon seit langem in festen Händen wünsche.

„Mr. Price entspricht meiner Beschreibung ganz und gar, das kann ich Ihnen versichern. Mr. Knightley wird sich für ihn verbürgen. Doch sprechen Sie darüber bitte zu niemandem. Es soll unter uns bleiben. Mir liegt daran, dass diese Sache ihre natürliche Vollendung findet."

„Das verstehe ich gut. Selbstverständlich werden wir stillhalten, bis Kitty es uns selbst erzählt", erwiderte ihre Tante. „Was halten Sie von all dem, Miss Darcy? Hat Kitty diese Affäre Ihnen gegenüber erwähnt?"

Georgiana bejahte und äußerte auf weitere Nachfrage ihre Gewissheit, dass Kitty, sollten sich die Dinge wie von Mrs. Knightley erwartet entwickeln, sehr glücklich werden würde. Mrs. Knightley ermunterte sie zu einer Schilderung ihrer eigenen Eindrücke von Mr. Price, was Georgiana aufrichtig tat. Dann stand sie auf, im Gefühl, dass nun eigentlich nichts mehr zu tun blieb, als den beiden, um die es hier ging, zu gratulieren.

Keine Minute später traf sie Kitty, die auf der Suche nach ihr gewesen war. Kitty ergriff die Hand ihrer Freundin und zog sie fort in ein Nebenzimmer, wo die beiden jungen Damen sich hinter einen Paravent auf ein Sofa setzten und ganz für sich waren.

„Ich muss dich dringend noch sprechen, bevor ich aufbreche", begann Kitty, die ihre Aufregung nicht verbergen konnte. „Ich dachte schon, ich würde dich nie finden, und es ist ja die letzte Gelegenheit, denn am Freitag reisen wir schon früh ab. Jetzt sag mir, was du von ihm hältst. Du kannst ihn doch nun beurteilen, oder? Ist er nicht hinreißend? Ist er nicht gutaussehend und ein edler Mensch? Ist er nicht genau so, wie ich ihn dir beschrieben habe?"

„In der Tat, liebe Kitty, das ist er", antwortete Georgiana mit inniger Anteilnahme. „Ich verstehe deine Gefühle gut. Ich bin sicher, jede Frau wäre stolz, das Herz eines solchen Mannes erobert zu haben."

„Ach, ich bin so froh, das von dir zu hören. Denkst du denn, ich habe es erobert? Manchmal scheint es mir so, manchmal bin ich mir nicht sicher. Mrs. Knightley denkt, ich habe es erobert."

„Ich weiß, dass sie das denkt. Ich habe es selbst von ihr gehört, und sie würde dich nicht täuschen, das weiß ich genau. Ihr liegt so viel an deinem Wohl."

„Ja, sie ist wirklich zu gütig. Ich kann dir gar nicht sagen, was ich ohne sie getan hätte. Sie hat alles arrangiert, und sie denkt an alles. Als sie heute Abend die Tischpartner bekanntgab, stand ich neben ihm, aber nicht zu nah, und er hatte mich noch nicht gefragt. Ich vermute, er zögerte noch, weil wir ja schon zusammen getanzt hatten, und da blickte Mrs. Knightley von ihrer Liste auf und sagte: ‚Mr.

Price, Ihnen habe ich, wie mir scheint, noch niemanden zugeteilt. Wäre Ihnen Miss Bennet genehm?'. Sie sagte es so freundlich, als sei dieser Vorschlag lange geplant gewesen, damit ich mich nicht unwohl fühlte. Dann kam er und bot mir galant seinen Arm an! Beim Abendessen selbst haben wir nicht viel miteinander gesprochen. Ich war einfach zu glücklich, doch als ich ihn dann fragte, ob ihm mein Kleid gefalle, machte er mir ein ganz wunderbares Kompliment – etwas mit einer Rose."

„Er ist ein ungemein angenehmer Gesprächspartner", bestätigte Georgiana. „Ich könnte ihm stundenlang zuhören. All diese Abenteuer! Jemanden kennenzulernen, der derlei erlebt hat und davon mit solcher Bescheidenheit erzählt – das ist, als bekomme man Einblick in eine völlig neue Welt. Ein solcher Mann tritt nur selten in unser beschauliches Leben."

„Ach, diese Geschichten sind doch furchtbar. Mir jagen sie einen riesigen Schrecken ein. Wären wir verheiratet, würde ich ihn nie mehr zur See fahren lassen, aus Angst, dass ihm bei seiner Rückkehr ein Arm fehlte oder ein Bein oder ein Auge."

„Aber das ist doch sein Beruf, Kitty."

„Ich weiß, aber es ist ein grässlicher Beruf. Es ist das Einzige an ihm, was ich nicht mag. Aber die Uniform gefällt mir. Neben einem solchen Offizier macht ein Mann im schwarzen Talar nichts her."

„Ach, Kitty, als ob die Uniform wichtig wäre. Rede doch nicht so dummes Zeug", erwiderte Georgiana schmerzlich.

„Es mag dumm sein, aber es macht sehr wohl einen Unterschied. Bingley hat mich den halben Abend lang mit einem jungen Mann aufgezogen, den sie daheim für mich ausgesucht hätten, und den ich gewiss mögen würde. Den Pfarrer von Kympton, glaube ich. Als könnte ich einen Geistlichen noch eines Blickes würdigen, nachdem ich William Price begegnet bin."

„Es ist nicht gerecht, zwei so verschiedenartige Männer zu vergleichen. Außerdem ist Mr. Morland überaus reizend, Kitty. Ich bin mir sicher, auch du wirst ihn nett finden."

„Und ich bin mir sicher, dass nicht. Ich will ihn im Übrigen auch gar nicht kennenlernen. Wie könnte ich irgendjemanden nett finden, wenn ich von hier fort bin? Ach, wenn ich Mr. Price nur einmal noch begegnen könnte, nur einmal noch, um mich zu vergewissern. Aber wie er schon sagte: In der Wildnis von Derbyshire wird man kaum jemals irgendjemandem begegnen."

„Kitty, die Musik setzt wieder ein, und man wird nach uns fragen", sagte Georgiana und erhob sich. „Sei nicht bekümmert oder verzagt, und zeige deine Gefühle in dieser Angelegenheit nicht zu deutlich, denn ich bin mir sicher, wenn du nur Geduld hast, wird alles gut werden."

„Denkst du das wirklich? Das ist tröstlich. Aber ich wünschte, er hätte sich heute Abend erklärt. Mrs. Knightley dachte, er würde es tun."

„Liebe Kitty, wann immer es soweit ist, wünsche ich dir alles Glück der Welt. Schreibe mir ausführlich, und sei, wie gesagt, geduldig und beherrscht. Jetzt sollten wir besser gehen."

Kitty drückte ihrer Freundin schnell die Hand. Auf dem Weg in den Ballsaal versuchte Georgiana weiter, sie zu beruhigen, indem sie über Belangloses sprach, denn sie fürchtete, Kittys leuchtende Wangen und ihr nervöses Benehmen könnten ihre Aufregung und deren Ursache verraten. Als sie den Saal betraten, trafen sie auf Miss Bingley, die Georgiana erzählte, dass Mrs. Hurst heimzufahren wünsche, und fragte, ob sie bereit zum Aufbruch sei.

„Ja, ich bin eigentlich bereit", sagte Georgiana. „Zwar schulde ich Mr. Bingley noch einen Tanz, doch auf den wird er gewiss verzichten können."

„Charles ist dort drüben, im Gespräch mit Mr. Price, aber ich habe ihm bereits gesagt, dass wir aufbrechen wollen. Er wird uns also erwarten", sagte Miss Bingley und ging quer durch den Raum voran. Kitty folgte ihr anstandslos und wurde von Mr. Bingley mit herzlichen Worten empfangen: „Liebe Kitty, steh mir bei. Ich möchte diesen jungen Gentleman überreden, im November zu uns nach

Desborough zu kommen und mit mir Fasane zu schießen, aber er weiß nicht, ob er es einrichten kann. Was für ein Unfug! Wenn es irgendjemandem zusteht, Urlaub zu erbitten, wann es ihm beliebt, dann doch wohl ihm."

Kitty brachte im ersten Moment kein Wort heraus. Noch nie war einer ihrer Wünsche so rasch und wunderbar auf den Weg der Erfüllung gebracht worden. Nun fand sie auch noch eine unerwartete Verbündete in Miss Bingley, die die Einladung ihres Bruders vehement unterstützte, denn auch sie war, wie er, eingenommen von Auftreten und Ansehen des jungen Lieutenants. William Price aber stand reglos da, sah verlegen von einem zum anderen, und bekundete leicht stammelnd seine Dankbarkeit und seine Freude für den Fall, dass es ihm möglich sei, die Einladung anzunehmen. Mr. Bingley wendete all seine Überzeugungskraft auf, und Kittys leuchtende Augen sandten kaum weniger beredte Blicke aus. Georgiana wandte sich ab. Sie fühlte sich plötzlich erschöpft und kraftlos, und Mr. und Mrs. Hurst, die gerade in diesem Moment hinzukamen, sprachen sie darauf an.

„Georgiana erschöpft?", rief Bingley sogleich aus. „Dann lasst uns umgehend aufbrechen. Du bist es nicht gewohnt, so lange aufzubleiben, und ich will nicht wissen, was Mrs. Darcy sagen würde, wenn ich nicht gut auf dich achtgäbe. Wir sind ja in Derbyshire alle Nachbarn, Mr. Price. Dann ist es also abgemacht. Sie besuchen uns, falls Sie sich loseisen können, und ich hoffe sehr, dass uns nichts in die Quere kommt. Sie erwarten doch nicht etwa, dass man Ihnen das Kommando über die Mittelmeerflotte überträgt?"

„Nein, Sir", erwiderte William lachend. „Weder das noch irgendein anderes Kommando in diesem Jahr, so leid es mir tut."

„Nun, ich wünsche Ihnen viel Glück. Werde ich Sie noch einmal sehen, bevor ich London verlasse?"

William setzte gerade zu einer verneinenden Antwort an, als Miss Bingley, die die Gruppe nun in Richtung Garderobe zu führen gedachte, sich umdrehte und fragte, ob er sie nicht einmal in der Grosvenor Street besuchen wolle. Sie bat ihre Schwester, der Einladung zuzustimmen, was Mrs. Hurst sofort tat, und so wurde es beschlossen. Nachdem man sich, in einem gewissen Durcheinander, voneinander verabschiedet und die Mäntel geholt hatte, wurde den drei Damen in die Kutsche geholfen, während die zwei Herren sich zum Gehen anschickten. Georgiana hatte Kitty beim Abschied herzlich umarmt und ihr zu verstehen gegeben, dass sie wusste, was Bingleys Einladung ihrer Freundin bedeutete. Ihre letzte Impression von Mrs. Knightleys Ball war, dass William Price ihnen zum Abschied zuwinkte und dann die Treppe hinauf ins Vestibül ging, wo Kitty auf ihn wartete.

Kapitel 10

Colonel Fitzwilliam hielt sich in London auf, weil ihm hier die Wahrscheinlichkeit am größten schien, Miss Crawford wiederzusehen. Das Angebot zur Mitarbeit an der Regiments-Chronik hatte er lediglich angenommen, um sich die Zeit bis zu diesem lang ersehnten Ereignis zu vertreiben. Doch es vergingen zwei Monate, bis er endlich erfuhr, dass sie nun mit ihrer Schwester in der Stadt angekommen war. Wenige Tage später schon konnte er es einrichten, im Haus eines gemeinsamen Bekannten zu weilen, als dieser ihren Besuch erwartete. Ihre Begrüßung fiel weder herzlich noch frostig aus, und die Begegnung war so kurz, dass er schwerlich erkennen konnte, wie sie zu ihm stand. Eine gewisse Verlegenheit blieb ihm allerdings nicht verborgen. Eine zweite Begegnung in London verlief zunächst verheißungsvoller, doch hatten sie kaum einige Worte gewechselt, als Sir Walter und Miss Elliot hinzukamen, sodass sie ihr Gespräch mit Rücksicht auf die Neuankömmlinge in eine andere Richtung lenken mussten, bis Colonel Fitzwilliam schließlich beiseite trat und miterlebte, wie sich Miss Crawford ohne erkennbaren Widerwillen in Beschlag nehmen ließ. Er wandte sich Mrs. Grant zu und schlug ihr einen gemeinsamen Theaterbesuch vor, worauf Mrs. Grant zögerlich entgegnete, ohne ihre Schwester keine Verabredung treffen zu können, sodass Colonel Fitzwilliam schließlich fragte, ob ihm ein Besuch gestattet wäre, was wiederum bejaht wurde. Als er jedoch am nächsten Tag bei ihrer Unterkunft vorstelig wurde, wurde ihm mitgeteilt, dass die Damen in größerer Runde nach Richmond gefahren seien. Ungefragt vertraute ihm der Diener des Hauses an, dass Mr. Crawford den Ausflug organisiert habe, was den Colonel in düstere Spekulationen darüber stürzte, ob Sir Walter Elliot zu dieser Ausflugsgesellschaft zählte, und wenn ja: ob dies in Miss Crawfords Sinne war.

So hatte er die Frau, um die seine Gedanken und Hoffnungen stetig kreisten, noch nicht in Ruhe sprechen können, als er seine Schritte einige Tage später in Richtung der Wohnung von Mrs. Annesley lenkte. Er konnte kaum glauben, dass seit der Lösung seiner Verlobung mit Georgiana erst drei Monate vergangen waren – so sehr war diese Angelegenheit in den Hintergrund seines Denkens gerückt. Doch hatte er über ihre Unterhaltung in der Grosvenor Street noch lange nachgedacht und aus Georgianas Verhalten geschlossen, dass ihr seine Gegenwart nicht unangenehm war und jede weitere Begegnung helfen werde, ihre alte Beziehung als Cousin und Cousine wieder aufleben zu lassen. Entsprechend unbekümmert begrüßte er die zwei Damen, und er fand auch Georgiana gelöst und weit weniger schüchtern und verstört vor als bei ihrer letzten Begegnung. Binnen weniger Minuten war alle Verlegenheit zwischen ihnen verflogen, und Georgiana beantwortete freudig seine Fragen zu Mrs. Knightleys Ball.

„Es muss ein großer Erfolg gewesen sein, denn so begeistert habe ich dich noch von keinem Ball sprechen hören, Georgiana", sagte ihr Cousin lächelnd. „Er dürfte alle Tanzabende in Bath in den Schatten gestellt haben."

„Ach, Bath!", rief Georgiana verächtlich aus. „Du magst lachen, Cousin Robert, aber es war ein herrlicher Ball. Sogar Mr. Bingley hat das gesagt, und der war schon auf vielen Bällen."

„Auf Hunderten, wenn nicht Tausenden, würde ich meinen", erwiderte ihr Cousin. „Bingleys Schuster muss sich an ihm eine goldene Nase verdienen. Aber welche Herren standen als Tanzpartner zur Verfügung? Denn damit steht und fällt in der Regel doch alles. Zwei Herren mit Namen Price hast du erwähnt, dazu Captain Carter und Mr. Dixon. Wer noch?"

„Ach, das habe ich teilweise schon vergessen. Mr. Hurst und Mr. Bingley natürlich und Mr. Knightley, aber der tanzte so gravitätisch, dass ich mich kaum zu bewegen wagte. Und Mr. Gardiner, und dann war da noch Mr. Yates, mit dem ich aber nicht getanzt habe.

Erinnerst du dich an ihn, Cousin Robert? Er sagte, er kenne dich aus Bath."

Georgiana war so zuwider gewesen, wie Mr. Yates über ihre Verwandten gesprochen hatte, dass sie Colonel Fitzwilliam davon nichts hatte erzählen wollen. Doch seine anschließenden Äußerungen über Mr. Price hatten sie diesen Entschluss vergessen lassen, sodass sie seinen Namen nun unbedacht erwähnte. Sie bereute es sofort, als sie sah, wie sich die Miene ihres Cousins verdüsterte, der in merklich verändertem Ton antwortete: „Ja, wir sind uns in Bath begegnet, doch nicht unter den besten Umständen. Mr. Yates mag ein angenehmer Mensch sein, wenn er nicht wie dort von gewissen Leuten umgeben ist."

„Ich fand ihn nicht besonders angenehm", erklärte Georgiana stammelnd, „doch hatte er ... so kam es mir vor, Interessantes zu erzählen."

„Das sieht ihm ähnlich. Wenn Yates sich auf eines versteht, dann auf den Gebrauch seines Mundwerks", entgegnete Colonel Fitzwilliam nicht ohne Bitterkeit. „Aber lass uns nicht über ihn sprechen, Georgiana. Was ist mit dem Spaziergang durch Kensington Gardens, den wir erwogen hatten? Wird Mrs. Annesley mir gestatten, Euch an diesem herrlichen Vormittag dorthin auszuführen?"

Mrs. Annesley willigte mit Freuden ein, und nachdem die beiden Damen sich umgezogen hatten, wurde eine Mietdroschke gerufen, mit der sie eine gute Meile Richtung Kensington Place fuhren. Georgiana blieb während der Fahrt auffällig still. Sie wollte über die privaten Belange ihres Cousins keine Mutmaßungen anstellen, doch dass sie ihn versehentlich auf schmerzliche Gedanken gebracht hatte, weckte in ihr den Wunsch, sein Leid zu lindern. Obgleich sie es eigentlich vermeiden wollte, fragte sie sich doch unwillkürlich, welche Verbindung zwischen Mr. Yates, ihrem Cousin Robert und jener Dame bestand, von der es hieß, sie halte sich zur Zeit ebenfalls in London auf. Natürlich ging es sie nichts an, und es stand ihr nicht zu nachzufragen, und doch hätte sie nur zu gern gewusst, inwiefern diese Verbindung damit zu tun hatte, dass Robert Fitzwilliam so traurig und ausgezehrt aussah.

Der Brief von Lady Catherine, den ihr Bruder vorgelesen hatte ... die Dame in Bath, eine Freundin von Elizabeth ... dann die Rede von einem Missverständnis – Georgiana hatte plötzlich den Eindruck, als fügten sich die einzelnen Bruchstücke allmählich zusammen, und sie erschauderte vor Aufregung. Und so war sie beinahe froh, als das Anhalten der Kutsche sie aus ihren Gedanken riss. Sie tadelte sich dafür, in anderer Leute Angelegenheiten herumzuschnüffeln, und stimmte umso eifriger in Mrs. Annesley Elogen auf die Umgebung ein. Tatsächlich zeigte sich der Park in all seiner Junipracht, und die vielen gutgekleideten und fröhlich umherspazierenden Menschen trugen ihren Teil zu dem allgemeinen Eindruck von Herrlichkeit und Heiterkeit bei.

Sie waren schon durch weite Teile des Parks spaziert, und Fitzwilliam hatte bereits mehrere Bekannte gegrüßt und damit Georgiana erst auf den Gedanken gebracht, dass auch sie hier Bekannte treffen könnte, als Mrs. Annesley mit leiser Stimme auf die Anmut einer jungen Dame hinwies, die ihnen in Begleitung zweier Herren entgegenkam. Sie hatte dunkle Haare, ein sehr ausdrucksvolles Gesicht, und sie schien mit ihren schönen Augen in ihre Richtung zu blicken. Als die beiden kleinen Gesellschaften langsam aneinander vorbeigingen, erwiderten die Dame und ihre zwei Begleiter Colonel Fitzwilliams Verbeugung, und für einen Moment schien es, als wolle sie stehen bleiben und etwas sagen, doch dann ging sie wortlos weiter. Mrs. Annesley, überrascht über die offenbar bestehende Bekanntschaft, bat ihren Begleiter lachend um Verzeihung: „Entschuldigen Sie, Colonel Fitzwilliam, ich wusste nicht, dass Sie die Dame kennen. Aber sie ist eine so bezaubernde Person, dass man dies schwerlich unerwähnt lassen kann.“

„Ich bin ganz Ihrer Ansicht, Mrs. Annesley“, antwortete der Colonel, und Georgiana erkannte, dass er sich auf einmal Mühe geben musste, entspannt und beherrscht zu wirken. „Wie liebenswürdig von Ihnen, Empfindungen so treffend auszusprechen, wie ich sie selbst gern äußern würde, wann immer ich Miss Crawford begegne. Obwohl keinerlei Worte ihrem besonderen Charme gerecht werden können."

„Es ist dieses ausdrucksvolle Gesicht, nicht wahr?", sagte Mrs. Annesley. „Dazu dieser feine Teint und die anmutige Kopfhaltung. All das bemerkt man sofort. Und ich vermute, dass wir mit unserer Bewunderung nicht allein dastehen."

„Ganz und gar nicht", sagte Fitzwilliam, „sie hat einen ansehnlichen Kreis von Verehrern."

In diesem Moment wurde er von einem Herrn angesprochen und kurz aufgehalten, während die Damen weitergingen. In Georgianas Kopf überschlugen sich die Gedanken. Sie hatte sich sofort wieder erinnert, dass „Crawford" der Name jener Freundin von Elizabeth war, gegenüber der sich Lady Catherine so ungebührlich verhalten hatte. Doch sie wollte es nicht zur Sprache bringen, da sie befürchtete, es könnte für ihren Cousin schmerzhaft sein, über die Einzelheiten dieser Angelegenheit zu sprechen – Einzelheiten, die Georgiana, ob sie wollte oder nicht, nur zu gern gekannt hätte. Unübersehbar hegte ihr Cousin eine starke Bewunderung für diese Dame. Sie nahm von Herzen Anteil, an seiner Zuneigung ebenso wie an seinem Unglück, falls er denn wirklich unglücklich war. War er dieser Miss Crawford vielleicht gleichgültig? Doch hatte sie den Anschein erweckt, mit ihm sprechen zu wollen. Stand sie unter dem ungünstigen Einfluss von Bekannten oder Verwandten? Er hatte von einem „Kreis von Verehrern" gesprochen. Doch wie sollte jemand Miss Crawford von Colonel Fitzwilliam fernhalten können, wenn sie ihn wirklich liebte, diesen edlen, gütigen, treuen Mann? Georgiana errötete ob ihrer Gedanken und der vielleicht voreiligen, auf jeden Fall aber widersprüchlichen Schlüsse, zu denen sie gelangt war. Was sie bestärkte, war die Gewissheit, dass ihre eigene Liebe zu Colonel Fitzwilliam eine geschwisterliche war und sie ihn einfach nur glücklich und mit der Frau seines Herzens vermählt wissen wollte.

Dem nachzuhelfen, kam ihr gar nicht in den Sinn. Dazu hielt sie die Kraft ihres Einflusses auf das Leben anderer für zu gering. Sie hoffte lediglich auf eine Gelegenheit, ihrem Cousin ihr Mitgefühl auf eine hilfreiche Weise ausdrücken zu können. Vergeblich überlegte sie, wie dies anzustellen sei, denn sie konnte es keinesfalls ansprechen, bevor er sich ihr nicht eröffnet hatte, was wenig wahrscheinlich war, und nie und nimmer im Beisein von Mrs. Annesley geschehen würde.

Doch das Glück schien ihr hold zu sein. Denn als Colonel Fitzwilliam wieder zu ihnen stieß, gestand ihnen Mrs. Annesley, dass sie müde sei – die Hitze mache ihr zu schaffen, und sie würde sich gern ein Weilchen ausruhen. „Bleiben Sie ruhig hier", fügte sie hinzu, als Fitzwilliam sogleich auf den nächsten freien Stuhl zusteuerte. „Falls Sie nicht ebenfalls erschöpft sind, ist es für Sie und Georgiana doch weit vergnüglicher, den Spaziergang fortzusetzen. Wahrscheinlich möchten Sie auch gern näher zur Musik hinübergehen. Ich werde mich derweil zu meiner Freundin Mrs. Sackville setzen, die ich dort drüben erspäht habe."

So spazierten sie zu zweit weiter, und Georgiana, die kaum wusste, wie sie beginnen sollte, und doch keine kostbare Zeit verlieren wollte, brach das Schweigen nach wenigen Minuten mit den zaghaften Worten: „Ich glaube, ich habe Elizabeth über Miss Crawford sprechen hören. Ihr habt sie in Bath kennengelernt, nicht wahr?"

„Tatsächlich? Das freut mich", rief Colonel Fitzwilliam sogleich aus. „Mir war entfallen, dass du sie dem Namen nach kennen müsstest. Ja, wir haben uns in Bath kennengelernt." Er schien weitersprechen zu wollen, hielt aber inne und fügte nach einer kurzen Pause nur noch hinzu: „Bitte doch Elizabeth, dir von ihr zu erzählen."

Georgiana war enttäuscht, obgleich ihr schien, dass sie nichts anderes hatte erwarten können. Warum sollte er sich ausgerechnet ihr anvertrauen? Sie gingen noch ein Stück, bis Fitzwilliam in einer Ansammlung von Sitzgelegenheiten zwei freie Stühle erblickte und Georgiana fragte, ob sie sich nicht einen Moment setzen wollten, bevor sie umkehrten. Es war ein reizendes Plätzchen, im Schatten eines Baumes und mit Blick auf einen künstlichen See, und Georgiana willigte freudig ein.

„Was für ein Glück, dass wir noch zwei Stühle ergattert haben. Alle anderen sind besetzt", sagte sie, während sie sich umschaute.

„Das ist oft der Fall, wenn es so warm und sonnig ist. Viele Leute sitzen dann den ganzen Vormittag hier", erwiderte Fitzwilliam und nahm neben ihr Platz, ohne allerdings das Gespräch von zuvor wieder aufzunehmen, sodass sie, zu Georgianas Missfallen, eine Weile schweigend dasaßen. Fitzwilliam hing seinen Gedanken an Miss Crawford nach und dachte nicht im Traum daran, dass Georgianas Herz voller Sorge um ihn war. Der eine Begleiter von Mary, so überlegte er, müsse ihr Bruder gewesen sein, Henry Crawford. Da war eine leichte Ähnlichkeit gewesen, außerdem entsprach er der Beschreibung, die Mary von ihm gegeben hatte. Wie gegenwärtig ihm noch war, mit welcher Miene und Stimme sie lachend gesagt hatte: „Henry ist nicht groß, Colonel Fitzwilliam, nein. Ich gestehe ihm jeden anderen Vorzug zu, aber groß ist er nicht. Schlank, dunkelhaarig und recht unscheinbar ist er. In meinen Augen natürlich auf einzigartige Weise gutaussehend. Denken Sie, Sie würden ihn erkennen, wenn Sie ihm über den Weg liefen?" Und tatsächlich sah ihn der Colonel nun ein weiteres Mal: Nur noch wenige Schritte entfernt, kam er mit seiner Schwester auf sie zu, die wie zuvor zwischen ihm und Sir Walter Elliot ging.

Mary warf einen Blick auf Miss Darcy, doch im nächsten Moment stand der Colonel auch schon vor ihr. „Guten Tag, Miss Crawford. Ich habe Sie leider neulich Vormittag verpasst, als ich Sie aufsuchen wollte. Darf ich Ihnen meine Cousine Miss Darcy vorstellen? Sie hat durch ihren Bruder und ihre Schwägerin bereits von Ihnen gehört."

Mary erwiderte errötend seine Begrüßung und sagte dann mit leiser Stimme zu ihrem Bruder: „Henry, geht doch bitte schon weiter und wartet nicht auf mich." Überrascht und erfreut sah Georgiana, wie Miss Crawford zu ihr geleitet wurde, womit ein Wunsch in Erfüllung ging, den sie nicht zu äußern gewagt hätte. Ihre Freude war in der Tat so groß, dass sie die ihr eigene Schüchternheit schlicht vergaß. Schon während sie aufstand und in Miss Crawfords liebliches und so lebendiges Gesicht blickte, war sie voller Gefühle, von denen sie glaubte, dass auch ihr Cousin sie für diese Dame empfand. Schüchtern war in diesem Fall Mary, die nicht umhin konnte, Colonel Fitzwilliams Verhalten als weiteren Beweis der Großmütigkeit eines Freundes zu betrachten, den sie abgewiesen hatte. Alle drei wechselten einige Worte über den herrlichen Tag und die wundervolle Umgebung, bevor sich Miss Crawford an Georgiana wandte und nach Mr. und Mrs. Darcy erkundigte. Dieses Thema war geeignet, Georgianas Zunge vollends zu lösen, und so antwortete sie rege, woraufhin Mary ihr einige höfliche Fragen zu ihrer Reise nach London und der voraussichtlichen Dauer ihres Aufenthalts stellte. Colonel Fitzwilliam bat Miss Crawford, doch auf seinem Stuhl Platz zu nehmen, was sie nach kurzer Widerrede auch tat, denn ein anderer war nicht in Sicht. Er blieb einen Moment bei den beiden Damen stehen, entfernte sich dann aber einige Schritte, weil er dachte, dass die beiden sich allein wohl noch ungezwungener unterhalten könnten.

„Weilen Sie hier bei Ihrer Tante, Lady Catherine de Bourgh?", fragte Miss Crawford, als er außer Hörweite war.

„Nein", entgegnete Georgiana, „meine Tante ist nicht in London. Zurzeit wohne ich bei meiner alten Gouvernante, Mrs. Annesley. Doch eigentlich bin ich bei anderen Freunden zu Gast, nämlich Mrs. Hurst und Miss Bingley."

„Ich verstehe. Und Ihr Cousin ist dort ebenfalls zu Gast?", hakte Mary nach.

„Oh nein, nein", erwiderte Georgiana lächelnd. „Er weilt schon länger ganz für sich in London. Sind Sie denn einander seit Ihrer Ankunft noch nicht begegnet?"

Mary antwortete, sie habe Colonel Fitzwilliam ein oder zwei Mal gesehen, und murmelte dann, sie sei davon ausgegangen, dass er gewissermaßen zur Familie Darcy gehöre.

Georgiana bestätigte dies. „Ja, er gehört zu uns. Er ist der älteste Freund der Familie. Mein Bruder und meine Schwägerin schätzen ihn ungemein, und nach meinem Bruder ist er der gütigste und beste Mensch, den ich kenne. Doch vielen Leuten bleibt sein edler Charakter verborgen, weil er so bescheiden und zurückhaltend ist."

Georgiana war sich bewusst, dass sie mit dieser Lobeshymne womöglich die Grenzen dessen überschritt, was sich ziemte, doch es kümmerte sie nicht, was Miss Crawford von *ihr* dachte, wenn sie nur von ihrem Cousin das Beste dachte. Allerdings schien Miss Crawford es ihr gar nicht übel zu nehmen, denn sie entgegnete lächelnd: „Er kann sich glücklich schätzen, Sie und Mrs. Darcy als Fürsprecherinnen zu haben."

„Aber jeder, der ihn kennt, spricht so über ihn", bekräftigte Georgiana. „All seine Freunde sind ihm ergeben, und er hält standhaft zu ihnen, was immer sie tun. Er bleibt sich immer treu und würde nie jemanden im Stich lassen."

„Ich kenne da eine Person, die *ihn* nie im Stich lassen würde, Miss Darcy", sagte Miss Crawford, noch immer lächelnd. „Doch im Ernst", fügte sie hinzu, als Georgiana verschämt zur Seite blickte, „ich bin mir sicher, dass alles, was Sie sagen, zutrifft. Wer sollte Colonel Fitzwilliam kennen, wenn nicht seine Freunde? Und ich weiß persönlich, dass er treu zu ihnen steht, selbst wenn er ihnen gram ist, was als Feuerprobe gelten kann."

Georgiana stimmte von ganzem Herzen zu, ohne freilich Marys Anspielung zu begreifen. Wenig später gesellte sich der Colonel wieder zu ihnen und versuchte Miss Crawford für eine gemeinsame Unternehmung zu begeistern. Mary erwiderte, dass dies „sehr nett" von ihm sei und „schön" wäre, ohne aber eine echte Zusage zu geben, doch als er schließlich fragte, ob er eventuell vorbeikommen könne, um die Sache weiter zu besprechen, antwortete sie: „Sehr gern." Allerdings stünden für sie und ihre Schwester viele Unternehmungen an, weshalb zweifelhaft sei, ob sie an einem der verbleibenden Vormittage dieser Woche daheim anzutreffen sein würden.

Sie hatte sich mittlerweile erhoben und schien im Begriff, zu ihren Begleitern zurückzukehren. Da sich Mr. Crawford bereits näherte, blieb dem Colonel nichts anderes übrig, als sich zu verbeugen und sich im Stillen fest vorzunehmen, ihr zu Beginn der folgenden Woche einen Besuch abzustatten. Zwar hätte er Henry Crawford gern näher kennengelernt, doch wollte er Georgiana nicht zumuten, dessen Bekanntschaft zu machen. Diese wiederum sah nur, dass Miss Crawford sich verabschiedete, und so drückte sie die Hand, die ihre neue Freundin ihr reichte, und sagte mit leiser Stimme: „Es war mir eine Freude. Ich hoffe, ich werde Sie wiedersehen."

„Das hoffe ich auch. Es würde mich freuen", antwortete Mary herzlich. „Und angesichts Ihrer Unternehmungslust habe ich keinen Zweifel, dass dies geschehen wird. Bitte grüßen Sie Ihre Schwägerin und Mr. Darcy von mir."

Georgiana versprach es. Als sie und Colonel Fitzwilliam wieder allein waren, deutete sie lediglich in wenigen schüchternen Worten ihre Bewunderung für Miss Crawfords Liebreiz und Charme an – mehr wagte sie ihm gegenüber nicht zu äußern.

„Es freut mich, dass du sie magst", antwortete er. „Und es überrascht mich nicht. Allerdings hätte ich nicht im Traum daran gedacht, ihr hier über den Weg zu laufen. Elizabeth sprach davon, sie bald einmal nach Pemberley einzuladen, und ich hoffe, sie wird es tun. Und vielleicht können wir uns hier zu einer gemeinsamen Wasserpartie verabreden. Dann musst du auch kommen, Georgiana. Denkst du, Mrs. Annesley würde es gestatten?"

„Gewiss, falls ich dann überhaupt noch bei ihr sein sollte. Ich kehre ja schon am Samstagnachmittag in die Grosvenor Street zurück."

„Nun, ich werde es irgendwie arrangieren müssen. Ich bezweifle, dass Miss Bingley sich etwas aus derlei banalen Vergnügungen macht."

Georgiana lachte, hielt sie doch eine Wasserpartie für eine sehr feine und kultivierte Form des Zeitvertreibs. Sie näherten sich Mrs.

Annesley nur langsam, da Colonel Fitzwilliam ständig von Bekannten angesprochen und aufgehalten wurde. Einer rief ihm zu: „Vergiss nicht, dass du am Freitagabend mit uns ins Theater gehst, um Siddons in ‚Macbeth' zu sehen."

„Das wirst du tun, Cousin? Wie ich dich beneide!", entfuhr es Georgiana, als sie weitergingen. „Wir haben Karten für eine Vorstellung von ‚King John' mit ihr, aber es heißt, die Lady Macbeth sei ihre Paraderolle."

„Ich muss beschämt gestehen, dass ich sie bislang noch nie auf der Bühne gesehen habe", antwortete Fitzwilliam. „Ich weiß kaum zu sagen, wie ich all ihre Vorstellungen verpassen konnte. Umso mehr gilt es, das Versäumte nun nachzuholen. Ich werde Samstagvormittag vorbeikommen und dir lang und breit Bericht erstatten."

„Oh ja, bitte. Dann kann ich Elizabeth davon schreiben. Wie viel ich ihr diese Woche schon zu erzählen habe – über unseren Ausflug an diesen herrlichen Ort und über meine Begegnung mit Miss Crawford."

Auf der Heimfahrt wirkte Fitzwilliam auf Georgiana viel glücklicher als bei all ihren vorigen Begegnungen in London. Sie schmiedeten Pläne für eine Fahrt nach Hampton Court, wo sie dinieren wollten, was beiden eine freudige Aussicht war. Tatsächlich hatte Fitzwilliam jene innere Ruhe wiedergefunden, die ihm mit dem Abschied von Mary in Bath abhanden gekommen war. Eine Erklärung dafür hatte er freilich nicht. Sie war ihm lediglich höflich begegnet, ohne die frühere Herzlichkeit. Zudem war sie wieder einmal in Begleitung Sir Walter Elliots gewesen. Dennoch spürte Fitzwilliam, dass sie sich ihm mit jedem Gespräch, das ihnen beiden vergönnt war, ein wenig mehr öffnete. Diesmal gedachte er, erst gar nichts Trennendes zwischen ihnen entstehen zu lassen, wie seinerzeit in Bath, sondern jede Gelegenheit auszuschöpfen, ihr wieder näher zu kommen – so, wie er Georgianas zufällige Anwesenheit dazu hatte nutzen können, eine neue indirekte Beziehung zu ihr zu knüpfen.

Als er wenige Abende später mit seinen Freunden im Theater saß und nach dem ersten Akt seinen Blick durch den Zuschauerraum schweifen ließ, sah er unvermutet Miss Crawford mit zwei weiteren Personen in einer Loge sitzen. Anfangs erwog er, sogleich zu ihr zu gehen und sie anzusprechen, obgleich er nicht wusste, in wessen Begleitung sie hier war, denn Mrs. Grant war nicht zu sehen. Dann aber erkannte er an der Art, in der die Dame und der Herr aufstanden und einen weiteren Logengast begrüßten, dass es sich um Sir Walter und Miss Elliot handelte. Fitzwilliam beschloss, während der dritten und längsten Pause hinauf zu gehen und sich dort durch einen Freund vorstellen zu lassen.

Dann aber brachte ihn in der zweiten Pause ein Ereignis völlig aus der Fassung. Es begann damit, dass die Frau seines Freundes, General Stuart, als dessen Gast er hier war, ihn plaudernd über die Namen und Eigenheiten verschiedener Anwesender in Kenntnis setzte. Sie lebte bereits lange in London, hatte einen großen Bekanntenkreis und stand im Ruf, ihre Ansichten stets so entschieden mitzuteilen, dass ihre Zuhörer bisweilen allzu schnell für bare Münze hielten, was sie erzählte. Auch sie hatte nun die Gruppe in Elliots Loge erspäht und lenkte Fitzwilliams Aufmerksamkeit gegen seinen Willen dorthin. Er wünschte nicht, über die Crawfords oder ihre Freunde zu sprechen, und machte umgehend deutlich, dass er einige von ihnen kannte. Das aber steigerte lediglich Mrs. Stuarts Neugier, die ihn nun fragte, ob es die charmante Miss Crawford sei, die er kenne, und ob er, wenn dem so sei, erklären könne, warum sie diesen unerträglichen alten Stutzer, Sir Walter Elliot, zu heiraten gedenke. Colonel Fitzwilliam erwiderte, mit kaum gebändigter Erregung, dass er darüber nicht das Geringste wisse.

„Dann sind Sie in ganz London der Einzige, der davon noch nicht gehört hat, mein verehrter Colonel. Wie konnte Ihnen eine solche Neuigkeit nur entgehen? Mindestens fünfzig Leute haben es mir erzählt, und sie alle haben es aus verlässlicher Quelle. Es ist kaum zu fassen, dass eine so schöne Frau sich an so einen mittellosen Esel verschenkt, der dem Alter nach ihr Vater sein könnte und nichts vorzuweisen hat als einen Titel und einen guten Schneider. Ich begreife nicht, warum junge Damen so etwas tun. Man kann nur vermuten, dass sie eines ehelosen Lebens überdrüssig ist und in geordneten Verhältnissen zu leben wünscht."

„Ich bin mir sicher, dass hier ein Irrtum vorliegt, Mrs. Stuart", warf Colonel Fitzwilliam ein. „Ich habe unlängst erst mit Miss Crawford gesprochen, und sie ... von einer Verlobung war keine Rede." Er hielt inne, da ihm bewusst wurde, wie dürftig dieser Einwand war.

„Unfug, werter Herr. Sie waren zu sehr in Ihre Bücher vertieft, sonst hätten Sie davon gehört. Sehen Sie den untersetzten jungen Herrn dort drüben? Dieser Mr. John Thorpe hat neulich Abend bei uns darüber gesprochen und berichtet, dass er schon vor Monaten in Bath davon gehört habe."

„Ich bin mir ziemlich sicher, dass Miss Crawford in Bath noch nicht verlobt war." Zu mehr als diesem Kommentar ließ sich Colonel Fitzwilliam nicht hinreißen.

„Ich muss schon sagen, dass Ihre Zweifel ein wenig beleidigend sind. Wenn Sie mir nicht glauben, sollten Sie es sich von anderer Seite bestätigen lassen. Obgleich ja auf der Hand liegt, wie es dazu kommen konnte. Natürlich haben es die Elliots mit aller Kraft vorangetrieben. Sir Walter wünscht sich eine hübsche Gemahlin, und da er mit dem geringen Vermögen, das ihm noch geblieben ist, nicht für eine Ehefrau aufkommen kann, muss er eine wählen, die für beide genug hat. Miss Elliot wiederum ist wegen eines gewissen Mr. Henry Crawford, der noch unverheiratet ist, an einer Verbindung zwischen ihren Familien gelegen. Freilich ist er ein Schwerenöter, doch das stört sie nicht. Kennen Sie ihn? Es handelt sich um jenen dunkelhaarigen jungen Mann, der dort in der Loge gerade aufsteht."

Colonel Fitzwilliam beendete das Gespräch schließlich mit den Worten: „Ich hoffe, Mrs. Stuart, Sie haben sich ihre Fragen zufriedenstellend beantwortet." Er war dermaßen verstört, dass er mit Erleichterung sah, wie sich der Vorhang wieder hob. Doch ohne dem

Stück weitere Aufmerksamkeit zu schenken, saß er nun in sorgenvolle Gedanken vertieft da. Mrs. Stuarts Äußerungen konnten in dieser so wichtigen Angelegenheit nicht allein maßgeblich sein. Er musste dringend andere Meinungen einholen. Er hatte kein Auge für die schön gespielte Szene des Mordes an Banquo, denn sein Blick haftete oben auf der Loge, in der er lediglich Marys weißen Umhang ausmachen konnte, und nahe bei ihr offenbar Sir Walter in seinem modischen Putz. In dem Moment, als der Vorhang wieder fiel, erhob er sich von seinem Sitz und strebte dem Ausgang zu, doch hatten so viele Herrschaften gleichzeitig ihre Plätze verlassen, dass er im Gedränge nur langsam vorankam. Da hörte er, wie jemand hinter ihm seinen Namen rief, und als er sich umdrehte, erkannte er zwei alte Bekannte, die in ihrer Reihe noch sitzen geblieben waren.

Obwohl er sich eigentlich nicht aufhalten lassen wollte, ging er doch zu ihnen hinüber und unterhielt sich einige Minuten. Der eine war Captain Ross, ein früherer Offizierskollege, der andere Mr. Palmer, den Fitzwilliam als verschlossenen und abweisend wirkenden Mann in Erinnerung hatte, der aber überaus verlässlich war und sich viel zu wenig um die Angelegenheiten seiner Mitmenschen scherte, um zweifelhaftes Wissen über sie zu besitzen. Nach kurzem Überlegen fragte Fitzwilliam ihn wie beiläufig: „Haben Sie in letzter Zeit etwas über Sir Walter Elliot gehört, Palmer?"

„Nicht mehr, als mir lieb istl", lautete die Antwort. „Ein Schwachkopf. Schön gerahmt würde er vielleicht noch zu etwas taugen."

Captain Ross pflichtete ihm lachend bei und fragte dann gespielt empört, ob man noch einen Beweis für die Ungerechtigkeit des Schicksals brauche, wenn ein solcher Mann eine junge und charmante Frau finde?

„Dann ist es also wahr?", entgegnete Fitzwilliam, und nahm all seine Kraft zusammen. „Dann ist es also wahr, dass Sir Walter Elliot heiraten wird?"

„Hundertprozentig wahr", erwiderte Captain Ross. „Und wissen Sie, wen? Die Dame, die gerade neben ihm in der Loge sitzt."

Colonel Fitzwilliam hielt es für unnötig hinaufzuschauen. Dass sich seine schlimmsten Befürchtungen bewahrheitet hatten, war traurig genug. Captain Ross schien die Fassungslosigkeit nicht zu bemerken, mit der Fitzwilliam fragte, ob es gewiss sei, so erpicht war er darauf, weitere Details mitzuteilen.

„Ja, es war schon lange im Gespräch, ist nun aber mehr oder minder beschlossene Sache. Ich war gestern Abend im Club, als Elliot dort speiste. Er ließ uns auf sein Wohl anstoßen, denn er sei der glücklichste Mann auf Erden. Und als ich neulich Abend Miss Elliot traf, sprach sie von einem Rechtsgeschäft, das ihr Vater tätigen müsse, sobald Mr. Crawford aus Paris zurück sei, und dass es dann wahrscheinlich ein frohes Ereignis zu verkünden gebe. Dieses Rechtsgeschäft dürfte eine Vereinbarung zu Elliots Gunsten beinhalten, nehme ich mal an."

Fitzwilliam schwieg, sodass Captain Ross fortfuhr: „Begreifen *Sie*, wie Leute solche Angelegenheiten schon im Voraus hinausposaunen können? Er muss Gründe für seine Zuversicht gehabt haben. Nun, mir wird es immer schändlich erscheinen. Miss Crawford ist viel zu gut für ihn, aber es ist nicht das erste Mal, dass sie mit einem Mann spielt, und in diesem Fall hat sie sich vermutlich zu weit vorgewagt, um noch einen Rückzieher machen zu können. Oder aber Elliot war klug genug, sich ihrer zu versichern, anders als der saumselige junge Bertram."

Fitzwilliam konnte das Gerede nur schwer ertragen, riss sich aber zusammen und fragte stattdessen Mr. Palmer, ob auch er dem Gerücht Glauben schenke. Mr. Palmer sah ihn erstaunt an.

„Aber gewiss. Warum denn nicht? Es gibt nicht den geringsten Grund, daran zu zweifeln. Wir haben das Zeugnis unserer Augen und dazu das Wort eines Hauptbeteiligten. Meine Frau und ihre Mutter werden ihm schon morgen ihre Aufwartung machen und gratulieren."

Colonel Fitzwilliam wusste hinterher weder, wie er von dort fortgekommen war noch welchen Eindruck er bei seinen Bekannten hinterlassen hatte und auch nicht inwieweit er General Stuart, dem er im Foyer begegnet war, seinen übereilten Aufbruch hatte verständlich machen können. Er wusste nur, dass es ihm unmöglich gewesen war, an seinen Platz zurückzukehren und die Frau, der sein Herz gehörte, neben jenem Mann zu sehen, dem sie ihr Herz geschenkt hatte. Er musste allein sein, im Dunkeln und Stillen, um sich wieder zu fassen, um zu verarbeiten, was er gehört hatte, und zu erkennen, was daraus folgte. Er hastete durch die Straßen und schloss sich in seine Gemächer ein, mit der schrecklichen Gewissheit, dass dies eine Niederlage war, nicht eine bloße Zurückweisung, wie er sie in Bath erfahren hatte, sondern eine so vollständige und endgültige Niederlage, dass jede Auflehnung vergebens war. Lange schritt er rastlos durchs Zimmer, im Bemühen, nicht restlos zu verzweifeln und durch den Schleier seiner Jämmerlichkeit hindurch zu erkennen, was geschehen war und wie. Trotz der Qualen, die er litt, fiel es ihm leicht, sein bruchstückhaftes Wissen zu einem Bild zusammenzufügen. Sie war seiner in Bath überdrüssig geworden. Damit musste alles angefangen haben. Er hatte die Beziehung zu ihr nicht so fest schmieden können, dass sie gegen Lady Catherines Angriff gewappnet gewesen wäre. Dieser katastrophale Angriff hatte ihn, wie auch die Darcys, in ihrer Achtung abgrundtief sinken lassen, wie hoch er darin auch je gestanden haben mochte. Und als er sie in London wiedersah und endlich beginnen konnte, ihr Herz zurückzuerobern, war es längst vergeben.

Hatte sie deshalb diesen leicht reservierten Eindruck erweckt ... weil es zu spät war? Er konnte nicht anders, als dies zu glauben. Es fiel ihm nicht schwer, alles zu glauben, was für ihr Taktgefühl sprach, ihre Herzensgüte, ihren Versuch, ihm Schmerzen zu ersparen. Er konnte sich durchaus vorstellen, dass es ihm nicht gelungen war, ihr Herz zu erobern. Dass sie aber ausgerechnet Sir Walter Elliot erkoren hatte, ließ ihn viele Stunden ungläubig staunen. Dass sie, mit all ihren geistigen und körperlichen Vorzügen, mit ihrer Eleganz, ihrer Einfühlungsgabe, ihrer Kultiviertheit, die sie in einer Welt beheimatet sein ließ, die mit der vulgären Protzigkeit eines Sir Walter Elliot und seiner Tochter nicht das Geringste zu tun hatte, wie in Bath doch oft genug deutlich geworden war – dass diese Frau sich jetzt mit einem solchen Mann zufrieden gab und einwilligte, ihr Leben mit ihm zu teilen, war ein Skandal, ein Wahnsinn, und das umso mehr, sollte sie tatsächlich auf dem Wege in diese Situation geraten sein, wie man ihm gegenüber gemutmaßt hatte. Sie wusste nicht, was sie tat. Warum sahen ihre Freunde tatenlos zu? Man musste sie warnen. Fitzwilliam ging entschlossenen Schrittes zur Tür, blieb dann jedoch jäh stehen und sank mit einem bitteren Gelächter über seine eigene Torheit zu Boden. Da raste er, der zurückgewiesene Liebhaber, vor Eifersucht wie ein Neunzehnjähriger! Was konnte er oder irgendjemand sonst schon tun? Miss Crawford durfte ihre eigenen Entscheidungen treffen. Sie hatte einen Bruder, mit dessen Einverständnis sie wahrscheinlich handelte, und Sir Walter Elliot konnte man kaum einen Vorwurf machen. Als Fitzwilliam sich alle an diesem Abend gehörten Kommentare nochmals in Erinnerung rief, leuchtete ihm auf einmal vieles ein. Dass Miss Elliot, Marys Freundin, die Beziehung höchstwahrscheinlich befördert hatte. Dass Henry Crawford – als wehrloses Opfer weiblicher Überzeugungskraft – in das Netz der Elliots geraten war. Und dass Miss Crawford schließlich, obgleich sie Sir Walter vielleicht auch etwas abgewinnen konnte, vor allem einen Hausstand zu gründen wünschte, und dass sie ihre Wahl, da ihr Vermögen sie von den Mitteln ihres künftigen Ehemanns unabhängig machte, aus einer Laune heraus und mit Blick auf einen Titel getroffen hatte.

Wie elend und schäbig diese ganze Geschichte doch war! Vor allem ein Gedanke quälte Colonel Fitzwilliam in dieser Nacht: Jene Mary, die nun im Begriff war, diesen unwürdigen Schritt zu tun, war nicht dieselbe Frau, die sich ihm für kurze Zeit offenbart hatte. Welches Glück konnte jetzt noch dieser Frau, seiner wahren Mary, beschieden sein?

Kapitel 11

Am folgenden Vormittag saß Georgiana gerade allein in Mrs. Annesleys Salon und spielte Etüden auf dem Klavier, als es an der Haustür klopfte. Kurz darauf wurde Colonel Fitzwilliam ins Zimmer geführt, und Georgiana sprang auf, um ihn freudig zu begrüßen. Dann jedoch bemerkte sie erschreckt seine verhärmte Miene und seine entkräftete Erscheinung. Sofort erfüllte sie eine tiefe Besorgnis, die weiter wuchs, weil er keine Anstalten machte, seine Verfassung zu erklären. Er rang sich ein Lächeln ab, setzte sich auf den ihm angebotenen Stuhl und war bemüht, wie üblich zu sprechen. Georgiana bat ihn, doch eine Erfrischung zu sich zu nehmen, und äußerte die Befürchtung, dass er krank sei, denn sie wagte nicht auszusprechen, was sie bereits vermutete.

„Nein, Georgiana, vielen Dank. Ich brauche nichts. Ich kann dir versichern, dass ich nicht krank bin. Ich bin nur gekommen, um mich von dir zu verabschieden, denn ich habe meine Pläne geändert. Ich ... ich gedenke, nach Irland zu reisen."

„Nach Irland!", rief Georgiana entgeistert aus.

„Ja, ein Freund besitzt dort oben ein Landgut, und er hat mich schon oft eingeladen, ihn zu besuchen und mit ihm zum Fischen und auf die Jagd zu gehen. Ich breche noch heute Abend auf und überrasche ihn mit meiner Ankunft Anfang nächster Woche ."

„Nach Irland!" Georgiana konnte es nur noch einmal wiederholen, so fassungslos war sie. „Mein lieber Cousin, es tut mir so leid. Ich wünschte, du müsstest nicht ... Magst du nicht lieber mit nach Pemberley kommen? Elizabeth und Darcy wären so froh, dich zu sehen, und würden alles tun ..."

„Das weiß ich. Ihre Güte und Warmherzigkeit ist grenzenlos, doch scheint mir, dass ich dort gegenwärtig fehl am Platze wäre. Grüß sie doch bitte recht herzlich, Georgiana, wenn du ihnen demnächst schreibst, und berichte ihnen von meinem Vorhaben. Ich werde ihnen alsbald von Irland aus schreiben und meine Adresse mitteilen."

„Natürlich werde ich das tun. Doch darf ich ihnen nicht noch mehr berichten? Ach, ich wünschte nur, ich könnte dir irgendwie helfen", rief Georgiana aus, und aus jeder Silbe sprach eine solche Sorge, dass Fitzwilliam sich gezwungen sah, aufzustehen, ein paar Schritte zurückzutreten und sich abzuwenden, damit seine Selbstbeherrschung nicht allzu sehr auf die Probe gestellt wurde.

„Liebste kleine Cousine, ich werde dir stets dankbar sein, auch wenn ich fürchte, dass es im Moment nicht in deiner Macht steht, mir zu helfen. Vielleicht werden wir eines Tages darüber sprechen können. Bis dahin ... Ich habe eine große Enttäuschung erlitten, und so scheint es mir ratsam, für eine Weile fortzugehen, um nach meiner Rückkehr wieder umso leichter mit meinen Freunden verkehren zu können." Er ging auf Georgiana zu und sagte mit fester Stimme in einem heiteren Ton: „Gräm dich nicht, Georgiana. Ich werde wohl im Herbst nach Pemberley kommen, und dann unternehmen wir etwas Schönes, als Ersatz für die ausgefallene Wasserpartie. Vergeude keine Gedanken an mich ... oder wenn doch, dann als an jemanden, der gerade viele Lachse fängt und verspeist. Ich wünsche dir noch eine wunderbare Zeit in London. Du kehrst heute zu den Hursts zurück, nicht wahr? Entschuldige mich doch bitte auch bei Mrs. Annesley."

Während seiner Worte hatte sich Georgiana bemüht, ihre Fassung wiederzugewinnen, und am Ende gelang es ihr tatsächlich, ihm ruhig in die Augen zu blicken und zu versprechen, seine Nachrichten zu übermitteln. Sie hatte keine Zweifel mehr daran, dass Miss Crawford ihn zurückgewiesen hatte, und die Situation schien ihr so arg, so verhängnisvoll, dass es ihr eine Erleichterung war, ihren Cousin so tapfer zu sehen und zu wissen, dass er keine leeren Worte des Trosts hören wollte, die sie ohnehin kaum hätte äußern können, so übervoll war ihr Herz an zärtlichen Gefühlen. Ihre Augen aber und der sanfte Ton ihrer Stimme verrieten ihm ihr Mitgefühl, als sie ihn schließlich verabschiedete und ihm alles Gute wünschte. Es war die einzige Form des Trostes, für die Fitzwilliam in diesem Moment empfänglich war. Mit einem warmen Händedruck und einem sehr ernsten „Gott segne dich!“ verließ er den Raum.

Als seine Schritte verhallt waren, sank Georgiana in einen Sessel und weinte bitterlich. Sein Besuch hatte so kurz gewährt – zwischen Ankunft und Aufbruch waren nur wenige Minuten vergangen –, und doch war nichts mehr wie zuvor. Seit ihrer letzten Begegnung hatte Georgiana nahezu unentwegt über die glückliche Zukunft nachgedacht, die sich für ihn anzubahnen schien, und sich gestattet, sie für beinahe gewiss zu halten. Das Problem, das Elizabeth angesprochen und auch Mr. Yates erwähnt hatte, musste doch nun, nach seinem Wiedersehen mit Miss Crawford, zu lösen sein. In deren wunderschönem Antlitz hatte Georgiana weder Grausamkeit noch Hartherzigkeit lesen können. Es brauchte nur Zeit, nur noch ein wenig Zeit, bis Miss Crawford in Fitzwilliam den erkennen würde, der er war. Alles Weitere würde sich von selbst ergeben. Denn wie könnte eine Frau, die er wirklich liebte, ihm widerstehen? So hatte Georgiana bis eben noch gedacht, und wie sie nun all ihre hehren Hoffnungen vernichtet sah, plagten sie erneut Gewissensbisse. Trug sie nicht eine Mitschuld am schlimmen Schicksal ihres Cousins, da sie doch eine der zwei Frauen war, die ihn nicht hatten glücklich machen können? Sie konnte in ihm keine wahre Liebe wecken, und Miss Crawford, die in ihm wahre Liebe hatte wecken können, konnte diese offensichtlich nicht erwidern?

Doch Georgiana konnte sich ihrer Trübsal nicht lange hingeben, schließlich durfte sie sich ihren Freunden nicht mit verheultem Gesicht zeigen. Und da an diesem Tag auch keine Zeit war, Elizabeth in einem Brief ihr Herz auszuschütten, musste sie ihren Kummer vorerst für sich behalten. Zum Glück verlangte auch Mrs. Annesley nicht nach einer Erklärung für Colonel Fitzwilliams überstürzte Abreise aus London; sie begnügte sich mit Georgianas Bemerkung, dass er bereits aufgebrochen sei, sich entschuldigen und herzliche Grüße ausrichten lasse. In der Grosvenor Street jedoch war es damit nicht getan. Erst während des Frühstücks am übernächsten Morgen fand Georgiana den Mut, Fitzwilliams Abreise zu erwähnen. Sie wählte den Moment, in dem die Post gebracht wurde und aller Aufmerksamkeit größtenteils der Mahlzeit und den Briefen galt. Mr. Hurst stellte zwar ein oder zwei Fragen dazu, die aber wegen gleichzeitiger Bemerkungen seiner Ehefrau und seiner Schwester so lange unbeantwortet blieben, dass er sie schließlich vergaß. Louisa zeigte sich überrascht und gekränkt, dass der Colonel es versäumt hatte, ihr einen Abschiedsbesuch abzustatten, während Caroline, die weniger stolz, aber dafür viel neugieriger war, zunächst versuchte, Georgiana einige Auskünfte zu entlocken, die über ihren sachlichen Bericht hinausgegangen wären. Doch da sie sich erinnerte, den Namen jenes Freundes in Irland und auch den seines Landguts schon einmal gehört zu haben, vermochte sie zu ihrer eigenen Zufriedenheit, die rätselhafte Reise in eine lange geplante Unternehmung umzudichten. Georgiana atmete auf. Sie hatte befürchtet, von Miss Bingley verhört zu werden, und befürchtete noch immer, irgendjemand könne das Unglück ihres Cousins erahnen, sodass sie, ihrer Ehrlichkeit dieses eine Mal untreu werdend, erklärte: „Ja, wahrscheinlich hat er diese Reise schon längere Zeit beabsichtigt und nur auf geeignetes Wetter gewartet."

Umso tröstlicher war es für Georgiana, dass sie Elizabeth gegenüber aus ihrem Herzen keine Mördergrube machen musste. Eine nur spärlich kommentierte Schilderung der Begegnung mit Miss Crawford hatte sie bereits nach Pemberley geschickt. Fitzwilliams Anregung folgend hatte sie weitere Auskünfte über ihre neue Bekannte erbeten, doch da sie nicht in die besonderen Umstände eingeweiht war, hatte sie andern gegenüber keine Vermutungen anstellen wollen. Nun aber vermochte sie, obgleich Elizabeths Antwort noch ausstand, freimütiger zu schreiben. Sie hatte einen Blick ins Herz ihres Cousins erhaschen und seinen Kummer miterleben können, dessen Ursache sie nun erahnte. Vielleicht konnte sie ihm zumindest dadurch behilflich sein, dass sie ihm das Mitgefühl seiner zwei engsten Freunde sicherte, und zu diesem Zweck fühlte sie sich auch berechtigt, ihrer Schwägerin zu erzählen, was sie wusste und vermutete. „Er ist zurückgewiesen worden, liebe Elizabeth", lautete einer ihrer Sätze, „es kann nicht anders sein, und ich fürchte, es ist endgültig. Armer Cousin Robert! Er nimmt es sich so sehr zu Herzen. Kann man denn nichts für ihn tun? Du kennst Miss Crawford, Du kennst beide, Dir wird er gewiss alles erzählen. Bitte hilf ihm, liebe Elizabeth, Du hilfst doch immer allen, die in Nöten sind."

Nachdem sie den Brief geschrieben und verschickt hatte, fiel eine Last von ihr ab, da sie das Schicksal ihres Cousins nun in geschickteren Händen als ihren eigenen wähnte. Fitzwilliams trauriges Gesicht ging ihr nicht aus dem Sinn, doch beim Verfassen des Briefes war sie an eine weitere Person erinnert worden, die wohl ebenfalls Elizabeths Mitgefühl und Hilfe suchte. Sie hatte Kitty keineswegs vergessen, doch waren der Ball und die durch ihn ausgelösten Gemütsbewegungen durch das für sie in den letzten Tagen vorherrschende Thema in den Hintergrund gedrängt worden. Bei ihrer Rückkehr in die Grosvenor Street hatte Georgiana fest damit gerechnet, einen Brief aus Derbyshire oder eine andere Art der Nachricht von Kitty vorzufinden.

Ihr Brief an Elizabeth vom Vormittag nach dem Ball hatte neben einer Schilderung des denkwürdigen Abends folgenden Absatz enthalten: „Kitty hat Dir Wichtiges zu berichten. Ich will hier nicht vorgreifen, um ihr die Freude nicht zu verderben, sondern nur meiner Überzeugung Ausdruck verleihen, dass alles sich so glücklich fügen wird, wie sie es wünscht und wir es ihr wünschen sollten. Ich bitte Dich inständig, mir Deine Gedanken zu dieser Angelegenheit mitzuteilen, sobald sie gereift sind. Ich kann es kaum erwarten." Tatsächlich fand sie nun ein kurzes Antwortschreiben auf diesen Brief vor, das aber nicht die gewünschten Auskünfte enthielt, da Elizabeth Kitty noch nicht gesprochen, und diese ihr nicht geschrieben hatte. Kitty war keine passionierte Briefschreiberin, und in den ersten freudigen Tagen mit Jane und den Kindern hatte sie gewiss anderes im Sinn und zu tun. Die Briefe wiederum, die Bingley seinen Schwestern in jener Woche schrieb, waren völlig unbrauchbar. In einem vermeldete er, dass er und Kitty wohlbehalten angekommen seien, in einem anderen bat er um die Nachsendung von Strümpfen, die er vergessen hatte. Welchen Sinn hatte eine solche Korrespondenz, wo es doch nichts Geringeres als die Entwicklung einer Liebesaffäre zu verfolgen galt? Was Mr. Price anging, erfuhr Georgiana rein gar nichts. Vielleicht hatte er die Fasanenjagd mit Mr. Bingley nicht abwarten können und weilte längst in Derbyshire.

Doch schon wenig später kam ein wenig Licht in dieses Dunkel, als am selben Nachmittag Miss Bingley beim Dinner plötzlich fragte: „Habe ich dir eigentlich erzählt, Georgiana, dass Charles' Freund Mr. Price letzte Woche bei uns war?"

„Nein", antwortete Georgiana, verdutzt ob der recht unvermittelten Bemerkung. „Davon weiß ich nichts. Wart ihr zu Hause? Habt ihr ihn gesehen?"

„Ja, wir waren alle zu Hause. Er ist ein angenehmer junger Mann. Für sein Alter vielleicht etwas zu beherrscht, aber so sind Marineoffiziere nun einmal. Er fragte nach dir, und war wohl davon ausgegangen, dich hier anzutreffen."

Georgiana sagte sich, dass er gewiss Neues über Kitty hatte in Erfahrung bringen wollen, und war froh, dass ihr Mrs. Hursts Redeschwall ersparte, sich dazu zu äußern: Doch, ja, sie würden ihn alle sehr mögen. Sie erwäge sogar, ihn einzuladen, sei doch bei einem Dinner, das sie in der folgenden Woche zu geben gedenke, noch ein Platz vakant, und diese weitgereisten jungen Herren könnten ja immer so unterhaltsam erzählen. Allerdings wäre sie gern seines tadellosen Charakters versichert, denn sie müsse annehmen, dass er ein vielumworbener und entsprechend verdorbener Junggeselle sei, und gewiss auch ein großer Charmeur.

Die Verdächtigung ließ Georgianas Herz schneller schlagen, und sie protestierte sachte aber entschieden. Mrs. Hurst beharrte auf ihrer Ansicht, doch nun sprang Miss Bingley Georgiana mit den Worten zur Seite: „Unfug, Louisa, ich habe dir doch gesagt, dass an diesem Gerede nichts dran ist. Alle jungen Offiziere, und besonders jene, die schon einmal im Einsatz waren, sind zwangsläufig vielumworben, ob sie es wollen oder nicht. Und was deine Vermutung angeht, er sei ein Charmeur: Wir haben ihn doch nur ein oder zwei Mal in Begleitung einer gutaussehenden Frau gesehen – ansonsten gibt es keinen Grund für eine solche Vermutung."

„Wie kannst du so etwas sagen, Caroline? Natürlich steht es Mr. Price völlig frei, mit allen möglichen hübschen Damen auszugehen, auch wenn seine Brüder berüchtigte Strolche sind. Falls er jedoch verlobt ist – und nach allem, was wir neulich Abend bei Emma Knightley gehört und gesehen haben, ist er es wohl –, darf man schon ein wenig mehr Diskretion erwarten."

„Es scheint mir überhaupt nicht gewiss, dass er mit Kitty Bennet verlobt ist", erklärte Caroline. „Wie du weißt, sind Emma Knightleys großartigen Pläne nicht immer von Erfolg gekrönt." Nun wandten sich beide Schwestern an Georgiana, um sie zu einer Bestätigung beziehungsweise Leugnung des Infragestehenden zu bewegen, woraufhin sie nur entgegnen konnte, dass er und Kitty ihres Wissens nach zumindest im Moment noch nicht verlobt seien.

„Das bestärkt mich eigentlich nur in meiner Meinung über ihn", sagte Mrs. Hurst. „Aber ich lasse mich gerne eines Besseren belehren. Georgiana, teile uns doch bitte umgehend alle Neuigkeiten mit, die du in dieser Angelegenheit erfährst."

„Einstweilen aber solltest *du* Mr. Price, sofern du nicht allzu sehr befürchtest, dass er unsere moralischen Gefühle verletzen könnte, zum Dinner einladen", fügte ihre Schwester hinzu.

Das Gespräch hatte Georgiana aufgewühlt. Sie ertrug nicht, dass von einem Menschen schlecht gesprochen wurde, den zu mögen und wertzuschätzen sie allen Grund und Wunsch hatte. Und obgleich sie überzeugt war, dass sie William Price viel zutreffender einschätzte als Mrs. Hurst, ließ ihr Misstrauen in die eigene Urteilskraft sie doch innehalten und sich fragen, ob er ihre Sympathie nicht gar zu leicht gewonnen hatte. Sollte sie, als Kittys Freundin, nicht vorsichtiger sein, bis sie die Gewissheit hatte, dass er Kittys Hoffnungen nicht enttäuschen würde? Dass er Hoffnungen *geweckt* hatte, wusste Georgiana, und womöglich hatte Kittys Einbildungskraft dabei auch gehörig nachgeholfen. Doch durch die Aufmerksamkeit, die er Kitty geschenkt und die diese sich hatte gefallen lassen, war sie unweigerlich zum Gegenstand öffentlichen Geredes geworden. Georgiana seufzte angesichts der verworrenen Gemengelage. Sie konnte nicht glauben, dass William Price ein leichtlebiger Charmeur war, obgleich ihr die Vorstellung von ihm als häufiger Begleiter einer hübschen Frau, zu der er in fragwürdiger Beziehung stand, überhaupt nicht behagte, da er doch nur Gedanken für Kitty hätte haben sollen. Sein offenherziges Lächeln und diese klaren, ehrlichen Augen konnten nicht täuschen, und doch war es ja noch gar nicht lange her, dass Georgiana zur Zeugin einer so unerwarteten und tiefen Enttäuschung geworden war, wie sie ihr nun im Fall von Mr. Price unmöglich erschien. Gerade von besonders attraktiven Menschen konnte man besonders stark enttäuscht werden. Und wie sie nun Miss Crawford und Mr. Price in demselben Licht betrachtete, schien ihr auf einmal alles denkbar. Doch sie verordnete sich weiterhin Unvoreingenommenheit. Sie sagte sich, dass Kitty und Mrs. Knightley ihn besser kannten als Mrs. Hurst, und als sie deren Worte aus ihrem Gedächtnis zu tilgen versuchte, geriet sie ins Träumen und durchlebte noch einmal die frohen Momente des Balls von Mrs. Knightley.

In der folgenden Woche trafen endlich die lang ersehnten Briefe von Elizabeth und Kitty ein, die leider jedoch, wie so oft in solchen Fällen, den Erwartungen nicht gerecht wurden. Wer hat nicht schon einmal einem Brief entgegengefiebert, von dem man sich entscheidende Impulse für das eigene Denken erwartet? Der ein Rätsel lösen, bestimmte Informationen liefern, Trost spenden oder Ratschläge erteilen soll? Wir befrachten solche Briefe auch dann noch mit großen Hoffnungen, wenn sie uns schon unzählige Male enttäuscht haben

– sei es, weil sie nur die Hälfte dessen enthalten, was wir dem Absender an Wissen unterstellt haben; oder weil ein Rat den Kern unseres Problems verfehlt; oder weil Worte des Trostes schal schmecken. Dennoch reißen wir den Umschlag mit der Handschrift des Freundes auch in der fünfzigsten Notlage noch so hastig auf wie in der ersten.

Georgiana legte Elizabeths Brief enttäuscht beiseite, und es half ihr wenig, dass sie sich sagen musste, sie habe kaum anderes erwarten können. Elizabeth schrieb, dass es bislang noch keine Gelegenheit zu einem Wiedersehen mit Kitty gegeben habe, sie aber von Jane in allen Einzelheiten über Kittys Bekanntschaft mit Mr. Price unterrichtet worden sei, dessen Namen sie im Übrigen schon von den Wentworths gehört habe. Sie sei geneigt, in dieser Angelegenheit nur das Beste zu hoffen, könne sich aber schwerlich ein Urteil bilden, bevor sie die jungen Leute nicht zusammen gesehen habe, weshalb sie nun Mr. Prices Besuch im November entgegensehe und darauf vertraue, dass dieser die glücklichsten Folgen zeitigen werde.

Das war die normale, die vernünftige Sicht der Dinge. Schließlich griff Georgiana zu Kittys Brief, in der Hoffnung, diesen mit derselben Nüchternheit lesen zu können.

„Desborough Park,

Juli.

Meine liebe Georgiana,

ich will Dich gar nicht erst um Entschuldigung dafür bitten, nicht eher geschrieben zu haben, denn Du weißt selbst, wie es hier in den ersten Tagen zugeht. Es gibt so viel zu tun, und Jane nimmt mich ständig in Beschlag. Obendrein sind Dir alle Neuigkeiten längst bekannt. Jetzt, fern von London, bleibt mir nichts Wichtiges mehr zu berichten. Ich habe den Brief erhalten, den Du mir im Haus von Mrs. Annesley geschrieben hast, aber schreib mir bitte möglichst bald wieder und erzähl mir, ob Du Mr. P... irgendwo begegnet bist. Ganz beglückt habe ich vernommen, dass Miss Bingley ihn eingeladen hat, bedeutet es doch, dass ich durch Dich von ihm hören werde. Er ist neulich Abend noch recht lange auf dem Ball geblieben und hat sich, wie mir Mrs. Knightley erzählte, bei ihr zum Schluss auf eine sehr „spezielle" und „unmissverständliche" Weise bedankt! Was ich vergaß, Dich zu fragen: Findest Du nicht auch, dass er ein ausgezeichneter Tänzer ist? Das rosafarbene Kleid habe ich seither nie wieder tragen können. Wie sehr ich den November herbeisehne! Was tue ich bloß, sollte er verhindert sein? Ich kann Dir gar nicht sagen, wie froh ich bin, nicht mit Lydia in die Karibik gereist zu sein. Mr. Morland, von dem Du mir erzähltest, sehe ich inzwischen häufig. Im Grunde verbringt er die Hälfte seiner Zeit hier, da Jane und Bingley von ihm sehr angetan sind. Er ist wirklich sehr liebenswert, bedenkt man, dass er ein Mann der Kirche ist. Er gestaltet gegenwärtig seinen Garten am Pfarrhaus neu, und Jane überlässt ihm eine Menge Pflanzen, sodass wir oft hinfahren, um ihm beim Einpflanzen zur Hand zu gehen. Ich muss nun schließen, denn Mr. Morland kommt gerade, um mich zu einer Bootsfahrt auf dem See abzuholen. Das wird nett werden, denn ich war den Seerosen noch nie nah genug, um sie pflücken zu können, doch wie ich zu Mr. Morland schon sagte: Keiner von uns kann schwimmen, und was täten wir, falls wir kenterten? Jane lässt Dich herzlich grüßen.

Deine Dich liebende Freundin."

Ein Postskriptum auf der nächsten Seite lautete: „*Mrs. K. sagt, dass Mr. P. wohl sehr bald zum Kapitän befördert werden wird. Ich hoffe, dass es nicht so kommt, denn dann müsste er unverzüglich wieder an Bord gehen. Indes: Klänge ‚Captain Price' nicht gut?*"

„Captain Price" klang in der Tat gut, das musste auch Georgiana zugeben, während sie darüber lächelte, wie naiv Kitty eine Beförderung ablehnte, den Titel aber begrüßte. Doch auch dieser Brief enthielt im Grunde nichts Erhellendes. Kitty nährte auf dem Land ihre Verliebtheit, wie sie es schon in London getan hatte, und begehrte von Georgiana weitere Nahrung zu erhalten. Also musste sie wohl oder übel bis zu einem Wiedersehen mit Mr. Price warten, um zu erfahren, wie sich die Dinge entwickelten.

Mrs. Hursts wenig später stattfindende Dinnerparty glich den üblichen Feierlichkeiten in höheren Kreisen: Sie währte lange und war genauestens und aufwändig choreografiert. Georgiana hatte gehofft, Louisa würde sie an der Tafel neben Mr. Price platzieren, was aber nicht geschah, sodass er, der nach einem kurzen Gespräch mit den Gastgebern geradewegs auf sie zugesteuert war, sich kaum nach ihrem Befinden erkundigen konnte, bevor man ihn schon wieder entführte, um ihn mit seiner Tischpartnerin bekanntzumachen. Georgiana wurde jetzt ebenfalls von ihrem Tischpartner angesprochen, bei dem es sich um Captain Wentworth handelte, den sie bereits flüchtig aus Bath kannte, wo sich die Wentworths regelmäßig aufhielten. Unlängst, im vorigen April hatten sie dort ihre Freundschaft mit den Darcys erneuern können. Und als alle zufällig einmal gleichzeitig in London weilten, hatte Elizabeth die Wentworths mit Mrs. Hurst bekannt gemacht, die ihnen nun eine Sympathie entgegenbrachte, wie sie es in ihrer reservierten Art selten zu tun pflegte. Diese Sympathie war auf der Gegenseite nicht ganz so stark ausgeprägt, doch Captain Wentworth war ein umgänglicher Mensch und gern unter Leuten, und aus liebevoller Fürsorglichkeit nahm Anne Wentworth stets jede Einladung an, die ihrem Mann ein Vergnügen versprach, sei es in Winchester, wo sie lebten, oder während ihrer regelmäßigen Aufenthalte in London.

Captain Wentworth erinnerte sich noch gut an Mr. Darcys schüchterne, liebreizende Schwester, und sah dem weiteren Abend umso freudiger entgegen, als er bemerkte, dass sie ihre Schüchternheit weitgehend verloren, dafür aber an Liebreiz noch gewonnen hatte. An Georgianas anderer Seite saß der ihr unheimliche Mr. Knightley, und so stellte sie durchaus erleichtert fest, dass sie mit Captain Wentworth zumindest *einen* unterhaltsamen Tischnachbarn hatte, der überdies einem Berufsstand angehörte, dem derzeit ihr größtes Interesse galt, auch wenn ihre erste Wahl nicht unbedingt auf den Captain gefallen wäre als herausragenden Vertreter der königlichen Seestreitkräfte.

Tatsächlich unterhielten sie sich sehr angeregt, denn Captain Wentworth verstand sich darauf, jedes Thema auf amüsante Weise zu behandeln und Georgiana Meinungen zu entlocken, von denen sie noch gar nicht gewusst hatte, dass es die ihren waren. So kamen sie irgendwann auch auf die angebliche Treulosigkeit der Seeleute zu sprechen, und Captain Wentworth fühlte sich bemüßigt, diese Unterstellung in aller Form zurückzuweisen.

„Ich versichere Ihnen, Miss Darcy, dass dies ein Vorurteil ist, welches die Leute nur hegen, weil sie unseren wahren Charakter nicht kennen. Dieser Irrglaube hält sich leider hartnäckig, wie so viele andere auch – etwa, dass Papageien immer unflätig sprechen, dass Frauen nichts von Buchführung verstehen, dass der König nichts Unrechtes tun kann und dergleichen mehr."

„Bitte halten Sie inne, Captain Wentworth", unterbrach ihn Georgiana. „Sie werfen gar zu viele heikle Fragen auf. Ich will Ihnen auch nicht widersprechen", fuhr sie in ernsterem Ton fort, „sondern nur anmerken, dass ich es nicht verwunderlich fände, wenn sie zur Treulosigkeit neigten, da sie gewiss vielen Versuchungen ausgesetzt sind."

„Keineswegs. Und dies wäre im Übrigen für Seeleute genauso wenig eine Entschuldigung wie für jeden anderen Mann. Ist ein Mann von Natur aus treulos, wird er sich so verhalten, sei er nun Seemann oder Metzgergehilfe. Ich spreche aus Erfahrung, denn ich habe mich erfolglos bemüht, untreu zu sein, obgleich die Versuchungen so zahlreich waren wie die Nebeltage auf See."

„Da ich Mrs. Wentworth kenne", erwiderte Georgiana lächelnd und sah dabei zu dieser hinüber, „kann ich mir wahrlich vorstellen, wie stark in Ihrem Fall vielmehr die Versuchung gewesen sein muss, treu zu bleiben."

„Ganz genau. Und so ist es mit jedem, der irgendjemandem einmal sein Herz geschenkt hat. Wie kommt es denn eigentlich, Miss Darcy, dass Sie denken, wir armen Seefahrer seien flatterhaft?"

„Aber nein, das denke ich keineswegs", antwortete Georgiana und versuchte, möglichst leidenschaftslos zu klingen. „Ich habe nur Vermutungen angestellt, denn ich weiß darüber zu wenig, um mir ein Urteil zu erlauben. Es kam mir in den Sinn, als ich jemanden sagen hörte, junge Offiziere seien überall vielumworben, und da dachte ich, falls dem so sei, wäre es nur natürlich, dass die Liebenswerteren unter ihnen irgendwann feststellten, mehr Freundschaften geschlossen zu haben, als sie pflegen können."

„Das haben Sie sehr schicklich formuliert, Miss Darcy, doch meinen Sie letztlich wohl: ‚immerzu lieben und davonreiten'. Seeleute mögen mehr Gelegenheit dazu haben, doch glaube ich einfach nicht, dass sie stärker dazu neigen. Allerdings scheint mir, dass Sie durchaus bereit wären, ihnen diese kleine Schwäche nachzusehen, wenn es sich tatsächlich so verhielte."

„Das wäre dann doch zu viel verlangt, Captain Wentworth", antwortete Georgiana im selben scherzhaften Ton. Wäre Sie ganz offen gewesen, hätte sie erklärt: „Bestimmt nicht, wenn eine meiner Freundinnen betroffen wäre", doch da sie nicht den Eindruck erwecken wollte, ihre Plauderei habe einen persönlichen Hintergrund, sagte sie lächelnd und abschließend: „Ich werde darüber besser sprechen können, wenn ich selbst einmal zur Zeugin einer solchen Geschichte wurde."

Nachdem die Damen bald darauf in den Salon hinüber gewechselt waren, setzte sich Georgiana zu Mrs. Wentworth, deren so sanftes wie heiteres Gemüt, gepaart mit der Fähigkeit, sich unaufdringlich in die Gefühlswelt ihrer Mitmenschen zu versetzen, auf Georgiana eine starke Anziehungskraft ausübte. Sie kannten einander noch nicht gut genug, um über vielerlei Dinge sprechen zu können, und so erkundigte sich Mrs. Wentworth zunächst nach Colonel Fitzwilliam. Zufällig wisse sie, dass er in London weile, da sie ihn wenige Abende zuvor im Theater gesehen habe, wo sie zu einer kleinen Gesellschaft ihres Vater und ihrer Schwester zählte. Georgiana antwortete, dass er wohlauf, inzwischen jedoch abgereist sei.

Um nicht länger über dieses Thema sprechen zu müssen, bat sie Mrs. Wentworth um eine Schilderung des Theaterstücks, so dass ihr Gespräch bereits eine andere Richtung gelenkt war, als sich schließlich Mrs. Knightley zu ihnen gesellte. Sie wünschte, Neuigkeiten von Kitty zu erfahren, und Georgiana antwortete so knapp, wie es ihr die Höflichkeit gestattete. Dabei sah sie über das vielsagende Lächeln hinweg, mit der die Bitte formuliert worden war.

Daraufhin begann Mrs. Knightley, von anderen Dingen zu sprechen, und als sie es sich in ihrem Sessel bequem machte, gab Georgiana die Hoffnung auf, an diesem Abend noch allein mit Mrs. Wentworth sprechen zu können. Als sie jedoch feststellte, dass sonst nirgendwo nach ihr verlangt wurde, blieb sie an ihrem Platz, bis auch die Herren in den Salon kamen, zusammen mit Tee und Kaffee, den die Diener nun auszuschenken begannen. Mr. Price bemächtigte sich sofort einiger Tassen, brachte sie hinüber zu den drei Damen und begrüßte Mrs. Wentworth aufs Herzlichste. Mrs. Knightley machte immer noch keine Anstalten, sich zu entfernen, was Georgiana nun auch für Mr. Price bedauerte, denn er wollte gewiss dringend mit ihr über Kitty sprechen, und da es später am Abend noch eine musikalische Darbietung geben sollte, war dies dafür vielleicht die einzig verbleibende Gelegenheit. Mr. Price wurde sogleich recht exklusiv von Mrs. Knightley in Beschlag genommen, die offenbar mit ihm renommieren wollte, indem sie ihm Fragen stellte und Mrs. Wentworths Aufmerksamkeit auf seine Antworten lenkte. Und obgleich Georgiana dankbar für seine Bemühungen war, sie mit einem gelegentlichen Lächeln und den Worten „Finden Sie nicht auch, Miss Darcy?“ in das Gespräch einzubeziehen, fühlte sie sich in dieser Unterhaltung so fehl am Platz, dass sie erwog, sich vorübergehend zu einer anderen Gruppe zu gesellen.

Da aber wurde ihr Gespräch durch Captain Wentworth unterbrochen, der mit einer Kaffeetasse in der Hand hinzugetreten war, und nun, als Mr. Price ihm beiseitetretend Platz machte, fröhlich fragte: „Nun, Price, ist es Ihnen und meiner Frau schon gelungen,

Miss Darcy zu bekehren? Hier hängt jemand einem schrecklichen Irrglauben über uns Seeleute an. ‚Am Ufer halb, halb schon zur See / Reizt, lockt sie nur das Neue!' – Sie kennen das ja. Ich habe schon versucht, sie davon zu überzeugen, dass es nicht stimmt."

Georgiana errötete und begann lächelnd zu protestieren, und auch Mrs. Wentworth tat es als Scherz ab, um ihr weitere Verlegenheit zu ersparen. Mrs. Knightley dagegen warf, nachdem sie sich einen Reim auf Captain Wentworths Worte gemacht hatte, Georgiana einen wenig wohlwollenden Blick zu und erklärte: „Gewiss nimmt Miss Darcy nicht wörtlich, was doch lediglich eine Redensart ist. ‚Kein Mann bewahrt die Treue' ist nicht speziell auf Seeleute gemünzt, so würde ich annehmen, sondern auf Männer im Allgemeinen."

„Natürlich nicht", entgegnete Captain Wentworth mit gespieltem Ernst, „doch Miss Darcy gründet ihren Verdacht keineswegs auf jene Zeilen, sondern auf viel ernstlichere Prämissen."

„Frederick, ich werde nicht zulassen, dass du Miss Darcy so gnadenlos neckst", sagte Mrs. Wentworth. „Das gehört sich nicht. Ich bin mir sicher, dass du ihr Worte in den Mund legst, die sie nie geäußert hat. Ist es nicht so, Miss Darcy?"

Georgiana, die zwischen Belustigung, Verlegenheit, aber auch echter Verärgerung schwankte, da sie Mr. Prices Blick spürte, vermochte nicht so klar zu widersprechen, wie sie es sich gewünscht hätte. „Sie haben recht, Mrs. Wentworth, das stimmt so nicht ... etwas Derartiges habe ich nie gesagt. Captain Wentworth, das ist ein wenig ungerecht ... nicht, dass es eine Rolle spielte ... aber ich sagte, ich hätte zu diesem Thema keine Meinung ... Mir schien ihre Treulosigkeit nur, falls sie denn den Tatsachen entspräche, in gewisser Hinsicht verständlich."

Ob diese Worte für ihre Zuhörer irgendeinen Sinn ergaben, wusste sie nicht, doch zeigte ihre Verwirrtheit fraglos Wirkung, denn Captain Wentworth entschuldigte sich sogleich mit dem gebotenen Ernst. „Es tut mir leid, Miss Darcy. Verzeihen Sie mir meine Dummheit. Der Gedanke, unsereins könnte ihre Missbilligung auch nur im Geringsten verdient haben, hat mich so bekümmert, dass ich meine Zunft zu verteidigen wünschte. Am Ende waren Sie ja so liebenswürdig anzudeuten, dass es dessen gar nicht bedurft hätte."

„Ich glaube nicht, dass Miss Darcy dies andeuten wollte", sagte Mrs. Knightley, „und ich muss gestehen, dass ich sehr neugierig bin zu hören, warum sie Seeleute für treulos hält. Es wäre interessant, unsere Erfahrungen darüber auszutauschen, denn die meinen haben mich zur gegenteiligen Auffassung geführt."

Georgiana hörte die Bissigkeit in Mrs. Knightleys Worten heraus, und es schmerzte sie, so gänzlich missverstanden zu werden. Doch kaum hatte sie sich wieder soweit gefasst, dass sie zu einer Gegenrede ansetzen konnte, nahm Captain Wentworth ihr die Sache aus der Hand.

„Miss Darcy hat, was die Treulosigkeit von Seeleuten angeht, nur traurige Erfahrungen gemacht, Mrs. Knightley", sagte er feierlich. „Denn sie rühren einzig aus Büchern und Theaterstücken her, und wir alle wissen, wie beharrlich dort die Schattenseiten der menschlichen Natur in den Blick genommen werden. Sie muss nur das wahre Leben besser kennenlernen, wie es meine Wenigkeit und Mr. Price" (an dieser Stelle bedachte er William mit einer Verbeugung) „und viele andere ehrenwerte Exemplare von Seeleuten verkörpern, um eine rundum positive Meinung von uns zu gewinnen. Verzeihen Sie, Miss Darcy, dass ich in Ihrem Namen das Wort ergriffen habe, doch ich nahm an, die Furcht, mir damit zu nahe zu treten, könnte Sie davon abhalten, solche Ansichten zu äußern."

„Ich hoffe, Sie werden meine Absichten stets so zutreffend deuten, wie in diesem Fall, Captain Wentworth", erwiderte Georgiana lächelnd. Als sie sah, wie Mrs. Knightley sich zu Mr. Price beugte, wandte sie sich, da sie deren Kommentar nicht hören wollte, an Mrs. Wentworth und schlug ihr vor, sich näher ans Klavier zu setzen. Sie waren noch auf ihrem Weg quer durch den Salon, als Mr. Price, dessen Antwort auf Mrs. Knightleys Bemerkung äußerst knapp ausgefallen sein musste, schon wieder an Georgianas Seite war und fragte, ob er ihr eine Sitzgelegenheit suchen dürfe. Und da Mrs. Wentworth genau in diesem Moment von Miss Bingley entführt wurde, gestattete Georgiana ihm nur zu gern, sie zu einem Sofa auf der anderen Seite des Raumes zu geleiten, ihr eine weitere Tasse Kaffee zu bringen und neben ihr Platz zu nehmen. Seine ruhige und angenehme Art zu sprechen beruhigte ihre Nerven, an denen Captain Wentworths Spötteleien doch recht stark gezerrt hatten. Gedankenverloren lauschte sie William Prices Worten, ohne selbst viel zu sagen, und sie war dankbar, dass er nicht an das soeben beendete Gespräch anknüpfte, von dem sie nur hoffen konnte, dass er ihm keinerlei Bedeutung beigemessen hatte. Doch als er nach einer kurzen Redepause fragte: „Haben Sie erfreuliche Nachrichten von Miss Bennet erhalten, seit sie London verlassen hat?", war sie sofort hellwach.

Sie versuchte, sich zu sammeln und sich darauf zu besinnen, was Kitty von ihr erwartete. Ja, sie habe erfreuliche Nachrichten. Sie glaube, dass ihre Freundin wohlauf sei und das Leben auf dem Lande genieße, obgleich es ihr nach einem so langen Aufenthalt in London naturgemäß sehr ruhig vorkomme.

William Price nickte und erwiderte, Miss Bennet sei so temperamentvoll und leidenschaftlich, dass sie gewiss an vielerlei Dingen Gefallen finden und sich ihnen begeistert hingeben könne.

Georgiana bestätigte dies, merkte aber auch an, dass Kitty in diesem Jahr einen besonders erfreulichen Aufenthalt in London gehabt und ihre Abreise sehr bedauert habe.

William Price erklärte, Miss Bennets Freunde hätten sie gewiss nur höchst ungern ziehen lassen.

„Das ist ja alles schön und gut", dachte Georgiana, „aber wir kommen nicht voran. Bin ich ihm gegenüber verhalten oder ist er es mir gegenüber? Wäre ich Mrs. Knightley, könnte ich ihn mit dem Thema der Treue von Seeleuten gewiss aus der Reserve locken. Wahrscheinlich glaubt sie, dass ich einen Schatten des Zweifels auf Mr. Price werfen wollte. Wie unselig, dass es diesen Anschein hatte."

Ihre Grübelei wurde durch Mr. Prices Bemerkung unterbrochen, er sei noch nie in Derbyshire gewesen und stelle es sich als eine herrliche Grafschaft vor, was ihr Gelegenheit gab, von der landschaftlichen Schönheit Derbyshires und den Sehenswürdigkeiten der Gegend rund um Desborough Park zu schwärmen. Sie hoffe, so fügte sie hinzu, dass ihn nichts daran hindern werde, Derbyshire im Herbst mit eigenen Augen zu sehen, worauf er beschwingt erklärte, dass ihn, falls er dann noch sein eigener Herr sein sollte, nichts hindern werde. Dann stellte er einige Fragen zu Pemberley, über das, wie er Georgiana erläuterte, ihm seine Schwester beeindruckt berichtet habe. Mrs. Bertram habe eine Rundreise durch die Midlands unternommen, um die vielen Kathedralen und alten Kirchen zu besichtigen, sich aber auch die profane Freude gegönnt, einen Blick auf einige der ehrwürdigen Herrenhäuser zu werfen. Georgiana stellte die Profanität dieser Unternehmung infrage, woraufhin Mr. Price sie darüber aufklärte, dass seine Schwester und sein Schwager zwar die liebenswertesten Menschen seien, jedoch so furchtbar tugendhaft, dass sie eigentlich alles für unanständig erachteten.

Diese Beschreibung der Bertrams, der Georgiana aufmerksam gelauscht hatte, wurde jäh von einer ersten Gesangseinlage unterbrochen. Doch als der letzte Ton verklungen war, nahm Mr. Price den Gesprächsfaden wieder auf und fragte: „Kehren Sie bald nach Pemberley zurück, Miss Darcy?“

„Nein, erst in etwa einem Monat. Doch ich werde London bereits in zwei Wochen verlassen, um noch Zeit bei meiner Tante auf Rosings zu verbringen.“

„Ich selbst verlasse London beinahe umgehend, so leid es mir tut, das zu sagen“, erklärte William Price. „Ich muss nach Portsmouth fahren, wo meine Mutter im Umzug begriffen ist. Da ihr überdies, seit mein Vater gestorben ist, noch eine Menge rechtlicher Angelegenheiten zu schaffen machen, hat sie meine Hilfe erbeten.“

Georgiana konnte seinen Entschluss nur gutheißen, und ihr schien nun auch verständlich, warum der junge Mann an diesem

Abend weniger heiter wirkte als beim vorigen Mal. Offenbar verließ er London nur ungern. Sie überlegte gerade, wie sie ihm mitteilen könnte, dass sie Kitty schon kurz nach ihrer Heimkehr sehen werde, als ein Harfenkonzert begann und der besondere Klang dieses Instruments, den sie so sehr liebte, sie alles andere vergessen ließ. Auch Mr. Price lauschte gebannt, und als sie anschließend einhellig die Darbietung lobten, sagte er: „Harfenmusik erinnert mich immer an eine der charmantesten Damen, die ich kenne. Sie hat dieses Instrument nämlich gespielt ... spielt es wohl immer noch, jedenfalls ist es für mich untrennbar mit ihr verbunden."

Höflichkeit wie Neugier veranlassten Georgiana zu einer Nachfrage, denn sie wünschte sehr zu erfahren, welche Vorstellung Mr. Price von einer charmanten Dame hatte, und er gab bereitwillig Auskunft: „Es handelt sich um eine Dame, der ich zum ersten Mal vor einigen Jahren auf Mansfield Park begegnet bin, noch vor der Heirat meiner Schwester. Sie war eine Freundin der Familie Bertram und damit quasi auch meiner Schwester. Durch gewisse Umstände aber kam es zu einem Zerwürfnis, Miss Crawfords Verwandte zogen fort, und nun sehe ich sie nur noch gelegentlich in London."

Miss Darcys Zusammenzucken war ihm nicht entgangen. Er sah sie erstaunt an, und Frage und Antwort brachen gleichzeitig aus ihnen hervor. „Ja, ich kenne Miss Crawford", erklärte Georgiana, „welch merkwürdiger Zufall! Ich wurde ihr neulich in Kensington Gardens von ... von einem gemeinsamen Bekannten vorgestellt, und hatte schon zuvor durch meinen Bruder und meine Schwägerin von ihr gehört."

„Das ist fürwahr ein Zufall! Ich wünschte, ich hätte davon gewusst, als ich sie vor kurzem traf. Ich habe unlängst viel Zeit mit Miss Crawford und Mrs. Grant, ihrer Schwester, verbracht, und obgleich mir ein Dasein als Lebemann zuwider ist, hat es in diesem Fall auch eine angenehme Seite."

Georgiana murmelte, dass sie angenommen habe, er weile nur selten so lange in London, woraufhin er unbekümmert und offen erklärte: „Wohl wahr, tatsächlich hatte ich zuvor nie Zeit für die Sehenswürdigkeiten hier. Miss Crawford, die ja halbe Londonerin ist, führt mich nun herum, um, wie sie sagt, meine Zeit möglichst sinnvoll zu vergeuden. Heute waren wir in der National Gallery, und letzte Woche haben wir eine Ausstellung silberner Modellschiffe besucht, was wirklich ungemein interessant war. Diese Modelle hatten derart seltsame Formen und Takelagen – die hätte ich Ihnen nur zu gern gezeigt, Miss Darcy!"

Georgiana äußerte ebenfalls Bedauern, doch all ihre Gedanken kreisten längst um die Vermutung, dass Miss Crawford jene hübsche junge Dame war, von der Mrs. Hurst gesprochen hatte, und so wagte sie eine weitere Frage zu stellen: „Sie sagten, Sie würden Miss Crawford schon länger kennen, Mr. Price?"

„Oh ja, seit vielen Jahren. Wenn ich es recht bedenke, war ich noch ein kleiner Junge, als wir uns zum ersten Mal sahen. Jedenfalls erachtete ich sie als eine Art älterer Schwester. Das war jetzt eine ziemlich ungalante Bemerkung, nicht wahr? Ich weiß nicht, warum ich es gesagt habe. Aber ich schätze sie sehr, und nach dem Zerwürfnis unserer beiden Familien habe ich mich stets bemüht, mit ihr und Mrs. Grant in Kontakt zu bleiben, denn an dem Abbruch der Beziehungen trifft sie keine Schuld, nur ihren Bruder ... obgleich ich weiß, dass man oft *ihr* die Schuld dafür gibt."

Wie leicht es doch ist, an jemanden zu glauben, wenn man es nur will! Diese Äußerung erklärte, was sie über Mr. Price gehört hatte, und sprach ihn von jeder Flatterhaftigkeit frei. Er hatte lediglich einer alten Freundin die Treue gehalten, und was Miss Crawford anging, so hatte sie sich der Wertschätzung durch Colonel Fitzwilliam nur noch würdiger erwiesen. Georgiana hätte zu gern weitere Fragen gestellt, in der Hoffnung, Mr. Price könne auch den jüngsten verwirrenden Vorfall erhellen, doch schien ihr dies zu anmaßend. Für einen Moment saß er sinnierend da, nicht ahnend, welche Empfindungen er in Georgiana geweckt hatte, bis er schließlich auf eine Bemerkung von ihr mit dem beseelten Ausruf antwortete: „Ja, sie ist fürwahr eine wunderschöne Frau, und ebenso charmant wie schön. Sie würden sie mögen, Miss Darcy, wenn Sie sie besser kennenlernten. Ich habe heute Abend gehört, dass sie verlobt sei. Ich weiß nicht, ob es wahr ist, doch will ich es nicht hoffen, falls der Name des angeblichen Verlobten stimmen sollte. Aber gehen wir einfach davon aus, dass am Ende alles gut wird."

Die letzten Worte sprach er hastig, als wünsche er nicht, darüber nachdenken zu müssen, doch die Bestürzung, die aus Georgianas Gesicht und Stimme sprach, entging ihm nicht. „Sie ist verlobt, Mr. Price? Ich dachte mir schon, dass dies der Fall sein könnte. Wissen Sie, mit wem?"

„Ich habe einen Namen gehört, Miss Darcy, doch möchte ich nicht ... Ich weiß nicht, ob es stimmt ... Ich würde es gern zunächst bestätigt wissen", sagte William Price verlegen.

„Natürlich, das verstehe ich. Es wäre unredlich, solange Sie keine Gewissheit haben. Aber dann ist es zweifellos wahr." Mit einem Seufzer verfiel Georgiana daraufhin in ein tiefes Grübeln, das ihr Gesprächspartner, der sie besorgt beobachtete, nicht zu stören wagte.

Doch nur wenige Minuten später wurde Georgiana ans Klavier gebeten. Mit großer Befriedigung sah sie, dass William Price ihrem Spiel gebannt lauschte, denn aus seinen Augen sprach jene Liebe zur Musik, die dem Charakter eines Menschen besonderen Glanz verleiht. Dies waren die angenehmsten Impressionen, die ihr von diesem Abend blieben, denn im Großen und Ganzen war es ein trauriger Abend gewesen: Sie hatte bei Mrs. Knightley versehentlich einen völlig falschen Eindruck von sich hinterlassen, und vielleicht auch bei Mrs. Wentworth, an deren Wertschätzung ihr noch mehr lag. Sie hatte Kitty nicht im Geringsten helfen können und würde ihr keine der ersehnten Neuigkeiten überbringen können. Das Schlimmste aber war, dass sich die Befürchtungen im Hinblick auf ihren Cousin bestätigt hatten. Niemand konnte ihm helfen, vielmehr galt es ihm mitzuteilen, dass er mit seiner Enttäuschung wohl dauerhaft würde leben müssen. All ihre Gedanken waren bei ihm und drifteten nur kurz in eine Spekulation darüber ab, wen Miss Crawford erwählt hatte, sowie in eine mitleidige Verwunderung über eine Frau, die Colonel Fitzwilliams Zuneigung gewonnen, aber zugunsten eines anderen missachtet hatte. Nein, die Welt war fraglos verquer, und als Georgiana an diesem Abend zu Bett ging, sehnte sie sich nach der Art Trost, die nur Elizabeth und Pemberley bieten konnten. Bang sah sie den kommenden Tagen entgegen, die sie unter den kritischen und unbarmherzigen Augen ihrer Tante Catherine verbringen würde.

Kapitel 12

Elizabeth und Darcy wünschten sich Georgianas Rückkehr nicht weniger als diese selbst, doch Lady Catherine hatte auf dem Besuch ihrer Nichte bestanden, und da Georgiana bereits in London und damit in der Nähe von Rosings weilte, konnte man die Gelegenheit schwerlich ungenutzt lassen. Sie war noch nie ohne den Schutz der Anwesenheit ihres Bruders oder ihrer Schwägerin auf Rosings gewesen, doch nun, vor Ort, fühlte sie sich weit weniger unwohl als befürchtet, denn ihre Tante verhielt sich ihr gegenüber nachgiebiger und weniger herrisch als gegenüber irgendeinem anderen Menschen. Obgleich sie das Wesen ihrer Nichte nicht im Mindesten erfasste, wünschte sie doch, sie nach Rosing'scher Art glücklich zu machen. Und so spielte Georgiana artig Klavier und Quadrille, machte mit ihrer Cousine Anne Ausflüge in der Pony-Chaise, ertrug Lady Catherines Belehrungen und lauschte höflich ihren weitschweifigen Kindheitserinnerungen. Die Tage verstrichen, und dennoch musste Georgiana mehrmals feststellen, dass der Aufenthalt auf Rosings ihre Nerven stärker strapazierte als die vergangenen Wochen in London mit all ihren Aufregungen.

Als Tag ihrer Heimkehr war der 5. August bestimmt worden, und völlig unerwartet fand sich eine Reisebegleitung für sie in Person von Mr. Bennet, der, wie so oft recht spontan, beschlossen hatte, seine zwei ältesten Töchter zu besuchen, nachdem ihm bekannt geworden war, dass seine Frau im August Besuch von ihrer Schwester, Mrs. Philips, erhalten würde. Georgiana war hocherfreut ob dieser Nachricht, denn somit stand fest, dass ihre Heimreise unter keinem Vorwand mehr verschoben werden konnte. Mr. Bennet hatte seinen Töchtern vorgeschlagen, sie zu besuchen und dann Kitty mit nach Hause zu nehmen. Die erste Hälfte des Vorschlags war freudig angenommen, die zweite hingegen noch mit einem Vorbehalt bedacht worden. Doch könne Mr. Bennet ihnen, so teilten sie ihm mit, einen großen Dienst erweisen, indem er Miss Darcy in London abhole und zurück nach Pemberley bringe. Mr. Bennet erklärte sich einverstanden und ließ Miss Darcy den Abreisetag bestimmen, der dann auch der seine sein sollte. Allerdings müsse an dem einmal bestimmten Termin festgehalten werden, fügte er als Bedingung hinzu, denn Mr. Bennet hatte eine Frau und fünf Töchter und kannte sich aus mit weiblichem Wankelmut. Doch nie hatte er weniger Grund, eine Planänderung zu befürchten, als in diesem Fall.

Elizabeth hatte Nachricht vom Besuch ihres Vaters erhalten, kurz nachdem sie Georgiana den erwähnten Brief geschickt hatte, und da es nun vieles mit Jane zu besprechen galt, beschloss sie, unverzüglich nach Desborough zu fahren. Da ein oder zwei Stunden für ein solches Gespräch nicht ausreichen würden, plante Elizabeth, über Nacht zu bleiben und erst am folgenden Nachmittag wieder heimzukehren. Sie drängte Darcy, mitzukommen, doch der lehnte mit der Begründung ab, er würde ohnehin nur stören, wenn sie und Jane und Kitty und im Zweifelsfall auch Bingley ihre Köpfe zusammensteckten.

Als Elizabeth auf Desbourough eintraf, fand sie Jane allein vor. Bingley war mit Kitty und Mr. Morland ausgeritten, kam jedoch schon bald mit ihr zurück und gesellte sich, nachdem Kitty ihre Schwester begrüßt und sich zum Umkleiden zurückgezogen hatte, wie von Darcy vorhergesagt zu den Damen.

„Nun, Elizabeth", begann er, „welchen Eindruck macht Kitty auf dich? Mir scheint, sie sah nie prächtiger aus. Und hat Jane dir von meinem jungen Freund aus London erzählt, der offenbar ihr Verehrer ist? Ich schwöre, ich hatte keine Ahnung davon, als ich ihn bat, uns zu besuchen, doch nun trifft es sich ja bestens."

Elizabeth erwiderte, dass sie sehr wohl auf dem Laufenden sei, und fragte Bingley über Charakter, Auftreten und Benehmen jenes Mr. Price aus, den er, wie sie vermutete, sachlicher beurteilen konnte als Kitty. Bingley äußerte sich über ihn mit erkennbarer Sympathie, war voll des Lobes und berichtete, was er durch Mr. Yates über die Familie Price erfahren hatte.

„Das klingt ja alles sehr beruhigend", entgegnete Elizabeth, „und dass er ein Freund der Wentworths ist, kann als weitere Empfehlung gelten. Ich freue mich schon sehr darauf, ihn kennenzulernen, wenngleich nur die Zeit zeigen kann, ob an diesen Gerüchten etwas Wahres ist."

„Kittys Herz ist so voll davon, dass ich nur hoffe, ihr bleibt eine Enttäuschung erspart. Sie ist so zartbesaitet. Mit welcher Ungeduld sie der Briefe von Mrs. Knightley harrt und sie dann durchliest!"

„Was immer Mrs. Knightley auch tut", erklärte Elizabeth, „so würden wir doch aus meiner Sicht unklug handeln, wenn wir Kitty ermutigten, darüber viel zu sprechen oder nachzudenken. Auf Seiten des jungen Mannes gibt es vorerst vermutlich nicht mehr als eine gewisse Zuneigung und womöglich wird niemals mehr daraus."

„Du bist ein Ausbund an Vernunft, Elizabeth", rief ihr Schwager aus, „doch was Kitty angeht, kommt deine Vorsicht zu spät, wie ich zu meinem Leidwesen weiß. Da glaubte ich, ich brächte genau das Mädchen hierher, in das Morland sich verlieben könnte – fast hätte ich es ihm erzählt –, und dann stellt sich heraus, dass sie mit einem anderen so gut wie verlobt ist. Das hilft einem Mann wenig weiter, der eine Frau sucht, um einen Hausstand zu gründen."

„Nun, Charles", sagte Elizabeth lachend, „du musst dir keine Vorwürfe machen. Mr. Morland wurden ein Haus und eine Pfründe versprochen – eine Ehefrau war nicht Teil der Abmachung."

„Dennoch wäre es schön gewesen, hätte man ihm auch dies bieten können", erwiderte Bingley. „Wie es ausschaut, sehen sie einander so häufig und verstehen einander so prächtig, dass ich mich genötigt sähe, ihn über die Situation aufzuklären, wäre es nicht ein gar so großes Geheimnis."

Elizabeth sah zu ihrer Schwester hinüber, und Jane sagte: „Ja, es stimmt, sie sind gute Freunde. Kitty scheint sich in seiner Gesellschaft wohl zu fühlen, und er ist ihr offenkundig so zugetan, dass ich bisweilen befürchte, es könnte eine Entwicklung nehmen, deren Ende für ihn schmerzvoll wird. Doch selbst in Anbetracht dieser Eventualität haben wir, und das habe ich auch dir, Mr. Bingley, schon mehrmals gesagt, kein Recht, auszuplaudern, was wir über Kittys heimliche Hoffnungen wissen."

Da auch Mr. Morland an diesem Abend auf Desborough dinierte, hatte Elizabeth Gelegenheit, die beiden jungen Leute zu beobachten, und ihr schien, dass sie Kitty selten in besserer Verfassung erlebt hatte. Die Aufregung und das bekömmliche Landleben kamen ihrer besonders zarten Schönheit merklich zugute. Sie genoss die Gesellschaft ihrer Schwestern und Mr. Bingleys und behandelte Mr. Morland wie einen alten Freund der Familie, nicht wie einen zu erobernden Mann. Er schien in ihr ein Gefühl ehrlicher Kameradschaft zu wecken, und Elizabeth war bemüht zu glauben, dass Mr. Morland wusste, wie Kitty zu ihm stand, und keine weiteren Hoffnungen hegte. Und tatsächlich vermittelte er eben diesen Eindruck, doch je mehr Zeit sie an diesem Abend mit ihm verbrachte, desto klarer erkannte sie, dass ihm nunmehr, da er sich eingelebt hatte, eine stille Zufriedenheit und Seelenruhe eigen war, ohne dass er freilich seine Ernsthaftigkeit und Zielstrebigkeit verloren hatte. Sie hatte den Eindruck, Mr. Morland noch immer nicht wirklich zu kennen, und als sie am nächsten Vormittag ein kurzes Gespräch mit Kitty führte, gab sie ihr auf die denkbar vorsichtigste Weise zu verstehen, wie fatal es wäre, wenn ein so vortrefflicher, alleinstehender junger Mann sich allzu großen Illusionen hingäbe. Kitty hatte gerade noch von Mr. Price geschwärmt, nach dem sich Elizabeth pflichtschuldig erkundigt hatte, und sich dabei von ihrer Phantasie davontragen lassen, sodass sie nur mit Mühe auf den Boden der Tatsachen und zu Mr. Morland zurückfand, um Elizabeth lapidar zu versichern, dass Morland gewiss keine derartigen Hoffnungen hinsichtlich ihrer Person hege. Seine Sorge gelte allein seiner Pfarre und seinem Haus, und was seinen Status als alleinstehender Mann angehe: Demnächst werde ja seine Schwester Sarah bei ihm einziehen.

Damit gab sich Elizabeth vorerst zufrieden. Obendrein nahm sie Jane das Versprechen ab, Kitty Mitte September zu einem Besuch nach Pemberley zu schicken. Kitty freute sich über diese Verabredung; wichtig war ihr allein, rechtzeitig zur Fasanenjagd im November wieder zurück auf Desborough zu sein. Auch Jane war an einer baldigen Klärung dieser wichtigen Angelegenheit gelegen, und Kitty, die die ganze Zeit befürchtet hatte, eine böse Laune des Schicksals könne sie noch vor November zurück nach Longbourn verschlagen, atmete auf, als ihre Schwestern ankündigten, den Vater bitten zu wollen, ihre lange Abwesenheit zu gestatten.

Mr. Bennet und Georgiana trafen plangemäß auf Pemberley ein und wurden aufs Herzlichste empfangen. Sie stellten ein eigenartiges Paar Reisegefährten dar, und die Verwandtschaft hatte amüsiert darüber spekuliert, was die beiden wohl miteinander anzufangen wussten. Beide waren keine redseligen Menschen, das zumindest hatten sie gemein, obgleich Georgiana nach der Ankunft Mr. Bennet scherzhaft vorhielt, sich in voller Absicht die ganze Fahrt über in ein Buch mit lateinischen Gedichten vertieft zu haben, woraufhin Mr. Bennet höflichst um Verzeihung dafür bat, keine zum Vorlesen besser geeignete Lektüre gewählt zu haben. Es tue ihm leid, sich nicht mehr bemüht zu haben, einer jungen Dame die Zeit zu vertreiben, die so überaus pünktlich und beim Vorfahren der Kutsche sogleich abreisebereit gewesen sei. Doch wolle er meinen, auf der Fahrt mit jeder Meile gesprächiger geworden zu sein, und wie zum Beweis dessen erzählte er Elizabeth in der ersten Stunde gleich zweimal ungefragt, wie froh er sei, sie wiederzusehen, und dass er sich an keinem Ort der Welt so gern aufhalte wie in der Bibliothek von Mr. Darcy – von seiner eigenen einmal abgesehen.

Am ersten Abend ging es ausgesprochen munter zu, denn es gab viel zu erzählen, viele Neuigkeiten über gemeinsame Freunde auszutauschen, Erlebnisse zu schildern und Pläne zu schmieden. Die Kinder wurden in den Salon geführt, und wie es seit jeher überall Sitte ist, wurde der Verwunderung darüber Ausdruck verliehen, wie sehr sie doch gewachsen seien. Mr. Bennet freilich gab Anlass zur Befürchtung, er tauge nicht uneingeschränkt zum Großvater, denn er hatte seinen Enkeln Spielsachen mitgebracht, mit denen sie erst in vielen Jahren würden spielen können. Elizabeth erkundigte sich nach den beiden Kindern der Collins', William und Elizabeth, mit denen Georgiana im Pfarrhaus zu Hunsford oft gespielt hatte, und von denen sie nun erfuhr, dass sie ihrem Vater beziehungsweise ihrer Mutter verblüffend ähnelten.

Erst als die Damen am nächsten Tag zum ersten Mal allein beisammen saßen, sprachen sie auch über Colonel Fitzwilliam. Elizabeth zeigte Georgiana einen Brief, den sie von ihm erhalten hatte, und in dem er wenig mehr mitteilte als die nackte Tatsache seiner Abreise sowie deren Grund. „Sie ist verlobt, und damit ist für mich alles hinfällig. Zumindest weiß ich nun, woran ich bin", schrieb er. „Mach Dir nicht zu viele Gedanken um mich, Elizabeth. Ich war ein Narr zu glauben, dass so etwas Strahlendes und Herrliches mein werden könnte. Und doch hätte ich nie gedacht, dass ihre Wahl auf den fallen würde, auf den sie nun gefallen ist. Ich war ein Zauderer und habe meine Chance in Bath verspielt. Mein Traum ist zerplatzt. Gewiss wirst Du ganz offiziell von ihrer Verlobung erfahren, und ich bitte Dich, ihr auszurichten, dass ich mich Deinen besten Wünschen für ihre Zukunft anschließe. Ich werde schon bald wieder zu euch nach Pemberley kommen. Georgiana ist ein Engel. Ich habe nicht ein Viertel der Herzensgüte verdient, mit der sie mich behandelt."

In einem Nachtrag schrieb er noch: „Wird Darcy mich vertrauensvoll ein Pferd für ihn auswählen lassen? Ich habe zwei herrliche Braune gesehen, die vor Eure Kutsche passen würden, und dazu ein perfektes rotbraunes Jagdpferd."

Georgiana seufzte und musste lächeln, während Elizabeth erklärte: „Ja, offenkundig wünscht er nicht, dass wir denken, er sei am Boden zerstört, doch aus dem, was er *nicht* sagt, kann ich das Ausmaß seines Schmerzes ermessen. Es ist unglaublich, denn bei jenem Verlobten handelt es sich zweifellos um Sir Walter Elliot."

Für Georgiana war Sir Walter kaum mehr als ein Name, eine Person, an die sie nur äußerst vage Erinnerungen aus dem letzten Frühjahr in Bath hatte. Sie habe, erwiderte sie, schon aus einer anderen Quelle von der Verlobung gehört, allerdings keine näheren Einzelheiten. Elizabeth lieferte ihr eine sehr anschauliche Beschreibung von Sir Walter und endete mit der Ankündigung, vorerst noch abzuwarten, ob sich die Notwendigkeit eines Briefes an Miss Crawford ergebe, da ihr eigentlich nicht danach zumute sei, zu gratulieren.

Auch Kittys Situation wurde erörtert, und Elizabeth stellte zu ihrer Überraschung fest, dass Georgiana der festen Ansicht war, William Price werde Kitty fast sicher einen Antrag machen, denn sie selbst hatte das Ganze bislang für übertrieben gehalten. Georgianas Beteuerungen, sie zweifle weder an Mr. Prices Aufrichtigkeit und Zuverlässigkeit noch an Kittys Gespür in dieser Angelegenheit, wirkten auf Elizabeth überzeugender als alles, was sie bislang gehört hatte.

Die folgenden Wochen vergingen für die ganze Gesellschaft auf Pemberley in froher Beschaulichkeit. Neben den Bingleys und Mr. Morland schloss dies auch die Ferrars aus dem Pfarrhaus zu Pemberley ein, denn bei größeren Unternehmungen mochte man auch sie nicht entbehren. Die Bingleys kamen regelmäßig mit Kitty und Mr. Morland für ein oder zwei Tage nach Pemberley, und als Mr. Bennet gegen Ende August nach Desborough umzog, bedeutete das für ihre Aktivitäten nur einen kleinen Szenenwechsel. Bootsausflüge, Ausritte durch die Moore, gemeinsames Brombeerpflücken oder gemütliche Spiel- und Musikabende daheim – irgendetwas fand sich immer, was den Geschmack eines Kreises von Menschen traf, die sich ohnehin gegenseitig an ihrer Gesellschaft erfreuten. Selbst Kitty fehlte nur noch eine Sache, denn ihr Kelch der Freude war beinahe bis zum Rand gefüllt, nachdem ihr Vater ihren Aufenthalt bis in den November hinein gestattet hatte – bis zu jenem Tag, an dem, wie sie hoffte, der Kelch zum Überlaufen gebracht würde.

Für einen Menschen jedoch sollte diese beschauliche Zeit mit einer leidvollen Enttäuschung enden. Mitte September saßen Jane und Kitty eines Vormittags gerade im Salon von Desborough Park beisammen, als sie durchs Fenster beobachteten, wie sich Mr. Morland dem Haus näherte. Er war ein so regelmäßiger Gast, dass es ihm zur Gewohnheit geworden war, unangekündigt einzutreten, weshalb sich die Damen nach einer Weile darüber zu wundern begannen, dass er nicht erschien. Und ihre Verwunderung wurde umso größer, als ein Diener auf Janes Nachfrage hin erklärte, Mr. Morland habe nach Mr. Bennet gefragt und sei deshalb in die Bibliothek geführt worden.

„Was kann er von Vater wollen?", fragte Jane, der sogleich ein Verdacht durch den Kopf schoss, während sie besorgt ihre Schwester ansah. Kitty aber schien nicht im Geringsten beunruhigt und vermutete unbedarft, es gehe wohl um ein literarisches Thema oder um eine Erörterung im Rahmen einer Predigtvorbereitung Mr. Morlands.

Dergleichen nahm auch Mr. Bennet beim Anblick des Besuchers an, doch schon Mr. Morlands erste Worte belehrten ihn eines Besseren. Des jungen Mannes Begehr war nicht mehr und nicht weniger, als förmlich um die Hand von Mr. Bennets Tochter anzuhalten und die Erlaubnis zu erbitten, sich ihr zu erklären. Er war nervös, wie es Männer in seiner Situation zu sein pflegen, doch dank seiner aufrichtigen Gefühle und seines klaren Verstands konnte er sein Anliegen deutlich, wenn auch nicht ohne Stocken vorbringen. Er sprach von der Stärke seiner Zuneigung und beschrieb seine gegenwärtigen wie künftigen materiellen Verhältnisse.

Mr. Bennet hatte längst aufgehört, von derartigen Bittgesuchen überrascht zu sein, wie unerwartet sie auch kamen. Und dieses, soviel stand fest, traf ihn gänzlich unvorbereitet. Die wenigen Gedanken, die er dieser Angelegenheit gewidmet hatte, hatten ihn nicht einmal in die Nähe der Vermutung geführt, Mr. Morland könne sein Schwiegersohn werden, und er war bemüht, eine nicht allzu hoffnungsfrohe Antwort zu formulieren.

„Meine Tochter wird sich durch Ihre hohe Meinung von ihr sehr geehrt fühlen, Mr. Morland, und ich habe keinen Grund, an Ihren

Ambitionen zu zweifeln. Doch muss ich gestehen, dass ich bei Kitty keine ausgeprägte Zuneigung zu Ihnen habe bemerken können."

„Als besonders charmanten Wesenszug von Miss Bennet habe ich zu schätzen gelernt, Sir", entgegnete Morland, „dass sie ihr Herz niemals leichtfertig verschenken oder einfach annehmen würde, ein Mann liege ihr zu Füßen. Niemand anderem dürfte meine große Zuneigung entgangen sein, doch sie selbst schien sie kaum zu bemerken, wiewohl ich mir zugleich darüber im Klaren bin, dass mir weder Scharfsinn noch Vornehmheit eigen sind, mithin nichts, was eine Person anziehend finden könnte, die diese Eigenschaften im Übermaß besitzt."

Er wirkte nun so bedrückt, dass es Mr. Bennet für angebracht hielt zu bemerken: „Was das angeht, Mr. Morland, kann ich Sie beruhigen, denn meine Tochter ist, obzwar ein liebes Mädchen, mitnichten scharfsinnig, noch würde ihr ein Ehemann behagen, der es wäre."

Diese Äußerung veranlasste Mr. Morland zu einem längeren Vortrag, in dem er Kittys liebenswerte Eigenschaften pries und gleichzeitig seine Mängel und Schwächen betonte, um aus diesem Gegensatz dann aber eine Reihe trefflicher Gründe dafür abzuleiten, ihm zu erlauben, Miss Bennet unverzüglich einen Antrag zu machen. Mr. Bennet hörte ihm schweigend zu und entgegnete schließlich, dass es ihm zwar schmeichle, dass sich Mr. Morland zuerst an ihn gewandt habe, der er ja lediglich der Vater der jungen Dame sei, er aber nicht für seine Tochter sprechen könne. Er habe die Erfahrung gemacht, dass junge Damen in diesen Dingen ihren eigenen Kopf hätten, was wohl auch in diesem Fall kaum anders sein dürfte.

„Ja, gewiss, natürlich ist es Miss Bennet, der ich mein Anliegen vortragen muss. Doch würden Sie mir Ihre Einwilligung nicht verweigern?", erwiderte der junge Mann eifrig. „Sie sind doch meinem Ansinnen so sehr gewogen, dass Sie sich meinem – und ich hoffe, bald sagen zu dürfen: *unserem* – Glück nicht in den Weg stellen werden?"

„Nein, Mr. Morland, soweit es mich betrifft, steht Ihrem Glück nichts im Wege", antwortete Mr. Bennet und griff zu seinem Buch.

Morland war hochzufrieden, den Vater zumindest als Duldenden auf seiner Seite zu wissen, sodass er ihm von Herzen dankte und seinen Dank mit weiteren Lobreden auf Kitty und den rosigsten Prognosen vermengte, was Mr. Bennet zu der Erwiderung veranlasste: „Lassen Sie mich wissen, Mr. Morland, wenn es an der Zeit ist, Ihnen zu gratulieren. Dann will ich es gern tun. Da aber das Leben unvorhersehbar ist, sehe ich vorerst davon ab. Haben Sie sich überhaupt schon vergewissert, ob Kitty kochen kann, ihre eigenen Kleider nähen und Hüte aufbürsten? Soweit ich weiß, ist es dem Eheglück überaus dienlich, wenn sich eine Ehefrau auf solche Dinge versteht, und ich bin mir nicht sicher, ob all meine Mädchen in dieser Hinsicht eine erfolgreiche Erziehung genossen haben."

Mr. Morland schien die Frage überhört zu haben und fragte seinerseits lediglich, ob es ihm gestattet sei, Miss Bennet umgehend zu sehen, worauf ihr Vater den Raum verließ, um sie zu holen, wohl ahnend, dass ihm an diesem Tag, was immer auch geschähe, keine ruhige Minute mehr beschieden sein würde. Diese Einschätzung sollte sich bald bewahrheiten, denn nachdem er Kitty in die Bibliothek geschickt hatte, musste er zunächst Jane berichten, was geschehen war, es noch einmal für den hinzukommenden Bingley wiederholen und sich schließlich deren Ausrufe des Erstaunens und des Mitleids mit dem armen Mr. Morland anhören, dessen Träume gerade zu zerplatzen drohten. Sowohl Jane als auch Bingley glaubten zu fest daran, dass Kitty bereits vergeben war, um Mr. Morlands Ansinnen irgendeine Aussicht auf Erfolg einzuräumen. Und während die beiden dem Ausgang des Gesprächs in der Bibliothek entgegenfieberten, setzten sie nun endlich auch Mr. Bennet über alle diesbezüglichen Tatsachen in Kenntnis.

Wenige Minuten später erhaschten sie einen kurzen Blick auf Kitty, die aus der Bibliothek kommend, tränenüberströmt die Treppe hinauflief. Dann, während alle noch überlegten, was nun zu tun sei, sahen sie Mr. Morland mit starrem Blick durch den Flur hasten und überstürzt das Haus verlassen. Die besorgte Jane zog es hinauf zu Kitty, und Bingley fragte, ob er dem jungen Mann nicht vielleicht nacheilen solle, doch Mr. Bennet hielt es für das Beste, beide für eine Weile allein zu lassen. Dann erklärte er, er wünschte, es gäbe auf der Welt genügend Liebende, einen jungen Herrn für jede junge Dame, damit niemand bliebe übrig.

Doch es dauerte nicht lange, bis Jane hinauf zu ihrer aufgelösten Schwester eilte und sie liebevoll umsorgte. Kittys Kummer war groß und saß tief, denn sie hatte tatsächlich keinerlei Ahnung davon gehabt, dass Mr. Morland mehr als nur freundschaftliche Gefühle für sie hegte, und wie es in solchen Fällen üblich ist, weckte der Antrag des jungen Mannes in ihr ein bislang nicht geahntes Gefühl der Innigkeit und Zuneigung, das nur anders geartet und nicht so stark war wie das seine. Nie hätte Kitty zu einem Mann, der sie liebte, hartherzig sein können, und schon gar nicht zu einem, den sie so sehr mochte wie James Morland. Seine Verehrung berührte sie so sehr wie sie die Gewissheit schmerzte, dass sie seinen Antrag nicht annehmen konnte. Sie bedauerte das Geschehene, bemitleidete Mr. Morland und sich selbst und schwelgte neuerlich in wilden Gedanken an William Price, wie sie dieser Zwischenfall unweigerlich hervorrufen musste. Doch vor allem war sie tieftraurig, und Jane hatte keine Mühe, sie zu überreden, ihr Abendessen in ihrem Zimmer einzunehmen und früh zu Bett zu gehen. Doch Kitty vergoss weiterhin zahlreiche Tränen, sodass Jane, um rasche Ablenkung bemüht, ihr vorschlug, schon am nächsten Tag nach Pemberley zu fahren, statt wie geplant in drei Tagen. Das sei gewiss problemlos möglich, und die Veränderung der Umgebung werde ihr auf jeden Fall gut tun. Und dann könne sie im November, anlässlich des Besuchs von Mr. Price, zu ihnen zurückkehren. Kitty nahm den Vorschlag dankbar an und begann, die Dienste des Hausmädchens ablehnend, sogleich mit dem Kofferpacken, wie von Jane erhofft, die nun wieder hinunterging, um sich mit ihrem Ehemann und ihrem Vater zu beraten.

Mr. Bennet wie auch Bingley hießen den Plan gut, sodass Jane eilig ein kurzes Schreiben an Elizabeth aufsetzte, um sie über das

Geschehene zu unterrichten und auf Kittys Ankunft vorzubereiten. Dann brachten die beiden Herren den Brief zur nächstgelegenen Poststation, bevor sich der unermüdliche Bingley nach dem Dinner erneut auf den Weg machte, dieses Mal zum Pfarrhaus, um James Morland denselben Dienst zu erweisen, den seine Frau Kitty erwiesen hatte. Der junge Mann indes war, obzwar gefasster, weit weniger leicht zu trösten. Die Zurückweisung hatte ihn tief getroffen, denn Kitty war zu überrascht gewesen und sich ihrer zu sicher, um ihre Antwort nicht unmissverständlich zu formulieren, und so war selbst seine bescheidene Hoffnung zunichte gemacht, man werde sich schon näher kommen, wenn die Sache zwischen ihnen beiden erst einmal ausgesprochen wäre. Miss Bennet hatte davon nichts hören wollen, hatte ihn angefleht, darüber kein Wort mehr zu verlieren, ihm unter Tränen vorgeworfen, alles verdorben zu haben, sodass er neben seiner Enttäuschung zusätzlich noch den Schmerz ertragen musste, dass sie von ihm nun schlechter dachte als zuvor. Bingley konnte dem zwar glaubhaft widersprechen, ansonsten aber nichts vorbringen, was Mr. Morland ein Trost gewesen wäre. Stattdessen erklärte dieser mit fester, aber trübseliger Stimme, dass er bedauere, Miss Bennet bekümmert zu haben, und er sich bemühen wolle, ihr bei künftigen Begegnungen jedes weitere Leid zu ersparen, indem er sich jedes Wortes enthalten werde, das sie an diese Angelegenheit erinnern könnte. Bingley lobte seine Tapferkeit, erzählte ihm von Kittys Abreise und bat ihn, trotz allem auch weiterhin nach Desborough zu kommen, bevor er schließlich heimkehrte und Bericht erstattete. Jane konnte nur traurig den Kopf schütteln. Obgleich sie mit beiden mitfühlte, tat ihr Mr. Morland noch mehr leid, denn in naher Zukunft war nichts in Sicht, was ihm über diese Enttäuschung hinweghelfen könnte – auch wenn ihr Vater versicherte, ein junger Mann der Kirche sei selten länger als sechs Monate untröstlich –, während Kittys Zukunft schon in der Hälfte dieser Zeit besiegelt sein konnte, vorausgesetzt ihr anderer junger Verehrer war bereit zu tun, was man von ihm erwartete.

Kapitel 13

Georgiana und Elizabeth empfingen Kitty aufs Herzlichste und gaben ihr alle Gelegenheit, sich ihren Schmerz mit ausführlichen Schilderungen des tragischen Vorfalls von der Seele zu reden. Beiden tat es für Mr. Morland ungemein leid, und Elizabeth auch für Kitty, denn sie schätzte Mr. Morland sehr, und es wäre ihr lieb gewesen, er hätte Kittys Schwärmerei für einen jungen Mann beenden können, der – ungeachtet seiner mutmaßlichen Vorzüge – für sie alle fast noch ein Fremder mit vorerst ziemlich ungewissen Absichten war. Zu gern hätte sie Kitty und Morland miteinander glücklich gesehen, und sie hatte die vage Hoffnung gehegt, ihre Bemerkungen gegenüber Kitty könnten die Dinge in diesem Sinne beeinflussen und Kittys Gedanken in eine andere Richtung lenken. Doch dieser Versuch war offenkundig gescheitert. Georgiana dagegen zeigte vollstes Verständnis für ihre Freundin, die erklärte: „Ich konnte doch nicht anders handeln, oder, Georgiana? Du weißt, Lizzie, dass er in meinen Träumen keine Rolle spielte. Was hätte ich anderes tun können, als ihn unumwunden zurückzuweisen? Es tat mir erstaunlich weh, aber du weißt, Georgiana, dass es nur einen Mann gibt, dem meine Gedanken gelten, und *er* ist es nicht." Sie hielt inne, auf Zuspruch hoffend, den Georgiana ihr in Form einer stummen Umarmung gewährte, und fuhr dann fort: „Es ist alles so unselig. Es wird auf Desborough nie wieder so schön sein wie vorher. Armer Mr. Morland! Ich wünschte, ich hätte ihn nicht verletzen müssen. Er hätte so gern eine Frau im Pfarrhaus."

„Nun, Liebes, quäl dich nicht mit solch nutzloser Reue", sagte Elizabeth. „Es ist fürwahr eine unselige Geschichte, doch niemand macht dir Vorwürfe. Wenn du für ihn nichts empfinden kannst, dann ist es eben so, und jemand anderes wird in diesem hübschen Pfarrhaus leben müssen."

Kitty sah aus, als würde ihr diese Vorstellung ebenfalls nicht behagen, und Georgiana, die Elizabeths Absicht erahnte, kam rasch auf ein erfreulicheres Thema zu sprechen, für das auch Kitty schnell gewonnen werden konnte, die gleichwohl in der Folge, wenn die beiden unter sich waren, immer wieder in der einen oder anderen Form auf jenen Vorfall zurückkam.

Georgiana blieb Kitty gegenüber so loyal wie geduldig, sehnte aber den November kaum weniger als diese herbei, damit sich die Dinge endlich klärten, denn Kittys Unruhe hatte, seit ihr Mr. Morland seinen Antrag gemacht hatte, merklich zugenommen. Wie angespannt und reizbar sie war, zeigte sich nicht zuletzt in der Nervosität, mit der sie sich in einem stillen Moment bei Jane nach Mr. Morland erkundigte, als die Bingleys und Mr. Bennet eines Tages vorbeikamen, damit letzterer sich vor der Heimreise nach Longbourn von allen verabschieden konnte. Mr. Bennet nahm inniger von Kitty Abschied, als es seine Gepflogenheit war, und erklärte, er wisse sie hier in besten Händen und gebe ihr nur einen einzigen Rat, nämlich, dass es mitunter gut sei, Dinge noch einmal zu überdenken. Kitty errötete, denn sie begriff nur zu gut, was er meinte, doch teilte sie Georgiana hinterher mit, dass es ihr unmöglich sei, etwas zu überdenken, da doch all ihre Gedanken Mr. Price gelten würden.

Elizabeth gegenüber war Mr. Bennet zuvor noch deutlicher geworden. Er halte es, so erklärte er, für höchst bedauerlich, dass ein so tadelloser junger Mann so leichtfertig zurückgewiesen worden sei, und Elizabeth pflichtete ihm bei und sang ihrerseits ein kleines Loblied auf Mr. Morland.

„Er wird gewiss niemals die Welt aus den Angeln heben, aber es scheint Gutes in ihm zu stecken“, erwiderte Mr. Bennet. „Bis er um Kittys Hand angehalten hat, ist er mir nicht besonders aufgefallen. Ich hielt ihn für einen vernünftigen Kerl – ein Urteil, das ich freilich revidieren musste. Aber mir ist klar geworden, dass man ihn nicht allein nach seinem Antrag beurteilen darf. Wie er mit der Abfuhr umgegangen ist, hat ihn mir überaus sympathisch gemacht.“

„Lieber Herr Papa, der Wunsch, sich zu verheiraten, zeugt nicht grundsätzlich von einem Mangel an Verstand", gab Elizabeth zu bedenken.

„Vielleicht nicht. Aber Morland ist nun besser dran, als wenn er ein Mädchen geheiratet hätte, das er kaum kennt. Kitty ist eine launenhafte und kostspielige junge Dame. Sie sollte mehr Zeit mit dir und Jane verbringen und die nächsten zehn Jahre keine Gedanken ans Heiraten verschwenden."

Elizabeth lächelte und erklärte, dies halte sie zwar nicht für nötig, doch wäre ein Geistlicher für Kitty gewiss die bessere Wahl als ein Marineoffizier, der aus beruflichen Gründen immer wieder für längere Zeit fort wäre.

„Das macht es erst recht zu einer Schnapsidee, und ich begreife nicht, warum ihr Frauen, wenn ihr schon so gern die Kupplerin spielt, nicht etwas stimmigere Verbindungen stiftet."

Elizabeth hielt es für klüger, nicht zu verraten, von wem die Idee eigentlich stammte. Vielmehr fragte sie nach einer kurzen Pause: „Mr. Morland hat also deine Sympathie gewonnen?"

„Allerdings. Er hat Selbstbeherrschung und Würde gezeigt. Er kam wenige Tage nach dem Antrag vorbei und vermied es auffallend, uns durch eine zur Schau getragene Gram in Verlegenheit zu bringen, wie es die meisten abgewiesenen Liebhaber tun. Außerdem war Bingley so vorausschauend, einen ausgezeichneten Portwein im Haus bereit zu halten."

„Von Jane weiß ich", erwiderte Elizabeth, „dass er Gespräche über Kitty weder sucht noch scheut. Und dass er sehr bemüht ist, seine ihr geltenden Hoffnungen endgültig zu begraben."

„Ihre einstweilige Abwesenheit wird ihm dabei gewiss helfen", entgegnete Mr. Bennet.

Kitty nutzte die Gelegenheit dieses Besuchs, um mit ihrem Schwager unter vier Augen über „den Helden" zu sprechen, wie Bingley ihn beharrlich nannte. Sie selbst hatte keine Neuigkeiten von Mr. Price, denn in Mrs. Knightleys Briefen hieß es stets nur, er weile weiterhin in Portsmouth. Auch Bingley hatte nichts erfahren können, versprach aber, ihm Anfang Oktober zu schreiben und seine Einladung zu erneuern.

Ebenso wenig erfuhr man auf Pemberley von Miss Crawford. Sie hatten keine Anzeige ihrer Heirat erhalten, und Elizabeth war geneigt, Erkundigungen anzustellen, wovon Darcy ihr jedoch mit den Worten abriet: „Wie immer die Dinge liegen mögen, Elizabeth, so ist eines doch gewiss: Miss Crawford hat Fitzwilliam zu verstehen gegeben, dass sie nicht weiter mit ihm zu verkehren wünscht. Unter diesen Umständen wäre es besser, wenn du keine Neuigkeiten für ihn hättest."

Elizabeth seufzte, die Klugheit seines Ratschlags anerkennend. Als aber kurz nach der Abreise ihres Vater ein Brief von Colonel Fitzwilliam eintraf, in dem er seine Rückkehr gegen Ende des Monats ankündigte, wünschte sie doch, sie wäre über die Lage der Dinge besser im Bilde. Die Gewissheit, dass Miss Crawford verheiratet sei, wäre für Fitzwilliam zwar schmerzlich, aber auch erleichternd, und er wäre selbstlos genug, ihr alles Glück auf Erden zu wünschen. Doch nichts geschah, was Aufklärung gebracht hätte, und so traf Fitzwilliam am verabredeten Tag ein und sah aus wie immer, bis auf ein paar Fältchen um die Augen und einige graue Haare.

Seit der Lösung ihrer Verlobung war es das erste Mal, dass er und Georgiana gemeinsam auf Pemberley weilten, und beide waren sich dessen bewusst. Georgiana hatte damit gerechnet, sich elend zu fühlen, in der Annahme, ihr Cousin werde, anstatt durch die Heimkehr aufgeheitert und gestärkt, nun auf Schritt und Tritt an das Scheitern ihres Experiments erinnert werden – ein Scheitern, das ihrer jämmerlichen Schwäche und Unfähigkeit zuzuschreiben war. Und schlimmer noch: Auch ihr Bruder würde daran erinnert werden und womöglich erneut seine strenge Miene aufsetzen und eine reservierte Haltung einnehmen. Diese Vorstellung ließ sie regelrecht erzittern, ahnte sie doch nicht, dass Darcy ihre Trennung längst als richtig erachtete, da ihm die Ereignisse in Bath gezeigt hatten, wem die wahre Zuneigung seines Cousins galt. Tatsächlich aber vermochte Georgiana nach Fitzwilliams Ankunft keine Veränderung wahrzunehmen; sie bemerkte vielmehr, dass Darcy ihr gegenüber ausgesprochen freundlich war, und es schien, als seien die alten traulichen Beziehungen zwischen ihnen allen gänzlich wiederhergestellt.

Nachdem sich Fitzwilliam kurz nach dem Befinden der Hursts und Mrs. Annesleys erkundigt und Georgiana von der Dinnerparty erzählt hatte, wurde kaum mehr über London gesprochen. So blieb beiden nicht viel Gesprächsstoff, denn Georgiana wagte nicht, jene Dame zu erwähnen, um die sein ganzes Denken kreiste. Fitzwilliam erzählte von der Arbeit an seinem Buch und sprach über Irland, er fragte nach Einzelheiten der bevorstehenden Jagd, zeigte Interesse für alle Neuigkeiten aus der Gegend und schien in jeder Hinsicht bemüht zu beweisen, dass er wieder ganz der Alte sei.

Doch eines Vormittags, als er mit Elizabeth durch die Parkanlagen spazierte, zeigte sich, dass dem mitnichten so war. Die erlittene Enttäuschung hatte dauerhafte Spuren hinterlassen. Er hatte sich gestattet, kühnste Hoffnungen in Bezug auf Miss Crawford zu hegen, und diesen neuerlichen Irrtum zu erkennen, hatte ihm einen Schlag versetzt, durch den sein Seelenfrieden in den Grundfesten erschüttert worden war. Sein Frohsinn war geheuchelt, seine Lebenslust dahin, und seine Freunde genügten ihm nicht mehr, so dass es ihm – wie er Elizabeth mitteilte – ratsam schien, sich irgendwo auf dem Lande ein Haus und eine Beschäftigung zu suchen, um dort so ruhig und schnell wie möglich alt zu werden.

Elizabeth blutete das Herz. Erleben zu müssen, wie das edle Wesen ihres Cousins gleichsam weggeschlossen war, wie eine Sache, für die niemand Verwendung hatte, schmerzte sie ungemein, und so wagte sie es schließlich doch, das von allen gemiedene Thema noch einmal anzusprechen. Behutsam äußerte sie einige Worte des Mitgefühls, um ihm dann, noch immer sehr vorsichtig, zu erzählen, dass sie nichts Neues von Miss Crawford gehört habe und die Vermutung hege, deren Hochzeit mit Sir Walter Elliot sei verschoben worden.

„So wird es sein", erwiderte Colonel Fitzwilliam anscheinend gleichgültig und schlug mit seinem Spazierstock nach den Spitzen der hohen Gräser, die ihren Weg säumten.

„Du hegst keinen Zweifel daran, dass die Hochzeit überhaupt stattfinden wird?", hakte Elizabeth nach.

„Nicht den geringsten Zweifel", antwortete der Colonel. „Miss Crawford ist nicht die Art von Frau, die ihr Wort bricht, wenn die Verlobung einmal bekanntgegeben ist."

„Nein, gewiss nicht", antwortete Elizabeth, „doch hatte ich erwartet, dass sie oder Mrs. Grant oder auch Mrs. Wentworth mich über eine Verlobung in Kenntnis setzen würden, da ihnen mein Interesse daran doch klar sein müsste."

Der Colonel erinnerte sich an Mrs. Wentworth nur dem Namen nach, und als ihm Elizabeth ins Gedächtnis rief, dass sie Sir Walter Elliots Tochter war, entgegnete er nur: „Es überrascht mich nicht, dass sie dir nicht geschrieben hat. Diese Heirat ist ihr bestimmt nicht wichtig, bedenkt man eine weitere, die in der Folge erwartet wird – ich meine die Heirat von Miss Elliot und Mr. Crawford."

Daran hatte Elizabeth noch gar nicht gedacht, und während sie noch über diese Eventualität und die daraus zu ziehenden Schlüsse nachsann, erklärte Fitzwilliam: „Es wäre besser, Elizabeth, wir verlören über diese Sache kein Wort mehr. Ich weiß deine Anteilnahme zu schätzen, doch scheint es mir eher schädlich als hilfreich, Gedanken ans Licht zu zerren, die ich besser mit Würde niederhalten sollte. Mir lag sehr daran zu erfahren, ob du etwas Neues gehört hast, und dich noch einmal zu bitten, ihr bei Gelegenheit zu sagen, dass ich ihr alles Gute wünsche. Nachdem wir es aber nun einmal angesprochen haben, erscheint es mir für mein verachtenswert schwaches Gemüt das Beste, die Sache ein für allemal auf sich beruhen zu lassen."

Mit Tränen in den Augen sicherte ihm Elizabeth zu, seinen Wunsch zu respektieren, nicht etwa aus Angst, seine Seelenkräfte zu überfordern, sondern aus tiefster Verbundenheit. Dann bat sie ihn eindringlich, vorerst bei ihnen auf Pemberley zu verweilen, damit sie Gelegenheit hätten, ihm in irgendeiner Weise behilflich zu sein und ihm zu zeigen, wie sehr ihr eigenes Glück von dem seinen abhänge. Fitzwilliam versprach dankbar, noch zu bleiben, zumal er auf absehbare Zeit keine Verpflichtungen habe und erst im November wieder mit Freunden in Leicestershire zum Jagen verabredet sei.

Elizabeth konnte die Sache dennoch nicht vollends ruhen lassen. Wenig später fragte sie Georgiana, ob es Mrs. Wentworth gewesen sei, die ihr die Verlobung von Sir Walter Elliot und Miss Crawford bestätigt habe.

„Nein“, antwortete Georgiana, „das war Mr. Price. Mrs. Wentworth hat davon nie gesprochen. Mrs. Wentworth – natürlich, jetzt verstehe ich! Sie ist ja Sir Walter Elliots Tochter. Doch damals wusste ich nicht, dass es sich bei jenem Verlobten um Sir Walter handelt.“

„Ach. Also konntest du sie gar nicht mit Miss Crawford in Verbindung bringen“, erwiderte Elizabeth. „Es ist nur so, dass es mir zu unserer eigenen Beruhigung ratsam erscheint, den Termin der Hochzeit zu kennen, und der lässt sich am einfachsten in Erfahrung bringen, indem ich Mrs. Wentworth schreibe und sie frage. Ich wünschte, ich hätte es schon eher getan, doch ich wollte nicht ungeduldig wirken und war überzeugt, dass wir es von anderer Seite erfahren würden.“

Auch Georgiana hielt dies für eine angemessene Vorgehensweise, und so schrieb und verschickte Elizabeth ihren Brief, nachdem sie Darcy von ihrer Absicht und ihrem Gespräch mit Fitzwilliam unterrichtet und dieser nichts dagegen einzuwenden hatte.

Das Jahr neigte sich allmählich seinem Ende zu, und mit den kürzer werdenden Tagen war die kleine Runde auf Pemberley für ihr Vergnügen zunehmend auf sich selbst angewiesen. Das Wetter war nun fortwährend widrig, was zwar die Herren nicht davon abhielt, stundenlang auf die Pirsch zu gehen, doch die Damen sahen sich gewissermaßen ans Haus gefesselt, und ihre Spaziergänge reichten nur selten über den Park hinaus, es sei denn, sie begaben sich auf der noch halbwegs befahrbaren Straße zum Pfarrhaus. Das geschah recht oft, denn sowohl Elizabeth als auch Georgiana hatten Mrs. Elinor Ferrars ins Herz geschlossen. Ihrer Freundschaft war eine von besonderer Offenheit geprägte Harmonie eigen, der auch die Häufigkeit ihrer Begegnungen nichts anhaben konnte, denn alle drei Damen legten stets jene Behutsamkeit an den Tag, die unbedachte Vertraulichkeiten vermeiden und gegenseitige Wertschätzung gedeihen lässt. Kitty war diejenige, der die Besuche im Pfarrhaus am wenigsten behagten, doch konnte man es ihr in diesem Herbst ohnehin nur schwer rechtmachen, und die Ungeduld, mit der sie die Ankunft eines gewissen jungen Mannes erwartete, machte ihr die Gesellschaft anderer mitunter schwer erträglich.

In einem so kleinen Kreis war jeder Neuankömmling höchst willkommen, und so sahen alle freudig dem Besuch von Mrs. Jennings entgegen, einer alten Freundin von Mr. und Mrs. Edward Ferrars, die Anfang Oktober für einen mehrwöchigen Aufenthalt bei diesen eintreffen sollte. Mrs. Ferrars war in anderen Umständen, und Mrs. Jennings war ihr nicht nur in nahezu mütterlicher Zuneigung verbunden, sondern auch in der Krankenpflege bewandert und obendrein eine erfrischende Gesprächspartnerin. Auch Elinors Warnung, ihre Freundin sei zwar eine herzensgute Frau, bediene sich aber nicht immer der feinsten Ausdrucksweise, konnte Mrs. Darcys Vorfreude darauf, Mrs. Jennings Bekanntschaft zu machen, nicht schmälern.

Schließlich traf Mrs. Jennings, nach langer Anreise aus Devonshire, wo ihr Schwiegersohn lebte, wohlbehalten und in der ihr eigenen Munterkeit ein. Es war ihr erster Besuch bei den Ferrars seit deren Umzug aus Delaford, und so musste sie zunächst das Haus und dessen Einrichtung begutachten und die neuen Lebensumstände, die sozialen wie die materiellen, mit den alten vergleichen. Mrs. Darcy machte dem neuen Gast schon am nächsten Tag ihre Aufwartung, und am folgenden Vormittag fanden auch Georgiana und Kitty den Weg ins Pfarrhaus.

Mrs. Jennings Temperament, ihr lautes Lachen und ihre allgemein sehr geräuschvolle Fröhlichkeit nahmen anfangs keine der beiden jungen Damen für sie ein, und Georgiana war froh, neben Mrs. Ferrars Platz nehmen zu können, um mit dieser eine stillere Unterhaltung zu beginnen. Mrs. Jennings und Kitty aber hatten, den herüberwehenden Wortfetzen nach zu urteilen, schon bald gemeinsamen Gesprächsstoff gefunden, was insofern gar nicht überraschend war, als Mrs. Jennings die Gesellschaft junger Damen generell sehr schätzte und sich nicht darum scherte, ob ihr Faible erwidert wurde. Auch jetzt sprach sie unverblümt über das, was ihr gerade am Herzen lag, nämlich ihre liebe Mrs. Ferrars. Lang und breit und mit regelmäßigen Lachsalven erzählte sie vom Ursprung ihrer Freundschaft: vom Besuch der Dashwood-Mädchen in London, vom unliebsamen Verhalten ihrer Mutter und ihrem aberwitzigen Missverständnis die Absichten Colonel Brandons betreffend. Zweifellos wäre sie auch noch detailliert auf die Umstände der Verlobungen ihrer beiden jungen Freundinnen eingegangen, wenn Elinor sie nicht sanft aber nachdrücklich unterbrochen hätte.

„Verehrteste", warf sie mitten ins Gespräch mit Georgiana ein, „ich bin mir nicht sicher, ob Miss Bennet die Lebensgeschichte eines so langweiligen alten Ehepaars hören mag, wie wir es sind. Sie haben die große Güte, daran mehr Interesse zu zeigen als die meisten anderen Menschen."

„Ach Gottchen, meine Liebe", rief Mrs. Jennings, „warum haben Sie mich nicht schon eher gezügelt. Es täte mir furchtbar leid, wenn ich etwas Unbedachtes geäußert hätte. Ich weiß, dass ich meine Zunge nicht im Zaum halten kann, und Miss Bennet muss mir verzeihen, es macht mir ein solches Vergnügen, über Sie und Mr. Edward zu sprechen. Aber was die Langweiligkeit angeht: Ich glaube ja, dass wir alle gern von den Liebesaffären anderer Leute hören, lässt es einen doch an die eigenen denken, nicht wahr, Miss Bennet?"

Kitty errötete und schwieg verlegen, worauf Mrs. Jennings herzlich lachte und erklärte: „Hab ich es mir doch gedacht. Miss Bennet hätte uns wohl auch eine hübsche Geschichte zu erzählen, wenn sie nur wollte."

„Miss Bennet könnte uns wunderbare Geschichten über die Karibik erzählen", erwiderte Elinor im Versuch, Mrs. Jennings von ihrem Lieblingsthema abzubringen, „denn sie hat eine Schwester dort, die ihr oft schreibt. Ist es nicht so, Miss Bennet? Diese tropischen Orte müssen wunderschön sein. Erinnern Sie sich noch, wie Colonel Brandon uns immer von seinen Reisen nach Asien berichtete, Verehrteste?"

„Und ob ich mich erinnere, meine Liebe", entgegnete Mrs. Jennings, „und ich will nie wieder von so schrecklichen Dingen hören, wie er sie dort gesehen hat: Sümpfe und riesige Alligatoren und Insekten, die alles taten, was Insekten nicht tun sollen. Ich hoffe, Sie raten ihrer Schwester davon ab, mit solchen Sachen Bekanntschaft zu machen, Miss Bennet."

Kitty antwortete, dass ihre Schwester hauptsächlich von den herrlichen Bällen und Lichterfesten schreibe, die dort regelmäßig veranstaltet würden, aber neulich auch von einem Erdbeben, das sie zu Tode geängstigt habe. Das ließ Mrs. Jennings aufschreien und erklären, der herrlichste Ball der Welt würde sie nicht für die Angst entschädigen, dass sich während des Tanzens der Boden unter ihren Füßen auftun könne. „Aber natürlich weiß ich, wie sorglos junge Leute Wagnisse eingehen", sagte sie. „Sir Middleton zum Beispiel wollte neulich mit Freunden ein Picknick im Mondschein veranstalten. Meine Tochter, Lady Middleton, war dagegen, denn der Himmel sah bedrohlich aus, ließ ihm aber seinen Willen, mit der Folge, dass sie ihr Abendbrot, soweit überhaupt möglich, in einem heftigen Gewitter einnahmen. Es war eine einzige Katastrophe! Als sie zurückkamen, waren die jungen Damen vergrätzt und die Herren pitschnass vom Versuch, die Damen vorm Regen zu schützen. Sir John aber, der hat kein großes Bohai um die Sache gemacht, sondern nur gesagt, sie würden es einfach bei besserem Wetter erneut versuchen."

Die Zuhörer konnten nicht anders, als über diese Schilderung unverdrossener Unternehmungslust zu lachen, und Elinor fragte, ob denn das zweite Picknick stattgefunden habe.

„Ach Gottchen, ja. Allerdings hat es dann wieder geregnet. Aber wie ich schon sagte: Jungen Leuten machen ein paar Regentropfen nichts aus. Als ich jung war, hätte ich auch so manchen Regenschauer in Kauf genommen, denn es gibt Schlimmeres, als mit dem richtigen Mann an der Seite und von ihm beschirmt unter einer Hecke Schutz zu suchen, finden Sie nicht auch, Miss Bennet?"

„Dennoch scheint mir, dass die meisten Menschen, ob alt oder jung, sich lieber bei Trockenheit draußen vergnügen", erklärte Elinor. „Das erinnert mich daran, Ihnen zu zeigen, was der Regen vergangene Nacht in meinen Blumenbeeten angerichtet hat. Als ich heute früh aus dem Fenster sah, war ich regelrecht entsetzt und fürchtete schon, diesen Herbst keine Sträuße mehr binden zu können. Gerade bricht die Sonne durch – wollen wir uns nicht in den Garten begeben?"

Georgiana ging gern mit, und auch Kitty und Mrs. Jennings folgten in einigem Abstand. Letztere fragte ihre junge Begleiterin nach ihrer Schwester in Übersee aus, was Kitty zum Anlass nahm, sich darüber zu beklagen, dass sie alle Einladungen ihrer Schwester zu den herrlichen Bällen hatte ausschlagen müssen. Mrs. Jennings von Herzen kommende Kommentare wie „Ach, vermaledeit!" und „Ein ganzes Regiment? Sie hätten allen das Herz gebrochen, das schwöre ich Ihnen!" gefielen Kitty, obgleich sie wusste, dass sie ihr eigentlich nicht hätten gefallen sollen.

Wenig später traten die beiden jungen Damen wieder den Heimweg an, was ihnen Gelegenheit gab, sich über die neue Bekanntschaft auszutauschen. Georgiana äußerte sich eher verhalten, da sie nicht schlecht über eine Freundin von Mrs. Ferrars urteilen wollte, doch hatte sie den Eindruck, diese Freundin, deren ständige Neckereien sie schwer erträglich fand, passe nicht zu ihrem Kreis. Kitty dagegen hatte ihren ersten schlechten Eindruck bereits revidiert und bekannte freimütig, Mrs. Jennings ob ihrer fröhlichen und gutmütigen Art zu mögen. Georgiana räumte schließlich ein, dass sie Mrs. Jennings möglicherweise erst besser kennenlernen müsse.

Während des Dinners wurde die Diskussion auf Pemberley fortgesetzt, und wie Georgiana erwartet hatte, teilte Elizabeth weitgehend ihre Einschätzung. Allerdings amüsierte sich Elizabeth auch über Georgianas Ernsthaftigkeit und gab zu bedenken, dass sie im Leben noch vielen Menschen begegnen werde, die zwar feinere Manieren, aber auch ein viel kleineres Herz als Mrs. Jennings hätten und nicht annähernd so hilfsbereit seien.

„Solchen Menschen möchte ich gar nicht erst begegnen“, erwiderte Georgiana. „Aber gewiss hast du recht, Elizabeth, und auch nach meinem Dafürhalten wird sie zu Mrs. Ferrars Wohlbefinden erheblich beitragen.“

Als die Damen nach dem Dinner unter sich waren, wanderte Kitty, deren Nachdenklichkeit in der vergangenen halben Stunde nicht zu übersehen gewesen war, mehrmals durchs Zimmer, bist sie schließlich vor ihrer Schwester stehen blieb und feierlich verkündete: „Lizzy, ich muss dich etwas sehr Wichtiges fragen.“

Elizabeth lächelte und sah sie aufmerksam an, worauf Kitty fortfuhr: „Weißt du eigentlich, dass ein Versprechen, das du vor eurer Heirat gegeben hast, noch uneingelöst ist? Du wolltest hier auf Pemberley einen Ball veranstalten. Aber seither ist in jedem Winter irgendetwas dazwischengekommen.“

„Du hast recht, Kitty. Dann ist es also der Gedanke an einen Ball, der dich umtreibt. Und warum denkst du gerade jetzt daran?“

„Ich komme nie hierher, ohne daran zu denken. Allerdings hatte ich nicht erwartet, in diesem Jahr lang genug auf Pemberley zu verweilen, denn ich nahm ja an, direkt nach dem Jagdausflug heimkehren zu müssen. Doch dann äußerte Mrs. Jennings vorhin die Vermutung, dass du in diesem herrlichen Haus wohl gelegentlich Bälle veranstaltest, und dass Georgiana und ich gewiss gern tanzen.“

„Und mit letzterem hat Mrs. Jennings nicht unrecht, oder?“

Georgiana blickte lächelnd auf und wollte damit ihren Teil zu einer Antwort beitragen, während Kitty bereits entzückt Elizabeths Hände ergriff und rief: „Oh, Lizzy, du weißt wie sehr ich Bälle liebe! Es wäre wirklich sehr nett von dir und Darcy! Und ein solches Vergnügen!"

„Auch ich mag Bälle gern", gab Elizabeth zu. „Im Gegensatz zu Darcy, wie du weißt. Doch selbst er könnte kaum bestreiten, dass es die Pflicht gebietet, in einem solchen Haus mitunter einen Ball zu veranstalten. Übrigens ist mir der Gedanke auch schon gekommen, doch ich hatte Zweifel, ob unsere Runde groß genug und passend zusammengesetzt sei."

Kittys Freude über die wohlwollende Aufnahme ihres Vorschlags schien grenzenlos. Sie hörte gar nicht mehr auf, im Zimmer Tanzschritte zu vollführen und vergnügt zu singen, sodass die Herren, die in diesem Moment eintreten wollten, erstaunt auf der Schwelle verharrten.

„Was soll das werden, Kitty", fragte Darcy und kam näher. „Übst du Schritte, die Mrs. Jennings dir beigebracht hat?"

Die Vorstellung, Mrs. Jennings habe sich als Tanzlehrerin versucht, belustigte Kitty so sehr, dass sie zunächst nicht zu antworten vermochte. Dann aber erläuterte man Darcy den frisch geschmiedeten Plan und erbat seine Zustimmung, und als Kitty sah, dass ihr Schwager nicht von Vornherein abgeneigt schien, sprudelten die guten Gründe für einen solchen Ball nur so aus ihrem Mund: Es sei die richtige Jahreszeit, noch nicht zu kalt und winterlich; Jane und Bingley hätten ihrerseits Besuch, den sie mitbringen könnten; noch nie habe es auf Pemberley einen Ball gegeben, seit Georgiana erwachsen sei; das Haus sei für Bälle wie gemacht; und überhaupt wäre es für alle die herrlichste Sache.

„Ich weiß, dass du gern erst darüber nachdenken möchtest", sagte Elizabeth zu ihrem Ehemann, „und es gibt keinen Grund zur Eile. Doch es scheint mir durchaus machbar, und eigentlich schulden wir unseren Nachbarn ein derartiges Vergnügen."

Darcy erklärte, er sehe noch nicht recht ein, warum sein Haus dazu herhalten müsse, der Nachbarschaft das vermeintliche Vergnügen zu bieten, einander beim Herumstolzieren auf poliertem Parkett zuzusehen, und obgleich eine solche Auffassung dem Architekten dieses Gebäudes gewiss schmeicheln würde, glaube er nicht, dass Pemberley zuvörderst für Tanzveranstaltungen gebaut worden sei. Seine Familie aber erkannte, dass seine Widerrede nicht ernst gemeint war, und so endete die Diskussion mit Darcys Zusage, alles noch einmal mit Elizabeth zu besprechen, und der Feststellung, dass ein Termin Mitte November am geeignetsten wäre.

Kitty hielt die Sache damit für beschlossen und begab sich mit der Neuigkeit gleich am nächsten Vormittag in bester Laune zum Pfarrhaus, wo sie Mrs. Jennings mitteilte, dass die Entscheidung letztlich ihrer Anregung zu verdanken sei. Mrs. Jennings Freude darüber sowie ihre Glückwünsche kamen erkennbar aus tiefstem Herzen, und sie fragte Kitty umgehend, wer ihre Tanzpartner sein würden, und wie groß denn die Auswahl an jungen Männern in der Gegend sei.

Kitty räumte ein, dass die Auswahl begrenzt sei, abgesehen von den Offizieren eines in Ashbourne stationierten Regiments, darunter einige Bekannte ihres Schwagers, dass aber ihre Schwester, Mrs. Jane Bingley, ein oder zwei junge Männer mitbringe, die, wie sie nur zu gut wisse, hervorragend zu tanzen verstünden.

„Aha!", rief Mrs. Jennings. „Sehr schön! Und wir reden hier doch gewiss über zwei Junggesellen, nicht wahr?"

Kittys verlegenenen Blick deutete Mrs. Jennings nur zu gern als Einladung zu weiteren Nachfragen, und so hatte sie binnen kurzem genügend Einzelheiten über einen gewissen jungen Marineoffizier in Erfahrung gebracht, um diesen Ball als Ereignis zu betrachten, das nicht nur das Glück zweier Liebenden zu besiegeln versprach, sondern auch allerhand Geschichten liefern würde, die sie hinterher ihren vielen Freundinnen auftischen konnte. Sie brauchte keine genauere Beschreibung dieses Mr. Price. Allein die Erwähnung seiner

Existenz und Kittys Andeutung einer gewissen Neigung zu ihm genügten ihr, um sich eine Bilderbuchromanze zusammenzureimen. Wahrscheinlich wartete dieser Mr. Price doch nur auf eine Gelegenheit, nach Pemberley zu kommen und ihre Familie kennenzulernen. Und wenn das erst einmal geschehen war ...

Die Verheißungen wärmten Kittys Herz und ließen in ihr wieder Gefühle aufwallen, die Elizabeth und Georgiana nicht hatten bestärken wollen. Doch da sie auch bemerkte, dass diese Verheißungen allein auf Wohlwollen gegründet waren, drängte es sie, Mrs. Jennings ausführlicher zu berichten, was sich in London zugetragen hatte. Sie empfand es als große Erleichterung, mit einer Freundin reden zu können, deren Ansichten eher denen von Mrs. Knightley entsprachen, und da Mrs. Ferrars gerade nicht anwesend war, gab es keinen Grund zur Zurückhaltung. Ein Gespür für Delikates hielt Kitty immerhin davon ab, über ein Ereignis jüngeren Datums zu sprechen, so dass es Mr. Morland erspart blieb, in seinem Elend auch noch unwissentlich zur Zielscheibe scherzhafter Bemerkungen zu werden.

Elizabeth und Georgiana bemerkten durchaus amüsiert, wie gern Kitty inzwischen im Pfarrhaus weilte. Hatte sie ihre Besuche dort zuvor eher ertragen als genossen, schloss sie sich den anderen nun freiwillig an, wenn diese dorthin aufbrachen, und führte regelmäßig lange Gespräche mit Mrs. Jennings. Als die gute Dame dann erstmals zu Besuch nach Pemberley kam, übernahm es Kitty, sie anschließend wieder nach Hause zu begleiten. Mrs. Jennings hatte längst festgestellt, dass Miss Darcy ernst und still und für amouröse Anspielungen nicht zu begeistern war, und dass auch Mrs. Darcy eine Abneigung gegen allzu vertrauliche Unterhaltungen hegte.

Doch es gab viele andere Themen, über die sie alle gemeinsam sprechen konnten, denn in ihrer Herzensgüte zeigte Mrs. Jennings das größte Interesse für alle Belange ihrer Mitmenschen, nicht nur für die amourösen: für ihre Kinder genauso wie für ihre Gärten, ihr Federvieh, ihre Häuser, ihre Kleidung. Auch der Ball bot reichlich Gesprächsstoff. Mr. Darcy war endgültig überredet und der fünfzehnte November zum Tag des großen Ereignisses bestimmt worden. Einladungen wurden verschickt, die Offiziere nahmen kollektiv an, auch Colonel Fitzwilliam sagte seine Teilnahme zu, man bestellte Kleider in London. Noch mehr Aufruhr löste schließlich ein Brief von Jane aus, in dem sie ihrer und Bingleys Vorfreude Ausdruck verlieh und ankündigte, folgende Personen zum Ball mitzubringen: Miss Bingley, Mr. Price und einen gewissen Tom Bertram, zu dessen Identität sie mitteilte, dass Bingley Mr. Price gebeten habe, für die Jagd seinen Bruder mitzubringen oder einen anderen guten Waidmann; der Bruder sei nicht abkömmlich gewesen, sodass Mr. Price schließlich seinen Cousin, den älteren der beiden Söhne von Sir Thomas Bertram aus Mansfield, als Begleiter gewählt habe.

Der verlesene Brief ließ niemanden am Frühstückstisch gänzlich unberührt. Elizabeth und ihr Ehemann nahmen Anteil an allem, was Kitty betraf und waren froh über die Gewissheit, endlich jenen jungen Mann kennenzulernen, von dem sie soviel gehört hatten. Georgiana hielt den Brief beglückt für ein Anzeichen der Ungeduld, mit der Mr. Price des Wiedersehens mit Kitty harrte, was ihre Hoffnungen nährte, die Angelegenheit werde rasch und reibungslos den gewünschten Abschluss finden. Hatten zwei Verliebte je günstigere Umstände vorgefunden? Die Kürze seines Landgangs konnte Mr. Price als Entschuldigung für eine gewisse Eile dienen, und Kitty war von Freunden umgeben, deren Einverständnis dem ihrer Eltern gleich käme. Was sollte ihrem Glück noch im Wege stehen? So schüchtern konnte Mr. Price gar nicht sein, um noch Zweifel daran zu hegen, dass seine Gefühle, wie immer diese genau beschaffen sein mochten, erwidert wurden. Bei diesem Gedanken konnte sich Georgiana ein Lächeln nicht verkneifen, obgleich sie andererseits bedauerte, dass Kitty es jemandem so leicht machte, ihr Herz zu lesen. Für Kitty wiederum war die Ankündigung des Erscheinens von Mr. Price kaum weniger überwältigend, als wäre er in jenem Moment leibhaftig ins Zimmer getreten und hätte um ihre Hand angehalten. Sobald sie mit Georgiana unter vier Augen sprechen konnte, kamen ihr all die alten Hoffnungen, Ängste und Sorgen wieder über die Lippen, und sie wünschte sich nichts als unbedingten Zuspruch – Äußerungen wie „Da bin ich mir ganz sicher“ und „Aber natürlich, ganz gewiss“ –, wenn sie sich zaghaft ausmalte, wie Mr. Price sich ihr erklären würde. Obgleich Georgiana in der Tat zuversichtlich war, beließ sie es bei herzlicher Anteilnahme und dem Hinweis, dass es weder klug noch schicklich sei, sich allzu wilden Spekulationen hinzugeben. Diesen Rat empfand Kitty freilich als einen allzu starken Dämpfer ihrer Begeisterung, so dass sie sich insgeheim an Mrs. Jennings hielt, deren Sicht auf die bevorstehenden Ereignisse deutlich ermutigender war.

Colonel Fitzwilliam schließlich war bei der Erwähnung der Namen von Mrs. Bingleys Gästen aus anderem Grund hellhörig geworden. Mr. Price hatte er als den Bekannten von Georgiana in Erinnerung, doch der Name „Bertram“ weckte unliebsame Assoziationen. Es war ein Name, den er mehr als einmal in Zusammenhang mit Miss Crawford gehört hatte – der Name von Leuten, die auf fatale Weise mit ihrer Vergangenheit in Verbindung standen. Hätte er als ihr Fürsprecher auftreten dürfen, hätte ihm die Begegnung mit einem Angehörigen dieser Familie vielleicht Gelegenheit gegeben, jene zweifelhaften Anschuldigungen, unter denen sie so sehr litt, ein für allemal zu widerlegen. Doch dazu war er nicht berechtigt. Dies war nun Sir Walter Elliot vorbehalten, und der größte Dienst, den er Miss Crawford erweisen konnte, bestand darin, weiterhin zu schweigen. Also erstickte er all die betrüblichen Gedanken im Keim und beschloss, sachlich mit dem Thema umzugehen, indem er sich nach den beiden jungen Herren erkundigte. Georgiana war die einzige, die ihm eine Auskunft zu Mr. Bertram geben konnte, denn Mr. Price hatte ihr erzählt, dass seine Schwester mit seinem Cousin Edmund Bertram verheiratet sei. Um dessen älteren Bruder müsse es sich wohl handeln.

Nur wenig später sorgte ein zweiter Brief von Jane für neuerliche Aufregung. Sie teilte mit, dass Mr. Price und Mr. Bertram am sechsten November auf Desborough eintreffen würden, und lud die beiden Mädchen ein, am fünften herüberzukommen und eine ganze Woche bei ihnen zu verbringen. Mr. Morland, so vergaß sie nicht zu erwähnen, beabsichtige, den größten Teil des Monats bei seinen Freunden, den Portinscales, zu verbringen und werde daher, wie Elizabeth gewiss schon erfahren habe, am Ball nicht teilnehmen können. Diese Neuigkeit löste bei Kitty eine vorübergehende Betrübnis aus, während alle anderen, gleichwohl sie Mr. Morlands Klugheit lobten, wortreich ihr Bedauern darüber äußerten, dass er gewisser Umstände halber nicht Teil des allgemeinen Vergnügens würde sein können. Jane war ihm aus einem besonderen Grund dankbar, denn sie hätte Kitty schwerlich zu Besuch bitten können, wenn sie Mr. Morland daheim gewusst hätte. Dieser jedoch hatte, wohl ahnend, dass dies Jane Gelegenheit geben würde, die Verwandtschaft aus Pemberley einzuladen, heimlich seine Verabredung getroffen und niemanden miterleben lassen, wie schwer es ihm fiel, sich ein kurzes Wiedersehen mit Miss Catherine Bennet zu versagen.

Kitty nahm die Einladung mit größtem Entzücken auf, und auch Georgiana war froh, denn sie schätzte Janes Gesellschaft und blickte auch dem Wiedersehen mit Mr. Price um seinetwillen freudig entgegen. Elizabeth legte Wert darauf, dass beide Mädchen gemeinsam auf Desborough weilten, damit Georgiana ein Auge auf Kitty haben und sie in ihrer Impulsivität bremsen konnte. Auch Darcy wartete mit einem schmeichelhaften Vertrauensbeweis gegenüber seiner Schwester auf, indem er sagte: „Es trifft sich gut, Georgiana, dass du ebenfalls eingeladen wurdest, denn niemand sonst wäre besser imstande, Kitty zu beaufsichtigen und uns einen nüchternen Bericht über den jungen Mann und seine Absichten zu liefern."

So machten sich die zwei schließlich auf den Weg nach Desborough, im Gepäck Mr. und Mrs. Darcys Einladungen zum Ball auf Pemberley für die beiden Gäste der Bingleys.

Kapitel 14

Der Oktober ging zur Neige, und Elizabeth hatte noch immer keine Antwort auf ihren Brief an Mrs. Wentworth erhalten. Das wunderte sie, denn Anne war eine zuverlässige Brieffreundin, die eine so wichtige Frage, wie die ihr gestellte, normalerweise nicht lange unbeantwortet ließ. Als Elizabeth schon glaubte, ihr Schreiben oder aber Mrs. Wentworths Antwort sei verloren gegangen, fand sich der ersehnte Brief eines Tages doch noch in der Morgenpost. Sie nahm ihn mit auf ihr Zimmer, wo sie ihn öffnete und las:

„Meine liebe Mrs. Darcy,

ich mag mir gar nicht vorstellen, was Sie in Anbetracht meines langen und unerklärlichen Schweigens von mir denken müssen. Ihr Brief ist auf den zweiten Oktober datiert, also beinahe einen Monat alt. Vergeben Sie mir, wenn ich Ihnen sage, dass er mich eben erst erreicht hat? Wir waren unterwegs, da Frederick diese vergleichsweise ruhige Zeit des Jahres für den Besuch verschiedener alter Städte in den Niederlanden nutzen wollte. So sind wir, nach einer schönen, aber auch anstrengenden Reise, erst in dieser Woche heimgekehrt. Unsere Post wurde uns an unsere ständig wechselnden Adressen nachgeschickt, und es grenzt an ein Wunder, dass so viele Briefe uns tatsächlich erreicht haben. Der Ihre ist nun nach langer Odyssee in Winchester eingetroffen! Dies muss als Entschuldigung dafür gelten, dass ich Ihnen nicht schon früher geschrieben und einen Irrtum aus der Welt geschafft habe, dem Sie, wie ich befürchte, unterliegen. Mein Vater ist keineswegs mit Miss Crawford verlobt, und eine Heirat der beiden ist für alle Zeit völlig ausgeschlossen. Ich weiß, dass vor Monaten ein solches Gerücht umging, und es war ja auch nicht zu übersehen, dass mein Vater Miss Crawford Avancen machte. Selbst meine Schwester Elizabeth zählte zu jenen, die freudig von einer baldigen Verlobung der beiden ausgingen. Doch bevor

Frederick und ich unsere Reise antraten, schrieb mir Elizabeth aus Brighton, wohin sie und mein Vater einstweilig umgezogen waren, dass die Angelegenheit beendet sei, nachdem Miss Crawford meinen Vater unmissverständlich zurückgewiesen hatte. Ich nehme an, dass mein Vater und auch meine Schwester recht betrübt und enttäuscht waren, was insofern verständlich ist, als mein Vater sich beste Chancen auf diese für ihn sehr vorteilhafte Verbindung ausgerechnet hatte. Ich dagegen kann nicht umhin zu denken, dass beide in einer solchen Beziehung kein Glück gefunden hätten. Sie waren für einander nicht bestimmt … doch möchte ich Sie, liebe Mrs. Darcy, nicht mit meinen Einschätzungen langweilen. In einem Fall wie diesem mag sich jeder seine eigene Meinung bilden. Ich weiß nicht, wo Mrs. Grant und Miss Crawford sich zur Zeit aufhalten, vermute aber, in Bath. Die einzige Nachricht von ihnen, die mich außer dem soeben Berichteten erreicht hat, lautete bedauerlicherweise, dass Miss Crawford erkrankt sei. Genaueres ist mir nicht bekannt. Ich wünschte, ich hätte Ihnen bessere und zeitigere Neuigkeiten vermelden können. Bitte grüßen Sie Mr. Darcy und seine Schwester sehr herzlich von mir. Es war mir ein großes Vergnügen, die Bekanntschaft mit letzterer zu erneuern, und sie zu einer so reizenden jungen Dame gereift zu sehen. Ihr Antlitz zeugt von so viel Feingefühl, dass man sich ihres zarten Gemüts gewiss sein kann, weshalb das Leben hoffentlich nur Gutes für sie bereithält. Ich hegte nach unserer Rückkehr den großen Wunsch, sie zu uns nach Winchester einzuladen, und musste enttäuscht erfahren, dass sie bereits aus London abgereist war. Würden Sie ihr dies bitte mitteilen, und auch, wie froh wir wären, wenn sie uns hier bei anderer Gelegenheit einmal besuchte? Ihre Kinder, liebe Mrs. Darcy, müssten bald in einem sehr erfreulichen Alter sein. Ach! Wie schmerzlich mir der Blick in unser leeres Kinderzimmer ist! Seien Sie meines herzlichen Gedenkens versichert …" Und so weiter.

Elizabeth hatte gut daran getan, sich zur Lektüre des Briefes zurückzuziehen, denn sie hätte die Erregung, die er bei ihr auslöste, schwerlich verbergen können. Dutzende wirrer Gedanken schossen ihr durch den Kopf. Etwas, das spürte sie, musste unternommen werden, doch was war in diesem Fall klug und hilfreich? Sie ging inzwischen fest davon aus, dass Fitzwilliam von Miss Crawford zurückgewiesen worden war, doch hatte sie nie recht glauben können, es sei wegen Sir Walter Elliot geschehen, sodass sie sich durch Mrs. Wentworths Mitteilung nun bestätigt fühlte. Es war aber auch wirklich ein allzu erschreckender Gedanke gewesen, sich Miss Crawford als Lady Elliot vorzustellen! Noch bevor Elizabeth an Fitzwilliam dachte, war sie von Herzen froh und erleichtert, dass Miss Crawford diesen ihrer so unwürdigen Schritt nicht getan hatte. Als nächstes versuchte sie sich zu erinnern, was genau sie über Fitzwilliams Zurückweisung gehört hatte. Er lebte in der Gewissheit, sie durch ihre Verlobung für immer verloren zu haben. Da sie aber nicht verlobt war, hatte noch etwas anderes ihn zu der Annahme verleiten müssen, sie sei ihm abhold. Wie also war ihm zu helfen? Dass Miss Crawford Sir Walter Elliot einen Korb gegeben hatte, bedeutete ja keineswegs, dass man sie nun dazu bringen konnte, sich für Colonel Fitzwilliam zu entscheiden. Dennoch wäre die Gewissheit, dass sie noch nicht vergeben, noch zu erobern war, für ihn ein Grund, solange nicht die Segel zu streichen, bis er wusste, wie sie wirklich zu ihm stand. Nach allem, was in Bath vorgefallen war, hielt Elizabeth es für unwahrscheinlich, dass er je Gelegenheit gehabt hatte, ernsthaft um sie zu werben. Vielleicht würde er eine ebenso deutliche Abfuhr erhalten wie Sir Walter, und in diesem Fall täte man ihm wahrlich keinen Gefallen damit, die Sache wieder aufzuwärmen. Es wäre ihm keine Hilfe, zu wissen, dass es einem anderen Verehrer nicht besser ergangen war als ihm, selbst wenn er diesen Verehrer nicht mochte. Was aber, wenn alles nur auf einem Missverständnis beruhte?

Nach reiflicher Überlegung beschloss Elizabeth, dass ihr Cousin von allem, was sie zum Zweck einer Wiederannährung zwischen ihm und Miss Crawford unternehmen würde, nichts erfahren durfte. Sollte Miss Crawford ihn endgültig zurückweisen, musste man ihn nicht noch ein zweites Mal leiden lassen. Das zumindest schien ihr klar und führte sie zu ihrem nächsten Entschluss, nämlich Mrs. Grant zu schreiben und nach ihrem, aber vor allem auch Miss Crawfords Befinden zu fragen, ohne dabei das soeben Erfahrene zu erwähnen.

Als sie sich gerade anschickte, das Schreiben aufzusetzen, trat Darcy ins Zimmer. Wortlos reichte sie ihm Mrs. Wentworths Brief. Nachdem er ihn gelesen hatte, gab er ihn zurück und sagte ernst: „Was gedenkst du nun zu unternehmen, Elizabeth? Denn dass du etwas unternehmen wirst, scheint mir gewiss."

Elizabeth teilte ihm ihre Absicht und ihre Motive mit, und Darcy hörte wortlos zu. Schließlich sagte er: „Ist dir bewusst, welch große Verantwortung du mit dem Versuch auf dich nimmst, eine Wiederannäherung der beiden zu betreiben?"

„Durchaus", antwortete Elizabeth, „und denkst du nicht, mein lieber Darcy, dass wir gewillt sein sollten, diese Verantwortung auf uns zu nehmen? Ich werde nichts tun, was Fitzwilliam zusätzlich betrüben könnte. Er hat bereits sehr gelitten, und dieses Leid hat ihn nachhaltig verändert – das hast du neulich selbst angemerkt. Wenn es aber auch nur eine vage Möglichkeit gibt, ihm zu seinem Glück zu verhelfen, sollten wir sie nicht ungenutzt lassen. Niemand außer uns könnte den Versuch unternehmen, ihn und Miss Crawford wieder zusammenzuführen."

„Mir ist bekannt, meine Liebe, dass du für deine Freunde auch Herkulesaufgaben schulterst, doch wenn ein Mann so eindeutig zurückgewiesen wurde, braucht es großes Fingerspitzengefühl, um den Bruch wieder zu kitten. Dein Plan besteht nicht etwa darin, Miss Crawford einzuladen und den beiden dann einen gemeinsamen Spaziergang zu verordnen, mit der Anweisung, nach einer halben Stunde als verlobtes Paar zurückzukehren?"

Der Gedanke, auf den Darcy seine Frau mit dieser Äußerung brachte, schien ihr so fabelhaft, dass sie vergaß, ihn dafür zu tadeln, die Angelegenheit nicht ernst genug zu nehmen. „Das ist mir nie in den Sinn gekommen, doch genau das werde ich tun!“, rief sie aus. „Nein, ich werde sie auf keinen Spaziergang schicken. Aber ich werde Miss Crawford und ihre Schwester einladen. Am besten reisen sie gleich nach dem Ball an, denn dann wird Robert fort sein, und es müsste mit dem Teufel zugehen, wenn ich in zwei besinnlichen Wochen nicht herausfinden könnte, was sie tatsächlich für ihn empfindet.“

„Und anschließend wird Fitzwilliam eiligst nach Hause beordert, nehme ich an?“

„Ach, soweit mag ich nicht vorausschauen. Sollten meine Bemühungen allerdings erfolglos bleiben, darf er nie von ihnen erfahren.“

„Nun, Elizabeth, wie schön, dass du an alle Eventualitäten gedacht hast. Aber vergiss die wahrscheinlichste Variante nicht: dass die beiden Damen deine Einladung ausschlagen werden. Womöglich sind Miss Crawford oder auch Mrs. Grant nämlich nicht geneigt, in deinem Ränkespiel zu Fitzwilliams Gunsten mitzuwirken.“

„Natürlich würde ich ihnen ausdrücklich mitteilen, dass er in dieser Zeit nicht auf Pemberley weilen wird. Sollte Miss Crawford wirklich krank sein, könnte ihr eine Luftveränderung gerade recht sein. Ich lasse mich durch deine Einwände nicht entmutigen, Darcy, denn ich bin überzeugt, dass dieser Plan keinerlei Unheil anrichten, aber viel Gutes bewirken kann.“

„Vielleicht hast du ja recht, meine Liebe. Das Wagnis scheint auch mir nicht allzu groß, sofern absolute Verschwiegenheit gewahrt bleibt. Du weißt, dass ich Fitzwilliam nichts mehr wünschen kann als eine glückliche Ehe, wenn ich bedenke, wie ich durch die meine beschenkt wurde.“

„Darcy! Dass du mir Komplimente machst! Ist das Ende der Welt nahe? Doch sieh, das Kindermädchen bringt gerade die Kleinen, da muss mein Brief also noch ein wenig warten.“

Nachdem das Schreiben schließlich abgeschickt war, wartete Elizabeth quälend lange auf eine Antwort. Erst nach ungefähr zehn

Tagen hielt sie einen Brief in der Hand, der aus der Feder von Mrs. Grant stammte, und laut Ortsangabe in Everingham, Norfolk, aufgesetzt worden war. Mrs. Grant teilte mit, sie schreibe anstelle ihrer Schwester, die immer noch so unpässlich sei, dass man ihr jede Aufregung und Anstrengung ersparen müsse. Mary sei im August und September schwerkrank gewesen und so schleichend genesen, dass sie vor wenigen Wochen beschlossen hätten, Zeit bei ihrem Bruder in Norfolk zu verbringen, in der Hoffnung, die Luft dort werde ihr gut tun. Leider habe sich keine Besserung eingestellt, so dass alle noch immer in großer Sorge um sie seien. Als Mrs. Darcys freundliche Einladung eintraf, sei es Mary unmöglich erschienen, diese anzunehmen, da sie sich nach wie vor matt und kaum belastbar fühlte. Doch gemeinsam mit Mr. Crawford habe sie Mary schließlich dazu bewegen können, die Entscheidung noch einmal zu überdenken, denn sie beide erachteten einen Aufenthalt im Kreise guter Freunde und in einer so anregenden Umgebung, wie sie Pemberley verspreche, als die beste Medizin für ihr Nervenleiden. Ohnehin müssten sie Everingham bald verlassen, da es dort inzwischen zu kühl und windig geworden sei, andererseits sei ihrer Schwester eine Reise nach Bath vorerst kaum zuzumuten, weshalb Mrs. Darcys Einladung tatsächlich zu einem denkbar günstigen Zeitpunkt komme.

Allerdings solle sie in Miss Crawfords Namen mitteilen, so schrieb Mrs. Grant weiter, dass jene noch immer unpässlich sei, „und ein ermüdender und anspruchsvoller Gast, was ich freilich nicht bestätigen kann. Doch sie befürchtet, Ihnen in ihrem Zustand reichlich Ungelegenheiten zu bereiten. Und sie lässt erklären, dass sie keine falschen Erwartungen wecken und Ihnen vielmehr Gelegenheit geben möchte, Ihre Einladung auf einen Zeitpunkt zu verschieben, an dem sie wieder ganz bei Kräften und bei Sinnen ist."

Elizabeth meinte, zwischen diesen Zeilen leise die alte Miss Crawford herauszuhören: diesen unabhängigen Geist, der die eigene Schwächlichkeit verspottete, statt Mitleid zu heischen, und der es ihr schwer machte, einen Vorschlag anzunehmen, der auch eine bloße Gefälligkeit hätte sein können. Die Formulierungen des Briefes ließen keinen Zweifel daran, dass sie nur wegen ihrer Krankheit und auf das fürsorgliche Drängen ihres Bruders und ihrer Schwester nach Pemberley kommen würde und eigentlich vor dem Besuch zurückschreckte. Elizabeth erkannte auch, dass der Bitte von Mrs. Grant, im Namen ihrer Schwester versichert zu werden, dass sie Mr. und Mrs. Darcy „mehr oder weniger allein“ antreffen würden, mehr zugrunde lag als nur der Wunsch einer Kranken nach Ruhe.

Elizabeth schrieb zurück, dass die beiden Schwestern Pemberley als einen Ort der Stille erleben würden, der für jemanden in Miss Crawfords Zustand bestens geeignet sei. Außer ihnen werde niemand im Haus sein, außer natürlich Mr. Darcys Schwester, die Miss Crawford ja schon kennengelernt habe, und die zur Familie zähle. Die Patientin erhalte alle gebotene Fürsorge, und könne tun und lassen, was sie wolle, werde also in keiner Weise behelligt oder gar gebeten, sich zu einer größeren Runde zu gesellen, solange es ihr nicht besser gehe, was hoffentlich und aller Voraussicht nach recht bald der Fall sein werde. Der Brief zeugte deutlich von Elizabeths Mitgefühl, und sie hoffte, er werde Miss Crawfords letzte Bedenken zerstreuen, eine Bekanntschaft zu erneuern, die ihr mittelbar so viel Leid gebracht hatte. Man hatte Miss Crawford die Zusage vielleicht abringen müssen, doch wenn sie erst einmal auf Pemberley angekommen war, ließen sich alle Missverständnisse ausräumen – ob nun zu Colonel Fitzwilliams Wohl oder Wehe.

Elizabeth schlug Mrs. Grant ein Datum für die Anreise vor, beschloss aber, außer ihrem Ehemann niemandem von dem anstehenden Besuch zu erzählen, bis der Ball vorüber war und ihr Cousin Pemberley verlassen hatte, damit vor allem ihm nichts davon zu Ohren kam. Auf Georgianas Verschwiegenheit hätte man sich verlassen können, doch schien es Elizabeth ratsamer, auch ihr von Mrs. Wentworths Brief erst zu berichten, wenn sich die Dinge weiter geklärt hatten.

Kapitel 15

Georgiana musste feststellen, dass ihre Anwesenheit als Anstandsdame von Kitty auf Desborough durchaus notwendig war, denn diese erachtete sich mittlerweile als Hauptfigur eines kleinen Dramas, das in den nächsten Tage zur Aufführung kommen sollte. Aus der Art, in der Kitty gleich am ersten Abend von Mr. Price sprach, hätte Miss Bingley zweifelsohne schließen können, was sie für ihn empfand, wenn jene darüber nicht längst im Bilde gewesen wäre. Georgiana fand dies ebenso bedauerlich wie ärgerlich, denn sie wusste Miss Bingleys Miene zu deuten und erkannte, dass Kitty sich mit ihrem Verhalten nicht unbedingt wohlwollender Kritik aussetzte. Miss Bingley hatte der Familie Bennet – mit Ausnahme von Jane, der inzwischen ihre unverhohlene Sympathie galt – nie mehr als Gleichgültigkeit entgegengebracht, und wenn sie, wie in diesem Fall, dem Verehrer einer Bennet-Tochter zugeneigt war, sah sie mehr denn je auf diese herab. Dass Mr. Price viel zu gut für Kitty Bennet sei, ließ sie durch Blicke und Worte erkennen, die zwar an Kitty gerichtet waren, Georgiana aber nicht verborgen blieben und sie sehr empörten. Direkt an Georgiana gewandt erklärte Miss Bingley mit zur Schau getragener Freimütigkeit, sie wünschte nur, dass sich all die Gerüchte um diese Affäre bald in vollendete Tatsachen verwandelten. Natürlich sei alles Emma Knightleys Werk, doch angesichts Kittys offenkundiger Verliebtheit, *hoffe* sie nun sehr (und das betonte sie stark), dass Mr. Price auch entsprechende Gefühle für Kitty hege.

Am nächsten Spätnachmittag war es schließlich soweit: Mr. Tom Bertrams Zweispänner fuhr vor, mit den beiden Passagieren samt Diener und allem nötigen Zubehör: diversen Koffern, Waffentaschen und einem angeleinten Wachtelhund. Da William Price zuvor einige Zeit auf Mansfield Park verbracht hatte, war es für beide eine wenig anstrengende Reise gewesen. Die halbe Stunde, die verblieb, bevor sich alle für das Dinner umkleiden mussten, wurde für allseitiges Begrüßen und Vorstellen und den ersten Austausch von Neuigkeiten genutzt. Bingley hieß seine Gäste ausgesprochen herzlich willkommen und schien im Überschwang beide gleichzeitig in ein Gespräch verwickeln zu wollen. Die freudige Überraschung, die William Price jäh im Gesicht stand, als er die beiden jungen Damen sah, war genauso wenig zu übersehen, wie die Tatsache, dass Kitty ausnahmsweise vor Schüchternheit mit Stummheit geschlagen schien und selbst seine Fragen nach ihrem Befinden nur einsilbig und errötend zu beantworten vermochte. Georgiana, ungleich beherrschter, schüttelte Mr. Price in der ihr eigenen ernsten Art die Hand, sah ihm dabei in die Augen, beantwortete seine Fragen ebenso knapp wie klar und verbeugte sich schließlich artig in Erwiderung seiner Bemerkung, er freue sich sehr, sie beide wiederzusehen.

Beim Dinner war Kitty zwischen Georgiana und Mr. Price platziert worden, welcher wiederum zur Rechten von Mrs. Bingley saß. Da Jane sich geflissentlich meist mit dem zu ihrer Linken sitzenden Mr. Bertram unterhielt, kam Kitty in den Genuss einer beinahe ungestörten Konversation mit Mr. Price. Er hatte viel zu erzählen und auf ihre Nachfragen hin näher auszuführen: von London und den gemeinsamen Freunden, von seinem Aufenthalt in Portsmouth und der Inspizierung der Schiffe durch den König, von seinen Jagdausflügen in Mansfield und dem bemerkenswerten Spürsinn des neuen Hundes seines Cousins. Georgiana schnappt immer wieder Bruchstücke dieser Unterhaltung auf und stellte mit Zufriedenheit fest, dass zwischen beiden große Vertraulichkeit zu herrschen schien. „Das klingt nach einem vielversprechenden Beginn“, dachte sie. „Es ist allemal besser, eine auf gemeinsamen Interessen beruhende Freundschaft zu pflegen, bevor sich die Liebe einstellt, als dass man überstürzt in eine glühende Leidenschaft verfällt, die genau so rasch wieder abkühlen kann. Mr. Price wird nach und nach Kittys beste Eigenschaften zum Vorschein bringen. Er wird Interesse für dieselben Dinge zeigen, wenn auch maßvoller, und ihren Geschmack verfeinern. Und ihr Glück wird so groß sein, dass sie sich ihren natürlichen Charme bewahren kann."

Mr. Price war offensichtlich feinfühlig genug, nicht zu erwarten, dass er sich in so kleiner Runde ausschließlich Kitty widmen könne. Bereitwillig antwortete er allen, die ihn ansprachen, und schien seinerseits Mrs. Bingley näher kennenlernen zu wollen. Zudem bedachte er seinen ihm gegenübersitzenden Cousin immer wieder mit einem heiteren Wort oder Blick. Von William Price ließ sich Tom Bertram weitaus mehr freundschaftliche Sticheleien und Scherze gefallen als von irgendjemandem sonst. Seine Krankheit hatte ihn zur Vernunft kommen lassen, und obgleich er nach wie vor recht sorglos und selbstbezogen war, empfand er doch eine stille Bewunderung für den jüngeren Mann, der aus seinem Leben schon so viel gemacht hatte, und war empfänglich für Beeinflussung von dessen Seite. William Price lag nichts ferner als solche Beeinflussung. Gleichwohl war es allein seinen teils scherzhaften, teils ernsthaften Äußerungen zu verdanken, dass Tom am Ende doch noch beschlossen hatte, sich auf Mansfield Park niederzulassen, sich der Verwaltung des Anwesens zu widmen und mehr Rücksicht auf seine Eltern zu nehmen. Dieser Ausflug nun war ihm umso bereitwilliger gestattet worden, als er auch dazu dienen sollte, seine Gedanken von einem Techtelmechtel abzulenken, das in eine Ehe zu münden drohte, und das seine Familie zutiefst missbilligte. Allerdings gab es Grund zur Befürchtung, Miss Isabella Thorpe habe ihr Netz zu geschickt gesponnen und werde allen Bemühungen seiner Freunde zum Trotz bald als nächste Lady Bertram auf Mansfield Park walten.

Als sich die Herren nach dem Dinner wieder zu den Damen gesellten, ging William Price sogleich auf Georgiana zu und machte einige belanglose Bemerkungen, bis alle anderen ihre Aufmerksamkeit auf eine Erzählung von Mr. Bertram gerichtet hatten. Nun erst fragte er Georgiana, ob sie seit ihrer letzten Begegnung etwas Neues von Miss Crawford gehört habe.

Dank Elizabeths Verschwiegenheit in dieser Sache konnte Georgiana wahrheitsgemäß antworten, dass sie nichts gehört habe. Diese Antwort schien ihr reichlich knapp, und so fügte sie hinzu: „Meine Schwester, Mrs. Darcy, hat mit der Bitte um Auskunft an eine Freundin geschrieben – Mrs. Wentworth, um genau zu sein –, doch weiß ich nicht, mit welchem Ergebnis."

„An Mrs. Wentworth?", wiederholte William Price. „Das heißt, Sie kennen den Namen, den zu nennen ich mich an jenem Abend bei Mrs. Hurst so unhöflich weigerte: Sir Walter Elliot. Ich hoffe, Sie verzeihen mir, Miss Darcy, und verstehen, warum es mir seinerzeit nicht statthaft schien, ihn zu erwähnen."

„Ich bin mir sicher, dass sie recht gehandelt haben, Mr. Price, zumal es für dieses Gerücht noch immer keine Bestätigung gibt", erwiderte Georgiana. „Ich wünschte, ich hätte Miss Crawford wiedergesehen, doch hat es sich noch nicht ergeben."

„Ich bin ihr seit jenem Tag auch nicht mehr begegnet", sagte William. „Ich habe London wenig später verlassen müssen, und als ich zurückkehrte, waren sie und ihre Schwester bereits abgereist. Ich wünschte, ich könnte etwas in Erfahrung bringen! Hoffentlich ist es nicht wahr. Es wäre wahrlich ein Jammer, wenn Miss Crawford diesen Mann heiratete. Es fällt generell schwer genug, zu begreifen, warum Menschen sogenannte Zweckehen eingehen, doch wenn irgendjemand ein besseres Schicksal verdient hat, dann sie."

„Hoffen wir, dass die Ehe – so sie denn beschlossene Sache ist – nicht allein einem Zweck dient, sondern zumindest auch von gegenseitiger Achtung geprägt ist", sagte Georgiana.

„Oh, gewiss achtet *er* sie sehr. Aber ebenso gewiss zählt er nicht zu den Männern, die Miss Crawford gebührend zu schätzen wissen", erwiderte Mr. Price. „Wenn Sie ihn kennen würden, Miss Darcy, könnte selbst ihr gütiges Herz keine überzeugende Rechtfertigung für diese Heirat finden."

„Ich weiß, dass Miss Crawfords Freunden diese Beziehung nicht behagt", erwiderte Georgiana. „Und doch möchte ich anmerken, dass sie es allem Anschein nach nicht nötig hat, irgendjemanden zu heiraten, sondern den wählen kann, mit dem sie glücklich zu werden glaubt. Man sollte also annehmen dürfen, dass sie nicht unbedacht handelt."

„Sie stellen die Sache so überzeugend dar, Miss Darcy, dass ich beinahe beruhigt bin. Eben dies sage ich mir auch ständig: Sie kann es sich doch leisten, zu heiraten, wen sie möchte. Und da hier kein Zwang herrscht – von den Geboten ihres Edelmuts abgesehen –, fällt es mir schwer zu glauben, sie werde eine so unkluge Wahl treffen. Damit ist im Grunde alles gesagt. Ich vermute beinahe, Sie haben mich so wirkungsvoll in meiner Hoffnung bestärken können, weil Sie über vertrauliche Informationen verfügen."

„Oh nein", erwiderte Georgiana mit einem Lächeln. „Ich verfüge über keinerlei vertrauliche Informationen, und mir scheint, was Sie in ihrer Hoffnung bestärkt hat, war ihr Wissen um Miss Crawfords Charakter"

„Ich mag Miss Crawford besser kennen, doch können Frauen einander in derlei Angelegenheiten weitaus besser beurteilen als unsereins es vermag. Sie verstehen die andere, wie Sie sich selbst verstehen, und erschließen deren Beweggründe mittels der Kenntnis Ihrer eigenen. Folglich sehen Sie ungleich klarer als wir es je könnten."

„Womöglich verstehen Frauen einander tatsächlich besser, und womöglich liegt dies auch in unserer Natur", entgegnete Georgiana nach kurzem Nachdenken. „Doch dürfen Sie nicht vergessen, dass von Frauen seit jeher erwartet wird, sich die Fähigkeit anzueignen, das Seelenleben ihrer Mitmenschen zu ergründen. Die Rolle als Beobachter macht Frauen umso glücklicher, je mehr sie dabei mitfühlen und begreifen."

„Das ist eine allzu bescheidene Einschätzung der Vorzüge Ihres Geschlechts, Miss Darcy. Ich würde sogar soweit gehen zu sagen: Einige Frauen müssen sich die von Ihnen erwähnte Fähigkeit nicht erst aneignen, sondern haben von Natur aus ein so edles Feingefühl, ein so ausgeprägtes Vermögen, die Befindlichkeiten anderer wohlmeinend zu erfassen und das Beste in ihnen anzusprechen, dass sie dabei unmöglich mehr Glück erfahren als bescheren können. Sie müssten solche Frauen doch eigentlich kennen."

Er sah sie eindringlich an, während er sprach. Georgiana hatte ihn noch nie so ernst erlebt. Dass er auf Kitty anspielte, daran zweifelte sie keinen Moment, und es schien nur noch weniger Worte zu bedürfen, damit endlich auch ihr Name fiel. Sie rechnete fest mit einem Satz wie: „Es gibt da eine Person, die wir beide kennen, Miss Darcy" oder etwas Ähnlichem, und in ihrer Ergriffenheit war ihr nicht bewusst, wie unwahrscheinlich derart offenherzige Äußerungen waren, solange Kitty wenige Meter entfernt stand. Als er sie jedoch weiter wortlos ansah, versuchte sie, eine peinliche Stille zu vermeiden, indem sie ein wenig ziellos murmelte: „Ja, fürwahr, so verhält es sich." Und da sie nicht zu verraten wagte, dass ihre Gedanken derselben galten wie seine, fügte sie hinzu: „Die Frau meines Bruders, Mrs. Darcy, entspricht ihrer Beschreibung voll und ganz. Sie versteht jeden Menschen. Sie weiß, was man sagen will, auch wenn man es selbst nicht auszudrücken vermag. Sie ist die klügste Person, die ich kenne."

Sie schien nach dieser Bemerkung eine gewisse Enttäuschung in seinem Gesicht zu lesen, doch dann verbeugte er sich und sagte höflich, dass es ihm eine Freude sein werde, Mrs. Darcy kennenzulernen. Georgiana fasste seine Äußerung als Versuch auf, in diesem Moment ein Gespräch zu vermeiden, das ihm allzu nahe gegangen wäre. „Ich hoffe sehr, dass Sie schon bald Gelegenheit haben, sie kennenzulernen", antwortete sie. „Ich weiß nicht, ob Mr. Bingley es bereits erwähnte, aber nächste Woche findet auf Pemberley ein Ball statt, und meine Schwägerin hofft, dass Mr. und Mrs. Bingley auch Sie und Mr. Bertram mitbringen werden."

William stand die Freude schon ins Gesicht geschrieben, bevor er sie in Worte kleiden konnte, und Georgiana, die sich plötzlich erinnerte, dass sie Kitty das Vergnügen hatte gönnen wollen, die Einladung zu übermitteln, drehte sich um und rief ihre Freundin, die auf der anderen Seite des Kamins bei Jane stand und schon eine ganze Weile sehnsüchtig in die Richtung von Georgiana und Mr. Price geblickt hatte.

„Kitty, ich habe Mr. Price gerade von dem Ball erzählt", sagte Georgiana, als Kitty bei ihnen war. „Und ihm mitgeteilt, dass wir auf sein Erscheinen hoffen. Aber erzähl du ihm, was es für Mühe gekostet hat, Elizabeth und meinen Bruder zu diesem Ball zu überreden. Einzig deinem Vorschlag ist es schließlich zu verdanken, dass er stattfindet."

„Ach, Georgiana, warum hast du es Mr. Price erzählt? Ich wollte mir die Neuigkeit doch als Überraschung aufsparen", rief Kitty aus. Dann aber bat sie William inständig um seine Zusage zur Teilnahme an dem Ball, dessen Details rasch erläutert waren. William sparte nicht an Worten des Lobs und der Anerkennung, während sich Georgiana rasch einer anderen Gruppe anschloss, die im Begriff war, sich zum Kartenspiel an einen Tisch zu setzen. William und Kitty aber unterhielten sich weiter, bis der Tee serviert wurde.

Kapitel 16

Am nächsten Tag brachen die Waidmänner in aller Herrgottsfrühe auf und kehrten erst spät zurück. Da zum Dinner auch einige Freunde aus der Nachbarschaft geladen waren, gab es an jenem Abend kaum Gelegenheit für ausführliche Gespräche zwischen den jungen Damen und Mr. Bingleys Gästen. Kitty hatte den Großteil des Tages damit zugebracht, einen langen Brief an Mrs. Knightley zu schreiben, während Georgiana von Miss Bingley in Beschlag genommen worden war, die einige musikalische Duette zu üben wünschte. Während dieser Beschäftigung ließ sich Miss Bingley immer wieder zu Bemerkungen über Mr. Price hinreißen, den sie, wie sie gestand, sehr mochte. Mit zahlreichen Argumenten hatte sie Georgiana auseinandergesetzt, wie unwahrscheinlich es sei, dass er überhaupt eheliche Absichten hege, und erst recht, was Kitty betreffe. Georgiana hatte sich geweigert, darauf näher einzugehen. Ihre Wertschätzung seiner Person hing von der Gewissheit ab, dass er Kitty nicht enttäuschen werde – und an dieser Gewissheit ließ sie nicht rütteln.

Nachdem die kleine Jagdgesellschaft am folgenden Nachmittag wegen schlechten Wetters früher zurückgekehrt war, versammelten sich alle in der Bibliothek. Bingley zeigte Mr. Bertram einige an den Wänden hängende Stiche mit Jagdszenen, während der Rest sich um den Kamin geschart hatte, die Damen sitzend, William Price stehend gegen das Kaminsims gelehnt, die darauf arrangierten Porzellanfiguren betrachtend.

„Was für wunderschöne chinesische Figuren, Mrs. Bingley", rief er aus. „Das sind echte Antiquitäten, nicht wahr? Ich kannte mal einen Mann, der ein solches Paar aus Hongkong mitgebracht hatte, und er hielt sie für unbezahlbar. Ich glaube nicht, dass man derlei in Europa nachahmen kann."

„Ja, sie sind wohl sehr alt“, erwiderte Jane. „Ich weiß nichts über ihre Geschichte, nur, dass sie seit Urzeiten im Besitz der Bingleys sind und Mr. Bingleys Lieblingsstücke. Vielleicht kannst du uns etwas über sie erzählen, Caroline?“

Miss Bingley setzte gerade zu einer Erläuterung an, als Mr. Price vor Schreck aufschrie. Er hatte eine der Figuren in die Hand genommen, um sie genauer zu betrachten, und dabei war deren Kopf abgefallen und über die Kante des Kaminsimses gerollt. Zum Glück hatte ein dicker Teppich den Fall des Porzellankopfs gedämpft, der nach kurzer Suche unbeschadet aufgefunden wurde. Mr. Price machte sich dennoch bittere Vorwürfe ob seiner Unachtsamkeit, bis Mrs. Bingley ihn mit den Worten unterbrach: „Hadern Sie nicht mit sich, Mr. Price, denn Sie trifft keine Schuld. Der Kopf war längst abgebrochen. Sehen Sie, er war nur lose mit einem Stück Draht an den Schultern befestigt. Ich habe mich bislang vergeblich um eine stabilere Lösung bemüht.“

„Da bin ich aber erleichtert“, sagte Mr. Price, „sofern Sie sich wirklich sicher sind, Mrs. Bingley, dass es nicht meine Schuld war.“

„Dessen bin ich mir allerdings sicher. Und vielleicht kannst du mir helfen, Kitty“, fügte sie an ihre Schwester gewandt hinzu, „Mr. Price die letzten Zweifel zu nehmen. Weißt du zufällig etwas darüber, wie der kleine Mandarin zerbrochen ist? Wir haben ihn wenige Tage nach deinem letzten Aufenthalt so vorgefunden, und niemand konnte es sich erklären. Ich hatte dich längst danach fragen wollen, es aber immer wieder vergessen.“

Es war dem schummrigen Schein des Kaminfeuers zu verdanken, dass Jane die Bestürzung auf dem Gesicht ihrer Schwester nicht erkennen konnte. Doch kam sie in der peinlichen Pause zum Ausdruck, die auf die Frage folgte. Kitty begann zu sprechen, brach wieder ab, fing von Neuem an, verhaspelte sich: „Ich glaubte ... also glaubte, sie sei zerbrochen ... das heißt, ich wusste es ... aber ich habe nicht mehr daran gedacht ... also hatte es bis eben völlig vergessen.“

„Wie bedauerlich, dass du es nicht erwähnt hast“, sagte Miss Bingley streng. „Die Figur wäre doch womöglich noch sehr viel stärker beschädigt worden, wenn jemand sie nichts ahnend angerührt hätte."

„Ach, nimm es dir nicht zu Herzen, liebe Kitty", sagte Jane gütig. „Es macht ja nichts. Gewiss lässt es sich leicht reparieren."

Den Tränen nahe blickte Kitty in die Runde, hin- und hergerissen zwischen ihrem Widerwillen, sich den Vorfall ins Gedächtnis zu rufen, und ihrem Wunsch, sich vor William Price zu verteidigen. Dieser Wunsch obsiegte schließlich, sodass sie an Jane gewandt murmelte: „Nicht ich habe sie zerbrochen, sondern Mr. Morland."

„Mr. Morland?", wiederholte Jane verdutzt.

„Ja, es war der Vormittag, an dem er zuletzt hier war. Wir ... oder vielmehr er war in der Bibliothek. Er hatte die chinesische Figur in der Hand, und später bemerkte ich, dass sie entzwei war. Ich habe seither nicht mehr daran gedacht und nehme an, er hat es ebenfalls vergessen."

Kittys Verlegenheit war für Miss Bingley und Mr. Price nicht recht nachvollziehbar, denen diese Erklärung ausreichend erschien. Sie merkten nur, dass Kitty Mr. Morlands Verwicklung in diese Geschichte äußerst peinlich war, und da diese nun aus dem Zimmer eilte, mussten sie daraus ihre eigenen Schlüsse ziehen. William Price brach – mit einem Feingespür, für das ihn Georgiana innerlich herzte – die unbehagliche Stille, indem er auf den ursprünglichen Gegenstand ihrer Unterhaltung zurückkam, den er noch immer in seiner Hand hielt. „Auf jeden Fall", erklärte er lächelnd, „hatte ich meinen Anteil daran, diesen armen Mandarin zu enthaupten, so dass es nur recht und billig wäre, wenn ich mich an einer Reparatur versuchte. Gestatten Sie, Mrs. Bingley? Ich denke, mit einem neuen Stück Draht und ein wenig Siegelwachs könnte ich ihm wieder dauerhaft zu seinem gütigen Lächeln verhelfen."

So wurde Bingley beauftragt, die notwendigen Materialien herbeizuholen, und nachdem ihm seine Frau mit einem strengen Blick die Frage untersagt hatte, wer den armen Kerl so zugerichtet habe, wurde über das Malheur kein weiteres Wort mehr verloren. Georgiana aber begab sich baldigst in Kittys Zimmer, wo diese bitterlich weinend auf dem Bett lag.

„Georgiana, was muss er jetzt bloß von mir denken?", rief sie sogleich und warf sich in die Arme ihrer Freundin. „Warum musste mir Jane diese unglückselige Frage stellen, ausgerechnet in jenem Moment? Schlimmer hätte es nicht kommen können. Was soll Mr. Price von dem halten, was er über Mr. Morland gehört hat, und davon, dass wir gemeinsam in der Bibliothek waren? Er wird Bedenken bekommen, die ihn vielleicht davon abhalten, bestimmte Dinge auszusprechen. Ach, ich wünschte, wir wären wieder auf Pemberley."

Georgiana tröstete sie und versicherte ihr, der Vorfall sei Mr. Price völlig gleichgültig. Nichts sei irgendjemandem merkwürdig erschienen, fügte sie lachend hinzu, außer ihre jähe Flucht aus dem Zimmer, und wenn sie sich von nun an wieder wie üblich benehme, werde alles vergessen sein. Doch ihre Worte konnten nicht verhindern, dass Kitty sich während ihres weiteren Aufenthalts recht unbehaglich fühlte und immer wieder befürchtete, irgendetwas könne Mr. Price in seiner Haltung zu ihr ungünstig beeinflussen, wiewohl er sich ihr gegenüber unverändert freundlich und charmant verhielt.

Dieselbe Befürchtung beschlich sie auch am folgenden Tag, einem Sonntag, als alle gemeinsam in die Kirche gingen, wo ein Unbekannter die Messe hielt. Auf dem Heimweg stellten die neuen Gäste allerlei Fragen, unter denen Kittys empfindsames Gemüt sehr litt. Ob das der reguläre Pfarrer gewesen sei? Kurzzeitig verreist, ach so! Ob der reguläre Pfarrer denn ein angenehmer Nachbar sei? Ein guter Prediger? Und dies also sei der Pfarrhof – was für ein geräumiges, hübsches Haus! Der Pfarrer sei doch gewiss verheiratet und zweifellos ein beneidenswerter Mann, merkte Mr. Bertram an. Bingley gab aus Rücksicht auf Kitty nur knappe Antworten, und Jane begann mit den beiden jungen Damen ein Gespräch über ein anderes Thema. Doch Kitty war nicht bei der Sache. Sie musste betrübt an

Mr. Morland denken, den Bingley überschwänglich lobte und den die anderen für einen beneidenswerten Mann hielten, den sie, Kitty, aber von Zuhause vertrieben hatte. Dass ein so charmanter und begehrenswerter Mann sich in sie verliebt hatte, während sie nicht genug für ihn empfinden konnte ... Diese ganze Geschichte stand wahrlich unter einem unglücklichen Stern! Wenn er doch wie Mr. Collins gewesen wäre, den zurückzuweisen keine Frau Bedenken gehabt hätte! Den weiteren Rückweg ging Kitty schweigend, ihr kummervolles Gesicht in ihrem hochgehaltenen Muff verbergend, in möglichst großem Abstand zu Mr. Price.

Am Montag ritten Bingley und Mr. Bertram allein zu einer Hetzjagd aus, während die Damen gemeinsam mit Mr. Price zu jener Stelle fuhren, wo sich die Meutehunde versammeln sollten und man etwas Unterhaltsames zu sehen hoffte. Zuvor hatte Bingley auch Mr. Price ein Pferd angeboten, das dieser jedoch lachend und mit der Bemerkung abgelehnt hatte, er sei wie alle Seeleute ein jämmerlicher Reiter und halte es, obgleich er in jugendlichem Leichtsinn in Mansfield einmal eine berittene Jagd mitgemacht habe, für klüger, nicht auf einem geliehenen Pferd durch das von Hochmooren und Feldsteinmauern durchzogene Derbyshire zu galoppieren. „Es ist zu gütig von Ihnen, Mr. Bingley“, sagte er, „und für meinen Cousin geht es durchaus in Ordnung, denn er ist hier schon geritten. Doch Sie wären gewiss nicht erfreut, wenn Sie mich gleich am ersten höheren Hindernis stürzen sähen und ihr Hundert-Guinee-Jagdpferd sich ein Bein bräche.“

Während die Damen entsetzt ihre Hände vors Gesicht schlugen, erklärte Bingley recht belustigt, er glaube Mr. Price kein Wort und sei überzeugt, er könne ebenso gut reiten wie schießen. William aber schüttelte den Kopf.

„Ich bin mehrmals auf verschiedensten Pferden geritten, wenn es sich nicht vermeiden ließ, und habe es meist sogar geschafft, mich an dem armen Tier festzuklammern und dadurch im Sattel zu halten. Heute aber mag ich mein Glück nicht herausfordern.“

„Da ich wohl zur Zeit für dich Verantwortung trage, William, kann ich deine Entscheidung nur begrüßen", erklärte sein Cousin. „Denn ich würde dich ungern mit gebrochenem Hals zurück nach Portsmouth schicken, was zweifellos geschehen würde."

„Du und Verantwortung für mich? Das ich nicht lache!", erwiderte William. „Noch ein Ton, und ich borge mir einen Zigeuneresel aus, reite euch hinterher und erzähle unterwegs aller Welt, ich brächte dir das gewünschte Jagdpferd."

Da Mrs. Bingley angesichts des kühlen Winds entschieden hatte, daheim zu bleiben, saß Mr. Price lediglich mit drei Damen im Landauer, was deren Freude keineswegs schmälerte. Die Hinfahrt dauerte gut zwei Stunden, und als die Gruppe sich schließlich, nachdem die Jagdgesellschaft über die Hügel entschwunden war, zur Heimfahrt entschloss, sorgte Mr. Price für Bestürzung unter seinen Reisegefährtinnen, als er darum bat, aussteigen und zu Fuß nach Hause gehen zu dürfen.

„Zu Fuß, Mr. Price?", rief Miss Bingley aus, die sich, auf dem Vordersitz platziert, als Oberhaupt der Gruppe verstand. „Warum wollen Sie zu Fuß gehen? In dieser Wildnis? Es müssen doch mindestens sechs oder sieben Meilen bis nach Hause sein."

„Ja, eine solche Entfernung hatte ich auch geschätzt", entgegnete William. „Ich würde wirklich lieber zu Fuß gehen, und ob Sie es glauben oder nicht, ich mag die Wildnis, wie Sie es nennen. Es wird mir ein Vergnügen sein, mich bis nach Desborough durchzuschlagen, und ich habe mir alle Landmarken gemerkt. Obendrein ist es angenehm frisch – ein herrlicher Tag für eine Wanderung."

„Ach, Mr. Price, gehen Sie nicht, wir haben es hier drinnen doch so behaglich", sagte Kitty flehentlich, während Miss Bingley nahezu gleichzeitig in pikiertem Ton bemerkte: „Nun, wenn Sie lieber zu Fuß gehen wollen, bitte sehr. Dann wollen wir Sie nicht davon abhalten."

William blickte erstaunt von der einen zur anderen. Es war ihm offenkundig nicht eine Sekunde in den Sinn gekommen, dass irgendeine der Damen ihn vermissen könnte. Unwillkürlich suchte er Georgianas Blick, worauf diese rasch erklärte: „Mr. Price dürfte es kalt werden, wenn er noch länger hier herumsitzt. Mir scheint, dass ihm eine Wanderung sehr lieb wäre. Und es ist ja wirklich nicht so weit – soweit ich weiß, kann man vom Gipfel des Hügels dort drüben schon die Kirche von Kympton sehen, und zu Fuß kann man den direkten Weg einschlagen."

William war unschlüssig. Eine der Damen gestattete ihm zu gehen, eine weitere tat alles, um möglichst gleichgültig zu wirken, und die dritte flehte ihn an, die Heimeligkeit ihrer kleinen Runde nicht zu zerstören. Georgiana war amüsiert, schämte sich aber auch ein wenig für Caroline und Kitty, die ihre Wünsche jeweils so unverhohlen offenbart hatten. William Price war die Peinlichkeit der Situation offenbar nicht entgangen, denn sein Zögern währte nur ein oder zwei Sekunden, dann sagte er: „Ach, nein. Natürlich steige ich nicht aus, wenn es auch nur einer von Ihnen nicht recht sein sollte. Außerdem käme ich, im Bemühen um besonders schlaue Abkürzungen, wohl doch zu spät zum Dinner. Wollen wir losfahren?"

Miss Bingley gab dem Kutscher in würdevollem Ton entsprechende Anweisungen und versicherte Mr. Price, dass er eine kluge Entscheidung getroffen habe, denn ja, er hätte sich gewiss verspätet. Georgiana konnte nicht umhin anzumerken, dass die Jäger kaum vor fünf heimkehren würden, und es somit doch bedauerlich sei, dass er auf seine Wanderung verzichtete. Er aber warf ihr einen lächelnden Blick zu, woraus sie schloss, dass er nicht gedachte, sich darüber länger zu grämen. Kitty wiederum – beglückt darüber, dass Mr. Price ihrem Wunsch entsprochen hatte – plauderte die ganze Rückfahrt. Anschaulich berichtete sie von einigen „grässlichen" Wanderungen durchs Moor, auf die Bingley sie mitgenommen hatte, und auf denen sie, wie sie beteuerte, gleich mehrmals nur knapp dem Tod entronnen waren. Wilde Rinder, tückische Sümpfe, reißende Sturzbäche und giftige Schlangen – was lauerten auf solchen Ausflügen nicht für schreckliche Gefahren.

Mr. Price hörte interessiert zu, ließ sich aber offenbar nicht Bange machen, denn sobald sie angekommen und aus der Kutsche gestiegen waren, warf er nur einen kurzen Blick auf die Uhr, bevor er Miss Darcy fragte, ob sie ihn auf eine Wanderung begleiten wolle. „Sie wird so kurz oder lang, so zügig oder gemächlich ausfallen, wie es Ihnen beliebt", erklärte er, und Georgiana lehnte mit echtem Bedauern ab.

„Es hätte mir zweifellos Vergnügen bereitet, Mr. Price, doch möchte ich lieber davon absehen. Es ist schon recht spät, und die anderen wünschen mich vielleicht noch vor dem Dinner zu sehen. Außerdem weiß ich", fügte sie hinzu, als sie seine Enttäuschung bemerkte, „dass Sie ein zügiges Tempo schätzen, und Sie können eine viel längere Strecke zurücklegen, wenn Sie sich nicht dem langsamen Gang einer Dame anpassen müssen."

„Es wäre mir eine Ehre gewesen, mich Ihnen anzupassen", erwiderte William Price mit dem flüchtigen Lächeln, das für ihn so typisch war.

„Wir sollten morgen Vormittag alle gemeinsam einen Spaziergang machen", entgegnete Georgiana und wandte sich zum Gehen. „Mr. Bingley kann uns raten, welche Richtung wir am besten einschlagen. Ich hoffe nur, das Wetter hält, denn es sieht beinahe so aus, als wolle es bald schneien."

Mr. Price blieb noch eine Weile regungslos stehen, und als Georgiana die Treppe hinaufging, verspürte sie das starke Bedürfnis, umzukehren und seinen Vorschlag anzunehmen, doch die Befürchtung, Kitty wäre das nicht lieb, hielt sie zurück. Sie wünschte, er hätte Kitty statt ihrer oder doch ebenfalls gefragt, denn obgleich man nach Kittys Schilderungen annehmen durfte, dass ihr keine Unternehmung weniger zusagte als eine Wanderung, war Georgiana überzeugt, dass ihre Abneigung vergessen wäre, wenn sie nur den richtigen Wandergefährten an ihrer Seite gehabt hätte.

Der erwogene Spaziergang fand nicht statt, denn tatsächlich begann es am nächsten Tag zu schneien, nicht stark, aber doch mit genug feuchtem Nebel, um das Kaminzimmer zum denkbar angenehmsten Aufenthaltsort zu machen. Die Herren gingen zwar am Vormittag noch einmal auf die Jagd, kehrten aber schon um kurz nach eins zurück, bereit für jede Form der Vergnügung.

Da Tom Bertram weder gern Karten spielte noch Musik zu schätzen wusste, und ihm Mr. Bingley beim Billard, wie sich gezeigt hatte, hoffnungslos unterlegen war, sah er sich gezwungen, andere Möglichkeiten des Zeitvertreibs an diesem Winternachmittag in Betracht zu ziehen. Und so unterbreitete er der versammelten Runde den Vorschlag, Scharaden aufzuführen.

Mrs. Bingley blickte skeptisch drein, und auch William Price schwieg, doch Bingley, seine Schwester und seine Schwägerin waren von der Idee höchst angetan, so dass Mr. Bertram nun auch Jane davon zu überzeugen versuchte, dass das Aufführen von Scharaden, von einem echtem Schauspiel abgesehen, die denkbar unterhaltsamste Sache sei, und ihr kleiner Kreis bestens geeignet, alle möglichen Figuren zu verkörpern.

Angesichts der Vorfreude, die Mr. Bertrams Vorschlag ausgelöst hatte, ließ sich Mrs. Bingley leicht überreden, und sie versprach jede nötige Unterstützung, zumal ihr Ehemann ihr versicherte, dass die jungen Leute viel Gefallen an dieser Veranstaltung finden würden. Auch William Price erklärte sich zur Teilnahme bereit, als klar wurde, dass die Mehrheit den Vorschlag guthieß, und sogar Georgiana zeigte nun Interesse und versuchte die Nervosität zu verbergen, die ihr die Vorstellung verursachte, auf einer Bühne in eine Rolle zu schlüpfen.

„Du brauchst keine Angst zu haben, Georgiana“, sagte Jane. „Du musst nichts weiter tun, als stillzustehen und einen bestimmten Gesichtsausdruck aufzusetzen. Louisa und ich haben schon oft Scharaden aufgeführt. Schauspielerei ist nicht vonnöten, es geht allein um eine Pose.“

„Verzeihen Sie, Miss Bingley“, unterbrach Mr. Bertram sie, „aber die Art von Scharade, die mir vorschwebt, beinhaltet ein gewisses

Maß an Bewegung – kurzum: Schauspielerei, und bei anderen Varianten ist auch improvisierte Rede verlangt. Ich erinnere mich, wie einmal, im Haus eines Freundes ..."

„Ich glaube, Sie irren sich, Mr. Bertram. Eine korrekte Scharade beinhaltet keine Schauspielerei. Es handelt sich schlicht um eine Folge von Bildern, sogenannten *tableaux*, zur Darstellung der verschiedenen Wortbestandteile."

Die Diskussion drohte hitzig zu werden, spätestens, als die beiden jüngeren Damen sich einmischten und protestierend erklärten, improvisierte Rede sei für sie völlig undenkbar. Bingley beruhigte die Gemüter schließlich, indem er Mr. Bertrams Ansicht beipflichtete, dass es weitaus amüsanter wäre, wenn man die Wortbestandteile schauspielerisch darstellte, und außerdem zu zeigen versprach, wie man dies ganz ohne Worte anstellte, wenngleich Miss Bingley Zweifel daran äußerte, dass alle in der Runde diesen Anforderungen im gleichen Maß gewachsen seien.

Nun galt es, die zu erratenden Wörter auszuwählen – eine Aufgabe von kaum zu überschätzender Bedeutung, für die man allerlei Bücher herbeiholte und zu Rate zog, um anschließend die Vorzüge und Potentiale eines jeden Wortes ausgiebig zu erörtern. Doch erst als sie ihre Planungen beim Dinner fortsetzten, fiel ihnen auf, dass, wenn sie alle in verschiedenen Szenen einer Scharade aufträten, niemand übrig bliebe, um das Wort zu erraten.

„Es ist ziemlich vertrackt", sagte Bingley. „Handelte es sich um ein Schauspiel, könnten wir alle einfach unsere Rollen spielen, und alles wäre gut. Doch das Wesen der Scharade besteht ja gerade darin, dass ihr jemand zuschaut, der nicht weiß, worum es geht. Und wenn ich mir eure Gespräche über die Kostüme anhöre, werden wir wohl obendrein den Rest des Abends mit Vorbereitungen zubringen, sodass wir mit der eigentlichen Aufführung kaum werden beginnen können, bevor unsere Damen uns morgen wieder verlassen."

„Aber wer verlässt uns denn morgen? Doch nicht etwa Miss Bennet und Miss Darcy?", rief Tom Bertram in echter Bestürzung aus.

„Das kann nicht gestattet werden. Bitte, Mr. Bingley, machen Sie Ihre Autorität geltend. Ich bin mir sicher, die beiden könnten noch einen weiteren Tag bleiben."

„Ach ja, gewiss könnten wir das", rief Kitty. „Niemand würde wollen, dass wir die Scharade verpassen – es wäre doch alles zunichte gemacht, wenn wir nicht teilnähmen."

Bingley sah Georgiana an und fragte sie lächelnd, ob sie denke, dass es sich einrichten lasse. Doch Georgiana, die Kitty bereits einen eindringlichen aber unbeachtet gebliebenen Blick zugeworfen hatte, antwortete mit leiser Stimme: „Das ist ein sehr gütiger Vorschlag, aber wir sollten nicht länger verweilen. Die Kutsche wird wie verabredet geschickt werden, und wir können sie nicht einen ganzen Tag warten lassen."

„Aber was macht das schon, Georgiana?", rief Kitty aus. „Nur einen Tag noch! Elizabeth wird nichts einzuwenden haben. Sind dir die Scharaden denn gleichgültig, und dass die ganze Sache ausfallen könnte? Man wird uns auf Pemberley ohne Weiteres entbehren können, wenn es das ist, was dich besorgt. Der Ball findet doch erst am Freitag statt."

Georgiana errötete vor Unbehagen darüber, dass sie so heftig angegangen wurde, und versuchte weiter, in ruhigem Ton ihren Standpunkt zu vertreten, als Jane ihr zur Seite sprang.

„Georgiana hat völlig recht", sagte sie. „So leid es mir tut, die beiden zu verlieren, besteht doch kein Zweifel daran, dass sie morgen auf jeden Fall zurück erwartet werden. Doch ist das kein Grund, die Scharaden ausfallen zu lassen. Da wir übermorgen ohnehin alle in Pemberley sein werden, können wir sie auch dort aufführen, falls meine Schwester und Mr. Darcy sich bereit erklären, unser Publikum zu sein. So könnte unsere Aufführung heute Abend als Generalprobe dienen."

Dieser Vorschlag wurde begeistert aufgenommen, da er alle Probleme auf einmal zu lösen schien. Kitty vergaß glatt, Georgiana für ihre Strenge zu rügen, so sehr freute sie sich darauf, mit solch einer

Überraschung heimzukehren, und die dafür noch nötigen Vorbereitungen zu treffen. Jane und Bingley dagegen teilten noch eine kleine Sorge, und so nahmen sie Georgiana kurz beiseite und baten sie, Elizabeth und Darcy auszurichten, dass diese sich wegen der Bühne keine großen Umstände machen sollten – ein Art von Vorhang und Beleuchtung sei alles, was benötigt werde.

Die Probe verlief bewundernswert stilvoll. Mr. Bertram hatte sich zum Regisseur erkoren und gab den Darstellern von einem imaginären Zuschauerraum aus minutiöse Anweisungen in Bezug auf Bewegungen und Haltungen, um dann bei den Szenen, in denen er selbst als Darsteller gefordert war, im letzten Moment nach vorn zu eilen und seine Rolle zu übernehmen. Mit Bingleys Unterstützung hatte er die Rollen verteilt, und da er alle vier Damen unvoreingenommen zu betrachten vermochte, traf er im Großen und Ganzen gute Entscheidungen. Gleichwohl galt es, einige in derartigen Situationen unvermeidliche Probleme zu lösen. Zum Beispiel, als Mrs. Bingley sich hartnäckig weigerte, irgendeine Rolle zu übernehmen, die auch nur die geringste Schauspielerei verlangte, obgleich sie doch nach einhelliger Meinung die ideale Besetzung für die Rolle der Queen war. Oder als Miss Bennet Miss Darcy drängte, ihr eine bestimmte Rolle zu überlassen, weil sie unbedingt das dafür gedachte Kleid zu tragen wünschte, obgleich sie für diese Rolle nicht im Geringsten geeignet war. Aber auch als Miss Bingley wünschte, sowohl Lady Macbeth als auch Johanna von Orléans darzustellen und ihr einfach nicht begreiflich zu machen war, dass sie nur eine der beiden Rollen übernehmen konnte, da der Szenenwechsel sehr rasch erfolgen musste. Am Ende des Abends aber war alles gütlich geregelt, und als die anderen längst im Bett lagen, fertigte Tom Bertram noch eifrig Listen von all den Requisiten an, die ihm für die Aufführung unerlässlich erschienen.

Kapitel 17

Die Aussicht auf ein derart aufregendes Familientreffen tröstete Kitty einigermaßen darüber hinweg, Desborough Park verlassen zu müssen. Georgiana wiederum war froh, dass nun gleich zwei besondere Abende bevorstanden, deren Vorbereitung man sich freudig widmen konnte, was auch Kitty bei Laune halten würde, die ansonsten womöglich sehr darunter gelitten hätte, dass Mr. Price ihr noch immer keinen Antrag gemacht hatte. Kitty konnte auf dem Heimweg gar nicht mehr aufhören, über ihn wie auch über die Scharaden zu reden, und es traf sich gut, dass Elizabeth allein zu Hause war, als sie auf Pemberley ankamen, denn Kitty vermochte diese Themen in ihrem Bericht über den Aufenthalt kaum auseinanderzuhalten. Zu Kittys großer Freude begrüßte Elizabeth den Plan für den folgenden Abend und versprach, die Ferrars und Mrs. Jennings als Publikum einzuladen. Nachdem Kitty mit den Geschenken, die Jane ihr für die Kinder der Darcys mitgegeben hatte, ins Kinderzimmer geeilt war, fragte Elizabeth Georgiana lächelnd, ob sie Kittys freudige Erwartungen für begründet hielt. Georgiana konnte nur antworten, dass ihrer Ansicht nach alles auf einem guten Wege und Mr. Price charmanter denn je sei, wobei ein eindeutiges Urteil allein dadurch verhindert werde, dass er sich allen gegenüber gleichermaßen charmant zeige.

„Ich nehme an, dass Kitty ihre Zuneigung zu ihm nicht verheimlichen konnte“, sagte Elizabeth.

„Das konnte sie bedauerlicherweise nicht“, antwortete Georgiana. „Doch ihm schien es nicht peinlich zu sein. Die beiden haben einander so gut verstanden, dass mir ausgeschlossen scheint, er könne ihre Hoffnungen enttäuschen. Wir waren auf Desborough beinahe die ganze Zeit in kompletter Runde zusammen, und es kam mir so vor, als warte er nur auf eine Gelegenheit, sie unter vier Augen sprechen zu können.“

„Oder kam es *ihr* vielmehr so vor?", sagte Elizabeth. „Nun, wie dem auch sei – ich hoffe, dass es ein gutes Ende nimmt. Einstweilen freue ich mich gespannt darauf, den Prachtkerl endlich kennenzulernen, von dem Jane, ihrem Brief nach zu urteilen, kaum minder angetan scheint als du und Kitty."

Kitty wurde das Vergnügen zuteil, am nächsten Morgen dem kleinen Kreis im Pfarrhaus die Einladung überbringen zu dürfen, und während Mrs. Ferrars nebenan ihre Antwort verfasste, erstatte im Salon eine aufgeregte junge Dame einer nicht minder aufgeregten älteren Dame Bericht. Mrs. Jennings nahm von ganzem Herzen Anteil und stellte viele Fragen, die sie sich zumeist selbst beantwortete, während Kitty ihrerseits die Antworten so formulierte, dass sich Mutmaßungen und Schilderungen schließlich unentwirrbar vermischten.

„Und wie war der junge Offizier, Liebes? Nein, Sie brauchen es mir nicht sagen: attraktiv und aufmerksam wie eh und je – das lese ich in Ihren Augen."

„Ja, attraktiv wie eh und je, liebe Mrs. Jennings, und aufmerksam ... ja ... aber wissen Sie, wir waren nur ein kleiner Kreis, sodass er nicht allein mit mir ..."

„Aha, doch nehme ich an, er hat es ... hat er doch, oder? Sie müssen damit nicht hinterm Berg halten, Liebes, je kleiner der Kreis, desto eher finden die Richtigen zueinander. Gottchen! Wie gut ich mich noch daran erinnere, als Mr. Palmer der guten Charlotte den Hof machte, und dann gab es da einen jungen Mann, der ein Auge auf meine Nichte geworfen hatte, und meine Schwester erklärte ständig: ‚Da ergibt sich nichts, Sarah', worauf ich sagte: ‚Wart's nur ab, Henrietta, jedes der Mädchen hat ihren Verehrer, und es gibt genügend Zimmer, in dem gewisse Dinge besprochen werden können, und schlechtes Wetter ist auch' und siehe da, am Montag drauf ... Sagten Sie nicht, sie hätten auch schlechtes Wetter gehabt, Liebes?"

„Das sagte ich zwar nicht, Mrs. Jennings, aber tatsächlich hat es ein wenig geregnet und geschneit."

„Hab ich's mir doch gedacht. Na, Sie sind wahrlich ein Glückskind – alles läuft in Ihrem Sinne, und Ihre Freunde mögen ihn auch. Ich nehme mal an, er wird mit Mr. Darcy sprechen, wenn er nach Pemberley kommt, da Ihr Vater gerade nicht verfügbar ist."

„Liebe Mrs. Jennings, Sie bauschen es zu sehr auf. Er hat sich mir ja noch gar nicht erklärt. Vorerst sind wir nur gute Freunde. Er scheint sich gern mit mir zu unterhalten, und Jane war so liebenswürdig, uns beim Dinner nebeneinander zu platzieren."

„Richtig so, Liebes, genauso wird es gemacht. Ihre Schwester Jane scheint mir eine sehr vernünftige Frau zu sein. Und nun die Scharaden, genau das Richtige. Ich sehe förmlich vor mir, wie dabei alles in trockene Tücher gebracht wird. Diese Aufführung war vermutlich die Idee des jungen Mannes? Ein kluges Kerlchen."

„Nein, es war nicht seine Idee, obgleich er dabei alle übertrifft. Es war die Idee seines Cousins – Mr. Bertram, den er nach Desborough mitgebracht hatte."

„Sein Cousin! Ach ja, der andere junge Mann, ich erinnere mich. Er war für Miss Darcy vorgesehen, nicht wahr? Nun los, Miss Bennet, keine Geheimnisse unter Freundinnen."

„Es gibt da kein Geheimnis, Gnädigste", entgegnete Kitty lachend. „Ich glaube kaum, dass er für Miss Darcy oder irgendjemanden vorgesehen war. Meine Schwester kannte ihn ja gar nicht."

„Sie können davon ausgehen, dass Ihre Schwester derlei im Sinn hatte. Wird er nicht ein großes Anwesen erben? Ich meine, so etwas vernommen zu haben."

„Er wird den Besitz seines Vaters, Sir Thomas Bertram, in Northamptonshire erben. Ob es sich um ein großes Anwesen handelt, weiß ich nicht."

„Darauf können Sie wetten, meine liebe Miss Bennet, und auch darauf, dass sich daraus etwas ergeben wird. Ein Sir! Genau das Richtige für Miss Darcy. Deren Bruder und Ihre Schwester wären gewiss angetan. Ist er denn kein feiner junger Gentleman, und geben die beiden etwa kein schönes Paar ab?"

„Ich weiß nicht ... Ich habe darüber nicht nachgedacht, Mrs. Jennings, allerdings ...“

„Nein, natürlich haben Sie das nicht. Wir alle wissen doch, dass Ihre Gedanken nur einem Einzigen gelten“ – hier lachte sie laut – „und das ist nur allzu verständlich. Halb so wild, Liebes, wir werden es bald erfahren, und dann wird sich zeigen, ob ich recht hatte. Gottchen! Was für eine Überraschung das für Elinor sein wird. Wo ihr doch niemals jemand gut genug für Miss Darcy ist. Oh ja, das wird ein höchst interessanter Abend werden. Sagen Sie mir nur rechtzeitig bescheid, wenn ich meine Glückwünsche aussprechen darf, denn ich kann es kaum erwarten, sie loszuwerden. Wird es schon heute Abend soweit sein, oder erst morgen? Junge Seefahrer können es sich ja eigentlich nicht leisten, Dinge auf die lange Bank zu schieben. Und Ihr Kleid, Liebes, was sagten Sie, wie es aussehen wird?“

Bei der angeregten Plauderei verging die Zeit wie im Flug, und als Mrs. Ferrars mit ihrem Antwortschreiben ins Zimmer trat, sah sich Kitty bereits zur Rückkehr nach Pemberley gezwungen, da die Gäste schon recht früh eintreffen sollten und noch längst nicht alles vorbereitet war. Den ganzen Rückweg war sie wie berauscht ob der Aussichten, die Mrs. Jennings ihr eröffnet hatte. Auch deren Andeutungen über Georgiana und Mr. Bertram fügten sich aufs Wunderbarste in dieses schöne Bild. Zweifelsohne lag Mrs. Jennings damit richtig. Sie irrte sich so selten! Zwar konnte Kitty sich nicht erinnern, die beiden jemals besonders innig zusammen gesehen zu haben, und doch musste es so sein – jetzt, wo sie darüber nachdachte –, denn es war ja sonst kein Mann in Sicht für Georgiana, und Mr. Bertram war für sie wie geschaffen, so wie Mr. Price für sie, Kitty, der Richtige war. Ja, wahrscheinlich würden Georgiana und Mr. Bertram sogar schon bald und womöglich als erstes der beiden Paare verlobt, wenn nicht gar verheiratet sein. Aber nein, das käme nicht in Frage! Wenn schon die Hochzeit auf Longbourn bescheidener ausfallen würde als die Hochzeit auf Pemberley, und Kitty gewiss nicht wie Miss Darcy auf ein spitzenbesetztes Hochzeitskleid hoffen durfte, so wollte sie wenigstens das Privileg genießen, als Erste zu heiraten. Mit einem zufriedenen Lächeln malte sie sich aus, wie sie ihre Hochzeitseinladungen verschicken würde, über deren Form und Empfänger sie bereits entschieden hatte, als sie Pemberley schließlich erreichte.

Dasselbe Thema beschäftigte auch die beiden Damen, die Kitty kurz zuvor verlassen hatte. Mrs. Jennings hatte sich nicht verkneifen können, ihrer Hausherrin mit jener Vermutung zu konfrontieren, die sie unbeirrbar hegte, seit sie von Mr. Bertrams Existenz erfahren hatte. Mrs. Ferrars kannte die blühende Fantasie ihrer langjährigen Freundin nur zu gut, doch in diesem Fall konnte sie ihr keinerlei Argumente entgegenhalten. Ihr blieb nur, Mrs. Jennings zu beschwören, über ihre Vermutung kein Wort zu verlieren, bis diese eindeutig bestätigt sei, um den beiden jungen Leuten jede unnötige Pein zu ersparen. Mrs. Jennings gelobte Zurückhaltung, doch es war ihr deutlich anzumerken, wie sehr ihr dies widerstrebte, weshalb sich Mrs. Ferrars genötigt sah, ihre Ermahnung bis zum kommenden Abend noch mehrmals zu wiederholen. Dem Ball auf Pemberley wollte sie zwar fernbleiben, da sie eine Überanstrengung befürchtete, doch am ersten Abend, der den Scharaden gewidmet war, würde sie zugegen sein und ein Auge auf Mrs. Jennings haben, damit diese unter keinen Umständen eine peinliche Situation heraufbeschwor. Da sie Mrs. Jennings außerordentliche Anteilnahme am Leben ihrer Mitmenschen kannte, hätte Mrs. Ferrars einiges dafür gegeben, wäre ihre Freundin nicht Augenzeugin gleich zweier Liebesaffären geworden.

Mit dem Eintreffen der kleinen Gruppe aus Desborough hielt ein durchaus erfrischender Trubel Einzug auf Pemberley. Im ersten Gewirr aus gegenseitigem Begrüßen und Vorstellen konnten Elizabeth und Darcy nur einen sehr allgemeinen Eindruck von Mr. Bingleys zwei jungen Gästen gewinnen: von Tom Bertram – gutaussehend, modisch gekleidet, unkompliziert und redselig – und von William Price – kleiner und kräftiger von Gestalt, aber mit feinen Gesichtszügen und einem in seiner unprätentiösen Art angenehmen Auftreten. Selbst in der kurzen Zeit, die man einander nicht gesehen hatte, schien allerlei geschehen zu sein, das der Mitteilung bedurfte. Bingley berichtete begeistert vom Erfolg seines gestrigen Jagdausflugs, auf dem sie eine beachtliche Anzahl von Fasanen zur Strecke gebracht hatten. Mr. Bertram nahm Georgiana in Beschlag, um ihr in aller Ausführlichkeit die von ihm noch ausgetüftelten Änderungen der Scharadeszenen darzulegen. William Price, der sich plötzlich auf einem Sofa neben Kitty wiedergefunden hatte, berichtete von seinen Fortschritten bei der ihm von ihr auferlegten Aufgabe, Mrs. Bingleys Papagei das Sprechen beizubringen. Schließlich aber versammelte sich die ganze Runde im Salon um den Kamin und schien dort auch verweilen zu wollen, bis es galt, sich fürs Dinner umzukleiden. Tom Bertrams Gedanken aber kreisten so sehr um die bevorstehenden Scharaden, dass er darum bat, den Raum der Aufführung schon einmal in Augenschein nehmen zu dürfen. Es dauerte nicht lange, bis er sein ganzes Ensemble dort versammelt wünschte, um sich zu vergewissern, dass alle auch auf der neuen Bühne ihre Bewegungen und Positionen beherrschten. Kitty kam mit William Price im Schlepptau, und erbot sich, Mr. Bertram die vorbereiteten Requisiten und Kostüme zu zeigen. Bingley folgte spaßhaft nörgelnd, doch er zitierte auch seine Schwester herbei, die freilich wenig geneigt war, ihr Gespräch mit Colonel Fitzwilliam zu unterbrechen, in dessen Verlauf sie ihn gewissenhaft über die Gründe seiner überstürzten Abreise aus London ausgefragt hatte. Da sie aber ebenfalls darauf bedacht war, ihre Stellung als Primadonna zu verteidigen, ging sie schließlich doch hinüber. Georgiana schloss sich ihr an, und nutzte die Gelegenheit, um letzte Handarbeiten an einer für Kitty gedachten Perücke vorzunehmen. Mrs. Bingley hingegen bat darum, dieser informellen Probe fernbleiben zu dürfen; sie fühlte sich erschöpft und verwies auf die hinreichende Anzahl an Akteuren – zurecht, wie das Gelächter und die lebhaften Diskussionen bewiesen, die immer wieder durch die geschlossenen Flügeltüren schallten.

Als die Schauspieler, nach einer eiligen Toilette, in den Salon zurückkehrten, waren die Dinnergäste bereits eingetroffen. Kitty fielen sofort wieder ihre vertraulichen Bemerkungen gegenüber Mrs. Jennings ein, die ihr nun so peinlich waren, dass sie jeden Augenkontakt mit ihr vermied. Sie hielt sich selbst dann noch im Hintergrund, als der älteren Dame die beiden jungen Herren vorgestellt wurden. Mrs. Jennings gab beiden herzlich die Hand und gratulierte ihnen zu der Idee, Scharaden aufzuführen. Sie hätten, fügte sie hinzu, wohl kaum ein größeres Vergnügen für sich und die jungen Damen an einem langen Winterabend wie diesem finden können.

„Lassen Sie uns hoffen, Werteste", erwiderte Tom Bertram mit einer Verbeugung, „dass die Aufführung nicht allein den Darstellern Vergnügen bereitet. Auch den Zuschauern soll sie nicht nur Arbeit bescheren, die wir ja auf der Bühne ebenfalls zu leisten haben."

„Ach, Mr. Bertram, was das Vergnügen angeht, kann ich Sie beruhigen. Ich und Mrs. Ferrars werden uns zweifelsohne ganz prächtig amüsieren. Und Sie beide dürfte doch, in Ihrem jungen Alter, diese Art von Arbeit kaum strapazieren?"

„Das denken Sie, weil Sie nicht hinter die Kulissen blicken, Mrs. Jennings", warf William Price mit gespieltem Ernst ein. „Ich glaube kaum, dass mein Cousin geneigt wäre, eine solche Schauspieltruppe, wie wir es sind, längere Zeit zu leiten. Sie machen sich keine Vorstellung davon, wie anstrengend wir sind, will sagen: die Kapriziösen unter uns."

Mrs. Jennings freute sich über die Anspielung, die sie aus diesen Worten heraushören wollte, und erklärte, während sie William mit ihrem Fächer auf den Arm klopfte: „Oho, Mr. Price, ich verstehe, doch am Ende werden Sie und Mr. Bertram bestimmt die Oberhand behalten und ganz auf ihre Kosten kommen."

„Mr. Bertram ist gewiss ein hervorragender Regisseur", fuhr Mrs. Ferrars nun rasch dazwischen, die zwar nicht alles mitbekommen hatte, es aber allein schon in Anbetracht der verdutzten Miene von Mr. Price und des lauten Lachens von Mrs. Jennings für geboten hielt, einzugreifen. „Wie haben Sie es nur vermocht, in so kurzer Zeit Scharaden zu erarbeiten und auf die Bühne zu bringen?"

„Nun, ob diese Scharaden hinreichend erarbeitet wurden, wird sich daran zeigen, ob das Publikum anschließend hinreichend ratlos ist", erklärte Bingley. „Sollten Sie die Wörter prompt erraten, müssten wir uns eingestehen, auf ganzer Linie gescheitert zu sein."

„Womöglich überschätzt du unseren Scharfsinn, mein lieber Bingley", sagte Darcy. „Wie Mrs. Jennings schon sagte, sind diese Scharaden für euch ein Spaß, für uns dagegen vermutlich bitterer Ernst."

„Unfug, Darcy", rief Bingley inmitten eines Sturms heiterer Proteste gegen diese Bemerkung aus, „genieß einfach die Schauspielkunst und die vortreffliche Inszenierung, wenn du keinen blassen Schimmer hast. Außerdem kannst du immer applaudieren. Es ist doch heutzutage *en vogue*, besonders lautstark zu bewundern, was man am wenigsten begreift."

Schließlich führte Darcy, Mrs. Jennings an seiner Seite, die kleine Gesellschaft in den Speisesaal. Da sie mehr Damen als Herren zählte, sah sich William Price unverhofft in der Rolle des Begleiters gleich zweier Damen, nämlich Miss Darcy *und* Miss Bennet. Als erstere dies bemerkte, trat sie rasch zwei Schritte vor, sodass er nun allein Kitty seinen Arm anbot, die ihn dankbar nahm und murmelte: „Wie *demoralisierend* mein Schwager doch sein kann! Er gibt einem immer das Gefühl, dass er verachtet, was man tut."

William blickte auf, um sich zu vergewissern, dass Mr. Darcys Schwester dies nicht gehört hatte, und antwortete: „Das habe ich gar nicht so empfunden. Er schien mir nur zu spaßen und sprach doch zu Mr. Bingley, mit dem er gewiss einen eigenen Humor pflegt."

„Trotzdem muss ich sagen", erwiderte Kitty, „dass mir diese Art von Spaß nicht behagt. Es ist unschön, wenn sich jemand ständig über einen lustig macht, und wenn es der beste Freund ist, ist es umso schlimmer."

„So leid es mir tut, Miss Bennet, doch in diesem Punkt muss ich Ihnen widersprechen. Von seinem besten Freund lässt man sich allerhand gefallen, auch Dinge, die man keine Minute von jemand Anderem dulden würde. Ich frage mich, wie Miss Darcy wohl darüber denkt?“ Den letzten Satz hatte er etwas lauter gesprochen, während sie bereits ihre Plätze an der gedeckten Tafel einnahmen.

„Ich bin mir nicht ganz sicher“, antwortete Georgiana, nachdem ihr die Frage erläutert worden war. „Ich würde meinen, der Spott eines Freundes sei schmerzlicher als der eines Wildfremden, sofern man sich denn wirklich verletzt fühlt, da man annehmen darf, dass jener am besten weiß, was einen verletzt. Andererseits darf man auch davon ausgehen, dass ein wahrer Freund niemals beabsichtigt, einen zu verletzen.“

„Das wäre mir kein Trost!“, rief Kitty aus. „Wenn mich jemand verletzt hat, wäre es schon zu spät. Dann hilft es auch nichts, mich daran zu erinnern, dass es gewiss nicht seine Absicht war, mich zu verletzen.“

„Natürlich wäre es kein starker Trost, wenn das Leid erst einmal zugefügt ist“, erwiderte Georgiana nachdenklich. „Ich meinte nur: Wenn man Grund zu der Annahme hat, dass der Beweggrund einer Äußerung auf keinen Fall boshafter Natur ist, dann wird man diese Äußerung wohl auch nicht als so verletzend empfinden.“

Kitty schien wenig geneigt, das Thema weiter zu vertiefen. William Price aber fügte nach kurzer Pause hinzu: „Offenbar meinen Sie, als Beweggrund der Handlungen unter Freunden müsse man eine Art grundsätzliches Wohlwollen annehmen. Ich bezweifle aber, dass Menschen für jede Kleinigkeit, die sie tun oder sagen, einen bestimmten Beweggrund haben – zumindest dürfte es ihnen schwerfallen, einen solchen in jedem Fall anzugeben. Doch womöglich sind Sie, Miss Darcy, eine Expertin auf dem Gebiet der Beweggründe, und Ihre Handlungen verfolgen stets einen bestimmten Zweck.“

„Die meinen? Mitnichten“, antwortete Georgiana und sah ihn errötend an. „Ich finde es zwar interessant, Vermutungen über die Beweggründe anderer Leute anzustellen und mich zu fragen, was sie insgeheim zu bestimmten Handlungen veranlasst, die unerklärlich scheinen. Was aber mich selbst angeht, so bin ich mir über meine eigenen Beweggründe selten im Klaren. Sind sie es sich denn über die Ihren?“

„Nun, ich denke schon. Nicht, dass ich darüber je ausgiebig nachgedacht hätte, aber grundsätzlich scheint mir, dass ich Dinge tue oder zu tun versuche, weil ich es gern möchte oder aber weil es meine berufliche Pflicht verlangt.“

„Dann darf man Sie wahrlich beglückwünschen, Mr. Price“, sagte Georgiana lächelnd. „Ich wäre ... ich meine, die meisten Menschen wären froh, zwei derartige Leuchtfeuer zu haben, die ihnen den Weg weisen. Ich nehme an, sie leuchten so hell und deutlich, dass Sie gar nicht nach Gründen dafür suchen müssen, warum sie bestimmte Dinge so gern tun möchten?“

„Natürlich nicht“, antwortete William prompt. „Denn das hieße, zurückzuschauen. Wie sollte man ein Schiff steuern können, wenn man den Blick nicht streng nach vorn richtete? Wenn man annimmt, voraus lauerten Felsen, dann muss man ihnen ausweichen, doch es wäre reine Zeitverschwendung sich zu fragen, wie man dorthin gelangt ist, wo man sich gerade befindet. Das leuchtet Ihnen doch gewiss ein, nicht wahr?“

„Ja, ich verstehe, was Sie meinen“, antwortete Georgiana, „doch leider bin ich nicht so geschickt darin, mein Schiff zu steuern. Vielleicht habe ich zu viele Leuchtfeuer, die mich mehr verwirren als leiten.“

William setzte zu einer Antwort an, wurde aber von Kitty unterbrochen, die dieses Gespräch, an dem sie nicht teilhatte, leid war. „Mr. Price, wissen Sie, was Sie getan haben? Die Hummersauce verschmäht! Wie konnten Sie nur! Ohne diese wird Ihnen der Steinbutt nicht halb so gut schmecken!“

William bat den Diener mit der Hummersauce, der auf Kittys Geheiß zurückgekommen war, gebührlich um Verzeihung, widmete sich nun ebenfalls dem Essen und begann, zu Kittys großer Zufriedenheit, in Erinnerungen zu schwelgen, an ihre erste Begegnung bei einem Dinner der Knightleys, bei dem es – welch Zufall – ebenfalls Steinbutt gegeben hatte.

Georgiana war froh, eine Weile schweigend dasitzen zu können. Mr. Prices Andeutung, ihr Leben sei zweckbestimmt, schien ihr auf traurige Weise die Wahrheit zu verfehlen. Zeigten nicht all ihre Fehler in der Vergangenheit vielmehr, dass sie sich treiben ließ, beklagenswert willensschwach war und kein gutes Urteilsvermögen besaß? Wohingegen Menschen wie Kitty, die sich nahezu gänzlich von einem bestimmten Verlangen leiten ließen, oder wie Mr. Price, dem helle Lichter den Weg wiesen, demnächst in einen sicheren Hafen einlaufen würden? So zumindest kam es Georgiana vor, und beinahe beneidete sie die beiden um diese herrliche Gewissheit. Seit einer Weile beschlichen sie nämlich Zweifel, ob ihr ein solches Glück je beschieden sein würde, und seit sie Mr. Price kennen und schätzen gelernt hatte, überfiel sie bisweilen eine Sehnsucht danach, jemandem zu begegnen, der für sie sein konnte, was dieser für Kitty war.

Im weiteren Verlauf des Dinners unterhielt sie sich nicht mehr länger mit William Price, obgleich er sie das eine oder andere Mal ansprach und um ihre Meinung zu einer Frage bat, die stets mit den Scharaden zusammenhing. Mit Mrs. Ferrars, die zu ihrer anderen Seite saß, führte sie dagegen ein angenehm ruhiges Gespräch, und noch bevor alle von der Tafel aufstanden, erkundigte sich Elinor beiläufig danach, ob Georgiana denn Mr. Bertram als netten Menschen kennengelernt habe.

„Ja, zweifellos. Wir alle schätzen ihn sehr", antwortete Georgiana, die sich bis zu diesem Moment noch keinerlei Urteil über ihn gebildet hatte. „Er hat eine sehr lebhafte Art ... und er hat sich mit den Scharaden viel Mühe gemacht ... und Mr. Bingley erwähnte, er sei ein ausgezeichneter Schütze."

„Das ist eine ebenso knappe wie klare Beschreibung", erwiderte Elinor. „Seinem Cousin ist er also nicht sehr ähnlich, oder?"

„Nein, wahrlich nicht", antwortete Georgiana, nun deutlich angeregter. „Ein größerer Gegensatz ließe sich kaum denken! Man sieht auf den ersten Blick, dass sie unterschiedliche Leben führen und Berufe haben, und dass auch ihre Wesensart ganz verschieden ist."

„Ich hätte gern erfahren", flüsterte Elinor lächelnd, „in welcher Hinsicht sich ihre Wesensart unterscheidet, doch sitzt du leider zu nah bei einem von ihnen, um mir dies zu erläutern."

Georgiana lächelte und schüttelte den Kopf. „Das könnte ich auch nicht besonders gut, und zudem bin ich mir sicher, dass auch du Gesichter zu lesen verstehst."

„Ich hörte", sagte Elinor, „ersterer werde einen Titel und ein großes Anwesen erben."

„Soweit ich weiß, stimmt das", antwortete Georgiana. „Der andere aber hat das große Glück, weder eines Titels noch eines großen Anwesens zu bedürfen, um sich auszuzeichnen."

Mehr musste Elinor nicht hören, um restlos davon überzeugt zu sein, dass Mrs. Jennings Vermutungen in Bezug auf Georgiana völlig unbegründet waren. Was die Bingleys wünschten oder Mr. Bertram beabsichtigte, stand auf einem anderen Blatt. Verständlich waren solche Vermutungen aber allemal: Jeder neutrale Beobachter hätte kaum umhin gekonnt, angesichts dieser Konstellation – auf der einen Seite ein gutaussehender und wohlhabender junger Mann und auf der anderen eine junge Dame von Georgianas Schönheit, Begabung und vornehmer Herkunft – über die Wahrscheinlichkeit einer amourösen Verbindung zu spekulieren.

Kapitel 18

Nach dem Dinner zogen sich die Darsteller der Scharaden sogleich zum Umkleiden zurück, während die Zuschauer es sich in einigen Sesseln vor dem Vorhang bequem machten und gespannt der Aufführung harrten. Diese verzögerte sich kaum mehr, als es in jedem Theater üblich ist, und begann schließlich mit einer Duell-Szene, in der Bingley und Tom Bertram recht wirklichkeitsgetreu die Pistolen aufeinander richteten, einander aber nicht umzubringen vermochten, was in dem einen Fall einer Ladehemmung geschuldet war, im anderen dagegen dem Umstand, dass die Kugel die lebenswichtigen Organe verfehlte. Zwei der Damen eilten herbei und zeigten sich sichtlich erleichtert darüber, dass der verwundete Held ohne Hilfe von dannen humpeln konnte. In der zweiten Szene sah man ein Kartenspielzimmer, in dem mehrere Leute um einen Tisch saßen, an dem Bingley als notorischer Glücksspieler seine Einsätze ständig erhöhte, bis eine fatale Herz-Vier aufgedeckt wurde, die ihn alles verlieren ließ. Anschließend trat William Price als Richard Löwenherz auf, im Kerker, wo ihn Blondels Harfenklang und der Anblick des vor dem vergitterten Fenster stehenden Barden – dargestellt von Miss Bingley im verhüllenden Kapuzenmantel und mit einer Zither in der Hand – aus seiner Verzweiflung reißt. Die Darstellung des vollständigen Worts bot Tom Bertram abschließend Gelegenheit, sein komisches Talent unter Beweis zu stellen: Er verkörperte einen Herrn, dem die prall gefüllte Geldbörse gestohlen wird, worauf er seiner Familie sein Leid klagt und sich auf die Suche nach der Börse macht, bis er sie schließlich geleert wiederfindet.

Das Ende der ersten Scharade wurde mit reichlich Gelächter und Applaus bedacht, und obgleich die Zuschauer das Wort *misfortune* rasch und ohne weitere Hilfe errieten, waren sie doch sehr angetan von Schwung und Witz der Darbietung, in der ihnen ganz ohne

Worte so viel mitgeteilt worden war. Auch Darcy hatte nichts zu kritisieren, außer dass seiner Meinung nach die Damen bislang noch zu wenig in Erscheinung getreten waren. Doch dieser Missstand wurde schon mit der nächsten Scharade behoben, die aus lediglich drei Szenen bestand. In der ersten gab Miss Bingley eine respektable Lady Macbeth, die schlafwandelnd versucht, sich das Blut von den Händen zu waschen und dabei von ihrer Hofdame und ihrem Leibarzt beobachtet wird. Die zweite Szene zeigte Kitty als Johanna von Orléans auf dem Weg zum Scheiterhaufen, während die anderen Darsteller als Richter, Soldaten und Henker dabei standen und so zahlreich wie möglich auszusehen versuchten. Die zarte Gestalt und geringe Präsenz der armen Kitty machten die Figur schwer erkennbar, und das Stirnrunzeln, mit dem Mr. Bertram sie auf der Bühne ansah, war nicht gespielt. Er hatte ursprünglich Miss Darcy als Johanna vorgesehen und vehement protestiert, als diese ihrer um die Rolle bettelnden Freundin den Vortritt ließ. Schließlich trat Mrs. Bingley als Cleopatra auf. In einem bezaubernden Gewand, das so ägyptisch anmutete, wie es auf die Schnelle zu bewerkstelligen gewesen war, entnahm sie einem von Georgiana gehaltenen Korb eine Giftnatter, während Caroline Bingley die andere Magd verkörperte, die zu erratende *handmaid*.

Dieses Mal wurde das gesuchte Wort nicht sogleich genannt. Darcy und Fitzwilliam errieten es schließlich als erste, wohl auch weil Elizabeth durch die Lobeshymnen von Mrs. Jennings und die weniger lautstarken Beifallsbekundungen von Mr. und Mrs. Ferrars etwas abgelenkt war. Mrs. Jennings hatte ganz vergessen, dass es etwas zu erraten galt, so hingerissen war sie von der Veranstaltung, und so überzeugt davon, dass Miss Bennet und Miss Darcy zwei der hübschesten und begabtesten Wesen seien, die je auf einer Bühne gestanden hatten, und nur ein beachtlicher Akt der Selbstbeherrschung hielt sie davon ab, das große Glück jener zwei jungen Herren hervorzuheben, die sie für die jeweiligen Verehrer der beiden Damen hielt. Sie rühmte immer noch begeistert die Kostüme und die

Schlange und den Holzstapel, die allesamt so furchtbar echt aussähen, sowie Mr. Bertrams Geschick bei der Darstellung eines Verärgerten, als sich der Vorhang schon wieder für eine weitere Szene hob, welche die Zuschauer in eine andere Epoche der Vergangenheit entführte. Miss Bingley, unverkennbar Elizabeth I., nahm gnädig einen Folianten von Shakespeare entgegen, reichte dem Earl of Essex einen Ring, und schritt beim Abschied über einen von Raleigh auf dem Fußboden drapierten Mantel. Ungeachtet der beispiellosen Missachtung chronologischer Tatsachen fand die Szene großen Anklang, wie auch das nächste Bühnenbild, das – mit ein wenig Fantasie – als Schiffsdeck zu erkennen war. Die Hauptrolle spielte diesmal William Price, der mehrere Damen an Bord empfing und ihnen auf so realistische Weise das ganze Schiff zeigte, dass die Notdürftigkeit der Kulisse kaum ins Gewicht fiel. Mr. Price gab seinen Matrosen allerlei Anweisungen, bevor die Damen wieder von Bord gingen und ihm, während das Schiff vermeintlich ablegte, mit großem Taschentuchgewedel Lebewohl sagten, wobei Kitty vor Nervosität und Aufregung echte Tränen vergoss. Das Publikum hatte schon Zeit, die ersten beiden Wortbestandteile zusammenzufügen, während die Schiffskulisse beiseitegeräumt wurde, und war somit auf das Sujet der letzten Szene halbwegs vorbereitet, die als Glanzstück des Regisseurs gelten konnte. Es handelte sich um eine Adaption von „Der Widerspenstigen Zähmung“ und zeigte die jungen Damen in den Rollen der Bianca und Katharina, in einer Episode, in der die von Kitty dargestellte Katharina gerade von Petruchio umworben wird, während Georgiana als Bianca im Rahmen einer Musikstunde mit einem etwas sanftmütigeren Verehrer zu tun hat. Der Vorhang wurde kurz herabgelassen, bevor die Fortsetzung zu sehen war, in der die beiden Ehemänner, verkörpert von Tom Bertram und William Price, auf die Gehorsamkeit ihrer Ehefrauen wetten und das Verhalten der beiden Schwestern zeigt, wie sehr die Ehe sie inzwischen verändert hat. Zu Mrs. Jennings heller Freude spielte William Price den Petruchio, womit ihr die ganze Angelegenheit geklärt schien. Endgültig bestätigt fand sie sich, als sie hörte, wie um sie herum das Wort *courtship* geraunt wurde.

„Nun, was sagen Sie dazu, meine Liebe?", flüsterte sie Mrs. Ferrars laut ins Ohr. „Was habe ich Ihnen die ganze Zeit gesagt? Es ist völlig offensichtlich und eine überaus charmante Art, es ihren Freunden mitzuteilen, würde ich sagen. *Courtship*, meine Liebe, ‚Brautwerbung', Sie verstehen? Haha! Wirklich sehr hübsch. Nein, nein, vertrauen Sie mir. Ich werde mich hüten. Ich werde den Mund halten, bis man mir anderes bedeutet. Und bei dem anderen jungen Herrn läuft es auf dasselbe hinaus, nicht wahr? Jedenfalls habe ich seit langem nichts Beglückenderes mehr gesehen."

Bald darauf kamen die Darsteller hinter der Bühne hervor, nachdem sie ihre normale Kleidung wieder angelegt hatten, allesamt erschöpft, aber bester Laune und beschwingt durch das viele Lob, das die Freunde ihnen vorbehaltlos zollten. Nur Mrs. Bingley und Miss Darcy nahmen die Glückwünsche leicht verlegen entgegen. Georgiana hatte die Aufführung eher als Tortur empfunden, und es war ihr vorgekommen, als habe sie steif und ohne innere Gelassenheit gespielt. Jane sprach sich selbst jede schauspielerische Leistung mit der Begründung ab, sie verstehe rein gar nichts von der Schauspielkunst; sie habe lediglich gemäß Mr. Bertrams Anweisungen herumgestanden und die für sie erdachten Kostüme getragen. Die anderen aber waren weit weniger verhalten. Bingley und William Price hatten unverhofft großen Spaß daran gefunden, in imaginäre Rollen zu schlüpfen. Auch Kitty hatte die Schauspielerei und den Applaus genossen. Sie war noch ganz berauscht davon, etwas gemeinsam mit William Price unternommen zu haben, und tatsächlich hatte sie sich wacker geschlagen und ein gewisses Talent gezeigt, besonders in den Szenen aus „Der Widerspenstigen Zähmung". Doch die wahre Ehre an diesem Abend gebührte, nach ihrer jeweils eigenen Einschätzung, Caroline Bingley und Tom Bertram. Beide nahmen die Komplimente mit einer zur Schau gestellten Selbstverständlichkeit entgegen, und als sich alle zum Abendessen wieder in den Speisesaal begaben, erklärte Caroline Mr. Ferrars und Colonel Fitzwilliam, dass sie ihre Lady Macbeth ähnlich angelegt habe wie Mrs. Siddons, deren Interpretation sie dank zahlreicher Theaterbesuche so gut kenne, dass ihr die Rolle sehr vertraut gewesen sei. Hätte Miss Bingley gewusst, welche Erinnerungen einer der beiden Herren mit diesem Schauspiel verband, hätte sie sich womöglich andere Zuhörer gesucht.

„Dafür gebührt Ihnen höchste Anerkennung, Miss Bingley", warf nun. Darcy ein, der ihre letzte Bemerkung gehört hatte. „Dieser Abend hält lauter Überraschungen bereit, nicht wahr, Elizabeth? Ich hätte nicht gedacht, dass in unserer Mitte so viel Talent schlummert, das niemals geweckt worden wäre, hätte es nicht die Idee gegeben, Scharaden aufzuführen."

„Ich kann Ihnen versichern, Mr. Darcy, dass es sich immer so verhält", sagte Tom Bertram. „In jeder Gruppe von Menschen findet man genügend schauspielerisches Talent, jedenfalls für derlei Darbietungen. Natürlich werden ein oder zwei durch eine besondere Begabung immer hervorstechen, doch kommt es vor allem auf die Kunst an, den Darstellern die ihnen angemessenen Rollen zuzuteilen."

„Leider hatten einige von uns heute Abend höchst unangemessene Rollen", rief William aus. „Ich bin mir in meiner Rolle als Petruchio wie der letzte Narr vorgekommen, und einzig Miss Bennet ist es zu verdanken, dass ich nicht das Handtuch geworfen habe. Die Rolle verlangt eigentlich einen Hünen, und ich habe dir immer gesagt, Tom, dass du sie hättest übernehmen sollen."

„Mein lieber William, das haben wir doch schon einmal besprochen. Du weißt, dass mir nichts lieber gewesen wäre, doch war mir nach reiflicher Überlegung klar, dass ich der Hauptrolle nicht gerecht werden kann, wenn ich zugleich dem Ensemble auf der Bühne noch Regieanweisungen geben muss. Dir scheint nicht bewusst zu sein, wie anspruchvoll meine Aufgabe war. Doch lass dir versichern, dass du dich ganz passabel geschlagen hast."

„Ich finde, Sie haben das ganz großartig gemacht, Mr. Bertram", sagte Mrs. Ferrars. „Die Szenen zu arrangieren, die Darsteller anzuleiten, und dann noch in jeder Szene selbst aufzutreten! Das hätten nicht viele vermocht." Mr. Bertram verbeugte sich ein weiteres Mal, als seien diese Leistungen überhaupt nicht der Rede wert.

„Mr. Bertram verfügt über große Erfahrung als Leiter privater Theateraufführungen", erklärte ihr Georgiana.

„In der Tat", bestätigte dieser. „In England dürfte es, möchte ich meinen, kaum einen Erfahreneren geben, und ist man einmal dafür bekannt, sich auf derlei zu verstehen, ist man natürlich gleich sehr gefragt. Aber ich hatte bislang auch großes Glück mit meinen Ensembles. Wenn ich es mir recht überlege, musste ich noch keinen echten Misserfolg verzeichnen, wenn man von jenem einen Mal absieht ..."

Doch in diesem Augenblick wurde Mrs. Ferrars von anderer Seite angesprochen, und so wandte sich Mr. Bertram Georgiana zu. „Habe ich Ihnen, Miss Darcy, schon von diesem einen Mal erzählt, als wir im Haus meines Vaters – auf Mansfield Park – ein kleines Schauspiel auf die Beine stellen wollten?"

„Nein, das haben Sie noch nicht."

„Nun, es ist eine lange Geschichte, die für Sie nicht in Gänze interessant sein mag – ah, vielen Dank, ein wenig kaltes Hühnchen – , doch im Grunde ging es darum, dass wir ein Theaterstück spielen wollten, nur für uns selbst. Wir waren eine nette Truppe ... Angehörige zweier Familien und genau die richtigen Leute für ein Schauspiel. Wir begannen mit den Proben ... nun, mein Bruder machte einige Schwierigkeiten, aber eigentlich lief alles prächtig ... und unsere Freunde von damals waren wirklich die besten, die man sich wünschen kann. Ich bin mir zwar nicht sicher, ob Miss Crawford viel vom Schauspielen verstand ..."

„Miss Crawford!", rief Georgiana aus, und blickte sogleich auf, um sicherzugehen, dass Colonel Fitzwilliam sie nicht gehört hatte. Als sie ihn im Gespräch mit William Price sah, fuhr sie mit gedämpfter Stimme fort: „Ich wusste gar nicht, dass Sie Miss Crawford kennen, doch es interessiert mich sehr. Haben Sie letzthin etwas von ihr gehört?“

Mr. Bertram mochte seinen Ohren nicht trauen und sah Miss Darcy verwirrt an. „Gewiss kenne, oder vielmehr kannte ich Miss Crawford, aber natürlich habe ich seit Jahren nichts mehr von ihr gehört.“

Georgiana war von seiner Antwort irritiert und hatte das unbestimmte Gefühl, einen Fehler begangen zu haben. Also sagte sie nach einem kurzen Moment: „Es war natürlich dumm von mir, darüber erstaunt zu sein, dass Sie Miss Crawford ebenfalls kennen. Wo ich doch weiß, dass Mr. Price mit ihr bekannt ist. Ich vermute, er hat sie im Haus Ihres Vaters in jener Zeit kennengelernt, über die Sie gerade sprachen.“

Mr. Bertram hatte inzwischen seine Verblüffung darüber, dass es eine Person gab, die nichts vom Fall Rushworth-Crawford wusste, halbwegs überwunden und erwiderte: „Verzeihen Sie mir, Miss Darcy, aber Ihre Frage hat mich sehr überrascht. Nein, ich habe Miss Crawford aus den Augen verloren und möchte annehmen, dass Sie mittlerweile mehr über sie wissen als ich. Sie sind vermutlich mit ihr befreundet.“

„Nein“, antwortete Georgiana, die längst bereute, dieses Thema angesprochen zu haben, „ich bin ihr nur einmal kurz begegnet, doch mein Bruder und meine Schwägerin haben sie in Bath näher kennengelernt.“

„In Bath? Oh ja, ich hörte, dass sie sich dort niedergelassen hat.“

Georgiana wünschte nichts sehnlicher, als ein neues Gesprächsthema oder aber einen neuen Gesprächspartner zu finden, doch Mr. Bertram, der sein kaltes Hühnchen inzwischen vertilgt hatte, fuhr fort: „Missverstehen Sie mich nicht, Miss Darcy. Ich wäre hocherfreut über gute Neuigkeiten von Miss Crawford. Unsere Familien verkehren schon lange nicht mehr miteinander, denn ihr Bruder hat sich – ohne jetzt ins Detail zu gehen – wie ein Schuft benommen, oder vielmehr: Er ist ein solcher. Was aber seine Schwester angeht, so hat sie damit nicht das Geringste zu tun. Sie hat sich, denke ich, einfach nur gern amüsiert, wie so viele Menschen, ohne dabei irgendjemandem etwas zuleide tun zu wollen. Wir alle hielten sie für ein sehr gescheites, hübsches und begabtes Mädchen. Doch irgendwie kam eins zum anderen, und natürlich hält man als Familie zusammen, nicht wahr?"

„Durchaus", pflichtete ihm Georgiana bei, die seinem Vortrag nun wieder mit großem Interesse gelauscht hatte – einem Vortrag, der, bruchstückhaft wie er war, doch zu jenen merkwürdigen Gerüchten passte, über die Lady Catherine sie aus Bath unterrichtet hatte. Sie dachte kurz nach, und obgleich sie dieses Thema mit Mr. Bertram ungern noch länger erörtern wollte, war es ihr doch ein Bedürfnis, sich die eigene Meinung noch einmal bestätigen zu lassen.

„Mich freut zu hören, was Sie da sagen, Mr. Bertram. Ich fand Miss Crawford sehr charmant, wie offenbar alle, die sie kennen. Doch habe ich den Eindruck, dass sie bisweilen falsch beurteilt oder gar zu Unrecht beschuldigt wird, nämlich für die Vergehen ihrer Verwandten."

„In der Tat, Miss Darcy. Damit treffen Sie fraglos ins Schwarze. Mein Schwager, Yates, pflegt genau dasselbe zu sagen. Sie war zweifellos ein sehr hübsches Mädchen, und es ist jammerschade, dass sie nie Gelegenheit hatte, die Amelia zu spielen. Ich habe die Geschichte von dem Theaterstück ja noch gar nicht zuende erzählt. Also, die Rollen waren verteilt, die Bühnenbilder vorbereitet, die Proben in vollem Gange. Yates war, nach mir, der Spiritus Rector – Sie sagten doch, Sie hätten meinen Freund Yates schon kennengelernt, Miss Darcy ..."

Mr. Bertram kam nun richtig in Fahrt, und Georgiana war der Geschichte von „Lover's Vows" längst überdrüssig geworden, als im Salon verkündet wurde, dass Mr. und Mrs. Ferrars' Kutsche bereitstehe. Es war das Signal zum allgemeinen Aufbruch. Man begab sich hinunter in die Eingangshalle und ließ sich die Mäntel reichen, während Mrs. Jennings allen lautstark eine „Gute Nacht" wünschte und weitere Komplimente an die Darsteller verteilte. William Price war derweil in das zuvor als Bühnengarderobe genutzte Zimmer zurückgeeilt, um nach einem Schmuckstück zu suchen, das Kitty verlegt hatte, sodass ihm Mrs. Jennings Gratulation erspart blieb, die in seinem Fall gewiss recht zweideutig ausgefallen wäre. Kitty ihrerseits gedachte, jede unangenehme Anspielung zu verhindern, indem sie bei der Umarmung der älteren Dame murmelte: „Ich werde Sie morgen besuchen." Doch Mrs. Jennings mochte sich nicht gänzlich zurückhalten, und da ihr das längere Gespräch zwischen Miss Darcy und Mr. Bertram nicht entgangen war, verabschiedete sie sich von letzterem mit einem herzlichen Glückwunsch zu seinem großen Erfolg „auch abseits der Bühne". Seine verdutzte Miene quittierte sie mit einem tosenden Lachen, um sich dann Miss Darcy zuzuwenden, bei der ihr etwas mehr Behutsamkeit angebracht schien, so dass sie sich auf einen vielsagenden Blick und die Bemerkung beschränkte: „Nun, Miss Darcy, was für ein herrlicher Abend! Wobei es freilich mit den Scharaden noch kein Ende hat, nicht wahr? Mir scheint, die schönste Szene steht uns noch bevor."

Georgiana gelang es, diese Anspielung unbeantwortet zu lassen. Sie nahm an, sie gelte Kitty, doch zog sie es weiterhin vor, Mrs. Jennings gar nicht erst verstehen zu wollen. Nachdem die letzten Gäste fort waren, gingen die Damen zu Bett, während die Herren noch eine Weile aufblieben.

Kapitel 19

Weder Kitty noch Georgiana vermochten, als sie am nächsten Morgen erwachten, an etwas anderes zu denken als daran, dass nunmehr der letzte Tag des Besuchs von William Price angebrochen war. Noch vierundzwanzig Stunden, und er würde wieder abreisen. Vierundzwanzig kurze Stunden blieben für dieses eine, so ungeheuer bedeutsame Ereignis. Georgiana hatte um die vage Hoffnung ihrer Freundin gewusst, in der letzten Scharadenszene werde die Wirklichkeit die Regie übernehmen. Diese Hoffnung hatte sich nicht erfüllt. Und über Williams Bemerkung, es wäre ihm lieb gewesen, Mr. Bertram hätte die Rolle des Petruchio übernommen, war Kitty zurecht betrübt gewesen. Doch ein tiefer Schlaf hatte über Nacht alle dunklen Wolken vertrieben, und so ging Miss Bennet heiter gestimmt hinunter, bereit, jeden Moment dieses kostbaren Tages so gut wie möglich zu nutzen. Kurz nach dem Frühstück jedoch erhielt ihre gute Laune bereits einen Dämpfer, denn Mr. Darcy war so gefühllos, den Herren eine Besichtigung der Hofanlage vorzuschlagen, was jene auch annahmen. Bingley hatte sich lediglich ausbedungen, dass es nicht zu lange dauerte, da er mit Georgiana noch zu einem Ausritt verabredet war. Der matschige Boden ließ es nicht zu, dass die Damen sie begleiteten, mochten sie auch noch so abenteuerlustig sein, und als die Herren fort waren, stellte Kitty fest, dass ihr bis zu deren Rückkehr nichts Besseres zu tun blieb, als zum Pfarrhaus hinüber zu eilen, um dort den Trost zu finden, den zu spenden Mrs. Jennings stets bereit war.

Mrs. Darcy fand an diesem Vormittag endlich Gelegenheit, sich in aller Ruhe mit ihrer Schwester auszutauschen. Mit großer Freude vernahm Jane, dass Elizabeth von Mr. Price ähnlich angetan war wie sie selbst, und sie schilderte einige beispielhafte Momente ihrer schon länger währenden Bekanntschaft, in denen sie sein vernünftiges Verhalten, seinen guten Geschmack und seine liebenswerte Art hatte erleben dürfen. Elizabeth wagte es, hinsichtlich seiner Absichten in Bezug auf Kitty die Möglichkeit anzusprechen, dass er ihr – wie ernst seine Absichten auch immer seien – vorerst noch keinen Antrag zu machen gedenke, da ihm seine Situation dies eventuell noch nicht erlaube. Er sei noch jung und seine Zukunft womöglich noch zu ungewiss, als dass er guten Gewissens eine Ehe eingehen könne. An derlei Hindernisse mochte Jane freilich nicht glauben. Von seinem Cousin wisse sie, erklärte sie ihrer Schwester, dass Mr. Price eine beträchtliche Geldsumme angespart habe, und dass er seine Familie, da seine Brüder inzwischen auf eigenen Beinen stünden, nicht länger unterstützen müsse. Außerdem hege sein Cousin keine Zweifel daran, dass er noch in diesem Jahr zum Kapitän ernannt werde, und danach sei es für einen Offizier mit seiner Erfahrung nur eine Frage der Zeit, bis er sein eigenes Schiff erhalte. Bingley habe mit mehreren Leuten in London über ihn gesprochen, und alle seien sich einig gewesen, dass kaum ein anderer junger Lieutenant der Marine zu ähnlich großen Hoffnungen Anlass gebe. Beförderungen erfolgten zur Zeit recht schnell, und seine bisherige Laufbahn lasse wahrlich nicht befürchten, dass man ausgerechnet ihn übergehen werde.

Elizabeth vernahm es mit Freude und vermied, ihr Bedauern darüber zu äußern, dass Kitty sich ausgerechnet in einen Mann verliebt hatte, der, sollten die beiden heiraten, den Großteil des Jahres nicht bei ihr sein könnte.

Um zwölf Uhr kehrten die Herren von ihrem Spaziergang zurück. Fitzwilliam und die beiden Cousins warteten noch vor der Haustür, um Bingley und Miss Darcy bei den Vorbereitungen ihres Ausritts zuzusehen. Die Pferde waren kaum entschwunden, als Tom Bertram William am Arm fasste und ihn, den Colonel um Entschuldigung bittend, in eine stille Ecke des Hofs führte.

„Ich möchte dich unter vier Augen sprechen, William", begann er unvermittelt, „und dazu wird es heute sonst kaum noch Gelegenheit geben. Ich würde gern wissen ... Hast du zufällig mitbekommen, was diese alte Tratschtante – Mrs. Jenkins, oder wie auch immer sie heißen mag – gestern Abend zu mir sagte, als sie sich verabschiedete?"

„Ich habe nichts mitbekommen, bedaure aber, sagen zu müssen, dass ich Mrs. Jennings grundsätzlich eher wenig Aufmerksamkeit schenke", erwiderte William.

„Dann lass mich dir sagen, dass Sie die Unverfrorenheit besaß, mir gegenüber anzudeuten, ich würde Miss Darcy den Hof machen. Ich war noch nie derart fassungslos. Der genaue Wortlaut ist mir entfallen, aber es war unmissverständlich und, ja, daran erinnere ich mich jetzt doch: Sie sagte etwas von einer ‚charmanten künftigen Lady Bertram'."

„Grundgütiger!", rief William. „Das ist ja unerhört. Was für eine unverzeihliche Impertinenz! War sie ... ich meine, ich hoffe nur, Tom, dass Miss Darcy es nicht gehört hat."

„Nein, sie war in diesem Moment nicht in der Nähe. Aber stell dir vor, William, wie ich mir vorkam, der ich an so etwas nicht im Traum gedacht hätte, und dann wird es mir von dieser schrecklich ordinären Person gleichsam um die Ohren gehauen."

„Es war dir gewiss unangenehm, doch gelten meine Gedanken gerade mehr den Gefühlen von Miss Darcy, da ihr, soweit ich sie kenne, nichts peinlicher wäre, als wenn so etwas herumerzählt würde, und sei es auch nur im Spaß."

„Nun, da kannst du beruhigt sein, denn sie hat es gewiss nicht mitbekommen. Aber mir geht es um etwas anderes. Natürlich kam diese Andeutung für mich völlig überraschend, doch dann ging sie mir nicht mehr aus dem Sinn. Ich wälze diesen Gedanken und finde mittlerweile, dass es eigentlich keine so schlechte Sache wäre."

„Was sagst du da?", stieß William entgeistert hervor. „Soll ich wirklich ernst nehmen, was du da gerade sagst, Tom? Nachdem du vor nicht einmal drei Wochen noch Miss Thorpe nachgetrauert, ihre Ablehnung durch deine Eltern beklagt und verkündet hast, eine solche Frau gebe es kein zweites Mal auf der Welt?"

„Jetzt bist du voreilig, William. Du sprichst, als sei ich vor Miss Darcy schon auf die Knie gefallen, wo ich ihr gegenüber doch keinerlei Absichten hege. Die Gegebenheiten haben mich überhaupt erst auf diesen Gedanken gebracht, und natürlich muss ich es erwägen."

„Es war eine törichte Klatschbase, auch wenn du sie eine ‚Gegebenheit' nennen magst, die dich auf diesen Gedanken gebracht hat, der im Übrigen nicht im Mindesten ernst zu nehmen ist."

„Ich bin mir da nicht so sicher. Gewiss stand ihr eine solche Andeutung überhaupt nicht zu, und doch war sie nicht gänzlich unbegründet. Miss Darcy würde ja in der Tat eine glänzende Lady Bertram abgeben. Stell dir die Zufriedenheit meiner Eltern vor, wenn ich ihnen ein solches Mädchen als Schwiegertochter präsentierte."

„Du lieber Himmel, Tom!", rief William und entzog seinen Arm dem Griff des Cousins, „die kaltblütige Art, in der du über diese Angelegenheit sprichst, ist mir unerträglich. Ein Mädchen gegen ein anderes abzuwägen, als wäre es eine Frage relativer Verdienste, welche der beiden du wählst. Es ist nicht gerade schmeichelhaft für Miss Darcy, wenn dir ihre Reize verborgen geblieben sind, bis Mrs. Jennings dich indirekt darauf hinwies."

„Ich habe nicht vor, Miss Darcy zu schmeicheln, und verstehe auch nicht, dass du dich so echauffierst", gab sein Cousin zurück. „Ich wollte mit dir in aller Ruhe darüber sprechen und deine Meinung hören. Es hat aber keinen Zweck, wenn du bei jedem Wort gleich so aufbrausend bist."

William versuchte, sich zu beruhigen und Tom zu beschwichtigen, was leicht gelang, da diesem wirklich an einem Gespräch gelegen war, und so fuhr er bald fort: „Meine Schwierigkeit ist, dass ich noch an Isabella hänge. Natürlich sind wir beide völlig ungebunden. Zwischen uns ist nichts vorgefallen, was sie als Verlobung deuten könnte. Das habe ich auch meinen Eltern versprechen müssen, doch mir habe ich versprochen, nichts zu unternehmen, bis ich sie wiedersehe, was wohl im Januar geschehen wird. Sollte ich vielleicht, um dieser Beziehung willen, mit den Thorpes gänzlich brechen? Ich mag Isabella sehr gern, doch ihre Familie schreckt mich ab, während gegen die Darcys nicht das Geringste einzuwenden ist. Isabella selbst ist natürlich ein arg feines Mädchen und viel eleganter als Miss Darcy, das musst du zugeben."

„Ich denke, man sollte die beiden Damen nicht im selben Atemzug nennen", erwiderte William, der seine Empörung nur schwer verbergen konnte.

„Tatsächlich? Nun, darauf wollte ich ja hinaus. Vielleicht hast du recht, wenngleich du mir immer grundlos voreingenommen schienst, was Isabella angeht. Die Vorteile einer Liaison mit Miss Darcy leuchten mir immer mehr ein – in profaner Hinsicht, meine ich."

„Tom", sagte William, und blickte seinem Cousin nun direkt in die Augen, „ich weiß nicht, was in dich gefahren ist, so abscheulich daherzureden. Merkst du nicht, wie furchtbar das ist? Wenn dir etwas an Miss Thorpe liegt, kannst du doch nicht in Erwägung ziehen, ein Mädchen zu heiraten, dem du vor einer Woche zum ersten Mal begegnet bist, kurz nachdem du jene andere verlassen hast. Wenn du dagegen auch nur einen Moment mit den Gefühlen an Miss Darcy dächtest, die ein heiratswilliger Mann hegen sollte, wie könntest du dann Vergleiche zwischen ihr und Miss Thorpe anstellen? So oder so verhältst du dich beiden gegenüber schamlos."

„Mein lieber William, jetzt verfällst du ins andere Extrem. Eben hast du mich ermahnt, nichts von dem, was Mrs. Jennings sagte, ernst zu nehmen. Nun aber nimmst du selbst bitterernst, was ich doch nur gebührend erwägt wissen will. Miss Darcy ist sehr charmant, doch ich bin ihr gegenüber zur Zeit recht leidenschaftslos, und sie ist es mir gegenüber zweifellos auch. Andererseits hat alles seinen Anfang, und wenn einer Heirat mit Isabella derart große Hürden im Weg stehen, hätte ich es kaum günstiger treffen können. Auf jeden Fall lohnt es sich, darüber nachzudenken. Ich werde nach

Hause zurückkehren und abwarten, wie sich die Dinge in den nächsten Wochen entwickeln, und gegebenenfalls wieder hierher kommen. Pemberley liegt ja nicht am Ende der Welt.“

William wandte sich um und ließ seinen Cousin mit einer unwirschen Geste stehen. Mr. Bertram sah ihm verdutzt nach, zuckte mit den Schultern und kehrte ins Haus zurück, um es sich am Kamin mit einer Lektüre gemütlich zu machen. An diesem Nachmittag wurden viele Fragen nach dem Verbleib von Mr. Price gestellt, auf die Mr. Bertram nur antworten konnte, dass er ihn zuletzt auf dem Hof gesehen habe. Erst kurz vor dem Dinner tauchte William wieder auf, er wirkte erschöpft und erklärte, sich im Park verlaufen zu haben.

Kitty war ob seines Verschwindens den Tränen nahe gewesen, und auch Georgiana hatte irgendwann begonnen, sorgenvoll dreinzuschauen, doch seine Erklärung vermochte beider Frohsinn umgehend wiederherzustellen. Jeder konnte sich in einem so großen Park verirren, dessen Umfang gut zehn Meilen betrug! Obendrein sahen an einem dunklen, nebligen Nachmittag doch alle Wege gleich aus, und der Bach hatte so viele Windungen! Zweifellos hatten allein diese unglücklichen Umstände die Verspätung verursacht. Solcherlei Überlegungen sowie ein höchst zufriedenstellender Blick in den Spiegel während des Ankleidens für den Ball riefen in Kitty all die Hoffnungen wieder wach, die sie auf diesen Abend setzte. Sie wünschte, ihre Schwester Lydia könnte sie so sehen. Wie könnten Regimentsbälle, und seien sie noch so exquisit, mit der Pracht und Bedeutsamkeit dieser Veranstaltung auf Pemberley mithalten? Das Herrenhaus war tatsächlich für einen Ball wie geschaffen – wie sie es immer geahnt hatte. Die Anordnung der Zimmer, die Weiträumigkeit und die ganze Einrichtung stellten Mrs. Knightleys Haus wahrlich in den Schatten. Ihr Kleid, ein Geschenk Lizzys, war noch schöner als das rosafarbene, das sie in London getragen hatte, und angenehme Tanzpartner würde es reichlich geben, darunter gleich mehrere Offiziere des Heeres, obgleich Kitty diesen Herren nun nicht mehr so viel abgewinnen konnte, da ihr die Marineuniform inzwischen deutlich schicker erschien als die Heeresuniform.

Es fehlte eigentlich nur noch, dass Mr. Price sie zu den ersten beiden Tänzen aufforderte. Allerdings ließen sich die auf Pemberley residierenden Gentlemen so viel Zeit mit ihrer Toilette, dass Kitty schon ganz aufgelöst befürchtete, sie müsse die ersten Tänze jemand anderem gewähren, bis sie William Price in einer Gruppe von Herren, die gemeinsam den Saal betraten, endlich erspähte. Und tatsächlich schritt er, an Georgiana vorbei, die soeben von einem Nachbarn und alten Bekannten durch den Ballsaal geführt wurde, geradewegs auf die Stelle zu, an der Kitty neben Mrs. Bingley stand. Und wie himmlisch war es nun, seine im freundlichsten Ton und mit dem charmantesten Lächeln geäußerten Worte zu vernehmen: „Nun, Miss Bennet, ich hoffe, dass ich nicht zu spät dran bin und Sie mir die ersten beiden Tänze gewähren?“

Kapitel 20

Das Haus füllte sich, und während der Ball seinen Lauf nahm, hatten viele der Anwesenden, die häufig zu Gast auf Pemberley waren, den Eindruck, die erlesenen Räume hätten noch nie eine prächtigere Veranstaltung gesehen. Mr. Darcy wurde von allen Seiten dazu beglückwünscht, seinen Nachbarn ein solches Vergnügen zu bereiten. Er selbst hatte dem Abend nicht ganz so begeistert entgegengesehen und stellte nun umso erstaunter fest, dass er an der Seite seiner Frau durchaus Gefallen an seiner Rolle als Gastgeber einer so großen Gesellschaft fand. Zufrieden nahm er außerdem wahr, wie sehr alle, die ihm wichtig waren – Elizabeth, Georgiana und die Bingleys –, den Ball genossen. Vor allem Georgiana sah er mit liebevollem Wohlgefallen dabei zu, wie sie sich in der Menschenmenge bewegte: gewandt und würdevoll, gelegentlich aber auch von zager Lebhaftigkeit erfasst, und weitaus stärker bewundert, als es ihr bewusst war oder wichtig schien.

William Price und Kitty hatten soeben zum zweiten Mal miteinander getanzt und saßen nun in einem Korridor auf Stühlen unterhalb eines mit mehreren Kerzen bestückten Wandleuchters, als eine der Kerzen kurz aufflackerte und ein wenig heißes Wachs auf die Kante von Kittys Stuhl tropfte, nur knapp ihr Kleid verfehlend. Mit einem Schrei der Verärgerung sprang sie auf, und als beide nach oben blickten, bemerkten sie, dass das Ungemach durch eine lose in ihrem Halter sitzende Kerze verursacht wurde, die sich leicht zur Seite geneigt hatte.

William schlug sogleich vor, auf andere Stühle auszuweichen und einen Diener herbeizurufen, damit dieser die Kerze ersetze, doch Kitty war so übermütig und aufgekratzt, dass sie nicht auf ihn hörte. Lachend erklärte sie, dies umgehend selbst in Ordnung bringen zu wollen. Sie kletterte auf ihren Stuhl, reckte sich, so hoch sie konnte, und versuchte mit ihrer Hand zum Entsetzen ihres Begleiters mitten hinein in die Kerzen zu fassen, um die eine geneigte wieder aufzurichten.

„Ich bitte Sie, Miss Bennet, steigen Sie wieder herunter!“, rief William. „Versuchen Sie es erst gar nicht. Ihr Kleid könnte in Brand geraten. Ihr Ärmel ist den Flammen schon bedrohlich nahe. Lassen Sie mich Ihnen herab helfen, damit Sie nicht fallen und sich verletzen.“

Mrs. Jennings, die das Paar beim Tanzen beobachtet hatte und ihm in einigem Abstand gefolgt war, kam gerade rechtzeitig, um Kitty sagen zu hören: „Vielen Dank, Mr. Price, aber ich habe es bereits erledigt. Und alles ist gut. Wie Sie sehen, sind sowohl ich als auch mein Kleid wohlauf.“ Sie blickte ihn von dort oben fröhlich und mit einem triumphierenden Lächeln an, reichte ihm beide Hände und sprang mit seiner Hilfe vom Stuhl herab. „Nun, habe ich mich nicht geschickt angestellt? Wenn wir erst lange darüber diskutiert hätten, hätten Sie es mich niemals richten lassen, dabei war es doch die beste Lösung.“

„Tatsächlich hätte ich Sie davon abzuhalten versucht, ein solches Risiko einzugehen“, erwiderte William, doch seine leise Bemerkung wurde durch eine lautstarke Äußerung von Mrs. Jennings übertönt. „Ach, meine liebe Miss Bennet, wie furchtbar ungezogen von Ihnen! Sie haben den armen Mr. Price zu Tode erschreckt. Nun, Mr. Price, ich fürchte, sie ist ein schlimmes Mädchen, doch freut es mich zu sehen, dass Petruchio schon früh lernen muss, sie Mores zu lehren. Ihre Proben für die Scharaden dürften sich nun als nützlich erweisen, nicht wahr? Aber ich garantiere Ihnen, dass diese Katharina eine ebenso gelehrige Schülerin sein wird wie jene.“ Die alte Dame lachte lauthals über Kittys schamvolle Röte und Williams fassungslose Miene. „Nun, meine Lieben, ich will nicht länger stören, hoffe aber, dass Sie beide mich aufsuchen und ins Vertrauen ziehen, wenn Ihnen danach ist.“

Es war Kitty, die, nachdem sie wieder Platz genommen hatte, lachend die peinliche Stille unterbrach: „Mrs. Jennings redet viel, wenn der Tag lang ist, nicht wahr? Sie kann offenbar an nichts anderes mehr denken als an diese Scharaden und würde uns gern glauben machen, die Darbietung sei ganz hervorragend gewesen."

„Ja", erwiderte William nach einer kurzen Pause. Er hatte sich nicht wieder hingesetzt, war stattdessen voller Befremden stehen geblieben, Kittys Fächer noch immer in den Händen haltend. „Das ist sehr schmeichelhaft. Ich frage mich ... ob alle Zuschauer gleichermaßen beeindruckt waren."

„Das glaube ich schon", erklärte Kitty eifrig. „Sogar Darcy hat seinen Beifall bekundet, und Sie müssen wissen, dass er mit seinem Lob in der Regel äußerst sparsam umgeht. Mr. und Mrs. Ferrars waren ebenfalls höchst angetan. Und auch Mrs. Darcy, meine Schwester, äußerte mehrmals ihre Begeisterung. Besonders jene letzte Szene habe Mr. Bertram sehr geschickt arrangiert."

Sie sah William bang von der Seite an, dessen Miene sich zwar ein wenig aufheiterte, der jedoch immer noch nicht wieder Platz genommen hatte und Kittys Bemerkungen so geistesabwesend beantwortete, dass sie, als von Ferne Musik zu vernehmen war, aufstand und mit ihm zurück in den Ballsaal ging, voller Verdruss darüber, dass Mrs. Jennings durch ihr Erscheinen und ihre Äußerung alles verdorben hatte. Wer ließ sich schon gern drängen und war bereit, sich inmitten zahlreicher anderer Menschen zu erklären? Womöglich war Mr. Price sogar verstimmt darüber, dass man ihm gleichsam die Worte aus dem Mund genommen hatte. Kurzum: Der Zwischenfall war in jeder Hinsicht ärgerlich.

Zurück im Ballsaal musste Kitty mit ansehen, wie Mr. Price auf Georgiana zuging und sie um den nächsten Tanz bat, den diese aber bereits Mr. Bertram versprochen hatte, sodass William längere Zeit allein dastand und die Leute beobachtete, bevor er schließlich einige Worte mit Colonel Fitzwilliam und Mrs. Bingley wechselte, die während dieser Tanzfolge beieinander saßen. Kitty konnte erkennen, wie die beiden ihn dazu bewegen wollten, sich eine neue Tanzpartnerin zu suchen, was er jedoch lachend ablehnte. Als der Tanz vorbei war, begab er sich wieder in die Nähe von Georgianas Stuhl und ging, nach einer angemessen Pause, schließlich auf sie zu und erneuerte seine Bitte.

Georgiana willigte ohne Zögern ein, während Mr. Bertram weitaus weniger bereitwillig das Feld räumte. Er war kaum gegangen, als William sagte: „Miss Darcy, würde es Ihnen etwas ausmachen, diesen Tanz auszulassen? Ich habe mich gefragt, ob Sie wohl so freundlich wären, mir oben im Bildersaal einige der Gemälde zu zeigen, von denen Mr. Darcy beim Dinner sprach. Wie Sie wissen, wird mir die Zeit hier knapp, und ich würde ungern abreisen, ohne sie gesehen zu haben."

„Mit dem größten Vergnügen", erwiderte Georgiana, „zumal es mir wirklich ganz lieb wäre, vorerst nicht mehr tanzen zu müssen. Allerdings hätten Sie meinen Bruder bitten sollen, Ihnen die Bilder zu zeigen, da sein künstlerisches Urteil dem meinen weit überlegen ist. Vielleicht finden wir ihn oben, da er bei Anlässen wie diesem bisweilen seine Gäste auch dorthin führt."

Doch der Bildersaal erwies sich als menschenleer, und so schritten sie zu zweit durch den Raum, wobei Georgiana auf all die Gemälde hinwies, die als herausragende Werke galten. William ging recht zügig an ihnen vorüber und schenkte lediglich den Familienporträts etwas mehr Beachtung, sodass Georgiana ihn schließlich an die Stirnseite des Saals führte, wo ein Bildnis ihres Bruders hing. William betrachtete es eine Weile und warf zwischendurch immer wieder einen Blick auf seine Begleiterin, als suche er nach einer Ähnlichkeit, während Georgiana ihm das Entstehungsjahr des Werkes nannte und erklärte, dass sie wünschte, sie wären früher hierher gekommen, da dieses Gemälde wie auch alle anderen bei Tageslicht weitaus besser zur Geltung kämen.

Sie bemerkte, dass William ihre Worte kaum wahrzunehmen schien, und war daher nicht gänzlich überrascht, als er sich ihr jäh zuwandte und mit unverkennbarer Erregung sagte: „Miss Darcy, Sie sind sehr freundlich, doch im Moment kann ich nicht an Gemälde denken. Würden Sie mir wohl kurz Gehör schenken? Ich habe Ihnen etwas Wichtiges zu sagen."

„Er wird mir erzählen, dass er Kitty einen Antrag gemacht hat", schoss es Georgiana durch den Kopf, und für einen Augenblick war sie von ihren Gefühlen überwältigt, doch sie fasste sich rasch wieder und sagte laut: „Gewiss, Mr. Price, sprechen Sie nur. Wollen wir uns nicht setzen?" Sie deutete auf zwei Stühle, die neben dem Porträt standen, und setzte sich auf den einen, doch William blieb stehen, die Hände ringend, und blickte sie mit so tiefem Ernst an, als habe er ihre Worte nicht vernommen.

„Miss Darcy, Sie müssen mir meine Dreistigkeit vergeben. Um Vergebung zu bitten, mag ein schlechter Anfang sein, doch weiß ich ... besser als irgendjemand ... dass es mir nicht zusteht, zum jetzigen Zeitpunkt auf diese Weise zu Ihnen zu sprechen. Ich hätte warten können, bis meine Stellung ... bis es mir zustünde ... doch gewisse Umstände haben es mir unmöglich gemacht, einfach fortzugehen und in völliger Ungewissheit der Dinge zu harren. So erbitte ich vorerst nicht mehr, als angehört zu werden ... als Ihnen sagen zu dürfen, wie aufrichtig und hingebungsvoll ich Sie liebe und zwar, seit ich Ihnen das erste Mal begegnet bin."

Gleich zu Beginn seiner Rede hatte Georgiana Schlimmes geahnt, und allein ihre Bestürzung ließ sie bis zum Ende schweigen. Dann aber sprang sie mit ungläubigem Entsetzen auf und rief: „Mr. Price! Dass Sie mir gegenüber solche Worte äußern! Was hat das zu bedeuten? Sie ... nein, das kann nur ein schrecklicher Irrtum sein."

„Nein, Miss Darcy, es ist beileibe kein Irrtum!", entgegnete William heftig. „Ich bitte Sie, seien Sie nicht erschüttert. Ich verlange von Ihnen nicht, mir eine endgültige Antwort zu geben, obgleich Sie erahnen werden, dass mir schon das kleinste Wort der Hoffnung von ihren Lippen die größte Wonne wäre. Ich werde warten und mir das Recht zu verdienen suchen, um mehr zu bitten. Im nächsten Jahr wird meine Stellung eine bessere sein, und dann wird Ihr Bruder es vielleicht nicht mehr gänzlich ausschließen wollen. Ja, liebste

Miss Darcy, ich flehe Sie an, mich nur dieses eine Mal anzuhören. Ich habe Sie nicht so früh behelligen wollen, doch wäre es mir unerträglich, Sie ohne Aussicht auf ein Wiedersehen zu verlassen, wohl wissend, dass andere – und weitaus Würdigere und Begehrenswertere – Ihnen nahe sein werden. Sie würden es gewiss verstehen, wenn Sie nur die leiseste Ahnung davon hätten, was ich empfinde."

„Mr. Price", sagte Georgiana, die aufgestanden war und ihm mit ihrer Hand bedeutete, innezuhalten. „Ich bestehe darauf, dass Sie schweigen. Ich wünsche, nichts mehr davon zu hören. Sie können nicht bei Sinnen sein. Jedenfalls bin ich nicht so ehrlos, wie Sie offenbar annehmen." Beim Gedanken an Kitty versagte ihr kurz die Stimme.

„Ehrlos? Wo Sie doch wissen müssen, Miss Darcy, dass ich Sie für den anständigsten, liebenswertesten, besten Menschen halte. Vergeben Sie mir, falls ich Sie beleidigt habe, und sagen Sie mir, wie ich es wiedergutmachen kann. Tat ich unrecht daran, zuerst mit Ihnen zu sprechen? Ich werde tun, was immer Sie wünschen. Um nichts in der Welt würde ich Sie kränken wollen."

Nur mit großer Mühe konnte sich Georgiana zusammennehmen: „Ihr Geständnis erstaunt und erschreckt mich. Ich kann kaum sagen, ob es mir schmerzlicher wäre, wenn ich es für glaubwürdig, statt, wie im Moment, für geheuchelt hielte. In jedem Fall ist mir vollkommen unerklärlich, wie Sie so zu mir sprechen können, da Sie doch seit Monaten allenthalben als Verehrer meiner Freundin Miss Bennet gelten."

Nun war es ausgesprochen, und augenblicklich schämte sich Georgiana, denn auch die Notwendigkeit deutlicher Worte in dieser schrecklichen Situation änderte nichts daran, dass es schändlich war, die Hoffnungen ihrer Freundin jenem zu verraten, dem sie galten. Sie war so aufgewühlt, dass sie William Price nicht in sein entsetztes Gesicht zu blicken vermochte.

„Miss Bennet? Sollten Sie wirklich geglaubt haben, ich hätte ein Auge auf Miss Bennet geworfen? Das kann nicht Ihr Ernst sein, Miss

Darcy. Sollte ich tatsächlich entsprechende Erwartungen bei ihr geweckt haben, so war dies nie meine Absicht. Es wäre mir nicht in den Sinn gekommen. Miss Bennet war stets fröhlich und gut gelaunt ... sie ist ein charmantes Mädchen ... und auch, wenn andere diesem Irrtum erlegen waren, dann doch gewiss nicht Sie, Miss Darcy, der all mein Sehnen und Hoffen galt."

Georgiana scheute vor einer Antwort auf diesen eindringlichen Appell zurück und hielt sich stattdessen an den ersten Teil seiner Äußerung. „Sie hatte durchaus entsprechende Erwartungen, Mr. Price, und dafür auch Grund genug. Seit Monaten gelten ihre Gedanken allein Ihnen und diesem Wiedersehen, und alle Ereignisse der letzten Wochen haben sie in dem Glauben an Ihre Zuneigung nur bestärken können. Sie können nicht leugnen", fuhr sie mit wachsender Empörung fort, „dass Ihr beständiger und durchaus vertraulicher Umgang miteinander auch bei Miss Bennets Freunden entsprechende Erwartungen geweckt hat."

„Nein", sagte William, „das kann ich nicht leugnen, denn Mrs. Jennings hat es mir heute Abend mit einigen Bemerkungen bewiesen. Doch habe ich, obgleich einen Moment irritiert, diese Bemerkungen rasch verdrängt, da ich Mrs. Jennings als eine Person wahrnehme, deren größtes Vergnügen in amourösen Anspielungen besteht, und ich hielt Miss Bennet und ihre übrigen Freunde für zu vernünftig, um solch einem Hirngespinst zum Opfer zu fallen."

„Hirngespinst?", wiederholte Georgiana. „Meiner armen Freundin Herz schlägt für nichts anderes als für das, was Sie ein Hirngespinst nennen."

„Das tut mir unendlich leid", antwortete William betroffen. „Ich wäre betrübt und beschämt, wenn ich Miss Bennet auch nur den geringsten Kummer bereitet hätte, obgleich ich mir schwerlich vorstellen kann, dass allen anderen – vor allem aber Mrs. Bingley und Mrs. Darcy – völlig entgangen sein sollte ... doch es ist müßig, das genaue Ausmaß dieses Missverständnisses zu bestimmen. Ich zumindest war offenbar so blind, wie es ein Mann nur sein kann. Wie kann ich Sie, Miss Darcy, von meiner Schuldlosigkeit überzeugen? Sollte ich diesen furchtbaren Irrtum verursacht haben, dann geschah dies nur aus Versehen oder Gedankenlosigkeit. Können Sie mir denn eine Sache, einen Vorfall nennen, durch den *Sie* in die Irre geführt wurden?"

Georgiana war so durcheinander und aufgeregt, dass es ihr in diesem Moment unmöglich schien, sich auch nur einen ihrer Beweise in Erinnerung zu rufen, um ihn William vorzulegen. Zum Glück kam ihr nach kurzem Nachdenken ein Ereignis in den Sinn, über das sie und Kitty oft gesprochen hatten, und das eigentlich keine zwei Deutungen zuließ. So schmerzvoll es war, diese Geschichte anzusprechen, zwang sie sich doch um Kittys Willen zu den Worten: „Haben Sie Mrs. Knightley nach deren Ball nicht mitgeteilt, dass jener Abend der herrlichste Ihres Lebens gewesen sei, weil die Anwesenheit einer gewissen Person Sie sehr beglückt habe? Und haben Sie Ihr nicht zu verstehen gegeben, dass Sie damit Miss Bennet meinten?"

Überraschung und Kummer standen William gleichermaßen ins Gesicht geschrieben. Er begann zu sprechen, zögerte und brach ab, um schließlich zu sagen: „Ich weiß, wovon Sie sprechen, doch bin ich darüber reichlich verwirrt. Mrs. Knightley kann es nicht auf diese Weise erzählt haben. Ich habe nämlich in diesem Zusammenhang weder von Miss Bennet gesprochen, noch an sie gedacht. Wir haben zwar an jenem Abend einige Mal aufs Angenehmste miteinander getanzt, doch war sie mir ansonsten völlig gleichgültig. Meiner Erinnerung nach habe ich Mrs. Knightley erzählt, wie herrlich ich den Abend fand, und sie war es, die andeutete, dass dies wohl vor allem der Anwesenheit einer gewissen Person zu verdanken sei. Ich konnte ihr nur beipflichten, da ich annahm, sie habe meine augenblickliche und tiefe Bewunderung für Sie, Miss Darcy, bemerkt. Es schien mir so offenkundig. Ich habe den ganzen Abend einzig an Sie gedacht. Als Mr. Bingley mich später zu sich einlud, war ich mir unsicher, ob ich die Einladung annehmen sollte, bis er erklärte, dass Sie ebenfalls in der Nähe lebten – da wusste ich, dass mich nichts von diesem Besuch würde abhalten können. Und, Miss Darcy, erinnern Sie sich noch an unsere Begegnung bei den Hursts, und wie Captain Wentworth erzählte, sie hielten Seeleute für untreu, was mich quälte, bis ich mir sicher war, dass sie es doch so nicht gemeint hatten? Nein, schütteln Sie nicht den Kopf, ich flehe Sie an. Und wenn ich in diesen letzten Tagen mehr Zeit mit Miss Bennet als mit Ihnen verbracht habe, so war das nicht mein Wunsch, sondern allein den Umständen geschuldet. Ich beschwöre Sie, glauben Sie mir und seien Sie meiner unerschütterlichen Treue und Ergebenheit versichert."

Diese Worte konnten Georgiana nicht ungerührt lassen; vielmehr zitterte sie jetzt so sehr, dass sie sich überhaupt nur auf den Beinen halten konnte, weil sie sich auf den Stuhl stützte, auf dem sie eben noch gesessen hatte. Dann aber sprach sie, all ihren Mut zusammennehmend und bestärkt durch Gedanken an Kitty, mit halbwegs fester Stimme: „Mr. Price, da Sie es sagen, muss ich annehmen, dass diesem unglückseligen Irrtum tatsächlich keine Absicht zugrunde liegt. Doch der dadurch verursachte Kummer wird nicht so leicht aus der Welt zu schaffen sein. Nicht mich sollten Sie ihrer Ergebenheit versichern – eine solche Versicherung schulden Sie vielmehr Miss Bennet und nur ihr."

Weiter kam sie nicht, denn William unterbrach sie ungeahnt ungestüm. „Miss Bennet? Abgesehen davon, dass sie Ihre Freundin ist und eine Dame, der meine Sympathie und Achtung gilt, bedeutet mir Miss Bennet nichts und wird es nie. Ach, Miss Darcy, Sie verstehen mich nicht. Könnten Sie Miss Bennet für einen Augenblick vergessen und mir sagen, ob ich mir wenigstens irgendwann einmal in der Zukunft die leisesten Hoffnungen machen darf? Ob es die geringste Aussicht darauf gibt, dass Sie mir dereinst erlauben werden, Ihr Herz zu erobern?"

Er hatte einen Fehler begangen und erkannte es, noch bevor sein Satz beendet war. „Miss Bennet vergessen?", wiederholte Georgiana mit einem Anflug von wütendem Stolz, während sie sich zum Gehen umwandte. „Ich glaube, Sie verstehen *mich* nicht, Mr. Price. Wenn mir das Glück einer Freundin so lange schon am Herzen liegt, kann ich nicht ungerührt zusehen, wie es zunichte gemacht wird, und niemals, niemals würde ich mein Glück auf Kosten des ihren suchen."

Als William dies hörte, griff er nach ihrem Arm und stellte sich ihr in den Weg. In ruhigerem, aber nicht weniger leidenschaftlichem Ton erklärte er: „Nur ein Wort noch, Miss Darcy. Vergeben Sie mir, was ich sagte, doch erklären Sie mir eines. Sie sprachen von ihrem Glück. Meinten Sie, dass sie es finden könnten, wenn all dies einmal aus der Welt geschafft sei? Meinten Sie, dass Sie irgendwann einmal für mich ein Hundertstel dessen empfinden könnten, was ich für Sie empfinde, und dass es sogar denkbar wäre, dass ich Sie dereinst glücklich machte?"

Georgiana war den Tränen nahe, denn obgleich ihre Wut nicht abgeklungen war, brachen sich doch andere Gefühle Bahn, und sie rang sich zitternd dazu durch, einen Moment in die flehenden Augen zu blicken, die auf sie gerichtet waren. Mit einem kaum vernehmbaren Schluchzen entwandt sie sich ihm und rief: „Nein, nein. Es ist zwecklos, mich zu bitten. Sprechen Sie nicht so mit mir ... ich darf nicht ... ich werde nicht zuhören ... ich kann es nicht ertragen", dann eilte sie aus dem Saal.

William stand minutenlang wie versteinert da. Schließlich riss er sich mit einem Seufzer aus der innerlichen Betrachtung seiner vernichteten Hoffnungen und überlegte, was nun zu tun sei. Zwar wünschte er sich gerade nichts so sehr wie Ruhe und Einsamkeit, doch nahm er an, dass Georgiana nicht gleich zurück in den Ballsaal gegangen war, und es würde Gerede geben, wenn sie beide längere Zeit verschwunden wären. Er sah sich verpflichtet, Georgiana zu beschützen, und trotz aller Ratlosigkeit und Betrübnis machte sich doch ein vages Wohlgefühl bemerkbar, als er sich daran erinnerte, dass sie zwar seine Liebe verschmäht hatte, nun jedoch von deren Existenz wusste. Welchen Irrtümern sie in der Vergangenheit auch erlegen war, von nun an würde sie wissen, welche Gefühle seine

Handlungen leiteten. Er schritt langsam die Treppe hinab, noch immer so verwirrt, dass er kaum wahrnahm, was um ihn herum vor sich ging. Er rief sich ihr Gespräch noch einmal ins Gedächtnis, und zu spät fielen ihm nun Dinge ein, die er hätte sagen können, die seiner Sache vielleicht dienlich gewesen wären. Ein Pulk von Leuten strömte, nachdem zwei weitere Tänze geendet hatten, aus dem Ballsaal auf den Flur; es wurde übers Essen gesprochen. Er mischte sich unter die Menge und steuerte rasch einen Stuhl in der Nähe von Mrs. Bingley an, die gerade mit Mr. Edward Ferrars zusammensaß, und ihn mit einem freundlichen Lächeln begrüßte.

Abgesehen von der Erkundigung, ob er Kitty gesehen habe, stellte sie ihm keine Fragen, und schon bald wurde er einer jungen Dame vorgestellt und gebeten, dieser einen Platz an einer der gedeckten Tafeln zu suchen. Worüber er sich mit ihr unterhielt, wusste er nicht, und auch den übrigen Abend erlebte er wie benommen. Um Unauffälligkeit bemüht, plauderte, lachte und tanzte er, doch seine Gedanken schweiften unweigerlich immer wieder zu Georgiana – die er hatte zurückkehren sehen, mit blassen Wangen, ungefähr eine Viertelstunde, nachdem sie geschieden waren – und zu Kitty, deren banger Blick den seinen ständig suchte. Es war ihm weitaus schmerzlicher, sie zu sehen als Georgiana, der er nichts vorzuwerfen hatte, nicht einmal ihre harschen Worte. Kitty dagegen erachtete er auf irgendeine Weise als mitverantwortlich für das ganze Unglück, und obgleich er sich selbst Torheit und Blindheit vorwarf, brachte er es doch nicht fertig, zu ihr zu gehen und mit ihr zu sprechen, oder aber erneut mit ihr zu tanzen, wo ihre bisherige Beziehung nun in gänzlich anderem Licht erschien.

Tief bekümmert über ihr Leid, das er verursacht hatte, und schier verzweifelt ob des Anblicks der bleichen Georgiana, wurde ihm der Abend quälend lang. Erleichterung brachte ihm einzig ein kurzes Gespräch mit Mr. Bingley, den er bat, seine Abreise am folgenden Tag so früh wie möglich anzusetzen – als Erklärung gab er an, dass er und sein Cousin bis zum Nachmittag auf ihrer langen Reise nach

Mansfield schon ein gutes Stück vorangekommen sein sollten. Es war bereits verabredet worden, dass die drei Herren ohne Mrs. und Miss Bingley, die zur Erholung vom Ball noch ein oder zwei Tage auf Pemberley verweilen wollten, nach Desborough zurückkehren sollten. Mr. Bingley gewährte William den Wunsch, im Glauben, die jungen Leute hätten es für besser befunden, einander schon am Vorabend Lebewohl zu sagen, statt am nächsten Morgen vor der prosaischen Kulisse einer Frühstücktafel eine schmerzliche Verabschiedungsszene herbeizuführen. So ging er, um sich mit Darcy zu besprechen und Anweisungen an die Stallburschen zu schicken. Als dies erledigt war, fühlte sich William merklich wohler. Untätigkeit war ihm zuwider, und wenn es möglich gewesen wäre, hätte er auf der Stelle das Weite gesucht, da das einzige, was er im Moment für Georgiana tun konnte, war, sie von seiner ihr schmerzlich und unerträglich gewordenen Gegenwart zu erlösen.

Nach ihrer Flucht aus dem Bildersaal hatte Georgiana, wie von William vermutet, Zuflucht in ihrem Zimmer gesucht. Doch selbst dort obsiegten ihre Selbstbeherrschung und Besonnenheit über ihr Verlangen, sich ihrem Kummer hinzugeben. Sie wusste, dass sie sich den Luxus nicht leisten konnte, in Tränen auszubrechen oder auch nur in Ruhe darüber nachzudenken, was geschehen war und was sie, wenn überhaupt etwas, Kitty sagen sollte. Nein, dafür war keine Zeit, es würde bald reichlich Gelegenheit geben, die jüngsten Ereignisse und all das, was sie für Kitty und sie selbst bedeuteten, in neuem Licht zu betrachten. Von Williams Liebeserklärung erschüttert, scheute Georgiana davor zurück, den Konsequenzen direkt ins Auge zu sehen. Sie gönnte sich lediglich einige Minuten, um ihre Fassung wiederzugewinnen und die Spuren ihrer Gefühlswallung zu beseitigen. Dass sie ihn wiedersehen würde, war ein furchtbarer Gedanke, doch noch qualvoller würde es sein, am nächsten Tag den Nachfragen und Wehklagen von Kitty sowie der Bestürzung von Elizabeth und Jane begegnen zu müssen. Georgiana wagte nicht, länger darüber nachzudenken, solange dieser schreckliche Abend nicht vorüber war. Eilig wusch sie sich das Gesicht und öffnete weit das Fenster, dann lehnte sie sich für einige Minuten hinaus, damit die Nachtluft ihre pochenden Schläfen kühlen konnte, und ging schließlich wieder hinunter, immer noch in dem Gefühl, dass ihre Miene jedem Betrachter verriet, was geschehen war.

Sie suchte Elizabeths Nähe, die sie lächelnd begrüßte und ihren veränderten Gesichtsausdruck durchaus bemerkte. Bei der ersten Gelegenheit fragte sie Georgiana, ob sie müde sei, und veranlasste, dass ihr Erfrischungen gereicht wurden. Georgiana gestand, tatsächlich müde zu sein, erklärte aber, sie würde später einfach länger schlafen, worauf Elizabeth, die ihre Erschöpfung teilweise der Sorge um Kitty zuschrieb, ihr sagte, dass sie zu Bett gehen könne, wann immer es ihr beliebe. Auch solle sie heute Abend auf ihrem Zimmer keines ihrer langen Gespräche mit Kitty mehr führen; vielmehr sollten sie ihren Austausch über den Ball auf morgen verschieben. Die arme Georgiana sah sie dankbar an, konnte aber nur mit Mühe die Tränen zurückhalten, als sie daran dachte, wie falsch Elizabeth mit ihrer Annahme lag, sie, Georgiana, sehe diesem Gespräch mit Kitty mit Freude entgegen.

Nach dem Abendessen kam Georgiana, um keinen Verdacht zu erwecken, nicht umhin, einige Aufforderungen zum Tanz anzunehmen. Umso froher war sie, als Colonel Fitzwilliam auf einen Wink von Elizabeth hin zu ihr kam und sagte: „Du wirkst erschöpft, Georgiana. Lass mich dich zu einem ruhigen Platz in der Bibliothek geleiten, wo du dich ungestört ausruhen kannst. Du musst kein Wort mit mir wechseln, wenn du nicht möchtest – dafür sind wir lang genug befreundet, wie mir scheint."

In der großen Bibliothek, in der sich gerade nur wenige Personen aufhielten, hatte man an einem Ende einen Tisch aufgestellt, an dem Diener den ganzen Abend über Tee und Kaffee ausschenkten. Colonel Fitzwilliam und Georgiana nahmen gegenüber beim Kamin auf einem Ledersofa Platz. Wie versprochen schwieg Fitzwilliam, nachdem er es seiner Cousine bequem gemacht hatte, und schirmte ihr Gesicht vor der Hitze des Feuers ab. Doch nach einigen Minuten riss sich Georgiana aus ihrem Dämmerzustand, im Gefühl, dass ihr alles besser täte, als sich ihren Gedanken zu überlassen. Und plötzlich erinnerte sie sich an etwas, das sie Elizabeth in einer stillen Minute hatte erzählen wollen, und fand, dass es nicht schaden würde, wenn sie es nun Colonel Fitzwilliam selbst erzählte. Sie habe erfahren, so teilte sie ihrem Cousin mit, dass Mr. Bertram mit Miss Crawford bekannt sei. Ob er das bereits wisse?

Colonel Fitzwilliam bejahte, zeigte sich aber durchaus interessiert an weiteren Einzelheiten, da er selbst mit Mr. Bertram nicht über sie gesprochen hatte.

Also gab Georgiana ihm Mr. Bertrams Beschreibung von Miss Crawford wieder und wies schüchtern darauf hin, dass diese Beschreibung sich mit dem zu decken scheine, was sie schon wussten und gehört hatten.

„Ja", antwortete der Colonel nachdenklich, und nach einer Pause fügte er hinzu: „Ich bin froh, dass er so gut von ihr gesprochen hat – froh, dass sie in ihm einen Fürsprecher hat, denn wie du aus seinen Bemerkungen über ihren Bruder wohl schon geschlossen hast, wäre es kaum erstaunlich, wenn die Familie Bertram den Crawfords gegenüber voreingenommen wäre. Ich bin froh, dass zumindest er Manns genug ist, nur die wirklich Verantwortlichen zu beschuldigen."

Georgiana hörte aufmerksam zu, in der Erwartung, ihr Cousin werde die Vorwürfe gegenüber den Crawfords näher erläutern, unter denen Miss Crawford offenbar so sehr litt, doch das tat er nicht, und so wagte sie nach kurzer Pause zu äußern: „Er hat angeblich seit Jahren nichts von ihr gehört, sodass es mir zwecklos erschien, ihn nach ihrer Hochzeit zu fragen."

„Du hast recht – es wäre zwecklos gewesen", erwiderte der Colonel. „Elizabeth bemüht sich, Genaueres darüber zu erfahren, doch wird die Welt beizeiten gewiss gebührend in Kenntnis gesetzt, und falls es entsprechende Neuigkeiten geben sollte, werden sie wohl selbst bis nach Derbyshire dringen." Er lächelte, als er dies sagte, doch es war kein freudiges Lächeln, und aus seiner Stimme schien Verbitterung zu klingen. Georgiana tat es im Herzen weh, und auf einmal hatte sie das Gefühl, selbst noch keine wahre Enttäuschung erlebt zu haben.

Der Colonel sprach nun von anderen Dingen, bis sie von Tom Bertram gestört wurden, der auf der Suche nach ihnen war, da er Georgiana bitten wollte, noch einmal mit ihm zu tanzen. „Miss Darcy ... zu bedauerlich, dass sie schon müde sind, doch diese zwei Tänze müssen Sie mir unbedingt noch gewähren. Die ersten Gäste sind schon im Aufbruch begriffen, und Sie wissen ja: Wenn das geschieht, geht einem Ball rasch die rechte Stimmung verloren. Und weiß man, wann uns wieder einmal ein so vergnüglicher Abend beschieden sein wird? Ich habe Mr. und Mrs. Bingley eben erst mitgeteilt, dass ich ihnen für ihre Einladung gar nicht genug dafür danken kann." Georgiana gestattete ihm, sie zum Tanz zu führen, hätte sie doch kaum die Kraft für Einwendungen aufbringen können. Nach den beiden Tänzen kam Elizabeth, die sie beobachtet hatte, auf sie zu und fragte, ob sie nicht umgehend zu Bett gehen wolle. Im Schutz dieser Erlaubnis wandte sich Georgiana um und verabschiedete sich von ihrem Tanzpartner, der gegen ihr Verschwinden so heftig protestierte, wie es ihm die Höflichkeit gestattete: „Aber Miss Darcy, wenn Sie sich zurückziehen, können wir den Ball auch gleich beenden. Es ist recht grausam, von mir zu verlangen, Ihnen ‚Gute Nacht' zu sagen, wenn es doch zugleich ‚Leben Sie wohl' bedeutet."

„Bedeutet es das? Brechen Sie denn morgen schon so früh auf? Das ist sehr bedauerlich", sagte Georgiana im Bemühen um jene Herzlichkeit, die von ihr erwartet wurde.

„In der Tat – eine Flause meines Cousins, möchte ich meinen, der nämlich glaubt, dass wir für die Fahrt nach Mansfield den ganzen Tag bräuchten. Brauchen wir nicht, doch Mr. Bingley hat mir soeben mitgeteilt, dass William um Punkt Acht aufzubrechen wünscht, und ich fürchte, dass Sie, werte Damen, zu dieser unchristlichen Zeit noch nicht ansprechbar sein werden."

„Da haben Sie allerdings recht“, entgegnete Elizabeth. „Nach Ausschweifungen wie den Scharaden und diesem Ball dürfte es an ein Wunder grenzen, wenn wir unsere Zimmer in den nächsten Tagen überhaupt einmal verlassen. Ihnen ist noch nicht recht klar, Mr. Bertram, wie beschaulich es bei uns für gewöhnlich zugeht.“ In diesem Ton plauderte sie noch ein wenig weiter, was Georgiana dazu nutzte, ein kurzes Adieu einzuwerfen und sich zu entfernen. Konnte Sie vermeiden, Mr. Price noch einmal zu begegnen? Nein! Er stand am Fuß der Treppe und schien auf sie zu warten. Es gab kein Entrinnen. Ihr Fuß berührte gerade die unterste Stufe, als er auf sie zueilte und ihr nicht etwa die Hand gab, sondern mit leiser Stimme und ernstem Blick fragte: „Darf ich Ihnen Lebewohl sagen, Miss Darcy?“

Georgiana wusste nicht, ob ihr „Leben Sie wohl, Mr. Price“ überhaupt zu vernehmen war; doch er verbeugte sich, trat einen Schritt zurück und sah ihr nach, als sie die Treppe hinaufging.

Kapitel 21

In der Dunkelheit des folgenden Morgens, zu einer Stunde, die durch Nebel und Sprühregen erst recht trostlos erschien, fuhr Mr. Bingleys Einspänner am Haupteingang von Pemberley vor. Kitty, die nach tränenreicher Nacht erst spät in einen Dämmerschlaf gefallen war, wurde von Stimmen und anderen Geräuschen geweckt, doch als sie durch ihre Vorhänge spähte, sah sie lediglich noch die Schöße des Überrocks von William Price, der in diesem Augenblick die Kutsche bestieg. Die Tür der Kutsche wurde geschlossen, und Darcy und Fitzwilliam winkten zum Abschied während die Pferde zügig lostrabten. Kitty sah und lauschte ihnen bis zuletzt nach, dann warf sie sich voller Gram auf ihr Bett. Trotz Williams seltsam verändertem Auftreten im Verlauf des vorigen Abends und seinem merkwürdig verschämten Abschiedsgruß, der ihre Zuversicht so sehr gedämpft hatte, dass sie die ganze Nacht lang von dem schrecklichen Gedanken „Und was, wenn ich ihm nicht das Geringste bedeute“ gequält worden war, hatte sie noch nicht alle Hoffnungen begraben, als sie ihn das Haus verlassen hörte. Gab es nicht vielleicht irgendeine Nachricht oder eine Botschaft für sie? Doch seit seinem Aufbruch wurde Kitty die schreckliche Befürchtung nicht los, alles sei vorbei. Seit der törichten Bemerkungen von Mrs. Jennings waren die ehedem so günstigen Vorzeichen ins Gegenteil verkehrt. Was hatte all das zu bedeuten? Jedes Mal, wenn sie sich diese Frage stellte, brach sie aufs Neue in Tränen aus. Von Müdigkeit und ihren Gefühlen übermannt, war sie nicht in der Lage, auch nur einen klaren Gedanken zu fassen. Wie groß war ihr Wunsch gewesen, noch am gestrigen Abend Georgiana aufzusuchen, um dieser ihr Herz auszuschütten und jenen Beistand zu erbitten, den ihr Georgiana noch nie versagt hatte! Doch Elizabeth hatte ihr Einhalt geboten, sodass sich die arme Kitty, außerstande ihren Schmerz tapfer zu ertragen, in einen beklagenswerten Zustand hineingesteigert hatte, als ihre Schwester am nächsten Morgen an ihre Tür klopfte.

Natürlich hatten sowohl Elizabeth als auch Jane längst Mutmaßungen über Kittys Situation angestellt. Wer mit der bisherigen Entwicklung der Angelegenheit vertraut war, hatte unschwer verkennen können, dass William Price die an ihn gerichteten Erwartungen nicht erfüllte. Elizabeth hatte sich Georgianas augenfällige Betrübnis damit erklärt, dass ihr dies gleichfalls bewusst geworden war. William Price sah bis zuletzt eigentlich aus wie immer, doch Elizabeth vermutete, dass es zwischen ihm und Georgiana, vielleicht von Mrs. Jennings unselig begünstigt, zu einer Aussprache gekommen war, und sie hatte keine Ahnung, inwiefern ihn irgendeine Schuld traf. Es gab keine Zeit, dies mit Jane zu besprechen, denn sie wusste schon beim Aufstehen, dass ihr erster Gang sie zur Hauptleidtragenden führen musste, die es zu trösten und zu stützen und vor den Folgen ihres Irrtums zu schützen galt.

Kitty wollte sie zunächst nicht einlassen, und als Elizabeth sie schließlich dazu überredet hatte und ins Zimmer trat, war sie bestürzt zu sehen, was diese Nacht der Qualen und Tränen mit Kitty angerichtet hatte. Kitty musste erneut weinen, doch Elizabeths Zuwendung und Nähe vermochten sie schließlich zu beruhigen, und als sie wieder zusammenhängend sprechen konnte, wünschte sie flehentlich Georgiana zu sehen, die ihr womöglich etwas erzählen, ihr gewisse Dinge erklären konnte. Das aber konnte Elizabeth unmöglich gestatten, denn sie sah, dass Kitty in ihrem Zustand noch kein Gespräch über ihren Kummer führen konnte, doch sie versprach ihr immerhin, es bald zu erlauben. Nachdem sie Kitty dazu gebracht hatte, eine Kleinigkeit zu essen und einen Likör zu trinken, sah sie zufrieden zu, wie ihre Schwester wieder einschlief. Diese Vorsichtsmaßnahme erwies sich während der nächsten achtundvierzig Stunden als durchaus gerechtfertigt, da Kitty sich ernstlich krank zeigte und unter hysterischen Anfällen sowie völliger Kraftlosigkeit litt. Ihre beiden Schwestern, Georgiana und Elizabeths Hausmädchen ließen ihr alle erdenkliche Fürsorge zuteil werden, doch selbstverständlich verbot sich weiterhin jedes ausführliche Gespräch über die Ursachen ihres Unwohlseins. Auch Kitty schien, nachdem sie einmal nachgefragt hatte, ob Mr. Price ihr irgendeine Nachricht hinterlassen oder aber seine Rückkehr in Aussicht gestellt habe, was auf Kosten eines weiteren Weinkrampfs verneint worden war, unfähig oder unwillig, sich länger den Kopf zu zerbrechen.

Georgiana aber konnte sich einer Befragung durch Elizabeth und Jane nicht entziehen. Als sie am Morgen nach dem Ball aus ihrem Zimmer herabkam, gut eine Stunde später als üblich, um ihren Platz im Kreis der Familie einzunehmen, hatte sie sich wieder im Griff und bekundete, völlig erholt zu sein, und außer einem leichten Schatten um die Augen und einer gewissen Blässe der Wangen, die angesichts der Anstrengungen der letzten beiden Tage nur zu verständlich waren, gab ihr Aussehen keinen Anlass zu Spekulationen. Niemand ahnte etwas von den Gewissensbissen und Selbstvorwürfen, die sie plagten, als die anderen die merkwürdige Wendung der Dinge erörterten und sich den seltsamen Sinneswandel von Mr. Price in seiner Haltung zu Kitty zu erklären versuchten – einen Sinneswandel, der mehreren Personen in der letzten Stunde des Balls aufgefallen war. Elizabeth und Jane fragten Georgiana, ob dies auch für sie aus heiterem Himmel geschehen sei, oder ob ihr schon vorher irgendetwas Anlass zu der Vermutung gegeben habe, Mr. Price werde Kitty doch keinen Heiratsantrag machen. Ihre Fragen waren eine harte Prüfung für Georgiana, die nicht anders konnte, als ehrlich zu antworten, während sie aus vielerlei Gründen den wahren Hintergrund nicht enthüllen mochte. So erklärte sie mit leiser Stimme und so wenigen Worten wie möglich, im Laufe des Abends erfahren zu haben, dass ihre Erwartungen falsch gewesen seien, was Kitty gewiss das Herz brechen werde.

Angesichts ihres erkennbaren Mitleids für Kitty sahen die zwei Schwestern davon ab, mit weiteren Fragen in sie zu dringen, obgleich Jane den Eindruck hatte, dass Georgiana durchaus Licht in diese rätselhafte Geschichte hätte bringen können. Sie beklagte noch länger den Scherbenhaufen, vor dem die arme Kitty nun stehe, und auch das Ende dieser so vergnüglichen Zeit, vor allem aber die Wankelmütigkeit junger Herren oder vielmehr ihre unselige Neigung, nicht zu wissen, was sie wollen. Georgiana hörte schweigend zu, obgleich sie wusste, dass man William Price letzteres wahrlich nicht vorwerfen konnte. Auch Elizabeths sachlichere Erklärungsversuche waren ihr kaum leichter erträglich. Jene erklärte, sie unterstelle Mr. Price höchstens Gedankenlosigkeit, bedauere allerdings, dass er das Ausmaß von Kittys Zuneigung nicht früher erkannt habe, da ihm sein unstetes Leben, wie von ihr längst vermutet, wohl ohnehin jeden Gedanken ans Heiraten vorerst verbiete. Nun wagte Georgiana doch einzuwenden, dass William Price ihr gegenüber sehr wohl Betrübnis darüber geäußert habe, für Kittys Kummer verantwortlich zu sein, und sie gab sogar noch eine weitere Kleinigkeit preis, indem sie hinzufügte, dass er bis zu einer unbedachten Spöttelei von Mrs. Jennings am gestrigen Abend von Kittys großer Zuneigung nichts geahnt habe. Mit Befriedigung sah sie, dass diese Auskunft ihn zumindest in Elizabeths Augen teilweise rehabilitierte. Aus Angst, mehr zu verraten, als ratsam war, zog sie sich wieder auf ihr Zimmer zurück, wo sie sich fragte, warum es sie für ihn freute, dass er nicht völlig verkannt wurde, wenn sie doch daran hätte denken sollen, wie falsch er gehandelt hatte.

Die Stunde der Wahrheit konnte für Kitty nicht lange hinausgezögert werden. Am dritten Tag fühlte sie sich gut genug, um in ihrem Zimmer im Sessel zu sitzen, und als Georgiana sie besuchte, wurde sie gebeten, zu bleiben und die Tür zu schließen. Als Kitty keine unliebsame Störung mehr befürchten musste, ergriff sie die Hand ihrer Freundin, hieß sie neben sich Platz nehmen und flehte sie an, ihr alles zu erzählen, was Mr. Prices Verhaltensänderung und seine übereilte Abreise erhellen könnte. Georgiana suchte nach passenden Worten, während Kitty ihrem in den vergangenen Tagen angestauten Kummer freien Lauf ließ und unaufhörlich redete und weinte, sodass Georgiana sie nur mit Mühe beruhigen konnte und umso mehr fürchtete, was ihre Enthüllungen auslösen würden.

„Liebe Kitty", begann Georgiana, „du darfst nicht weinen. Reiß dich zusammen, sonst lässt mich Elizabeth nicht mit dir sprechen. Sei tapfer, denn wenn du dich so gehen lässt, wirst du krank."

„Wer wäre nicht krank, nach dem, was mir widerfahren ist?", klagte Kitty. „Ich werde nie wieder glücklich sein. Warum liegt ihm nichts an mir? Hat er dir gesagt, warum? Was habe ich getan, oder was hat Mrs. Jennings getan? Etwas muss ihn gekränkt haben, denn auf einmal war er völlig verändert."

„Ich glaube nicht, dass ihn etwas gekränkt hat, Kitty", erwiderte Georgiana. „Nun, da er fort ist und nicht getan hat, was alle von ihm erwartet haben, wäre es wohl am besten, wenn wir einfach davon ausgingen, dass er nicht die von uns erhofften Gefühle hegte. Wir sollten versuchen, alles zu vergessen und es nicht allzu schwer zu nehmen. Liebe Kitty, es tut mir so leid für dich. Es ist in erster Linie meine Schuld, und du hast jedes Recht, mir Vorwürfe zu machen. Ich werde mir nie verzeihen können, dich zu diesem Irrglauben verleitet zu haben."

„Du weichst mir aus, Georgiana", rief Kitty, mit der Gereiztheit der Invalidin. „Ich weiß, dass ich ihm nichts bedeute, und dass er fort ist, doch ich möchte wissen, warum er gegangen ist. Denn wenn es nichts mit meinem Verhalten zu tun hat, kommt er ja womöglich doch wieder zurück."

Georgiana schwieg. Noch immer scheute sie davor zurück, Kitty zu sagen, dass er sicher nicht zurückkommen werde. Doch Kitty gab keine Ruhe. „Es ist unsinnig, dass du dir Vorwürfe machst. Du trägst nicht mehr Schuld als irgendjemand sonst. Gewiss weniger als Mrs. Jennings. Wenn er aber mit dir gesprochen hat, muss er doch irgendetwas angedeutet haben. Hat er mit dir gesprochen, Georgiana? Das muss ich wissen!"

Georgiana begrub ihre letzte Hoffnung, vor Kitty verbergen zu können, was deren Leid nur noch vergrößern würde. Und so teilte sie ihrer Freundin schließlich so behutsam wie möglich mit, dass William sich stattdessen ihr, Georgiana, erklärt hatte. Doch sah sie sich gezwungen, dies mehrmals in unmissverständlichen Worten zu wiederholen, bis Kitty die Bedeutung des Gehörten erfasste. Und selbst dann noch lag Ungläubigkeit in dem entsetzten Blick, den sie, nachdem sie ihre Hand weggezogen hatte, auf Georgiana richtete, deren abgewandtes Gesicht vor Scham gerötet war. Zwar hatte sich Kitty im Verlauf der vergangenen drei Tage mit der Vorstellung, dass sie *nicht* das Objekt der Begierde von William Price sei, allmählich vertraut gemacht, doch dass sein Herz stattdessen für ihre Freundin schlug, war ihr unbegreiflich. Unwillkürlich kam ihr der Gedanke, dass sie einer Intrige zum Opfer gefallen sein musste. Wie so oft in den letzten Tagen wurde sie von einem Weinkrampf geschüttelt, doch diesmal waren es Tränen einer verletzten Eitelkeit, die sie vergoss. In ihrer ersten Wut warf sie Georgiana vor, sich nicht mit Mr. Bertrams Aufmerksamkeit begnügt, sondern auch noch die seines Cousins gesucht zu haben. Georgiana weigerte sich, darauf zu antworten, und sie wand viel Geduld und all ihr Zartgefühl auf, um Kittys Verbitterung zu mildern und die arme Freundin in ihrem verletzten Stolz zu trösten. Dieser Stolz war die ganze Zeit über deren stärkstes Gefühl in dieser Angelegenheit gewesen; er hatte sie beflügelt, durch die vergangenen Monate getragen und im Verbund mit ihren Freunden dazu gebracht, sich mehr von William Price zu erhoffen, als ihre Kenntnis seines Charakters oder ihr Glaube an eine Seelenverwandtschaft gerechtfertigt hätte. Doch all dies war Kitty nicht bewusst, und so gab es wenig Möglichkeiten, ihr Leid zu lindern.

Einen gewissen Trost bot ihr die Vorstellung, dass alle gleichermaßen geirrt hatten, dass sogar Georgiana aus allen Wolken gefallen war und sich nun die heftigsten Vorwürfe machte – zu Kittys Verblüffung aber nicht, weil Mr. Price ihr einen Antrag gemacht, sondern weil sie zu dem Irrglauben beigetragen hatte, dem ihre Freundin so qualvoll zum Opfer gefallen war. Nichts jedoch hätte

Kittys Schmerz in diesem Moment mehr lindern können als die Erkenntnis, dass Mr. Price selbst sich scheußlich verhalten habe, und je länger sie darüber nachdachte, desto mehr verübelte sie ihm sein Verhalten. Das aber wollte Georgiana nicht gelten lassen. All dies, so erklärte sie, sei doch schrecklich rätselhaft, und man dürfe sich über Mr. Price kein Urteil anmaßen, solange man seine Sichtweise nicht kenne; ihrer Ansicht nach werde sich vielmehr herausstellen, dass er stets anständig gehandelt habe.

Diese Worte aber weckten nun Kittys Verdacht, die beiden spielten ein abgekartetes Spiel, und so fragte sie Georgiana eindringlich, was zwischen ihr und Mr. Price vorgefallen sei. Georgiana wies die Unterstellung empört zurück und versicherte Kitty auf eine Weise, die keine weitere Diskussion zuließ, dass sie Mr. Price entschieden zurückgewiesen, ja, sich sogar seine Erläuterungen verbeten habe, und nicht erwarte, ihn je wiederzusehen oder je wieder von ihm zu hören. Dann fügte sie noch hinzu, dass sie weder Elizabeth noch irgendjemand anderem von Mr. Price Liebeserklärung erzählt habe, und dass es wohl das Beste wäre, wenn Kitty es ebenso hielte, wozu sich Kitty, wie von Georgiana erwartet, nur allzu gern bereit erklärte.

Tatsächlich kam Kitty unter diesen Umständen nichts gelegener als ein solches Schweigegelübde. Als Georgiana, die von den Beiden die deutlich Erschöpftere war, sie nach der langen Unterredung verließ, hatte sich Kitty bereits die Rolle der verletzten Heldin zu eigen gemacht. Denn es war weitaus befriedigender, als Opfer einer Niedertracht zu gelten – als diejenige, die aufs Übelste sitzen gelassen worden war –, als wenn bekannt würde, dass sie die ganze Zeit in den falschen Mann verliebt gewesen war, was ein weitaus würdeloseres Schicksal darstellte. Aus diesem Grund stimmte sie auch umgehend Janes Vorschlag zu, mit ihr nach Desborough zurückzukehren, um dort einige Zeit zu verbringen – im Wissen darum, dass es vorerst wenig tröstlich wäre, in Georgianas Nähe zu verweilen, der einzigen Person, die die ganze Geschichte kannte. So wurde beschlossen, dass Jane und Miss Bingley ihre Abreise um zwei

Tage aufschieben sollten, in denen sich Kitty hoffentlich ausreichend erholen würde, um sie begleiten zu können.

Der einzige Makel dieses Plans bestand für Kitty darin, dass auch Miss Bingley noch zwei Wochen auf Desborough bleiben würde. Diese hatte sich gar nicht erst die Mühe gemacht, über William Prices Abreise irgendwelche Vermutungen anzustellen, sondern Jane und Georgiana schlicht erklärt, dass sie nichts anderes erwartet habe. Als einzige war sie nie einem Irrtum erlegen, hatte sie doch niemals angenommen, dass Mr. Price in Miss Bennet oder sonst jemanden verliebt sei. Es war ihr schlichtweg unbegreiflich, wie alle auf diese Idee hatten verfallen können. Nichts lag für sie klarer auf der Hand, als dass jener Herr ein eher leidenschaftsloser junger Mann war. Jane protestierte, während Georgiana sich jeder Bemerkung enthielt und Miss Bingley unter vier Augen lediglich bat, in Kittys Gegenwart über das Thema kein Wort zu verlieren.

Der Tag des Aufbruchs kam, Mr. Bingleys Kutsche fuhr erneut vor, die drei Damen nahmen darin ihre Plätze ein, und Kittys Abschiedsblick galt jener Stelle, an der sie William Price zuletzt gesehen hatte. Die Abreise schien dieses Kapitel endgültig zu beenden, und Georgiana kehrte zurück ins Haus, um sich wieder den Pflichten eines Lebens zu widmen, das in einer einzigen kurzen Woche scheinbar all seiner Heiterkeit beraubt worden war. Sie hatte sich seit jenem unglückseligen Ballabend erfolglos bemüht, ihren Trübsinn zu vertreiben, und versucht, sich dieses seltsame Gefühle von Einsamkeit und Verlust zu erklären, das sie immer wieder befiel. Es war weder die Anteilnahme an Kittys Leid noch der Gram über ihren Beitrag dazu, und auch nicht das Bedauern über die zwischen ihnen spürbare Entfremdung – nein, was ihr beständig auf der Seele lag, war nicht der Gedanke an Kitty, sondern der an einen anderen Menschen – einen Menschen, dessen leidenschaftliche Worte sich nicht aus ihrem Gedächtnis löschen ließen, dessen Stimme sie immer wieder um etwas bitten hörte, das sie nicht zu gewähren wagte. Seit sie Kitty die Wahrheit gesagt hatte, kam ihr das Gespräch im Bildersaal in allen Einzelheiten stetig in den Sinn, anschaulich und unwiderstehlich.

Sie erinnerte sich daran, wie er über das Erwachen und die weitere Entwicklung seiner Zuneigung zu ihr gesprochen hatte, und in der Rückschau zeichneten sich zahllose Situationen während ihrer Bekanntschaft ab, die seine Darstellung bestätigten. Nicht länger durch den Schleier von Kittys Illusionen betrachtet, erschienen all ihre Begegnungen und Gespräche als Meilensteine einer immer enger werdenden Freundschaft, einer zunehmenden gegenseitigen Vertrautheit. Warum war es bei allem Schmerz eine solche Wonne, sich dies in Erinnerung zu rufen, die Augenblicke im Bildersaal noch einmal zu durchleben? Georgianas Herz beantwortete ihr die Frage, und sie spürte, dass diese Antwort schon lange unbewusst in ihr geschlummert hatte. Es war eine Wonne, weil William Price ihr in jeder Hinsicht eine Wonne war: seine edle Art, seine wahrhafte Ehrbarkeit und auch die Gewissheit, dass sein Herz ihr gehörte. Und doch war es auch eine Qual, weil sie dieses beglückende Gefühl als treulos gegenüber ihrer Freundin empfand, deren Leben womöglich durch einen Irrtum zerstört war. Wie konnte sie an ihr eigenes Glück denken, wenn die Freundin litt? Trotz ihres Kummers darüber, dass sie seine Liebe verschmäht und ihn für immer verloren hatte und er zudem nie erfahren würde, dass sie ihn ebenfalls liebte, fand Georgiana, dass sie nicht anders hatte handeln können. Selbst wenn sie in dem Augenblick, als er zu ihr sprach, gewusst hätte, was er ihr tatsächlich bedeutete, hätte sie nicht so illoyal sein können und sich nehmen, was Kitty so sehr ersehnte. Und sie war froh, dass Kitty nicht ahnte, welches Opfer sie brachte.

Kapitel 22

Mit der Abreise der drei Damen nach Desborough blieb auf Pemberley nur der engste Kreis zurück, nachdem Colonel Fitzwilliam schon einige Tage zuvor nach Leicestershire aufgebrochen war und von dort inzwischen beste Jagdbedingungen vermeldet hatte. Doch lange sollten die Darcys nicht unter sich bleiben, denn schon Anfang der nächsten Woche wurden Mrs. Grant und Miss Crawford erwartet. Elizabeth nutzte die Zeit, um Georgiana auf den Besuch vorzubereiten, und teilte ihr bei dieser Gelegenheit auch mit, was sie von Mrs. Wentworth erfahren hatte, dass nämlich Miss Crawford nicht mit Sir Walter Elliot verlobt sei. Georgiana hörte mit größtem Interesse zu und teilte freudig Elizabeths Ansicht, dass man nun wieder hoffen dürfe, Colonel Fitzwilliam doch noch zu seinem Glück zu verhelfen, vorerst freilich nichts weiter tun könne, als es Miss Crawford in ihrer Runde so angenehm wie möglich zu machen.

„Darauf werde ich mich diesmal beschränken", erklärte Elizabeth lachend. „Ein weiterer Versuch der Kuppelei wäre ebenso zwecklos wie gefährlich, solange wir nicht das Ausmaß ihrer beider Zuneigung kennen, schließlich hat uns genau diese Unkenntnis gerade erst ein Fiasko beschert, nicht wahr, Georgiana?"

Georgiana nickte, konnte sich aber kein Lächeln abringen, denn ihr stand in diesem Moment einzig die Tragik unerwiderter Liebe vor Augen. Als Gastgeberin des Balls hatte Elizabeth zuvor ein Dankesschreiben von William Price erhalten, in dem das Nötigste in schlichten und ehrlichen Worten gesagt war, und das mit „Grüßen an Ihre ganze Familie" schloss. Georgiana hatte den Brief mit glühenden Wangen gelesen und war froh gewesen, sich hernach abwenden und ihre kleine Nichte auf den Schoß nehmen zu können, während Darcy nach Überfliegen des Briefes anmerkte: „Er scheint mir, soweit ich das beurteilen kann, ein sympathischer, mannhafter

Bursche zu sein. Es täte mir leid zu erfahren, dass er ein Mädchen ungebührlich behandelt hat."

„Schwärmereien setzen bei manchen Mädchen bisweilen den gesunden Menschenverstand außer Kraft, was mir auch für diesen Fall zu gelten scheint", entgegnete seine Frau. „Und wie ich dir schon sagte, glaube ich, dass Kitty von Beginn an nicht besonders klug beraten wurde."

„Wahrscheinlich hast du recht", erwiderte Darcy. „Ein Mann seines Alters und Berufs führt einen Aufruhr in der Damenwelt zumeist eher unbewusst herbei. Er hatte eine so angenehm aufrichtige Art, dass man ihm gern uneingeschränkte Wertschätzung entgegenbringen würde."

Georgiana hatte diese Worte durch das Gebrabbel ihrer Nichte hindurch vernommen, und es freute sie, dass ihr Bruder eine so hohe Meinung von William Price hatte, selbst wenn es diesem nun nichts mehr nützte.

Als Miss Crawford dann eintraf, sah sie ausgezehrt und krank aus, und die ersten Tage auf Pemberley verbrachte sie in großer Ruhe. Sie hielt sich vorwiegend in ihrem Zimmer auf und kam nur zum Dinner und später am Abend hinunter zu den anderen, und wenn sie nicht gerade mit Elizabeth sprach, schien ihre größte Freude darin zu bestehen, Georgiana beim Klavierspielen zuzuhören. Mrs. Grant wachte über sie mit unermüdlicher Fürsorglichkeit, ohne sie jedoch als Kranke zu behandeln, sondern offenbar im Bestreben, sie zu ermuntern, soweit wie möglich am Leben auf Pemberley Anteil zu nehmen. Dessen stille Friedlichkeit tat Miss Crawford ausgesprochen gut, und schon nach wenigen Tagen hatten sich ihre Gesundheit und Stimmung merklich gebessert. Sie vermochte nun, sich morgens im ersten Dezemberfrost mit kurzen Spaziergängen durch die Gartenanlagen zu erfrischen, und später am Tag bei milderen Temperaturen auch an Ausfahrten teilzunehmen. Die Schönheit der Landschaft, die gute Luft und die sanfte Freundlichkeit ihrer Gastgeber erwiesen sich zunehmend als Wohltat für ihre sorgenvolle

Seele und ihren geschwächten Körper. Colonel Fitzwilliams Name fiel selten, Lady Catherine de Bourghs Name nie.

Eines Vormittags, als Georgiana und Mrs. Grant zum Pfarrhaus gegangen waren, saß Elizabeth bei Mary und berichtete ihr, um sie ein wenig zu unterhalten, von den Scharaden und ließ dabei auch Mr. Bertrams Anteil an deren Gelingen nicht unerwähnt. Mary erblasste leicht, als sie seinen Namen hörte, lauschte der Schilderung jedoch mit großer Aufmerksamkeit. Es folgten einige Momente der Stille, bis sie unvermittelt fragte: „Haben Mr. Bertram oder Mr. Price je mit Ihnen über mich gesprochen, Mrs. Darcy? Wussten Sie, dass ich beide kenne?"

Elizabeth erklärte, durch Georgiana von ihrer Bekanntschaft mit Mr. Price erfahren zu haben, doch von einer Bekanntschaft mit Mr. Bertram habe sie nicht gewusst. Diese sei während des Besuchs der beiden jungen Herren nicht zur Sprache gekommen.

„Das dachte ich mir", erwiderte Miss Crawford, um nach einer kurzen Pause leicht errötend hinzuzufügen: „Ich habe schon zu viele Beispiele Ihrer Güte erlebt, um anzunehmen, dass Sie mich in Kenntnis aller Umstände anders behandeln würden. Gleichwohl nahm ich an, dass Sie diese nicht kennen, und mir ist schon vor meiner Anreise klar geworden, dass es nicht recht wäre, Sie über diese Geschichte weiterhin im Ungewissen zu lassen. Seit meiner Ankunft warte ich darauf, dass Sie mich nach den Gründen für Lady Catherines Feindseligkeit fragen, denn nach Ihren großherzigen Zeilen an mich, die ich – wie ich fürchte – nur unzureichend gewürdigt habe, haben Sie allen Anspruch auf eine Erklärung." Von Gefühlen überwältigt und durch die Krankheit noch immer geschwächt, versagte ihr für einen Moment die Stimme, worauf Elizabeth, die ihr schon vorher Einhalt gebieten wollte, ihre Hand ergriff und sie mit sanfter Bestimmtheit bat, nicht fortzufahren.

„Liebe Miss Crawford, ich habe keinerlei Anspruch auf irgendeine Erklärung, und ich verlange auch keine. Vielmehr haben Sie Anspruch auf unsere Bitte um Entschuldigung für das Verhalten Lady de Bourghs Ihnen gegenüber. Mein Cousin hat uns berichtet, was an jenem Abend nach unserem Aufbruch vorgefallen ist, und wie ich Ihnen schon in meinem Brief schrieb, bin ich über das, was Ihnen widerfahren ist, unendlich beschämt und betrübt. Falls Sie uns verzeihen können, sollten wir über diese Angelegenheit kein Wort mehr verlieren. Es ist für uns beide gleichermaßen schmerzhaft."

Miss Crawford gab zu erkennen, dass sie gern antworten würde, und nachdem sie kurz Kraft gesammelt hatte, erklärte sie mit brüchiger Stimme und an Elizabeth vorbei blickend: „Ich wollte gar nicht auf diesen Teil der Geschichte zu sprechen kommen, und am allerwenigsten mit Ihnen, deren Herzensgüte mir diese Erinnerung schon beinahe gelöscht hat. Vielmehr ging es mir um den Grund für Lady Catherines Ausfälligkeit. Sie müssen sich doch gedacht haben, dass es einen Grund gab. Lady Catherine dürfte Ihnen erzählt haben, dass ihr Unvorteilhaftes über mich zugetragen wurde. Auf jeden Fall werden Sie sich Entsprechendes zusammengereimt haben. Das ist es, was ich klarstellen möchte. Ich denke, ich bin es Ihnen schuldig, Sie wissen zu lassen, welche Dinge über mich erzählt werden, damit Sie, wenn sie diese Dinge von anderen hören, Wahrheit und Lüge auseinanderzuhalten vermögen." Als sie geendet hatte, sah sie Elizabeth mit einem mühevollen Lächeln an, doch ihre Hände zitterten.

Elizabeth versuchte, sie zu beruhigen. „Sie müssen mir nichts erzählen, wenn Sie sich dazu nicht in der Lage fühlen", erklärte sie. „Ich denke, dass mir die Geschichte zumindest in groben Zügen bekannt ist, und ich kann Ihnen versichern, dass wir nie etwas geglaubt haben, das Sie in ungünstigem Licht erscheinen ließ. Schon bevor Mr. Yates auftauchte, hatte ich genug darüber gehört, um überzeugt zu sein, dass Sie die Geschädigte und Verleumdete waren, und dass meiner Tante eine bösartig verzerrte Version der Geschichte eingeflüstert wurde. Ich wäre froh, wenn Sie mich eines Tages ins Vertrauen zögen, doch befürchte ich, es würde Ihnen im Moment eher schaden, sich an unangenehme Dinge zu erinnern, in die Menschen verstrickt waren, die Ihnen etwas bedeuten."

Davon ließ sich Mary nur zu gern überzeugen. Sie lehnte sich auf ihrem Sofa zurück und murmelte: „Ja, Sie haben recht", und aus ihrem Gesicht sprach Erschöpfung wie Erleichterung. Dann fügte sie etwas vernehmlicher hinzu: „Ich bin froh, dass Sie mich nicht für das Ungeheuer halten, als das Lady Catherine mich beschrieben hat."

„Ich habe Sie nie für ein Ungeheuer gehalten, liebe Miss Crawford", versicherte Elizabeth lächelnd, während es in ihrem Kopf arbeitete. Miss Crawfords Wunsch, von ihr wie ehedem wertgeschätzt zu werden, betraf gewiss auch die übrige Familie. Dann aber betraf es doch auch Colonel Fitzwilliam – ungeachtet des unseligen Abschieds in Bath, ungeachtet der Ereignisse in London. Elizabeth kam es vor, als stochere sie im Nebel, denn noch immer hatte sie nicht die Spur einer Ahnung von Miss Crawfords Gefühlen für ihn. Eigentlich hatte sie noch nicht von ihm sprechen wollen, doch nun schien ihr dies nun eine recht günstige Gelegenheit, um zu erkunden, ob es wohlmeinende Gefühle waren. Und so sagte sie, als folge sie noch demselben Gedankengang: „Mein Cousin war sehr froh, dass er damals noch länger in Bath bleiben und somit versuchen konnte, das von diesen schrecklichen Ferrars angerichtete Unheil zu mildern – sofern das überhaupt möglich war."

Mary zuckte zusammen und richtete sich ein wenig auf, und aus dem Augenwinkel sah Elizabeth verschiedenste Ausdrücke über ihr Gesicht huschen. Sie antwortete nicht sofort, und es klang kühl und reserviert, als sie schließlich sagte: „Das war sehr freundlich von Colonel Fitzwilliam."

„Es scheint mir kein Akt der Freundlichkeit gewesen zu sein", erwiderte Elizabeth. „Vielmehr hat er in Wertschätzung Ihrer Person und aus Empörung über das Ihnen Widerfahrene gehandelt. Und er hat mir erzählt, dass er schmerzlich bereue, sie an jenem Abend, nachdem wir gegangen waren, aus den Augen gelassen zu haben.

Wäre er in Ihrer Nähe geblieben, hätte er das Folgende wohl weitgehend verhindern können."

Erneut ließ Mary sich Zeit mit einer Antwort, und als sie sie gab, lag darin zu Elizabeths Überraschung mehr als ein Anflug von Hohn: „Colonel Fitzwilliam scheint recht geübt in der Kunst des unerwarteten Verschwindens. Er beherrscht sie wie ein wahrer Zauberer."

„Verhält er sich so?", fragte Elizabeth bass erstaunt. „Das ist mir noch nicht aufgefallen. Wir kennen ihn als ruhigen und bedachtsamen Mann, der mit mehr als nur der üblichen Rücksicht handelt. Ist er denn nicht zurückgekehrt ... haben Sie ihn an jenem Abend bei meiner Tante nicht mehr wiedergesehen?"

„Ach, jener Abend", antwortete Mary. „Ich glaube, er hat uns noch zur Kutsche begleitet. Aber ich hatte weniger an diesen Vorfall gedacht, als an London ... Dort bin ich ihm ein oder zwei Mal begegnet, und er sprach, als gedenke er zu bleiben, doch dann war er plötzlich wie vom Erdboden verschluckt. Natürlich war es nicht von Belang. Er hatte ja keinerlei Verpflichtungen uns gegenüber. Doch ich hörte, wie sich Leute darüber äußerten."

Elizabeth konnte sich darauf noch keinen Reim machen, und um Zeit zu gewinnen, fragte sie: „Sprach er denn zu Ihnen, als hoffe er, Sie dort noch einmal wiederzusehen?"

„Zumindest schien es uns so. Vielleicht haben meine Schwester und ich ihn missverstanden, oder er hat überhaupt nichts zu verstehen geben wollen. Wir alle können ja nichts für unsere sprunghaften Launen", erwiderte Mary so demonstrativ leidenschaftslos, dass Elizabeth nicht umhin konnte, es für gespielt zu halten. Sie wollte nun nicht länger zögern und war im Begriff, Miss Crawford zu erzählen, warum Colonel Fitzwilliam so plötzlich aus London abgereist war, als die Tür aufging und Mrs. Grant und Georgina eintraten, sodass Elizabeth sich gezwungen sah, die Klärung dieser Angelegenheit auf einen späteren Zeitpunkt zu verschieben – einer Angelegenheit, die offensichtlich mehr denn je der Klärung bedurfte.

Doch eine Gelegenheit dazu ließ auf sich warten. Nach dem unterbrochenen Gespräch schien Miss Crawford Situationen zu meiden, in denen sie mit ihrer Gastgeberin allein war. Sie kam nun öfter aus ihrem Zimmer hinunter und lebte allmählich ganz im Kreis der Anderen, hielt sich dabei aber unter allerlei Vorwänden stets nur an ihre Schwester und Georgiana. Letztere wagte nicht, mit ihr über Colonel Fitzwilliam zu sprechen, während Mary ihrerseits rasch bemerkte, wie wohl ihrer jungen Freundin der Name „William Price" klang. Da sie auch erkannte, dass Georgiana mehr über ihn erfahren, aber keine Fragen zu ihm stellen wollte, erzählte sie ihr alles, was sie über seine Jugend, seine Familie und seine bisherige Karriere wusste. Sie ließ sich über seinen Charme und seinen tugendhaften Charakter aus, und Georgiana hörte schweigend zu, mit niedergeschlagenen Augen und glühenden Wangen, die allzu verräterisch davon kündeten, das hier eine Herzensangelegenheit berührt worden war. Mary konnte sich ihren Teil denken, doch aus Rücksicht auf Georgianas Verlegenheit verlor sie darüber kein Wort, und so wurde ihre Freundschaft unversehens immer enger, obwohl beide nicht ahnten, wie sehr ihr die jeweils andere zu helfen wünschte.

Es verging gut eine Woche, bis Elizabeth endlich Gelegenheit fand, an das frühere Gespräch anzuknüpfen, und es gelang ihr nur, indem sie Miss Crawford eines Morgens ganz gezielt vorschlug, mit ihr die Chaussee entlang zu spazieren. Darcy war mit Mrs. Grant und Georgiana zu einem entlegenen Teil des Anwesens gefahren und hatte den beiden anderen Damen angeboten, auf der Chaussee zurückzufahren, sodass Miss Crawford auf dem Heimweg im Landauer würde Platz nehmen können, falls sie zu erschöpft wäre. Es war ein schöner, klarer Vormittag mit erfrischend kühler Luft, weshalb Mrs. Grant alle Einwände ihrer Schwester beiseite geschoben und erklärt hatte, bei solchem Wetter könne ihr ein strammer Spaziergang nur gut tun. Elizabeth hatte dennoch damit gerechnet, dass Miss Crawford Mittel und Wege finden würde, den Spaziergang zu vermeiden, doch als es dann zwölf schlug, kam Miss Crawford in den Flur hinunter und sagte lächelnd: „Wie Sie sehen, Mrs. Darcy, bin ich abmarschbereit. Hatten Sie je eine fügsamere Patientin? Wenn es in diesem Tempo weiter geht, werden Sie mich bald schon gänzlich genesen fortschicken können."

„Ich betrachte Sie kaum als Patientin, und habe auch keineswegs vor, Sie fortzuschicken", erwiderte Elizabeth, als sie aus dem Haus gingen. „Mr. Darcy und ich wären sehr enttäuscht, wenn Sie uns verließen, sobald Sie sich dazu in der Lage fühlten."

„Sie sind wie immer sehr gütig", entgegnete Miss Crawford. „Doch ich fürchte, dass unser Besuch bald enden muss, da es keine zwei Wochen mehr bis Weihnachten sind, und Sie das Fest doch sicher in größerer Runde begehen werden."

Diese Bemerkung ließ allerdings keine zwei Deutungen zu, und so verlieh Elizabeth, mit einem Hinweis darauf, dass das Haus zu Weihnachten nicht voller sein werde als zur Zeit, erneut ihrer Hoffnung Ausdruck, dass Miss Crawford und Mrs. Grant einen längeren Aufenthalt planten, um sogleich anzufügen: „Neulich sprachen wir doch von Colonel Fitzwilliams jäher Abreise aus London, und ich wollte Ihnen, falls es Sie nicht zu sehr ermüdet, den Grund dafür nennen, soweit er mir bekannt ist. Es liegt mir sehr daran, dass Colonel Fitzwilliam nicht verkannt oder gar für launenhaft gehalten wird."

„Ach, Mrs. Darcy, das hatte ich ihm mitnichten unterstellen wollen. Gewiss hatte er die allerbesten Gründe für sein Handeln, und es geht mich ja auch gar nichts an."

Doch dabei wollte es Elizabeth keinesfalls bewenden lassen, und so fuhr sie behutsam fort: „Er hatte in diesem Fall wahrlich gute Gründe, und ich hoffe, Sie nehmen es mir nicht übel, dass ich sie nenne, denn sie haben mit Ihnen zu tun. Er hat London verlassen, weil er etwas für Sie empfindet und aus scheinbar sicherer Quelle gehört hatte, dass Sie mit einem anderen Mann verlobt seien. Diese Nachricht war ein solcher Schlag für ihn, dass er die Vorstellung nicht ertrug, Sie wiederzusehen."

Mary lief hochrot an, stieß einen kleinen Schrei aus und sagte dann, sichtlich bemüht, ihre Verärgerung im Zaum zu halten: „Wenn Colonel Fitzwilliam Ihnen dies erzählt hat, Mrs. Darcy, dann betrügt er Sie und sich selbst. Es wäre aufrichtiger gewesen, wenn er eingeräumt hätte, dass er, als er mich in London wiedersah, weniger für mich empfand als erwartet, statt meine angebliche Verlobung als Grund für sein Verschwinden anzuführen."

Elizabeth stand einen Moment lang wie angewurzelt da, sprachlos ob dieser Darstellung der Dinge, und vermochte dann lediglich auszurufen: „Miss Crawford!"

„Verzeihen Sie mir, Mrs. Darcy. Ich sollte Ihnen gegenüber nicht so sprechen, denn Sie sind mit ihm verwandt", sagte Mary und ging mit energischen Schritten weiter. „Es tut mir leid. Ich weiß ja um *Ihre* Aufrichtigkeit. Doch Sie haben keine Ahnung, wie es sich mit dem Vorwurf lebt, jemanden abgewiesen zu haben, noch bevor er Ihnen wirklich nahe kam ... wie schwer der Vorwurf zu ertragen ist, jemandem Leid zugefügt zu haben, wenn man in seinem Handeln nie frei gewesen ist und das Leid auf einen selbst zurückfällt."

„Nie im Leben würde ich Ihnen Vorwürfe machen", sagte Elizabeth. „Ich kenne die Geschehnisse ja nur zu einem kleinen Teil und weiß nicht, wie sie von anderer Warte aus erscheinen. Mir geht es, wie gesagt, nur darum zu verhindern, dass mein Cousin verkannt wird, und nicht darum, Vorwürfe zu erheben. Hätten Sie denn die Güte, mir ein wenig mehr zu erzählen, sodass die Dinge zumindest zwischen uns geklärt werden können?"

Elizabeth ging mit großer Behutsamkeit vor und sprach weit weniger freimütig, als ihr lieb gewesen wäre, denn sie spürte, dass Miss Crawford für Worte des Mitgefühls oder gar für Ratschläge nicht empfänglich war. Noch war es zu früh, um sich ihrer Zuneigung zu Colonel Fitzwilliam gewiss zu sein, obgleich ihre letzte Äußerung ein Leid offenbart hatte, das mit ihm zusammenhing.

„Ich wüsste wirklich nicht, was ich Ihnen erzählen könnte, Mrs. Darcy", antwortete Miss Crawford. „Es gab lediglich eine Reihe unangenehmer Erlebnisse. Colonel Fitzwilliam tauchte in London auf und ließ deutlich den Wunsch erkennen, seine Freundschaft mit meiner Schwester und mir wieder aufleben zu lassen, reiste dann aber ab, ohne etwas unternommen zu haben. Ich war zu jener Zeit mit niemandem verlobt, noch bin ich es seither gewesen, was er leicht hätte in Erfahrung bringen können, wenn er die richtigen Leute gefragt hätte."

„Aber Miss Crawford!", rief Elizabeth streng aus. „Er *hatte* guten Grund, es anzunehmen. Er mag vielleicht nicht Ihre engsten Angehörigen gefragt haben, doch wie Ihnen bekannt sein dürfte – und das soll kein Vorwurf an Sie sein –, gab es unter ihren Freunden sehr wohl entsprechende Gerüchte, die als Tatsachen gehandelt wurden."

Mary fiel es offenbar schwer, darauf zu antworten, doch schließlich sagte sie: „Ja, ich weiß von diesen Gerüchten, doch war daran nie etwas Wahres. Es war freilich töricht von mir. Ich bin mit diesen Leuten – den Elliots – oft ausgegangen. Ich habe mich in ihren Kreis hineinziehen lassen und fand es ganz angenehm und wohl auch schmeichelhaft. Ich weiß nicht, Mrs. Darcy, ob Sie wissen, wie es ist, mit Menschen einen zunehmend vertrauten Umgang zu pflegen, ohne dass das Herz daran irgendwie Anteil nimmt."

„Ich denke, ich verstehe Sie", erwiderte Elizabeth sanft. „Sie weilten mit ihnen in Bath, und es fiel Ihnen schwer, die dadurch entstandene Verbundenheit zu ignorieren, als Sie sie wiedersahen."

„Ja, und mein Bruder mochte sie – oder sie mochten ihn –, und ich bin wie selbstverständlich dort, wo er ist. Doch es war keine enge Verbundenheit und kein reines Vergnügen. Wie oft habe ich gewünscht, irgendetwas könnte mich all dem entreißen! Wie gern hätte ich mich manchmal all dem entzogen!"

„Soweit ich weiß, wünschte mein Cousin sich mit Ihnen und Ihrer Schwester zu verabreden, doch war er sich nicht sicher, ob Ihnen dies genehm sei."

„Colonel Fitzwilliam legte dabei keinen großen Eifer an den Tag", erwiderte Mary. „Seine Bemühungen beschränkten sich auf die Bitte um Erlaubnis, uns besuchen zu dürfen, was er dann allerdings unterließ."

„Weil er in der Zwischenzeit von ihrer Verlobung gehört hatte", entgegnete Elizabeth. „Liebe Miss Crawford, wenn ich Sie doch nur von seiner Aufrichtigkeit überzeugen könnte. Er hegte schon in Bath Gefühle für Sie, und Sie wissen das, denn er hat es Ihrer Schwester anvertraut." Sie sah vorsichtig zu Mary hinüber, aus deren Blick sie widerwillige Zustimmung las. „Niemand war unglücklicher über das Unheil, das sie hernach entzweite. Und kann man es ihm verdenken, dass ihm, als er Sie wiedersah, wegen des Vorgefallenen davor bange war, wie Sie ihm begegnen würden und wie hoch er noch in Ihrer Achtung stehe? Er selbst aber war Ihnen so ergeben wie zuvor und hoffte auf eine Gelegenheit, Ihnen dies zu zeigen. Ach" – Elizabeth hielt, über ihre leichte Erregung lächelnd, kurz inne – „ich sollte Ihnen all dies nicht mit so spröden Worten mitteilen. Ich kann seine Sache nicht im Entferntesten so beredt vertreten, wie er es könnte. Ich kann Sie nur beschwören, an ihn zu glauben. Er mag übervorsichtig gehandelt haben, doch befürchtete er, die Dinge nur noch zu verschlimmern, wenn er sich Ihnen erklärte, solange er nicht wusste, was Sie für ihn empfinden. Doch an seiner Zuneigung zu Ihnen besteht kein Zweifel. Hätten Sie ihm weniger bedeutet, wäre er geblieben, hätte Gleichgültigkeit geheuchelt und Ihnen zu Ihrer Verlobung gratuliert."

„Ich wünschte, das hätte er getan", antwortete Miss Crawford und versuchte zu lächeln, wiewohl ihr Tränen in den Augen standen. „Dann hätte ich ihn über seinen Irrtum aufklären und fragen können, warum er ihm gar so rasch erlag."

„Ich denke nicht, dass er ihm rasch erlag", sagte Elizabeth traurig. „Er hätte es allzu gern nicht geglaubt. Wenn Sie ihn jetzt sähen, wüssten Sie, wie wahres Leid einen Mann seines Charakters zeichnet."

„Es tut mir leid", entgegnete Miss Crawford in einem scheinbar gleichgültigem Ton, um nur einen Moment später auszurufen: „Ja, es ist schlimm für einen Mann, durch einen Irrtum ins Unglück gestürzt zu werden, doch ist ihm offenbar nie in den Sinn gekommen, dass er durch sein wortloses Verschwinden eine andere Person gleichfalls ins Unglück stürzen könnte. Wäre ich ein Mann, würde ich mir von niemandem einen Korb geben lassen, als von der betreffenden Frau persönlich. Ich hätte wenigstens den Mut, mein Schicksal auf die Probe zu stellen."

Elizabeth bedachte diese Worte einen Moment lang, blickte Mary dann in die Augen und sagte: „Ich möchte Sie eines fragen, doch müssen Sie mir darauf nicht antworten. Wenn mein Cousin damals in London sein Schicksal auf die Probe gestellt hätte, hätten Sie ihm die ersehnte Antwort gegeben? Oder zumindest Hoffnung auf diese Antwort?"

Mary errötete stark, hielt Mrs. Darcys Blick jedoch stand. „Es scheint mir unfair, mir eine Frage zu stellen, die er selbst nie gestellt hat", erklärte sie mit einem leichten Lächeln. „Doch ist es zwecklos, vor einer Freundin, wie Sie es sind, Geheimnisse haben zu wollen, und vermutlich kennen Sie die Antwort längst."

Einmütig blieben sie nebeneinander an einem Tor stehen und blickten auf ein Feld mit langen Furchen brauner Erde, ohne diese wirklich wahrzunehmen. Miss Crawfords Wangen waren immer noch gerötet und ihre Lippen trotzig geschürzt, als Elizabeth sich ihr zuwandte und mit großem Ernst sagte: „Ich habe Ihnen mitgeteilt, dass Colonel Fitzwilliam nicht vor Weihnachten zurückkehren wird, und dies ist die Wahrheit. Doch soll ich ihm nicht vorschlagen, früher zurückzukommen? Ich werde nichts ohne Ihre Erlaubnis unternehmen, werde ihm nicht einmal erzählen, dass Sie hier sind. Doch wollen Sie ihm nicht gestatten, hierher zu kommen und für sich selbst zu sprechen und sich um Wiedergutmachung dessen zu bemühen, was Fehler der Vergangenheit angerichtet haben? Das wäre im Moment gewiss das Äußerste, was er erbitten würde."

Mary legte ihre Hand auf die der Freundin und antwortete herzlich, doch ohne zu zögern: „Nein, Mrs. Darcy, bitte legen Sie ihm keine vorzeitige Rückkehr nahe. Ich dachte mir schon, dass Sie einen solchen Vorschlag machen würden, doch wäre damit weder ihm noch mir gedient." Dann, als Elizabeth sie noch immer fragend ansah, fuhr sie fort: „Das ist wirklich meine feste Überzeugung. Da wir schon so offen miteinander reden: Mir ist sehr nahe gegangen, was ich als Colonel Fitzwilliams Flucht vor mir erachtet habe, und Frances würde Ihnen sagen, dass dies auch die Ursache meiner Unpässlichkeit in diesem Herbst gewesen sei. Darin stimme ich ihr zwar nicht zu, doch bin ich mir sicher, dass es besser wäre, wenn Colonel Fitzwilliam und ich einander nicht wiedersähen. Es ist zu spät für zwei Menschen, die schon bald in die geruhsamen mittleren Jahre kommen. Sie lächeln, aber wussten Sie, dass ich kurz vor meinem dreißigsten Geburtstag stehe? Nein, wir beide haben uns von unseren Verletzungen des vorigen Sommers erholt und sollten nicht riskieren, dass die Wunden wieder aufbrechen."

„Statt wieder aufzubrechen, könnten sie auch geheilt werden", entgegnete Elizabeth.

„Denken Sie? Leider kann man das nicht wissen. Colonel Fitzwilliam muss in ein Ideal verliebt gewesen sein, eine Mary Crawford, die so nie existiert hat, sonst hätte er vor der echten nicht so schnell die Flucht ergriffen. Sähe er mich wieder, erwartete ihn womöglich eine neuerliche Enttäuschung. Glaubt er denn immer noch, dass ich Sir Walter Elliot heiraten werde?"

„Das weiß ich nicht. Von Darcy und mir hat er jedenfalls keine anderslautende Auskunft erhalten."

„Dann lassen Sie ihm doch lieber die Illusion. Vielleicht werden eines Tages bei einem Dinner in London unsere beiden Namen verlesen. Stellen Sie sich seine Überraschung vor, wenn Miss Crawford angekündigt wird und nicht Lady Elliot! Dann würde es uns während der ersten drei Gänge gewiss nicht an Gesprächsstoff mangeln. Liebe Mrs. Darcy, Sie sehen mich missbilligend an, doch ganz im Ernst scheint es mir das Beste, dass er und ich einander, wenn überhaupt, zufällig wiedersehen. Ich könnte eine herbeigeführte Begegnung, wie sie es hier auf Pemberley wäre, nur schwer ertragen, da wir beide wüssten, dass von uns ein bestimmtes Verhalten erwartet würde."

„Natürlich sollte er lieber nicht kommen, wenn Sie Zweifel daran haben, ob Sie ihn erhören würden", sagte Elizabeth.

„Ich denke, ich habe tatsächlich Zweifel. Denn die Umstände haben Colonel Fitzwilliam leider als halbherzigen Verehrer erscheinen lassen, und obgleich ich von Ihnen weiß, dass er kein solcher ist, habe ich ihn selbst noch nicht in anderer Rolle erlebt. Seien Sie mir nicht böse und lassen Sie dies unsere Freundschaft nicht trüben. Ich bin so froh, dass Sie nun alles wissen, und hoffe, dass Sie mich gelegentlich wieder nach Pemberley einladen werden, wenn er nicht hier weilt."

Wie es der Anstand erfordert, versicherte Elizabeth ihrer Freundin, dass ihre Freundschaft von dieser Angelegenheit gänzlich unberührt bleibe. Tatsächlich konnte sie Miss Crawford deren Offenheit kaum verübeln – schließlich hatte sie selbst um eine Erklärung gebeten. Auch war ihr diese temperamentvolle Frau nach dem Einblick, den sie in ihr Herz gewährt hatte, nicht weniger sympathisch. Gleichwohl ließ sich nicht bestreiten, dass das Gespräch für Elizabeth mit einer großen Enttäuschung geendet hatte. Marys Geständnis war weit mehr, als Elizabeth zu hoffen gewagt hatte, doch umso wehmütiger machte sie die Einsicht, dass es zu spät kam. Zu spät für Colonel Fitzwilliam, als dass es ihm irgendwie hätte nützen können. Unzählige Male noch wälzte Elizabeth an diesem und den folgenden Tagen in Gedanken mancherlei Pläne, wie sie ihre beiden Freunde wieder zusammenbringen könnte, um sie am Ende doch allesamt wieder zu verwerfen. Miss Crawford war in ihrer Haltung so entschieden gewesen, und es war keineswegs gewiss, dass der Colonel seine Chance diesmal nutzen würde, zumal wenn er nicht wusste, was er zuvor falsch gemacht hatte. Je länger Elizabeth die Ereignisse des vergangenen Jahres in dem neuen Licht, das nun auf ihnen lag, betrachtete, desto besser verstand sie Marys Sichtweise. Desto besser verstand sie, dass es nicht allein der Affront durch Lady Catherine, nicht allein das dürftige Selbstvertrauen ihres Cousins und nicht allein Marys Stolz und Voreiligkeit gewesen waren, die den beiden den Weg in eine glückliche Zukunft verbaut hatten, sondern eine Mischung aus all dem. Und so blieb ihr nur die Trauer über dieses Unglück und die Unmöglichkeit, ihnen diesen Weg wieder zu ebnen, da beide so fest entschlossen waren, einander Fremde zu bleiben. Wenn nur Fitzwilliam während seines Aufenthalts in London gewusst hätte, dass er das Glück fast schon in Händen hielt! Dass er Marys Herz erobert hatte, beinahe ohne Anstrengung, allein durch sein beharrliches Beobachten und Abwarten – und dadurch, dass er ihre Zurückweisung am Ende ihres Aufenthalts in Bath schlicht ignoriert hatte! Doch die Gelegenheit war ungenutzt verstrichen, und inzwischen hatte er mehr an Boden verloren als er wohl jemals wieder würde aufholen können, denn Elizabeth wusste sehr wohl, dass Marys Verbitterung inzwischen das eigentliche Hindernis darstellte. Er hatte sich seine Gefühle bewahrt. Sie aber war bestrebt gewesen – vermutlich mit einigem Erfolg –, die ihren zu Gleichgültigkeit verkümmern zu lassen.

Kapitel 23

Colonel Fitzwilliam schrieb, dass er beabsichtige, über Weihnachten in Leicestershire zu bleiben und die ersten beiden Januarwochen in London zu verbringen. Elizabeth versäumte nicht, diese Nachricht der versammelten Runde kundzutun, und als bald darauf erneut die Frage nach dem Tag der Abreise ihrer beiden Gäste aufkam, war Miss Crawford leicht zu überreden, ihren Aufenthalt auf Pemberley zu verlängern. Auch ihre Schwester stimmte zu. Elizabeth hatte davon abgesehen, Mrs. Grant über ihr Gespräch mit Mary zu unterrichten, doch war jene selbst auf das Thema zu sprechen gekommen, indem sie Mrs. Darcy mitgeteilt hatte, wie erleichtert sie sei, dass die Sache mit Colonel Fitzwilliam nun ein Ende habe, und dass sie Marys Unpässlichkeit auf Verdruss und Enttäuschung zurückführe. Mrs. Grant gab allein den Elliots die Schuld dafür, die sich, wie sie erklärte, beharrlich zwischen Mary und deren andere Freunde gedrängt hätten. Dennoch beklagte sie auch eine Verkettung unglücklicher Umstände, denn ihre Schwester habe noch keinen Menschen so wertgeschätzt wie Colonel Fitzwilliam, den sie nun aber offenbar gänzlich aus ihrem Kopf zu verbannen trachtete.

Marys Genesung schritt zusehends voran; ihre Wangen erhielten ihre Farbe und ihre Augen ihren Glanz zurück, dass es den Freunden eine rechte Freude war. Wäre Elizabeth nicht so sehr mit ihren Gästen und den Vorbereitungen für Weihnachten beschäftigt gewesen, hätte ihr die gegensätzliche Entwicklung von Miss Crawford und Georgiana kaum entgehen können, denn letztere wurde immer blasser und stiller und wirkte, während Mary allmählich ihre Fröhlichkeit wiederfand, zunehmend freudlos. Zwar bemühte sich Georgiana redlich, an allem Anteil zu nehmen und wie ehedem zu lächeln und zu plaudern, doch belastete sie der Gedanke an zwei durch ihre Schuld leidenden Menschen so sehr, dass sie ihr eigenes

Schweigen gar nicht mehr bemerkte. Ständig sah sie Kitty vor sich, wie diese ob ihrer vernichteten Hoffnungen einsam trauerte, und sie quälte sich mit nutzlosen Spekulationen darüber, wie sie anders hätte handeln können, um das Unheil abzuwenden. Niemand hatte doch ahnen können, dass Mr. Prices Zuneigung *ihr* galt und nicht Kitty! Andernfalls hätten Kittys Freunde ihr doch gewiss geraten, Gefallen an Mr. Morland zu finden. Andererseits: Wie könnte man an einen Mr. Morland denken, wenn man einem Mr. Price verfallen war! Bei diesem Gedanken freute sich Georgiana, dass sie ihrer Freundin immerhin für ihren guten Geschmack Tribut zollen konnte. Man hätte Kittys Hoffnungen schon im Keim ersticken müssen. Danach war es zu spät gewesen, mussten die Dinge unweigerlich ihren Lauf nehmen, bis sich Mr. Price schließlich erklärte, wodurch das Schicksal der armen Kitty besiegelt war.

Georgiana traten Tränen in die Augen, als sie sich ihr Gespräch mit William Price in Erinnerung rief, und der Gedanke daran, in welche Verwirrung es sie gestürzt hatte und wie sehr alles im Argen lag, weckten in ihr Wut und Verzweiflung. Neben dem Mitleid für Kitty hauste in ihrem Herzen ein tiefes Mitgefühl für William Price, dem sein Unglück, im Unterschied zu Kitty, obendrein noch gänzlich rätselhaft sein musste. Er würde vielleicht niemals in Gänze verstehen, wie es dazu gekommen war, oder erfahren, dass Georgiana gar nicht anders gekonnt hatte, als ihn zurückzuweisen. In seiner Ahnungslosigkeit musste er sie für gefühllos und grausam halten und annehmen, er sei ihr gleichgültig. Es wäre daher nur allzu verständlich, wenn sich seine Empfindungen für sie wandelten. Was läge näher, als dass er – jetzt, da sie ihm keine Vorwürfe mehr machte und einsah, dass sie zu ihrem Glück lediglich seiner Wertschätzung bedurfte – beschlossen hatte, sie aus seinem Gedächtnis zu verbannen?

* * * * *

Wegen einer leichten Unpässlichkeit von Jane verbrachten die Bingleys die Weihnachtszeit nicht wie üblich auf Pemberley. Stattdessen reisten sie erst zu Sylvester an, um zwei oder drei Tage zu bleiben. Georgiana sah dem Wiedersehen mit Kitty sehr nervös entgegen, zumal diese ihr und Elizabeth seit ihrer Abreise im November nur ein paar kurze und gestelzt klingende Briefe geschrieben hatte. Georgiana graute davor, dass die Geschichte mit William Price wieder zur Sprache kam, und fürchtete die vorwurfsvollen Blicke, auf die sich Kitty so gut verstand. Als die kleine Gesellschaft aus Desborough schließlich eintraf, machte Kitty jedoch nicht den Eindruck, als habe sie derlei im Sinn. Sie sah abgemagert aus, und Jane berichtete Elizabeth, dass sie derzeit wenig esse und schlafe. Gleichwohl plauderte Kitty angeregt mit allen und schien ganz allgemein von einer großen inneren Unruhe getrieben zu sein. Sie konnte nicht lange stillsitzen, und wenn sie nicht gerade durchs Haus schwirrte oder mit den Kindern spielte, war sie unterwegs zum Pfarrhaus, um dort, wie sie angab, Mrs. Ferrars Baby zu betrachten, das wenige Tage zuvor das Licht der Welt erblickt hatte. Georgiana spürte, dass ein vertrauliches Gespräch zwischen ihnen nicht möglich sein würde, und auch, dass Kitty darauf gar nicht erpicht war. Sie zog es vor, wenn nicht über die Niedlichkeit des Neugeborenen, über die zahlreichen Vorzüge ihrer neuesten Bekanntschaft zu sprechen, einer gewissen Mrs. Henry Tilney, der Schwester von Mr. Morland, die seit einigen Wochen bei ihm wohnte. Sie war in Kittys Alter, aber schon seit mehreren Jahren verheiratet, und hatte eines ihrer Kinder mitgebracht, ein kleines Mädchen im Alter des jüngeren Sohns der Bingleys. Es hatte anscheinend regen Verkehr zwischen Desborough Park und Morlands Pfarrhaus gegeben. Jane und ihr Mann Charles beschrieben Mrs. Tilney als äußerst angenehme, sanftmütige und liebenswerte Frau, und Kitty schien von ihr ganz und gar hingerissen.

Elizabeth kannte Mrs. Tilney bereits und freute sich, Neues über sie zu hören, wie überhaupt über alle Bekannten und Angehörigen von Mr. Morland und Lady Portinscale. So gab es reichlich Gesprächsstoff für alle, denn auch Mrs. Grant und Miss Crawford zeigten sich interessiert, da sie den jungen Geistlichen ebenfalls in Bath kennengelernt hatten.

Georgiana konnte nicht umhin, bisweilen einen verstohlenen Blick auf Kitty zu werfen, wenn sein Name fiel, und sie bemerkte, wie sich eine gewisse Verlegenheit, die Kitty anfangs noch im Gesicht stand, allmählich verflüchtigte. Offenbar hatte Desborough im vergangenen Monat jede Menge Gäste gesehen. Bingley hatte mehrere Jagden veranstaltet, es hatte musikalische Soireen gegeben und sogar einen kleinen Tanzabend im Haus eines Nachbarn. Kitty sprach davon, als habe sie all diese Veranstaltungen sehr genossen, und Mr. Morland wurde so oft erwähnt, dass man den Eindruck gewinnen musste, ihre Begegnungen seien nun beiderseits von keinerlei Unbehagen mehr getrübt.

„Von einer Vergnügung hast du noch gar nicht berichtet, Kitty", sagte Bingley, als sie eines Vormittags nach dem Frühstück im Salon um den Kamin standen. „Wusstest du, Elizabeth, dass wir in Ashbourne ein Laientheaterstück gesehen haben? Die Offiziere haben es selbst inszeniert und aufgeführt. Es war ein ordentliches Spektakel, und anschließend gab es in der eleganten Offiziersmesse auch noch ein Abendessen. Es war ganz großartig."

„Ja, wir hatten ebenfalls eine Einladung erhalten. Es tat mir leid, darauf verzichten zu müssen, aber Ashbourne ist einfach zu weit für uns", erwiderte Elizabeth. „Doch ich hörte schon, dass die Aufführung sehr gelungen war."

„Ach, du hättest kommen sollen, es wäre den Aufwand wert gewesen. Die Aufführung hat unsere bescheidenen Scharaden gehörig in den Schatten gestellt. Kitty kann dir Näheres darüber erzählen, denn sie saß neben einem prächtigen jungen Offizier, der ihr die Namen aller Beteiligten nennen konnte."

„Das war doch nur Mr. Cathcart, ein alter Bekannter von Colonel Forster. Er wollte sich nach Lydia erkundigen", warf Kitty errötend ein und zeigte auf einmal ein übertrieben großes Interesse am Muster ihres Spitzentaschentuchs.

„Aber zu Tisch geführt hat dich nicht Mr. Cathcart. Sondern ein noch bezaubernderer Gentleman ... das muss mindestens ein Feldmarschall gewesen sein“, fuhr ihr Schwager flachsend fort. „Kurzum: Kitty hat sich an jenem Abend wacker geschlagen. Ich hatte eigentlich erwartet, dass das halbe Regiment bei Jane vorstellig werden würde, um die Erlaubnis für einen Besuch zu erbitten.“

„Unfug, Bingley“, stammelte Kitty verwirrt und machte Anstalten, sich zu Mary Crawford zu gesellen, um dieser beim Ordnen ihrer Noten zu helfen, „du übertreibst maßlos. Und warum sollte uns Mr. Macdonald nicht seine Aufwartung machen, wenn er dies wünscht?“

Bingley lachte und begann nun mit einer so lebendigen Schilderung jener Aufführung, dass Kitty sich veranlasst sah, zurückzukommen und ihren Teil beizutragen, mit glänzenden Augen und allen Anzeichen einer freudigen Erinnerung. Georgiana betrachtete sie mit einigem Erstaunen, denn diese Kitty hatte nichts mehr mit jener untröstlichen Person gemein, die sechs Wochen zuvor nach Desborough aufgebrochen war. Bingley verkniff sich, sie weiter zu necken, doch als er später mit Elizabeth und Georgiana allein war, griff er das Thema sogleich wieder auf: „Ich glaube, ihr müsst euch um Kitty keine Sorgen mehr machen. Sie war zweifellos sehr bekümmert, als sie zu uns kam, und es tat mir herzlich leid, dass die Abreise des jungen Seemanns ihr so zugesetzt hat. Doch sie blüht langsam wieder auf und findet allmählich wieder Freude an vielerlei Dingen, gerade so, wie es ein Mädchen ihres Alters sollte.“

„Das macht mich wirklich sehr froh“, sagte Elizabeth. „Es ist ihr zwar seinerzeit alles sehr zu Herzen gegangen, doch neue Erfahrungen werden ihre alten Lebensgeister gewiss wieder wecken.“

„Wie wahr. Es nützt doch nichts, wenn ein so hübsches Mädchen einem Burschen nachweint, der nichts für sie empfindet. Sie vergisst ihn am ehesten, wenn sie sich mit anderen amüsiert, und da ich mir vorwerfe, den jungen Price noch angespornt zu haben, haben Jane und ich ihr so viel Zerstreuung wie möglich geboten. Die Offiziere sind wahrlich tolle Burschen, und Kitty war durchaus angetan von so manchem. Leider zieht das Regiment in Kürze weiter, und das nächste trifft nicht vor März ein. Ich habe Bertram für Ende des Monats erneut zur Jagd eingeladen. Kitty und er scheinen gut miteinander auszukommen, und auch wir halten ihn für einen feinen Kerl. Ihr doch auch, nicht wahr?"

„Fürwahr ein angenehmer Mensch", bestätigte Elizabeth etwas verhaltener und fügte hinzu: „Er ist zweifellos ein feiner junger Gentleman, doch ich bin geneigt, mich Kittys Vorliebe für seinen Cousin anzuschließen. Mr. Price schien mir von noch einnehmenderer Art zu sein."

Georgianas Herz hüpfte, und um ihr Erröten zu verbergen, wandte sie ihr Gesicht ab, während Bingley antwortete: „Oh ja, Elizabeth, da hast du völlig recht. Price ist trotz allem der Mann, den wir uns für sie gewünscht hätten. Ein prächtiger Charakter, wie mir scheint. Den meisten von uns hätte es gut getan, so wie dieser Bursche schon früh für den eigenen Lebensunterhalt sorgen zu müssen, und ich wette, die wenigsten von uns wären in seinem Alter so offenherzig und bescheiden gewesen. Es wäre mir eine Freude, ihn bald wieder bei uns zu sehen, was jedoch leider nicht geschehen wird. Letzte Woche erhielt ich einen Brief von ihm aus Kopenhagen. Er geht davon aus, zunächst noch zwei weitere Monate auf der Nordsee unterwegs zu sein, bevor er dann an einem weit entfernten Ort stationiert wird."

Georgiana hatte sich Bingley wieder zugewandt, doch statt rot war sie nun kreideweiß im Gesicht. Dankbarerweise hielt Elizabeth das Gespräch mit einer kurzen Bemerkung am Leben, denn sie selbst hätte keinen Ton hervorbringen können.

„Ja", fuhr Bingley fort, „uns erscheint es zumeist als Nachteil des Lebens von Seeleuten, dass sie ihre Heimat und ihre Freunde so selten sehen. Doch heutzutage dauern Seefahrten gar nicht mehr so lange wie einstmals, und wenn ein Mann so viel Elan hat wie Price, dann fährt er gern zur See, um seinen Vorgesetzten zu zeigen, aus welchem Holz er geschnitzt ist. Auf seinem jetzigen Schiff ist Price übrigens, zum ersten Mal seit seiner Beförderung, der Kommandant.“

Janes Eintreten ließ Bingley innehalten, und Georgiana hoffte, dass er mit seinem aufregenden Bericht fortfahren würde. Doch unglücklicherweise kam er anschließend nicht wieder auf Mr. Price, sondern auf Mr. Bertram zu sprechen, so dass sich Georgiana aus dem Zimmer stahl, als Jane gerade anhob, Elizabeth davon zu erzählen, wie es ihr gelungen war, Mr. Bennet die Erlaubnis abzuringen, Kitty noch bis Ostern bei sich zu behalten.

Georgiana wollte das soeben Gehörte in Ruhe bedenken. Doch je mehr sie die lobenden Worte ihrer Freunde über William Price auskostete, desto größer wurde auch ihr Schmerz. Ihn derart geschätzt zu wissen, war ihr eine süße Freude, doch umso bitterer schmeckte die Erkenntnis, dass sie sein Glück und das ihre vergeblich geopfert hatte. Weshalb nur konnte Kitty ihn so schnell vergessen und nun schon wieder mit Offizieren schäkern? Wie konnte die Aufmerksamkeit jedes beliebigen jungen Herrn, den Bingley ihr vorsetzte, den Verlust von William Price aufwiegen? Georgiana konnte kaum glauben, dass die Leidenschaft eines halben Jahres in so kurzer Zeit eines natürlichen Todes sterben konnte. Beinahe war sie geneigt zu glauben, dass Kitty ihre Gleichgültigkeit nur vortäuschte, um ihren Kummer zu verbergen, doch sie kannte Kittys Charakter gut genug, um zu wissen, dass ihre Freundin sich nicht lange verstellen konnte und vermutlich tatsächlich schon wieder – wie eh und je – großes Gefallen an Bällen und Schäkereien fand.

Obwohl Georgiana sich wunderte, lag es ihr doch fern, Kitty wegen dieser Anzeichen von Flatterhaftigkeit Vorwürfe zu machen. Es war für Kitty zweifellos der beste Weg, über ihre vergebliche Schwärmerei für William Price hinwegzukommen. Doch die Folgen für Georgiana waren weitaus gravierender, und sie litt umso mehr, als sie erkannte, dass Kitty das Objekt ihrer Begierde im Grunde gar nicht zu schätzen gewusst hatte – jenen Menschen, der Georgiana inzwischen mehr bedeutete als alles andere auf der Welt. Ihre Empörung in Kittys Namen, die Zurückweisung seiner Liebeserklärung – all dies war unnötig, zwecklos, umsonst gewesen! Nicht, dass sie auch nur für einen Moment gewünscht hätte, jenen Akt der Treue zu ihrer Freundin ungeschehen zu machen. Doch sie blickte nun in tiefer Traurigkeit auf den Lauf der Dinge zurück, durch den sie und William Price so grausam und unabwendbar getrennt worden waren. War dies vielleicht, so überlegte sie, die gerechte Strafe für eine Person, die zwei so schwerwiegende Fehler begangen hatte: dass sie einen Blick auf eine glückliche Zukunft erhaschen durfte, die ihr dann versagt blieb? Bingleys beiläufige Schilderung seiner jüngsten Aktivitäten hatten ihr mit aller Deutlichkeit vor Augen geführt, wie unwahrscheinlich es war, dass sie sich jemals wiedersehen würden.

Georgiana hatte bislang tapfer die Fassung bewahrt, doch in dieser Nacht überfiel sie eine nie dagewesene Schwermut. Nur ihre Angst, besorgte Fragen hervorzurufen, ließ sie eine gewisse Heiterkeit vortäuschen, als sie am nächsten Morgen zum Frühstück erschien. Als Jane aber das neue Kleid bewunderte, das Georgiana trug, bemerkte sie deren ausdruckslose Miene. In ihrer fürsorglichen Art erkundigte sie sich nach Georgianas Befinden, worauf diese ihre kränkliche Erscheinung herunterspielte und eine leichte Erkältung anführte, die sie seit einer Woche mit sich herumtrage. Nun wandte sich Jane an Elizabeth und sprach sie auf Georgianas Zustand an. Als Elizabeth ihre junge Schwägerin daraufhin ansah, machte sie sich auf einmal ernstlich Sorgen und warf sich vor, ihr nicht genügend Aufmerksamkeit geschenkt zu haben.

„Nein, Elizabeth, es ist wahrlich nichts Ernstes", widersprach Georgiana. „Es geht mir gut. So eine Erkältung lässt einen immer schlecht aussehen. Es ist die feuchtmilde Luft nach dem frühen Frost, die mir zu schaffen macht."

„Verbring doch zwei oder drei Wochen bei uns", sagte Jane liebevoll. „Der Ortswechsel wird dir gut tun, und Bingley und ich wären über deine Gesellschaft sehr erfreut. Dein letzter Besuch währte gar zu kurz."

Georgiana lehnte unter allerlei Entschuldigungen dankend, aber entschieden ab. In Wirklichkeit scheute sie davor zurück, Zeit mit Kitty zu verbringen, an einem Ort, der unweigerlich Erinnerungen an William Price hervorrufen würde.

„Trotzdem scheint sie mir eine Luftveränderung zu brauchen", erklärte Elizabeth, „und bis zur Reise nach Bath im April ist es viel zu lange hin. Möchtest du nicht doch ein paar Tage auf Desborough verbringen, Georgiana, und sehen, ob es dir gut tut?"

Georgiana äußerte erneut und leicht stammelnd ihren Widerwillen, worauf Jane ihr ein Lächeln schenkte und das Zimmer verließ, um den beiden ein Gespräch unter vier Augen zu ermöglichen. Elizabeth zog Georgiana zu sich heran und fragte zärtlich, ob es irgendetwas gebe, bei dem sie ihr mit Rat oder Tat helfen könne. Diese Geste des Mitgefühl rührte Georgiana tief, doch sie riss sich schnell wieder zusammen und antwortete, dass sie gewiss von allein wieder genesen werde und Pemberley lieber nicht verlassen wolle.

„Bist du dir sicher, dass du, wenn schon nicht nach Desborough, auch nirgendwo sonst hinfahren möchtest?", fragte Elizabeth nachdenklich. „Die Hursts wären zweifellos hocherfreut über deinen Besuch, doch dort warst du gerade erst. Wie bedauerlich, dass Mrs. Annesley außer Landes weilt."

Georgiana schüttelte ob dieser Vorschläge noch immer den Kopf, als Elizabeth plötzlich ausrief: „Mir ist etwas eingefallen: Mrs. Wentworths Einladung! Erinnerst du dich, dass sie schrieb, wie gern sie dich einmal bei sich hätte – in dem Brief an mich, in dem es um ihren Vater und Miss Crawford ging? Damals sagtest du, dass du die Einladung bei Gelegenheit mit Freuden annehmen würdest."

Dieser Vorschlag schien bei Georgiana mehr Interesse zu wecken als die anderen. Sie hob ihren Kopf von Elizabeths Schulter und sagte: „Ich erinnere mich. Es waren sehr freundliche Zeilen. Die Wentworths leben in Winchester, nicht wahr?"

„Ja, und Anne Wentworth ist eine herzensgute und aufrichtige Frau, die man auf jeden Fall beim Wort nehmen kann. Wie denkst du darüber, Georgiana? Ich glaube, bei solch netten Leuten wärest du recht glücklich, und die Luftveränderung täte ein Übriges. Winchester scheint weit entfernt, das weiß ich, doch wir könnten dich mit der Kutsche nach London bringen, zusammen mit zwei Dienern, wie im vorigen Jahr. Captain Wentworth würde dich gewiss gern aus London mit nach Winchester nehmen, denn diese Strecke fährt er regelmäßig. Darcy und ich könnten dich, sobald Miss Crawford abgereist ist, von dort wieder abholen, wann immer du es wünschst."

Elizabeth stand auf und ging hinüber zu ihrem Schreibtisch, um Mrs. Wentworths Brief zu suchen, damit sie ihn Georgiana noch einmal zeigen konnte. Die Herzlichkeit, die darin zum Ausdruck kam, war augenfällig und weckte in Georgiana das Gefühl, dass sie, wenn überhaupt, nur in der Gesellschaft solch guter Freunde wie den Wentworths wieder Freude am Leben finden könne. Sie hatte Mrs. Wentworth auf Anhieb ins Herz geschlossen und außerdem ein hinreichend gutes Gespür, um zu erkennen, dass es ihr gut täte, etwas Abstand von Pemberley zu gewinnen – von all den Erinnerungen, die mit diesem Ort zuletzt verbunden waren. Sie würde neuen Lebensmut schöpfen können und die vielen Segnungen, die das Leben noch immer für sie bereit hielt, wieder schätzen lernen. Georgiana war alt genug, um zu wissen, dass ihr Kummer nicht ewig währen würde, und klug genug, um diesen Kummer nicht noch zu nähren, und so erlaubte sie Elizabeth, einen entsprechenden Brief an Mrs. Wentworth aufzusetzen. Sie freundete sich so schnell mit dieser Idee an, dass sie schon ganz beschwingt war, als wenig später die Zusage eintraf, in Form eines von den Wentworths gemeinsam verfassten Briefes, in dem sie aufs Herzlichste willkommen geheißen wurde. Als Termin für ihre Reise nach London war die letzte Januarwoche vorgeschlagen; dort würde ihr Gastgeber sie abholen und ins fünfundsechzig Meilen entfernte Winchester bringen.

Der Plan wurde allseits für gut befunden. Darcy und Elizabeth bedauerten zwar, Georgiana entbehren zu müssen, selbst für eine kurze Zeit, hofften aber, dass ihr der Aufenthalt in Winchester zum Vorteil gereichen werde, und sahen mit Zufriedenheit, dass es nun auch ihr Herzenswunsch war. An möglichen Reisegefährten herrschte kein Mangel, da Mrs. Grant und Miss Crawford mittlerweile ebenfalls ernstlich in Aufbruchstimmung waren. Und um des Vergnügens ihrer Gesellschaft willen wären sie gern mit Georgiana nach London gefahren, um von dort nach Bath weiterzureisen. Das aber mochte Darcy keinesfalls gestatten, der seine Schwester persönlich dorthin bringen wollte. Elizabeth konnte die beiden Schwestern schließlich dazu überreden, ihr noch bis zu seiner Rückkehr auf Pemberley Gesellschaft zu leisten.

Kapitel 24

Der Januar zeigte sich erstaunlich mild und trocken. Die Herren nutzten die unerwartete Gelegenheit erfreut zur Jagd, während die Damen beinahe täglich Spaziergänge und Ausfahrten unternahmen, zu denen sie bisweilen auch Mrs. Brandon einluden, Mrs. Ferrars Schwester. Die liebenswürdige Frau war angereist, um über die Genesung der Wöchnerin zu wachen. Mrs. Jennings war bereits Anfang Januar nach London zurückgekehrt, arg enttäuscht, dass nach einem so verheißungsvollen Auftakt keine der beiden vermeintlichen Liebesaffären während ihres Aufenthalts zu einem glücklichen Ende gefunden hatte. Auf Pemberley wusste nach wie vor niemand, welche Rolle sie bei dem Drama im November gespielt, noch, welche Vorhersage sie mit Blick auf Georgiana getroffen hatte. Es war Elinor nicht schwer gefallen, die gutmütige Dame dazu zu bewegen, ihre Kommentare und Mutmaßungen über den offenbar nicht für alle ganz glücklich verlaufenen Ball einzig den Ohren im Pfarrhaus anzuvertrauen – zumal nach Kittys Abreise niemand mehr da war, der Mrs. Jennings mit Neuigkeiten hätte versorgen können. Als jene junge Dame schließlich in augenscheinlich bester Stimmung aus Desborough zurückgekehrt war, hatte sich ihre alte Vertraute nur zu gern auf ein Gespräch über Mr. Cathcart und Mr. Macdonald eingelassen, und generell über jeden und alles mit Ausnahme von William Price. Und so brauchte Mrs. Jennings nur zu vernehmen, dass Mr. Bertram erneut auf Desborough und nicht etwa auf Pemberley zu Gast sein werde, um Kitty mit einer Reihe gänzlich neuer und revidierter Vorhersagen hinsichtlich seiner Absichten zu schmeicheln.

Eines Abends, gegen acht Uhr, saß man auf Pemberley nach dem Dinner in vertrauter Runde beisammen. Alle widmeten sich ihren üblichen Beschäftigungen: Darcy und seine Frau lasen, Mrs. Grant stickte, Georgiana spielte Klavier, und Mary Crawford saß in ihrer Nähe und bat sie gelegentlich um eines ihrer Lieblingsstücke. Es herrschte stille Friedlichkeit, und nichts deutete daraufhin, dass dieser Abend nicht ebenso geruhsam enden würde wie die vielen Abende zuvor, die man ähnlich verbracht hatte. Umso mehr wurden sie von den Geräuschen der Wagenräder und Pferdehufe überrascht, die plötzlich von draußen zu vernehmen waren und zumindest Elizabeth einen Schreck einjagten, da sie sogleich befürchtete, Colonel Fitzwilliam sei unerwartet heimgekehrt. Georgiana unterbrach ihr Spiel, und alle verharrten in großer Anspannung, die freilich nicht lang währte, denn schon nach wenigen Augenblicken öffneten sich die Flügeltüren und ins Zimmer stürmte – die namentliche Ankündigung war kaum verklungen und Darcy erst halb aus seinem Sessel aufgestanden – Tom Bertram.

Tom Bertram hatte reichlich Bühnenerfahrung, doch in keiner seiner Rollen je einen so effektvollen Auftritt gehabt. Das Erstaunen der Runde, das bei Mrs. Grant und ihrer Schwester an Entsetzen heranreichte, drohte zu einem langen Moment von großer Peinlichkeit zu gefrieren, und nur die Dringlichkeit seines Anliegens ließen Mr. Bertram früher als alle anderen wieder zur Besinnung kommen. Er ging auf Mr. und Mrs. Darcy zu, begrüßte beide, verbeugte sich vor Mrs. Grant und zu der Zimmerecke hin, in der Mary hinter Georgianas Rücken Zuflucht gesucht hatte, und wandte sich dann sogleich mit hastigen Worten an den Hausherrn.

„Mr. Darcy, ich fürchte, Sie alle durch mein Erscheinen zu so später Stunde aufgeschreckt, wenn nicht gar verängstigt zu haben. Doch wenn Sie wüssten, wie sehr die Sache drängt, wollten Sie keine Entschuldigungen hören. Zu meinem Leidwesen muss ich Ihnen mitteilen, dass ich schlechte Nachrichten bringe. Aber ich bin der Ansicht, dass Sie es erfahren sollten, weshalb ich nun hier als Bote stehe. Ihr Cousin, Colonel Fitzwilliam, hat heute auf einem Jagdausflug einen Unfall erlitten. Ich bedaure außerordentlich Ihnen sagen zu müssen, dass sein Zustand für kritisch befunden wird, und seine Freunde in Leicestershire raten Ihnen dringend, auf der Stelle zu ihm zu eilen."

„Fitzwilliam? Fitzwilliam verletzt? Großer Gott, was soll das heißen?", rief Darcy aus, jäh aus der ihm eigenen Gelassenheit gerissen. „Wie konnte das passieren? Erzählen Sie uns alles. Ich werde mich unverzüglich auf den Weg machen" – er läutete die Glocke – „in Gottes Namen, Bertram, lebt er denn noch? Wo ist er? Wie schnell kann ich bei ihm sein?"

Elizabeth war, obgleich tief bestürzt, vernünftig genug, einen Diener zu beauftragen, Mr. Bertram eine Erfrischung zu bringen, während Darcy Anweisung gab, ihm das Nötigste zusammenzupacken und seine Kutsche bereit zu machen. Derweil hatten sich Mrs. Grant und Georgiana von den anderen beinahe unbemerkt um Mary kümmern können, die zwar nicht ohnmächtig geworden, aber doch weitgehend besinnungslos auf ein Sofa gesunken war. Ihre Schwester und Georgiana setzten sich neben sie und halfen ihr in eine bequemere Position auf, rieben ihre Hände und schirmten sie gegen das helle Licht ab. Mit großer Anstrengung vermochte Mary nun, den weiteren Einzelheiten zu lauschen, die Mr. Bertram auf Nachfragen von Mr. und Mrs. Darcy hin schilderte. Wie sich herausstellte, war Colonel Fitzwilliam gerade erst aus London nach Leicestershire zurückgekehrt und der heutige Jagdausflug sein erster seit geraumer Zeit gewesen. Man hatte wie geplant die Fährte des Fuchses aufgenommen und ihn schon eine ganze Weile gejagt, als der Colonel mit seinem Pferd an einem schwer zu erkennenden Zaun gestürzt war. An dieser Stelle des Berichts nannte Bertram mehr Details, als seine ungeduldigen Zuhörer wünschten – über die Höhe und Breite des Zauns und die Art und Weise, in der das Pferd darauf zu galoppiert war –, denn offenbar hatte Bertram den Unfall aus nächster Nähe beobachtet. Der Colonel wurde unter seinem Pferd eingeklemmt und bewusstlos geborgen, mit einem gebrochenen Bein und, so befürchtete man, einer schweren Verletzung der Wirbelsäule. Man hatte ihn in das – zum Glück nicht weit entfernte – Haus seines

Freundes Ashley gebracht und unverzüglich den örtlichen Apotheker herbeigerufen, der jedoch nur eine beunruhigende Diagnose stellen konnte, und so harrten sie nun der Ankunft eines erfahreneren Wundarztes aus Leicester, nach dem man geschickt hatte. Niemand vermochte zu sagen, was die nächsten Stunden bringen würden.

Den Damen war übel vor Entsetzen. Mrs. Grant weinte still vor sich hin und Georgiana empfand es, während sie Marys kalte Hand hielt, als letzte bittere Ironie des Schicksals, dass ihr armer Cousin Robert nun sterben sollte, ohne je von dem Glück zu erfahren, das ihm beschieden gewesen wäre.

„Sein Puls ist sehr schwach. Man befürchtet wohl ein Organversagen, selbst wenn er noch einmal zu Bewusstsein gelangen sollte", sagte Bertram so leise, dass er am anderen Ende des Zimmers nicht zu vernehmen war. „Man hat es gerade mit verschiedenen Stimulanzien versucht, als ich aufbrach."

Elizabeth hatte ihr Gesicht in den Händen vergraben. Darcy war für einige Sekunden nicht imstande, ein Wort hervorzubringen, bis er verwundert ausrief: „Und Sie, Bertram? Weshalb waren Sie dort? Und weshalb sind Sie nun hier?"

Bertram antwortete, wobei er schon wieder in seine nonchalante Art verfiel, dass er dort unten ebenfalls bei einem Freund zu Gast gewesen sei, übrigens dem Besitzer der Hundemeute, den er während der Jagdsaison des Öfteren besuche, da dieser kaum zwanzig Meilen von Mansfield Park, seinem Domizil, entfernt lebe. „Ich habe heute Vormittag noch kurz mit Colonel Fitzwilliam sprechen können", fuhr er fort, „und geholfen, ihn zu Ashleys Haus zu tragen, und als Ashley riet, man solle die Angehörigen unterrichten, erklärte ich mich sogleich bereit, dies zu übernehmen. Es galt, keine Zeit zu verlieren, und so habe ich mich nur rasch umgezogen und den Wagen anspannen lassen. Niemand hätte schneller hier sein können."

„Wir sind Ihnen zu großem Dank verpflichtet, Bertram", erklärte Darcy und ergriff dessen Hand. Auch Elizabeth verlieh ihrer tiefen

Dankbarkeit Ausdruck: „Sie hätten uns keinen größeren Dienst erweisen können, und wir werden es Ihnen nie vergessen. Dass Sie sich so prompt auf den Weg gemacht und diese beschwerliche Fahrt auf sich genommen haben, zeugt von einer Selbstlosigkeit, wie sie nur wenigen Menschen eigen ist."

Bertram antwortete, dass dies nicht der Rede wert sei, doch als Georgiana an ihn herantrat und ihm ebenfalls ihren Dank aussprach, verbeugte er sich äußerst galant und erklärte, dass ihm keine Anstrengung zu groß wäre, wenn er Freunden, die er so sehr schätze, dienlich sein könnte. Hätte er doch nur beruhigende statt beängstigende Nachrichten zu überbringen gehabt ...

Nun wurde gemeldet, dass im Speisezimmer die für Mr. Bertram bestellte stärkende Mahlzeit bereitstehe, woraufhin Darcy ihn dorthin begleitete, um ihn weiter zu umsorgen und sich nach dem genauen Weg nach Leicestershire zu erkundigen. Die Entfernung betrug fünfundvierzig Meilen, und Darcy gedachte, in einer halben Stunde aufzubrechen, um noch in dieser Nacht ans Ziel zu kommen, und er bat seinen Gast, mindestens bis zum folgenden Tag auf Pemberley zu bleiben und sich und seinen Pferden die nötige Ruhe zu gönnen.

Die ganze Friedlichkeit des Abend war jäher Beklemmung gewichen; die eben noch besinnlich im Salon beisammen sitzende Runde hatte sich zerstreut. Mrs. Grant hatte, in großer Sorge um ihre Schwester, Mary auf ihr Zimmer geleitet, damit diese sich so gut wie möglich von dem furchtbaren Schock erholen konnte. Kurz darauf ging auch Darcy nach oben, um seine Reisevorbereitungen zu treffen. Seine Frau versuchte sich abzulenken, indem sie ihm dabei half und seinem Gepäck jedes erdenkliche Mittel beifügte, das dem Verletzten Linderung bringen könnte, während ihr Kopf voll wirrer Gedanken war – voll ängstlicher Sorge darum, was mit dem geliebten und fernen Freund geschehen werde, und auch voller Sorge um Miss Crawford, deren Erschütterung ihr nicht verborgen geblieben war.

Wenige Minuten später stand Georgiana in der Tür und wünschte

– von Tränen gezeichnet, doch schon wieder recht gefasst – sich nützlich zu machen. Elizabeth war gerade dabei, dem Hausmädchen Anweisungen zu geben, sodass Georgiana kurz abwartete, bevor sie sich an ihre Schwägerin wandte: „Elizabeth, können wir nicht irgendetwas für Miss Crawford tun? Ich war bei ihr, um ihr eine ‚Gute Nacht' zu wünschen, und sie bemühte sich um ein Lächeln und mitfühlende Worte, konnte aber kaum einen Ton hervorbringen. Sie ist ob dieser Nachricht gewiss in entsetzlicher Sorge, und sieht furchtbar blass und elend aus. Hältst du es für denkbar, dass ihr unser Cousin die ganze Zeit über viel bedeutet hat, und sie es bis jetzt nicht wusste? Ach, Elizabeth, ist das nicht ein schrecklicher Gedanke, dass es nun womöglich zu spät sein könnte?"

Elizabeth hatte ihrer Schwägerin aufmerksam zugehört und dachte kurz über ihre Worte nach. Es wäre fürwahr schrecklich, wenn Mary Fitzwilliam tatsächlich liebte, ihre Einsicht aber zu spät käme, um beiden auch nur einen einzigen glücklichen Moment zu bescheren. Und selbst wenn Mary ihre eigenen Gefühle endlich erkannt hätte, wäre es zu spät, wenn Stolz ihre Lippen verschlösse oder wenn Fitzwilliam, der vierzig Meilen entfernt womöglich im Sterben lag, schon nichts mehr sehen oder hören könnte. Für einen Moment überfiel Elizabeth ein Gefühl völliger Verzweiflung – alle bösen Mächte schienen sich verschworen zu haben. Doch dann nahm sie all ihre Kraft zusammen und gab sich ganz der Hoffnung hin, dass Fitzwilliam noch lebte, wenn Darcy ihn erreichte. Schließlich sagte sie zu Georgiana: „Ich werde etwas unternehmen. Sollte unsere Vermutung zutreffen, werde ich sie bitten, ihm eine Nachricht zukommen zu lassen. Das wäre besser als nichts, selbst wenn er deren Inhalt kaum noch erfassen könnte."

„Oh ja", rief Georgiana aus und rang vor Ungeduld die Hände, „bitte sie darum, Elizabeth. Sie öffnet dir bestimmt ihr Herz, und mein Bruder wird ihm ihre Botschaft übermitteln. Was auch immer geschieht, sie wird am Ende doch froh sein, es getan zu haben. Bitte sie darum, vergeude keine Minute, die Zeit ist so knapp."

Vom Flur hörten sie Stimmen – Darcy sprach mit den Dienern, die sein Gepäck hinaustrugen. Elizabeth zögerte nun nicht länger: „Liebe Georgiana, wärst du so nett, Mr. Bertram Gesellschaft zu leisten? Es mag dich im Moment Mühe kosten, einen Fremden zu unterhalten, doch wäre es recht und billig nach allem, was er für uns getan hat".

Dann eilte sie, nachdem ihr Georgiana dies zugesagt hatte, hinüber zu Miss Crawfords Zimmer.

Dort musste sie feststellen, dass Georgiana mit ihrer Beschreibung nicht übertrieben hatte. Zwar schien Miss Crawford nicht geweint zu haben, doch der Ausdruck qualvoller Verzweiflung auf ihrem Gesicht versetzte Elizabeth einen Stich ins Herz. Mary hatte ihre Schwester aus dem Zimmer geschickt und saß auf der Bettkante, in ihrem Entsetzen zu keiner weiteren Regung fähig, und auch zu kaum einem Gedanken. Sie leistete keinen Widerstand, als Elizabeth sie zum Sofa führte, sich neben sie setzte und ihre beiden Hände nahm. Elizabeth sprach rasch und geradeheraus, ohne Vorbedacht.

„Liebe Miss Crawford, ich bin gekommen, um Sie zu bitten, etwas für meinen armen Cousin zu tun, etwas, das nur Sie tun können. Sie haben gehört, was Mr. Bertram über seinen kritischen Zustand sagte, und ich weiß, dass Sie darüber so bestürzt sind wie wir. Ich würde Sie niemals auf ihre innersten Empfindungen ansprechen, wenn es nicht im wahrsten Sinne um Leben und Tod ginge, und nur um seinetwillen wage ich, Sie zu fragen: Sofern Sie für ihn ein offenes Ohr hätten, wenn er jetzt hier wäre, könnten Sie ihm vielleicht doch auch eine Nachricht, zukommen lassen – einige Worte, um ihm zu zeigen, dass Ihre Gedanken bei ihm sind."

Nach ein oder zwei Minuten antwortete Mary mit erstickter Stimme: „Ich könnte ihm eine solche Nachricht zukommen lassen, aber glauben Sie wirklich, dass ihm daran gelegen wäre?"

„Das glaube ich durchaus. Ich verstehe Ihr Zögern. Es fällt Ihnen schwer, zu ihm von Liebe zu sprechen, bevor er davon zu Ihnen gesprochen hat. Doch würde ich mein Leben auf seine Zuneigung und

Treue zu ihnen verwetten. Welche Worte auch immer Sie ihm schicken – sie werden ein Trost sein und seiner Seele Frieden bringen."

Mary erschauderte und zog ihre zitternden Hände zurück. „Mr. Bertram scheint davon auszugehen, dass er sterben wird."

„Das vermögen wir nicht zu beurteilen. Er ist ein kräftiger Mann und genoss noch keine gute medizinische Versorgung, als Mr. Bertram ihn verließ. Wir können nur das Beste hoffen. Mein Mann bricht in diesen Minuten auf und wird jede Nachricht mitnehmen, die Sie zu formulieren imstande sind, um sie ihm hoffentlich noch rechtzeitig zu übermitteln."

„Oh ja, ja", rief Mary aus, erhob sich und ging unruhig durchs Zimmer. „Er ist so ein guter und großzügiger Mensch, dass er, wenn ich ihm noch etwas bedeute, über alles hinwegsehen, mir alle Torheiten verzeihen würde, die zu diesem Missverständnis geführt haben ... doch meine Vergangenheit, Mrs. Darcy – weiß er darum und wird er mir auch diese verzeihen? Ich wünschte, ich wüsste es. Mr. Bertram wiederzusehen ruft mir alles in Erinnerung: seine Schwester, meinen Bruder ... die Scheidung ... was Lady Catherine gehört hat, was alle Welt glaubt, wissen Sie ... gerade dann, wenn man etwas am stärksten bereut, sucht es einen heim wie ein böser Spuk."

Elizabeth antwortete sehr ernst: „Es wäre in einem solchen Moment grausam, Sie zu täuschen, und ich kann Ihnen nur sagen, woran ich fest glaube, dass nämlich Colonel Fitzwilliam um all dies weiß und es für ihn nicht den geringsten Unterschied macht. Wie es für keinen Mann einen Unterschied machen dürfte, dessen Liebe ihren Namen verdient. Sie sollten dieser Sache keine Bedeutung beimessen. Von Bedeutung ist allein die Frage, ob Sie seine Liebe erwidern. Das einzige, was zwischen Ihnen beiden stehen könnte, wäre Ihre Unfähigkeit, sie zu erwidern. Ich würde Sie niemals gegen Ihren Willen zu etwas drängen oder diesen emotionalen Moment ausnutzen wollen. Sie allein wissen, ob es Sie glücklicher machen würde, ihm ein Wort der Hoffnung zu schicken."

„Glücklicher? Ach, ich weiß es nicht“, sagte Mary traurig. „Anscheinend bin ich unfähig, überhaupt an Glück zu denken. Und doch wäre ich froh, wenn er es erführe, da Sie glauben, dass es ihm etwas bedeuten würde, und ich jetzt ohnehin nichts anderes mehr für ihn tun kann. Zweifeln Sie nicht an meinen Gefühlen, Mrs. Darcy. All die Monate war ich blind vor Torheit und Trotz, doch nun – allzu spät ¬– ist mir klar geworden, welche Gefühle ich die ganze Zeit für ihn gehegt habe.“

„Sprechen wir nicht davon, dass es zu spät sein könnte, liebe Miss Crawford“, erwiderte Elizabeth und ging auf Mary zu, die am Kaminsims stand, den Kopf auf ihren Arm gelehnt. „Denn das können wir nicht wissen. Aber ich bin überzeugt, dass es auch Ihnen ein Trost sein wird, diesen Schritt zu tun.“

Es gab eine kurze Pause, bevor Elizabeth fortfuhr: „Ich kann fürs Erste nicht länger bei Ihnen bleiben. Mr. Darcy drängt es zum Aufbruch. Sagen Sie mir, was ich ihm mitteilen darf? Das geringste Wort würde genügen. Oder möchten Sie lieber etwas aufschreiben?“

Mary schüttelte den Kopf, das Gesicht noch immer bedeckt, und sagte mit kaum vernehmbarer Stimme: „Fragen Sie Mr. Darcy, ob er die Güte hätte ... erklären Sie ihm die Dinge, wie Sie wollen ... aber er möge Colonel Fitzwilliam meiner ... meiner Liebe versichern; ihm ausrichten, dass ich ihn um Verzeihung bitte; und dass ich hoffe ... er werde schon bald ... imstande sein, wieder nach Hause zu kommen; zu mir.“

Elizabeth wartete kurz, ob noch weitere Worte folgen würden, dann drückte sie Marys Hand und verließ schweigend ihr Zimmer. So bewegt sie durch das Gespräch auch war, erforderten die Umstände doch, dass sie sich rasch wieder fasste, um sich von Darcy zu verabschieden. Wenn die Zeit des Handelns vorüber war, würde mehr als genug Zeit zum Nachdenken sein. Als sie auf die Galerie hinaustrat, vernahm sie von unten aus der Eingangshalle Stimmen und Schritte und hörte ihren Mann sagen: „Ich sollte gegen ein Uhr bei ihm sein.“ Diese Worte ließen sie neuen Mut schöpfen, und sie eilte nach unten, wo sie Darcy in Reisekleidung sowie Georgiana und Mr. Bertram vorfand, während an der Haustür bereits die Diener warteten.

Georgiana, die von heftiger Unruhe geplagt worden war, während sie sich leidlich bemüht hatte, Mr. Bertram beim Essen zu unterhalten, warf Elizabeth einen bangen Blick zu, um dann mit Erleichterung zu sehen, wie ihre Schwägerin Darcy für einige vertrauliche Worte in die Bibliothek entführte. Nur mit Mühe konnte sie Mr. Bertrams freundlichem Geplauder folgen und seine Fragen nach dem Befinden von Mr. und Mrs. Bingley und all den Anderen beantworten, die er bei seinem vorigen Besuch kennengelernt hatte, so gebannt rätselte sie, was in der Bibliothek besprochen wurde.

Schließlich öffnete sich die Tür zur Bibliothek, und die beiden traten wieder in die Halle. Darcy wirkte ernst, doch Georgiana hatte den Eindruck, dass seine Stirn nicht mehr gar so verfinstert war wie zuvor. Elizabeth warf ihr einen aufmunternden Blick zu. Für mehr blieb keine Zeit, die Kutsche stand bereit; ein paar kurze Abschiedsgrüße und schon war Darcy aus dem Haus und auf und davon.

Kapitel 25

Elizabeth und Georgiana kam dieser Abend wie ein schrecklicher Traum vor. Noch vor einer Stunde hatten sie in einer scheinbar heilen Welt gelebt und sich in aller Ruhe und Geborgenheit ihren Lieblingsbeschäftigungen gewidmet, doch dann war das Unheil über sie hereingebrochen, in Form dieser unfassbaren Hiobsbotschaft, und hatte sie alle bis ins Mark erschüttert. Georgiana empfand es als beinahe unmenschliche Aufgabe, den Anschein von Alltäglichkeit zu wahren, bis eine Nachricht ihres Bruders eintraf. Es drängte sie, allein zu sein, um in Ruhe alles überdenken zu können und Elizabeth zu fragen, was ihr Appell an Miss Crawford bewirkt hatte. Stattdessen war sie gezwungen, Mr. Bertram im Salon die Zeit zu vertreiben, der keine Anstalten machte, zu Bett zu gehen, sondern offenbar gedachte, bis Mitternacht wach zu bleiben und Tee zu trinken.

Georgiana nahm ihren Stickrahmen zur Hand, gewillt, Mr. Bertram eine aufmerksame Zuhörerin zu sein, zumal sie erwartete, dass Elizabeth, die wieder hinauf zu Miss Crawford gegangen war, bald zurückkehren werde. Sie war Mr. Bertram überaus dankbar für den Dienst, den er ihnen erwiesen hatte, und als er nun auf den schlechten Zustand der Straßen zu sprechen kam, der Mr. Darcy womöglich einige Zeit kosten würde, brachte sie diese Dankbarkeit erneut zum Ausdruck.

„Bitte danken Sie mir nicht, Miss Darcy. Ich bin, wie ich bereits gesagt habe, ungemein froh, dass ich Ihnen zu Diensten sein konnte. Es war purer Zufall, dass ich zugegen war, denn ich hatte schon früher heimkehren wollen und mich nur durch das frostfreie Wetter verlocken lassen, meinen Aufenthalt um ein paar Tage zu verlängern."

„Für uns war das ein Glücksfall, denn per Brief hätten wir die Nachricht vom Unfall wohl erst morgen erhalten."

Tom Bertram wiederholte, wie „ungemein froh“ er sei und starrte dabei geistesabwesend auf das Kaminfeuer, was Georgiana allerdings nicht bemerkte, da sie selbst in Gedanken versunken war. Sie schenkte ihm auch dann kaum Beachtung, als er plötzlich aufstand, sich mit dem Rücken zum Feuer etwas näher vor sie stellte und zu sprechen begann. Scheinbar an das zuvor Gesagte anknüpfend, schilderte er nun minutenlang seine Rolle im weiteren Verlauf der Ereignisse nach dem Unfall: wie er Mr. Ashley erzählte hatte, dass er ein Freund von Colonel Fitzwilliam sei und seine Angehörigen kenne und sich wie kein zweiter dazu eigne, ihnen die furchtbare Nachricht zu überbringen; wie er, von Mr. Ashley in seinem Vorhaben bestärkt, nach Hause geeilt war und seine Kutsche hatte anspannen lassen, um dann unverzüglich loszufahren. Sein Bericht dauerte an, doch nachdem Leicestershire aus dem Blick geraten war, hörte Georgiana nur noch mit halben Ohr zu, denn ihre Gedanken verweilten bei dem dort Leidenden, bis es sie jäh durchfuhr, dass all sein Reden *ihr* galt – dass Mr. Bertram gerade zu erklären versuchte, wie gern er die Gelegenheit genutzt hatte, hierher zu eilen, um ihr und ihrer Familie einen Gefallen zu erweisen, auch weil es ihm dadurch vergönnt war, sie, Georgiana, wiederzusehen. Ebenso verblüfft wie entsetzt versuchte Georgiana, ihm Einhalt zu gebieten, doch Tom Bertram wollte sich keineswegs in seiner Rede unterbrechen lassen, die er gut vier Stunden lang auf der Fahrt nach Pemberley einstudiert hatte. Georgianas zaghafter Appell, den traurigen Umständen doch bitte den gebührenden Respekt zu erweisen – was ihr in diesem Moment der aussichtsreichste Einwand schien –, blieb erfolglos. Dass er dies unter solchen Umständen zur Sprache bringe, erwiderte Tom Bertram, beweise vielmehr nur seine unbändige Leidenschaft. Er habe ursprünglich beabsichtigt, seinen Besuch auf Desborough Ende dieses Monats abzuwarten, um ein vertrauliches Gespräch mit ihr zu erbitten, doch sein Verlangen, sich ihr zu Füßen zu werfen und seine Zuneigung zu gestehen, dulde nun einmal keinen Aufschub mehr.

Nichts hätte Georgiana widerwärtiger sein können als solch schwülstige Äußerungen. Dass Mr. Bertram Worte wie „Leidenschaft“ und „Zuneigung“ in den Mund nahm, war nicht nur schändlich in Anbetracht einer Situation, in der ihre ganze Sorge einem lebensgefährlich verletzten Freund gelten musste, sondern auch in Anbetracht der Tatsache, dass William Price ihr gegenüber ähnliche Worte verwendet hatte. Es war ihr unerträglich, sie von irgendjemand anderem zu hören, und dass sie nun von seinem Cousin kamen, empfand sie geradezu als Beleidigung. Natürlich konnte er letzteres nicht wissen, doch hatte sie beinahe den Eindruck, als glaube er, Profit daraus schlagen zu können, dass sie sich ihm wegen seines erwiesenen Gefallens verpflichtet fühlte, und als habe er sich nur deshalb erdreistet, in so abscheulicher Weise zu ihr zu sprechen. Als Mr. Bertram – nachdem er am Ende seiner weitschweifigen Rede förmlich um ihre Hand angehalten hatte – kurz einmal Atem holte, entgegnete sie kühl und zu empört, um ihre Worte wohl zu wählen, dass sein Antrag sie zwar ehre, sie diesen aber auf gar keinen Fall annehmen werde. Bertram hatte keineswegs mit prompter Zustimmung gerechnet, doch auch nicht mir einer so entschiedenen Ablehnung. Mit ausgestreckten Händen und den Worten „Aber Miss Darcy ...“ trat er einen Schritt auf sie zu, worauf sie mit verächtlichem Blick mehrere Schritte zurückwich. In diesem Moment kam, zur Erleichterung der Dame und zur Verärgerung des Herrn, Elizabeth ins Zimmer. Es war den guten Manieren aller Beteiligten zu verdanken, dass die Situation nicht peinlich geriet. Tom Bertram kam, an seiner weiteren Herzensergießung gehindert, geschwind aufs Wetter zu sprechen, und so erörterte man in den folgenden Minuten mit großem Ernst Temperaturen und Regenwahrscheinlichkeit.

Gleichwohl hatte Elizabeth eine Ahnung beschlichen, welche Art von Gespräch hier bis zu ihrem Eintreten geführt worden war, und aus Fürsorge für Georgiana riet sie dieser schon bald, zu Bett zu gehen. Das musste man Georgiana nicht zweimal sagen. Bertram öffnete ihr mit ausladender Geste die Tür, was sie mit der kleinstmöglichen Verbeugung beantwortete, bevor sie hinauf auf ihr Zimmer flüchtete. Dort stellte sie erstaunt fest, dass es gerade erst halb zehn war. Waren seit Mr. Bertrams Erscheinen tatsächlich kaum zwei Stunden vergangen? Würde denn dieser Abend, mit seinen Überraschungen und Schrecken und Qualen und noch mehr Überraschungen, niemals zuende gehen? Georgiana war so aufgewühlt, dass sie sich hinsetzte und einige Tränen vergoss, doch nicht viele, denn der wahre Kummer, der ihr schwer auf der Seele lag, ließ Mr. Bertrams unliebsames Ansinnen bedeutungslos erscheinen. So verstörend und ärgerlich es gewesen war, zu Herzen wollte sie es sich doch nicht nehmen. Er hatte aus einer dummen Laune heraus gehandelt und es gewiss nicht ernst gemeint, denn er kannte sie ja kaum. Ein paar gemeinsam verbrachte Tage, und schon sprach er von inniger Zuneigung und erwartete, dass sie solchem Unsinn Gehör schenkte! Sie verstand nicht, was in ihn gefahren war, und verübelte ihm sehr, dass er sich, nur weil er der Erbe eines Titels und Vermögens war und eine beschwerliche Fahrt von fünfundvierzig Meilen auf sich genommen hatte, als passablen Verehrer erachtete. Besonders empört hatte sie seine Andeutung, dass er fest mit dem Segen ihrer Familie rechne. Wenn sie doch nur nicht das Pech gehabt hätte, mit ihm allein zu sein – wenn Mrs. Grant nur nicht nach oben gegangen wäre!

Mrs. Grant! Georgiana zuckte heftig zusammen, denn bis zu diesem Moment hatte sie die besondere Beziehung von Mr. Bertram zu ihren beiden Gästen überhaupt nicht bedacht. Sie war davon ausgegangen, dass Marys Erregung allein mit der Nachricht über Colonel Fitzwilliams Unfall zu tun hatte, und begriff nun, dass ihr schon der Anblick des Boten unerträglich gewesen sein musste. Welch unsägliche Komplikationen hatten sich allein aus der Tatsache ergeben, dass ausgerechnet Tom Bertram heute Vormittag mit Colonel Fitzwilliam auf die Jagd gegangen war! Natürlich wünschte Georgiana keineswegs, er hätte ihnen jenen Dienst nicht erwiesen, noch glaubte sie, Miss Crawford oder sonst irgendjemand wünschte dies, denn in Anbetracht der Ursache seines Auftauchens war alles andere ohne Belang. Und es würde auch ohne Belang bleiben, wenn er nur rasch wieder verschwände. Georgiana sinnierte bereits über Möglichkeiten, wie sie, Mary und Mrs. Grant ihm im Haus aus dem Weg gehen könnten, als es an der Tür klopfte und Elizabeth eintrat.

„Nun, Georgiana", sagte Elizabeth, nachdem sie deren verlegenen Blick mit einem Lächeln beantwortet hatte, „Mr. Bertram hat mich ins Vertrauen gezogen. Es täte mir leid, wenn er dich verwirrt hätte, mein Liebes. Er befürchtet offenbar, dass seine Worte dich gänzlich überrascht haben, hofft jedoch, dass du dir Zeit lassen und ihm die Ehre erweisen wirst, es zu überdenken."

„Oh nein, nein, Elizabeth", brach es aus Georgiana hervor, „es bedarf keiner Zeit, und ich werde es nicht überdenken. Ich empfinde nicht das Geringste für Mr. Bertram und werde es nie. Sag ihm doch bitte, dass er gehen und alles vergessen möge."

„Ach, mein Liebes, du klingst sehr entschieden. Dabei war er, wie mir scheint, nur ungeschickt und hat zweifellos den falschen Zeitpunkt gewählt. Jetzt wünscht er sehr, noch einmal vorstellig werden und behutsamer um dich werben zu dürfen. Ich sagte ihm, dass du von seinen Gefühlen für dich keine Ahnung hattest."

„Dem ist tatsächlich so, doch mag ich davon auch nichts hören", erwiderte Georgiana, nun etwas ruhiger, denn sie schämte sich ein wenig für ihre Entrüstung. „Ich bin Mr. Bertram sehr verbunden, es ist überaus gütig von ihm – doch ich kann ihn unmöglich heiraten."

„Willst du es wirklich völlig ausschließen?", fragte Elizabeth. „Vielleicht bist du nur verstört. Gewiss kennen wir ihn noch nicht sehr gut, doch er ist ein äußerst angenehmer Mensch aus gutem Haus. Und wie sein heutiges Handeln beweist, hat er überdies einen edlen Charakter und ein gutes Herz. Auch sein Cousin, Mr. Price, sprach in den höchsten Tönen von ihm. Falls du dir nicht völlig sicher bist, sähe es dein Bruder gewiss gern, wenn du die Angelegenheit später

– sobald du derlei Dingen wieder mehr Aufmerksamkeit schenken kannst – noch einmal in Ruhe bedächtest."

„Ich flehe dich an, Elizabeth", rief Georgiana erregt aus, „bitte mich nicht darum. Auch wenn wir heute nicht in so großer Sorge wären, würde ich genauso empfinden. Mr. Bertram ist gewiss ein tadelloser und liebenswürdiger Mensch, doch ich werde nicht ... kann nicht ... ich hoffe, Darcy wird nicht verärgert sein, doch mir ist die Vorstellung zuwider."

„Wenn es so ist, meine liebe Georgiana, dann quäl dich damit nicht weiter. Noch weiß ich nicht, ob es mich freuen oder bekümmern soll. Es kam so unvermutet. Auf jeden Fall aber sollst du selbst entscheiden. Mr. Bertram wird freilich sehr enttäuscht sein, und es ist wohl an mir, den armen Mann recht bald hinauszukomplimentieren."

„Ach ja, bitte sei so gut, Elizabeth."

„Ich werde morgen früh mit ihm sprechen, denn für heute hatten wir alle genug Aufregung. Ich hätte ihn wohl in jedem Fall bitten müssen, seinen Aufenthalt möglichst kurz zu halten, denn nach allem, was ich gehört habe, ist auch Miss Crawford an einer weiteren Begegnung mit ihm nicht gelegen."

„Ganz gewiss. Das sollte tunlichst vermieden werden. Doch jetzt erzähl mir bitte, was euer Gespräch ergeben hat. Ich warte schon so lange auf eine Gelegenheit, dich danach zu fragen. Sofern ich es denn erfahren darf."

Elizabeth schilderte ihr kurz, wie das Gespräch verlaufen war, und erzählte auch, wie Darcy zunächst kaum glauben konnte, dass Miss Crawford freiwillig bereit gewesen sei, ihm jene Nachricht an Colonel Fitzwilliam mitzugeben. Doch schließlich hatte er versprochen, seinem Cousin, falls dessen Zustand es erlaube, diese Worte der Hoffnung und des Trostes zu übermitteln und ihm alles zu erläutern, was dieser womöglich nicht auf Anhieb begriff.

„Mir blieben ja nur wenige Minuten, um mit deinem Bruder zu sprechen", fuhr Elizabeth fort. „Er hatte auf die ganze Angelegenheit schon lange keinen Gedanken mehr verschwendet, denn er musste davon ausgehen, dass zwischen den beiden alles vorbei sei. Er wusste nicht einmal von Miss Crawfords Geständnis, früher einmal Gefühle für seinen Cousin gehegt zu haben. Trotzdem hat er sofort verstanden, wie beglückend es für den armen Robert sein würde, davon zu erfahren."

„Ach, wie froh ich bin", rief Georgiana aus, der Freudentränen in den Augen standen. „Meinem Bruder wird alles einleuchten, wenn er die Dinge in Ruhe betrachtet. Arme Miss Crawford! Wie sie gelitten haben muss! Sie war sich über ihre Gefühle selbst nicht im Klaren, nehme ich an, und wollte Colonel Fitzwilliam deshalb nicht wiedersehen. Ich verstehe zwar nicht, wie das alles gekommen ist, doch es spielt jetzt auch keine Rolle mehr. Sollte er überleben, steht nichts mehr zwischen ihnen, und ihre Nachricht wird er ganz gewiss erhalten. Es ist noch nicht zu spät – davon bin ich felsenfest überzeugt."

So kamen sie wieder auf den Unfall zu sprechen, auf den Zustand des Verletzten und die Unwägbarkeiten der Situation, die man nicht lange genug erörtern konnte. Als sich Elisabeth dann anschickte, Georgianas Zimmer wieder zu verlassen, denn es war schon spät, kam ihr unvermittelt etwas in den Sinn, weshalb sie sich an der Tür noch einmal umdrehte und mit einem Lächeln erklärte: „Ich muss sagen, Georgiana, dass mich *dein* Verhalten mehr überrascht hat als Mr. Bertrams. Als du letzthin so blass aussahst, kam mir der Gedanke, dass es jemanden gebe, an den du viel und mit einiger Aufregung denkst. Und ich muss gestehen, dass ich, als ich dich und Mr. Bertram heute Abend im Gespräch unterbrach, vermutete, er sei dieser Jemand."

„Wie konntest du das nur denken, Elizabeth?", rief Georgiana aus und wandte sich ab – verlegen, aber auch dankbar, dass Elizabeth sie nicht direkt gefragt hatte, ob es einen solchen Jemand gebe.

Kapitel 26

Früh am nächsten Morgen reiste der untröstliche Mr. Bertram ab. Außer Mrs. Darcy, die ihn in einer kurzen Unterredung von der Vergeblichkeit weiterer Bemühungen um Georgianas Gunst überzeugen konnte, hatte er nur noch Mrs. Grant zu Gesicht bekommen. Er konnte sich diese Abfuhr freilich nicht recht erklären, und sein Verdruss sowie das Unbehagen, das er in Gegenwart von Mrs. Grant verspürte, ließen das gemeinsame Frühstück zu einer recht ungemütlichen Veranstaltung werden. Tom Bertram hatte deutlich mehr Ehrgefühl als Mr. Yates und hätte über Miss Crawford niemals so ungeniert reden können wie dieser Gentleman. Außerdem war ihm durchaus bewusst, dass seine Familie eine Mitschuld an jenem Skandal traf, der für gewöhnlich nur den beiden Hauptbeteiligten angelastet wurde. Ihm war an einer Begegnung mit den Mitgliedern der Familie Crawford deshalb ebenso wenig gelegen wie diesen, und er war überaus erleichtert, als er schließlich, nach dem gebührlichen Austausch von allerlei Höflichkeiten, in seine Kutsche steigen konnte und Anweisung gab, nach Desborough Park zu fahren. Zwar kam er seinem vereinbarten Besuch dort um gut zehn Tage zuvor, doch rechnete er fest damit, dass er im Haus der gastfreundlichen Bingleys willkommen sein würde, und auch diese die schreckliche Neuigkeit zu erfahren wünschten.

Die Damen auf Pemberley verbrachten die folgenden Stunden in größter Sorge und Anspannung. Sie versuchten zwar, über andere Dinge als den Unfall zu sprechen, konnten aber an kaum etwas anderes denken. Hätte Georgiana nicht befürchtet, ihr Bruder werde ihre Entscheidung missbilligen, hätte sie Mr. Bertram wohl vergessen, kaum dass er fort war, denn weder vermochte sie seine Zuneigung für echt zu halten noch seine Verwundung für schwer. Warum nur wäre Elizabeth nicht überrascht gewesen, wenn sie Mr. Bertram erhört hätte? Einerseits war es kränkend, andererseits aber auch erleichternd, dass niemand auf den Gedanken verfallen war, Mr. Prices Gefühle könnten *ihr* gegolten haben!

Darcy hatte versprochen, so rasch wie möglich einen Expressbrief zu schicken, und man hatte einen Diener in den Nachbarort gesandt, der den Brief, sobald er ankam, unverzüglich nach Pemberley bringen sollte. Sie hatten gerade ihr Dinner beendet – bei dem kaum eine Speise angerührt worden war –, als der Butler eintrat und die ersehnte Depesche in seinen Händen hielt. Sie wurde Mrs. Darcy übergeben, die den Inhalt umgehend zu Gehör brachte, und er war erleichternd. Darcy hatte seinen Cousin in einem ernsten, aber nicht hoffnungslosen Zustand angetroffen. Colonel Fitzwilliam war inzwischen wieder zu Bewusstsein gekommen, und wenn ihm auch größte Ruhe verordnet und das Sprechen verboten war, so konnte er doch verstehen, was man ihm sagte. Der Wundarzt ging – obgleich er im Moment kaum sämtliche Verletzungen diagnostizieren konnte – davon aus, dass der Kopf unversehrt geblieben war. Der Patient war noch nicht über den Berg, doch seine kräftige Konstitution kam ihm zugute, und dass er starke Schmerzen hatte, wurde nicht unbedingt als schlechtes Zeichen erachtet.

Der Bericht konnte den Damen ihre Sorge zwar nicht restlos vertreiben, doch sie hatten allen Grund, dankbar zu sein, denn mehr hätten sie derzeit kaum hoffen dürfen. Georgiana blieb bei Mrs. Grant und sprach mit ihr über das Gehörte, während Elizabeth Miss Crawford in ihr Boudoir führte und erklärte: „Sie wünschen zweifellos, den Rest des Briefes zu erfahren, denn er betrifft Sie. Mein Mann schreibt: ‚Sobald es mir gestattet war, zu Fitzwilliam zu sprechen, und ich mich vergewissert hatte, dass er einigermaßen bequem zuhören konnte, gab ich ihm wieder, was Du ihm über Miss Crawfords Aufenthalt bei uns mitzuteilen wünschtest, und was sie Dir anvertraut hatte. Er schien außerordentlich überrascht, und ich fürchtete schon, es würde ihn zu sehr aufregen. Als ich aber die Botschaft wiederholte, in eben jenen Worten, in denen Du sie mir ausgerichtet hattest, sah ich, dass es ihm eine rechte Wohltat war. Er konnte es offenbar zunächst kaum glauben, und murmelte etwas des Inhalts, dass es ein gar zu großes Glück wäre. Nach einer guten halben Stunde gab er zu verstehen, dass er erneut etwas zu sagen wünschte und flüsterte: ‚Versichere sie meiner Liebe und richte ihr aus, dass sie mir etwas gegeben hat, wofür es sich zu leben lohnt.' Mehr konnte er nicht sagen; bald darauf schlief er ein. Du darfst nicht vergessen, dass er noch hohes Fieber hat und entsprechend geschwächt ist. Dennoch ist es nicht mehr lebensbedrohlich, und ich bin mir sicher, dass dieser Stimulus heilende Kraft hat. Seine endgültige Genesung dürfte dann wohl in Miss Crawfords Händen liegen, die diese Aufgabe nach Lage der Dinge nicht ungern übernehmen wird. Bitte grüße sie herzlich von mir und richte ihr meine Hoffnung aus, dass wir in absehbarer Zukunft alle glücklich auf Pemberley vereint sein werden."

Ein solcher Brief war nicht leicht zu verkraften. Mary Crawford versuchte, Worte des Dankes zu finden, doch ihre tränenerstickte Stimme versagte. Erst jetzt, da Freudengefühle sie überwältigten, wurde ihr das Elend der letzten Monate gänzlich bewusst, erhielt sie im jähen Licht eine Vorstellung vom ganzen Ausmaß jener Finsternis. Als sie auf das Dunkel zurückblickte, in dem sie voller Stolz und Verbitterung und Fehleinschätzungen gehaust hatte, schien es ihr beinahe unglaublich, dass sie endlich an die frische Luft gelangt war, hinaus in den Sonnenschein der Liebe und des Einvernehmens. Nur zu gern hätte sie offen mit Elizabeth über alles gesprochen und aufgeklärt, was dieser so rätselhaft erschienen sein musste. Doch erst als nach einigen weiteren Tagen der Sorge immer bessere Nachrichten aus Leicestershire eintrafen und Marys Anspannung nachließ, konnten sich die beiden Damen endlich wieder hoffnungsvollere Gedanken an die Zukunft gestatten. Es half, dass in ihrem kleinen Kreis alle um die Situation wussten, und Georgiana somit an Marys Befinden ebenso schwesterlich Anteil nehmen konnte wie Mrs. Grant.

„Mrs. Darcy“, wandte sich Mary eines Tages an Elizabeth, als beide allein waren, „mich treibt die Neugier um, was Sie mir mehr übel nehmen – dass ich damals in Bath so unwirsch zu Colonel Fitzwilliam war, oder dass ich neulich auf unserem Spaziergang so abenteuerliche Behauptungen aufgestellt habe?“

„Beides nehme ich Ihnen in keiner Weise übel“, antwortete Elizabeth. „Es scheint mir nur zu verständlich. Für etwas töricht halte ich höchstens, dass Sie Sir Walter Elliot gestattet haben, Ihnen so viel Aufmerksamkeit zu widmen, dass alle Welt seinerzeit annahm, sie seien verlobt. Ihre Freunde hätten Sie damals warnen sollen, dass Ihr Verhalten einige Menschen abschrecken könnte, die Ihnen viel bedeuten.“

„Ich hatte befürchtet, dass Sie das ansprechen würden!“, rief Miss Crawford aus und hielt sich in gespielter Bestürzung die Ohren zu. „Tatsächlich gehe ich davon aus, dass Colonel Fitzwilliam und ich nach seiner Rückkehr zunächst Stunden mit gegenseitigen Vorwürfen zubringen werden, und dieses wird eines der Themen sein. Doch im Ernst, Mrs. Darcy: Obgleich mir nun bewusst ist, welch unverzeihliche Dummheit dies war, wusste ich damals nichts von diesen Gerüchten. Die Bekanntschaft mit den Elliots war mir aus ganz anderen Gründen wichtig, die mit gewissen Aussichten für meinen Bruder zusammenhingen ... doch das dürfte sie nicht interessieren. Ich habe Sir Walter Elliots Gegenwart geduldet, ihn aber weder besonders gemocht, noch gedacht, dass er ernsthafte Absichten hegte, bis uns eine leutselige Bekannte, Mrs. Palmer, ihre Aufwartung machte, um mir zu meiner angeblichen Verlobung zu gratulieren. Sie erzählte mir seinerzeit übrigens, dass ihre Mutter, Mrs. Jennings, sie ursprünglich hatte begleiten wollen, aber verhindert gewesen sei. Ich kannte die ehrenwerte Mrs. Jennings damals noch nicht, bin mittlerweile aber froh, dass sie in jenem Moment nicht zugegen war. Ich hätte sie schwerlich ertragen können.“

„Es muss bitter für sie gewesen sein, eine solche Gelegenheit verpasst zu haben“, erklärte Elizabeth mit einem Lächeln.

„Ja, die arme Mrs. Jennings! Doch es war auch ohne ihr zutun schon unerfreulich genug, zu etwas beglückwünscht zu werden, das es nicht gab. In jenem Moment, so versichere ich Ihnen, fuhr mir der Schreck in die Glieder, und ich beschloss auf der Stelle, mein Verhalten gegenüber Sir Walter Elliot zu ändern. Das zeigte offenbar rasch Wirkung, denn schon bald ... nun, jedenfalls waren die Folgen nicht angenehm. Es begann eine qualvolle Zeit, und dann verschwand Colonel Fitzwilliam und niemand wusste, wohin oder weshalb."

Elizabeth hatte längst erkannt, dass ihr Cousin nicht der einzige Leidtragende in dieser Geschichte war, und sie wusste auch, dass Miss Crawfords saloppe Ausdrucksweise oft dazu diente, starke Gefühle zu verbergen. Und so freute es sie von Herzen, dass das Glück der beiden Liebenden nunmehr ein Fundament hatte, das – ungeachtet aller noch auszustehenden Ängste bis zu ihrem Wiedersehen – durch nichts mehr zu erschüttern war.

Nach weiteren zehn Tagen ließen Darcys Briefe den Schluss zu, dass keine Lebensgefahr mehr bestand, und man eine stetige, wenn auch langsame Genesung erwarten durfte. Georgiana, die Mrs. Wentworth bereits schriftlich die Verzögerung ihres Besuchs angekündigt hatte, beriet sich mit Elizabeth, ob dieser nicht besser ganz abgesagt werden sollte, doch Elizabeth hielt dies für unnötig, zumal es ihr für Georgiana sehr leid getan hätte. Auf Nachfrage hin stimmte auch Darcy dem Vorschlag, dass sie in Begleitung zweier Diener nach London reisen sollte, vorbehaltlos zu.

So blieb es bei dem gefassten Plan. Nachdem man sich mit Captain Wentworth auf ein Datum geeinigt hatte, fuhr Georgiana in Mr. Darcys Reisekutsche an einem kalten, windigen Abend der zweiten Februarwoche an einem Hotel in der St. James Street vor, wo ihr Gastgeber sie abholen wollte. Besagte Kutsche sollte auf dem Heimweg über Leicestershire fahren, denn man hoffte, dass es Colonel Fitzwilliams Zustand schon in den nächsten Tagen zulassen würde, ihn zurück nach Pemberley zu bringen.

Das schlechte Wetter, die Einsamkeit und die Erschöpfung schlugen Georgiana merklich aufs Gemüt, während sie aus dem Hotelfenster hinaus auf die nassen Straßen blickte und sich an ihren letzten Aufenthalt in London erinnerte, dessen Umstände so gänzlich anders gewesen waren. Sie kam nicht umhin, in diesem Moment an William Price zu denken, und fragte sich, ob er wohl ebenfalls gerade in London weilte. Sie wünschte es sich, obgleich es völlig unwahrscheinlich war, dass sie einander begegnen würden, da beide über den Verbleib des jeweils anderen nichts wussten. Diese Gedanken drückten Georgianas Stimmung noch weiter, und erst die Ankunft von Captain Wentworth, der sie mit seiner unerschütterlich guten Laune aufs Herzlichste begrüßte, vermochte sie aus ihrer Schwermut zu reißen. Am folgenden Tag erwies sich Captain Wentworth dann als so anregender Gesprächspartner, dass Georgiana nicht die geringste Müdigkeit verspürte, als sie nach stundenlanger Fahrt zum Dinner in Winchester eintrafen.

Mrs. Wentworth wiederzusehen, war ihr eine wahre Freude. Ihr jüngster Briefwechsel hatte ihre Freundschaft weiter gefestigt, denn obgleich Anne deutlich älter war, ähnelten sich beide in ihrer Wesensart. Und so fühlte sich Georgiana schon nach wenigen Stunden in dem hübschen, unweit der Kathedrale gelegenen Haus, das Captain Wentworth gleich nach der Heirat erworben hatte, ganz heimisch.

Am nächsten Vormittag saß sie mit ihrer Gastgeberin beisammen und tauschte mit ihr Neuigkeiten über gemeinsame Freunde aus. Georgiana hegte die stille Hoffnung, dass im Lauf des Gesprächs auch William Prices Name fallen würde. Aufgrund der Eindrücke, die sie auf Mrs. Hursts Dinnerparty gewonnen hatte nahm sie an, dass die Wentworths ihn gut kannten. Und ja ... Mrs. Wentworth kam tatsächlich auf jenen Abend zu sprechen ... berichtete, dass sie Mrs. Hurst gesehen habe, als sie neulich in London gewesen sei ... aber womöglich habe Miss Darcy frischere Neuigkeiten ... und ob sie sich vielleicht auch an Captain Price erinnere, den jungen Offizier, der damals ebenfalls anwesend war?

Georgiana brachte es fertig, in unauffälligem Ton zu erzählen, dass sie Mr. Price seither oft gesehen habe, und von seinen Besuchen auf Desborough und Pemberley zu berichten.

Mrs. Wentworth vernahm es mit Interesse. „Es freut mich außerordentlich, dass Sie ihn offenbar schätzen", sagte sie. „Wie merkwürdig, dass er seine Besuche dort nie erwähnt hat. Da ich jedoch von einer Freundin hörte, dass er zur Zeit in England weilt, und wusste, dass Sie einander kennen, habe ich ihm unlängst geschrieben und ihn eingeladen, uns während Ihres Aufenthalts in Winchester für ein paar Tage zu besuchen. Das war recht eigensinnig gehandelt, liebe Miss Darcy, ich weiß. Doch er ist Captain Wentworth und mir so sehr ans Herz gewachsen, und wir dachten, ein Besuch während ihres Aufenthalts wäre ihm ein besonderes Vergnügen. Junge Leute sind einander doch immer die unterhaltsamste Gesellschaft. Zudem weilt er nur noch kurz an Land."

Georgianas Herz pochte, als wolle es ihr die Brust zersprengen, doch es gelang ihr, dem Blick der Freundin standzuhalten und mit fester Stimme zu antworten: „Ja, das wäre sehr nett. Wird Captain Price denn kommen?"

„Nein, leider nicht. Und ich bedaure es umso mehr, als ich nun weiß, dass er zu Ihrem engeren Bekanntenkreis zählt. Doch er schrieb, dass ihm ein Besuch nicht ratsam erscheine ... er hat alle möglichen Entschuldigungen angeführt ... und bat, Miss Darcy auszurichten, dass es ihm leid tue, sie nicht wiederzusehen. Es ist mir nicht ganz klar geworden, warum er nicht kommen kann. Er wiederholte nur mehrmals, dass er im nächsten Monat wieder in See stechen werde und es für zweckdienlicher halte, bis dahin in London zu bleiben oder aber seine Schwester zu besuchen."

Georgiana saß schweigend in ihrem Sessel und starrte ins Kaminfeuer. Sie hatte, während Mrs. Wentworth sprach, nicht einen Moment geglaubt, dass William Price tatsächlich kommen würde. Doch die Vorstellung, dass es die Gelegenheit zu einer Begegnung gegeben hatte, die er nicht hatte ergreifen können – oder aber: nicht hatte ergreifen wollen –, war ihr beinahe unerträglich. Gewiss, er tat recht daran, nicht zu kommen, da er annehmen musste, dass der Grund für seine Zurückweisung weiterhin gegeben war. Georgiana rechnete ihm dies hoch an. Doch war das die ganze Erklärung für sein Fernbleiben? Oder hatte er womöglich seine Meinung geändert? Ließen seine Empfindungen für sie nach? Erst in diesem Moment erkannte Georgiana, wie sehr sie gehofft hatte, ihn wiederzusehen, und mit einer gewissen Verbitterung verbot sie sich jeden Gedanken daran, dass er in London war und damit näher bei ihr, da er für sie, so wie die Dinge lagen, ohnehin unerreichbar fern war, ob nun in London, in Derbyshire oder auf See.

Dass Georgiana eine Antwort schuldig geblieben war, fiel nicht weiter auf, da Captain Wentworth ins Zimmer trat und den Damen den Vorschlag unterbreitete, sie auszuführen. Seine Frau unterrichtete ihn darüber, dass sie Miss Darcy soeben von Mr. Prices rätselhafter Absage erzählt habe.

„Ja, welch schmähliche Entscheidung, nicht wahr, Miss Darcy? Zumal ihm mitgeteilt wurde, welche Attraktion wir ihm hier zu bieten hätten. Ich dachte wirklich, er würde zusagen, wo er doch häufig zwischen Southampton und London unterwegs ist und dabei durch Winchester muss, doch hat er wohl noch andere Eisen im Feuer."

Georgiana war froh, das Thema im allgemeinen Aufbruch mit einem Lächeln und einem vagen Ausdruck des Bedauerns abtun zu können. Doch in ihrem Kopf herrschte nun ein Aufruhr, der es ihr tagelang unmöglich machte, den Aufenthalt bei den Wentworths wie erhofft zu genießen. All die Gefühle, die sie zu verbannen versucht hatte, waren mit Macht zurückgekehrt. Noch immer rang sie im Stillen mit sich, ohne Mrs. Wentworth ins Vertrauen zu ziehen. Denn die Dinge lagen in ihrem Fall anders als bei Miss Crawford: Nicht einmal die wohlmeinendste Freundin, so schien es ihr, hätte vermocht, dieses Knäuel aus Irrungen zu entwirren.

Bald nach ihrer Ankunft bei den Wentworths hatte Georgiana zu ihrer großen Freude von Elizabeth gehört, dass Fitzwilliam und

Mary mittlerweile verlobt waren. Der Colonel war zurück auf Pemberley, nachdem er den Transport wohlbehalten überstanden hatte, und kam rasch wieder zu Kräften in den Händen seiner tüchtigen Pflegerinnen, „will sagen: einer einzigen!“, wie Elizabeth schrieb. Und Georgianas Freude war noch gewachsen, als sie wenige Tage später einen Brief von ihrem Cousin erhalten hatte, den ersten überhaupt, den ihr zu schreiben er sich erlaubte. Darin sprach er mit tiefer Dankbarkeit von dem Glück, das ihm um ein Haar entgangen wäre, und dankte ausdrücklich auch Georgiana aufs Herzlichste für ihren Anteil. „Ganz ohne Zweifel“, schrieb er, „stehe ich nun bei meinen Freunden für ihre Güte und Geduld in der Schuld. Einer Schuld die ich nie begleichen kann. Wie mürrisch und verdrießlich muss ich Dir erschienen sein, als wir einander in London trafen! Ich kann Dir nichts Besseres wünschen, liebste Cousine, als dass Du so glücklich wirst, wie ich es bin, obgleich ich nicht weiß, wer jemanden wie Dich überhaupt verdienen könnte.“

Auch Mary schrieb ihr, in ähnlichem Geist, und Georgiana vermochte auch ihren Brief ohne jeden Anflug von Neid zu lesen, mit nichts als reiner Freude über das Glück ihrer beiden Freunde. Ihre Freude wurde auch von Mrs. Wentworth geteilt, die sich als mitfühlende Zuhörerin erwies, nicht zuletzt weil sie die Anfänge der Geschichte in Bath miterlebt hatte und aus eigener Beobachtung sowie aus Mrs. Darcys Briefen noch mehr als Georgiana um die Widrigkeiten wusste, die das gemeinsame Glück der beiden behindert hatten. Doch Georgiana wie auch Mrs. Wentworth zogen es vor, über den glücklichen Ausgang der Geschichte zu sprechen, statt über die verschlungenen Wege nachzusinnen, auf denen dieser erreicht worden war.

Kapitel 27

Etwa fünf Wochen, nachdem er Mrs. Wentworth seine Absage geschickt hatte, ging William Price die Wigmore Street entlang, auf dem Weg zum Haus der Familie Yates in der Cavendish Street. Es war ein kalter, nebliger Märzabend, und die Düsterkeit der nassen Straßen, die der fahle Schein der vereinzelten Öllampen nur noch augenfälliger machte, erschien William eine durchaus passende Kulisse für jemanden mit seinen tristen Gedanken. Nicht, dass er wünschte, Mrs. Wentworth anderslautend geantwortet zu haben. Es war zweifellos besser, Georgiana nicht wiederzusehen, so lange das, was sie ihm im November gesagt hatte, noch zwischen ihnen stand. Trotzdem konnte er seine Sehnsucht nach einem Wiedersehen nicht unterdrücken, musste er doch England bereits am folgenden Tag verlassen, um eine Seefahrt anzutreten, die viele Monate dauern würde. Zwar fürchtete er seinen Cousin mittlerweile nicht mehr als Rivalen, denn als er unlängst einige Tage auf Mansfield Park verbracht hatte, hatte ihm Tom Bertram auf Nachfrage nüchtern mitgeteilt, dass er während seines jüngsten Aufenthalts auf Pemberley zu dem Schluss gelangt sei, er und Miss Darcy passten nicht zusammen. Doch selbst wenn sie durch eine glückliche Fügung des Schicksals bis zu seiner Rückkehr niemand anderen heiraten würde, blieb immer noch die Frage: Wie ließ sich eine Situation herbeiführen, in der es William möglich wäre, bei Gelegenheit wieder das Wort an sie zu richten?

In den drei Monaten, die seit dem Ball auf Pemberley vergangen waren, hatte er in seiner arglosen und direkten Art mit einem Problem gerungen, wie es ihm noch nie vorgekommen war. Alle bedeutenden Ereignisse seines Lebens – seine Karriereschritte, die Heirat seiner Schwester und seine Anstrengungen, nach dem Tod des Vaters den Lebensunterhalt der Familie zu sichern – hatten sich wie von selbst ergeben, und immer war ihm das Naheliegende auch als das Richtige erschienen. Und so war er davon ausgegangen, dass es sich mit Herzensangelegenheiten genauso verhalte. Wenn ein Mann sich verliebte, würde er das Herz seiner Auserwählten zu erobern trachten und dann um ihre Hand anhalten. Wenn ihre Gefühle für ihn nicht stark genug waren, musste er die Segel streichen oder aber eine Weile abwarten, um schließlich einen weiteren Versuch zu unternehmen. Doch zurückgewiesen zu werden, weil sich zufällig eine andere Frau in ihn verliebt hatte! William hatte die Zurückweisung an jenem Abend in seiner Verwirrung einfach hingenommen, doch je mehr er darüber nachdachte, desto weniger konnte er in jenem Umstand einen ausreichenden Grund erkennen. Sie hatte nicht gesagt, dass sie niemals etwas für ihn empfinden könne. Sie hatte lediglich abgelehnt, seiner Liebeserklärung Beachtung zu schenken, was nur allzu verständlich war, da sie annahm, dass er Kitty moralisch verpflichtet sei. Doch William hatte Kitty gegenüber ein gänzlich reines Gewissen. Er quälte sich vielmehr unaufhörlich mit Gedanken daran, was er während der gemeinsam verbrachten Tage alles hätte unternehmen können, um Georgianas Herz zu erobern. Aus ihrer Sicht hatten all seine Bemühungen Kitty gegolten – wie hatten die beiden Damen seine Absichten nur so missdeuten können? Kitty hätte die Wahrheit erkennen können, ein jeder hätte sie erkennen können, ein jeder trug Schuld daran, außer Georgiana. Für einen Moment geriet William ins Staunen darüber, dass anscheinend alle missverstanden hatten, was ihm die klarste, natürlichste Sache der Welt gewesen war, um schon im nächsten Moment auf den verzweifelten Gedanken zu verfallen: „Womöglich hätte sie etwas für mich empfunden, wenn sie die Wahrheit gekannt hätte. So aber darf ich nicht einmal darauf hoffen, dass sie mir verzeiht, Miss Bennet enttäuscht zu haben, und es steht nicht in meiner Macht, an all dem etwas zu ändern.

Es verhält sich wie bei einem Schiff, das im Nebel auf eine Sandbank gelaufen ist", sinnierte William weiter. „Man kann nichts tun, bis es aufgeklart hat. Zumindest kann ich nichts tun. Wenn sie mir eine eindeutige Abfuhr erteilt hätte, hätte ich die Einladung nach Winchester annehmen und einen weiteren Versuch unternehmen können. Wenn einem von zwölf Monaten nur drei an Land vergönnt sind, scheint mir das statthaft. Doch wie kann ich erneut das Wort an sie richten, solange denkbar ist, dass sie sich fragt: ‚Aber was ist mit der armen Kitty?' Oh, was für ein blinder Narr ich war!"

In diese Gedanken war er so vertieft, dass er beim Überqueren der Straße beinahe mit einem Gentleman zusammengestoßen wäre, der Richtung Portman Square ging. Man setzte schon zu Entschuldigungen an, bevor man einander erkannte und Mr. Knightley ausrief: „Ach nein, William! Wie schön, Sie hier zu sehen – sofern man bei dieser trüben Finsternis von ‚sehen' sprechen kann. Ich dachte, Sie seien schon auf hoher See!"

„Nein, Sir, wir laufen erst morgen aus Portsmouth aus. Mit der *Medusa*. Unser Bestimmungsort wurde in letzter Minute geändert."

„Und wohin geht es?"

„Zunächst nach Neuschottland, Sir. Wir bringen einige Rekruten dorthin, um die Garnison zu verstärken."

„Was sind Sie nur für ein beneidenswerter Bursche, William. In ein oder zwei Jahren werden Sie die ganze Welt bereist haben. Es klingt, als seien Sie diesmal länger fort, was ich bedauern würde, doch Ihnen macht es gewiss nichts aus."

„Nun, Sir ..." – William zögerte und blickte dann mit einem ehrlichen Lächeln auf – „... es hilft ja nichts, doch tatsächlich wäre es mir ausnahmsweise lieber gewesen, für eine Weile hier in England stationiert zu sein."

Mr. Knightley wartete ab, doch als er nichts Weiteres hörte, sagte er herzlich: „Falls Sie nicht in Eile sind, dann begleiten Sie mich doch nach Hause. Mrs. Knightley wäre untröstlich, Sie nicht begrüßen zu dürfen, wenn sie schon einmal in der Nähe sind."

William machte bereitwillig kehrt – nicht nur, weil er die Freundlichkeit der Knightleys zu schätzen wusste, sondern auch, weil deren

Haus eine besondere Anziehung auf ihn ausübte. Als die beiden Herren wenige Minuten später in den Salon traten, kehrten seine Gedanken zurück zu dem Moment, in dem er Georgiana das erste Mal gesehen hatte: An jenem Sessel hatte sie gestanden, in einem weißen Ballkleid vor dem Hintergrund jenes samtenen Paravents. Doch sofort riss er sich wieder aus dieser Erinnerung, um Mrs. Knightley die gebührende Aufmerksamkeit zu schenken. Sie hatten sie allein beim Lesen einiger Briefe angetroffen, die kurz zuvor mit der Landpost eingetroffen waren. Emma begrüßte William freudig, nicht im Mindesten überrascht darüber, dass er noch in England weilte. Es war ihr noch nie leicht gefallen, sich bewusst zu machen, dass andere Menschen ihre eigenen wichtigen Ziele verfolgten. Vielmehr war sie immer wieder überrascht, wenn sie erfuhr, dass Menschen ein Leben jenseits dessen führten, was sie sich für sie in den Kopf gesetzt hatte. Fragend sah sie William an, als dieser sich setzte, und sie schwieg so lange, dass er zu überlegen begann, welche Äußerung nun wohl von ihm erwartet wurde. In diesem Moment aber kam glücklicherweise Mr. Knightley aus der Eingangshalle zurück, wo er dem Diener aufgetragen hatte, Lampen herbeizubringen, und klärte seine Frau über die Umstände von Williams Besuch auf. Nun zeigte sich Emma doch betroffen: „Wieder zur See, Captain Price? Das ist fürwahr eine traurige Nachricht. Ich hoffte, Sie würden eine geraume Weile hier in England bleiben. Ihre Freunde haben doch so gut wie nichts von Ihnen gehabt."

„Einem Seemann ist es nicht vergönnt, länger an einem Ort zu bleiben, Mrs. Knightley", entgegnete William und bemühte sich, heiter zu klingen. „Zumindest nicht im Alter von vierundzwanzig Jahren. Außerdem war ich jetzt schon recht lange Zeit daheim. Der Törn auf der Nordsee in diesem Winter zählt ja fast nicht."

„Auf der Nordsee!", wiederholte Emma, noch fassungsloser. „Und ich dachte, Sie weilten vielleicht bei Ihrer Mutter, oder in Derbyshire."

„Oh nein.", erwiderte William und versuchte, möglichst gleichgültig zu klingen. „In Derbyshire war ich zuletzt Mitte November.

Wir hatten in Kopenhagen drei Wochen Landgang und verbrachten den Rest der Zeit auf See. Und die vergangene Woche habe ich auf Mansfield Park verbracht."

Emma war nahezu sprachlos vor Enttäuschung. Mr. Knightley rückte leicht amüsiert seinen Sessel ans Kaminfeuer heran und fragte William nach seinen Plänen. Er beabsichtige, so erklärte dieser, London am folgenden Vormittag mit dem Zwölf-Uhr-Eilwagen zu verlassen, um in jedem Fall rechtzeitig in Portsmouth anzukommen. Dort wolle er sich samt Gepäck sofort an Bord begeben, bevor das Schiff um sieben Uhr abends auslaufen werde. Mr. Knightley wünschte zu wissen, was geschähe, wenn er zu spät einträfe, aber William vermochte sich die Konsequenzen einer solchen Disziplinlosigkeit kaum auszumalen. Er hatte derlei auch noch nie erlebt und vermutete, der Schuldige würde vor ein Militärgericht gestellt und wahrscheinlich für drei Jahre degradiert werden; ihm seien keine mildernden Umstände für ein so schlimmes Vergehen vorstellbar. Mr. Knightley gab zu bedenken, dass eine Kutschenpanne eine solche Verspätung verursachen könnte, worauf William erwiderte, dass dieses Risiko eingehe, wer die Rückkehr an Bord bis auf den letzten Tag aufschiebe, denn vor Unfällen sei man selbstverständlich nie gefeit; gleichwohl neigten Offiziere, die nicht zu früherer Anwesenheit an Bord verpflichtet seien, dazu, jede Minute ihrer Freizeit an Land zu verbringen.

„Auch ich hätte wohl besser schon gestern zurück an Bord gehen sollen", fügte er an, „doch die Mutter eines Freundes, der in Southampton an Bord der *Queen Charlotte* Dienst tut, liegt in London danieder, und da er sie nicht besuchen kann, bat er mich, ihr meine Aufwartung zu machen und ihm zu berichten. Von dort kam ich, als wir uns soeben trafen. Ich wollte den Krankenbesuch ursprünglich schon früher am Tag erledigen, doch nun bin ich froh, ihn auf den Nachmittag verschoben zu haben."

„Emma, meine Liebe", sagte Mr. Knightley, „du scheinst den Worten unseres jungen Freundes nicht viel Aufmerksamkeit zu schenken." Emma zuckte zusammen, dann lächelte sie und wünschte William leicht fahrig alles Gute für seine Fahrt, und als sie sich dabei aufrichtete, fielen die Briefe zu Boden, die sie zuvor gelesen hatte. Als William sie aufhob, kam ihm der Gedanke, dass diese womöglich etwas enthielten, was Mrs. Knightley beschäftigte, und er fasste gerade den Entschluss, sich zu verabschieden, als Mr. Knightley seine Frau fragte: „Gibt es denn irgendwelche interessanten Neuigkeiten, die du unserem Gast als Abschiedsgeschenk mit auf die Reise geben könntest?"

„Nein, wohl kaum", erwiderte Emma. „Dieser Brief hier kommt von Mrs. Weston, doch er enthält nichts als Tratsch aus Highbury, den Captain Price gewiss nicht ... und diesen hier habe ich noch nicht gelesen. Ich dachte, es sei Harriets Handschrift. Nein!" Sie hielt den Brief an eine Kerze. „Er ist nicht von ihr. Vielmehr scheint er ... ich weiß nicht recht ... oh, ich glaube, er stammt von Kitty Bennet."

„Ach!", sagte Mr. Knightley, um nach einer kurzen Pause hinzuzufügen: „Wir haben lange nichts mehr von ihr gehört."

Emma konnte sich einen verstohlenen Blick auf William Price nicht verkneifen, doch der saß regungslos da und sah niemanden an, lediglich seine Wangen hatten vielleicht etwas mehr Farbe als üblich. Die Pause drohte peinlich zu werden, sodass Emma den Brief hastig öffnete und dabei sagte: „Miss Bennet scheint nach wie vor in Derbyshire zu weilen. Ich hatte angenommen, sie sei längst wieder zu Hause."

„Sie waren zu Gast auf Pemberley, William, und auch bei den Bingleys, nicht wahr?", fragte Mr. Knightley.

„Das stimmt", sagte William. „Mr. und Mrs. Darcy waren so freundlich, mich gemeinsam mit den Bingleys zu ihrem Ball einzuladen. Was für ein herrliches Fleckchen! Selbst zu jener Jahreszeit war es beeindruckend."

„Seither haben Sie niemanden mehr aus der Runde wiedergesehen, nehme ich an", fuhr Mr. Knightley fort, „Sie waren ja außer Landes."

William bejahende Antwort ging in einem Aufschrei von Mrs. Knightley unter, die Kittys Brief mit sichtlichem Erstaunen las. „George", rief sie aus, „du glaubst nicht, was geschehen ist! Du wirst es nie erraten! Ich kann es selbst kaum glauben. Also ...!" Sie blätterte zur nächsten Seite. „Wenn sie es mir nicht selbst schriebe, würde ich es nie ... Hat man je Überraschenderes gehört?"

„Wir werden es besser beurteilen können, wenn du uns mitteilst, worin diese erstaunliche Neuigkeit besteht, meine Liebe", sagte ihr Ehemann. „Hat sich Miss Bennet rein zufällig verlobt?"

„Wie hast du das erraten können?", rief Mrs. Knightley aus und ließ den Brief sinken. „Ich wäre im Leben nicht darauf gekommen. Ach, Captain Price!", fügte sie hinzu, sich ihres Gastes erinnernd. „Aber wahrscheinlich wussten Sie es schon, denn Kitty spricht davon nicht so, als sei es noch ein Geheimnis."

„Ich habe es erraten, liebe Emma", sagte Mr. Knightley lächelnd, „weil für gewöhnlich keine andere Art von Nachricht dich in solch eine Aufregung versetzt, wie du wohl zugeben musst. Dürften wir nun nähere Einzelheiten erfahren, da wir uns vom ersten Schreck erholt haben?" Mr. Knightley hatte nicht zuletzt deshalb das Wort ergriffen, weil er seinen jungen Freund schonen wollte, denn er hielt es für durchaus möglich, dass diesen die Nachricht von Kittys Verlobung schmerzte.

William aber beugte sich jetz mit dem Ausdruck größten Interesses vor, sodass Mrs. Knightley ihren Blick wieder auf den Brief richtete: „Sie hat sich mit einem gewissen James Morland verlobt, dem Pfarrer des Kirchspiels, in dem Mr. und Mrs. Bingley leben. Er ist noch recht jung ... erst im letzten Jahr eingesetzt ... sie kennt ihn, seit sie im vorigen Juni bei den Bingleys zu Besuch war ... äußerst charmant ... der liebenswürdigste Mann, dem sie je begegnet ist ... dem Tanzen nicht abgeneigt ... Mr. Bingley und ihre Schwester sind hocherfreut ... ein wunderhübsches altes Haus ... unweit ihrer geliebten Jane ... ausnehmend glücklich ... sie reist nun zurück nach Hause und hofft, bald nach London zu kommen und mich zu sehen."

William konnte nicht länger an sich halten. Er sprang auf, sah auf die Uhr, ging einige Schritte ziellos durchs Zimmer und fragte dann unvermittelt: „Ist das wirklich wahr, Mrs. Knightley?"

„Allerdings, Captain Price, so leid es mir tut ... zumindest steht es genauso hier geschrieben. Dazu noch, dass sie schon im Juni heiraten werden. Ich versichere Ihnen, dass ich nicht den leisesten Verdacht hatte. Den Namen des Gentleman mag ich ein oder zwei Mal gehört haben, doch weiter nichts. Es ist absolut verwunderlich, ja unerklärlich ..."

Mr. Knightley kam nicht umhin, über die Betroffenheit seiner Frau zu schmunzeln, denn er hatte erkannt, dass William keines Trostes bedurfte, sondern kaum abwarten konnte, bis Mrs. Knightley geendet hatte. Er reichte ihr die Hand und sagte: „Bitte richten Sie Miss Bennet meine Gratulation und die allerbesten Wünsche für eine glückliche Zukunft aus. Ich fürchte, dass ich nicht länger bleiben kann, und möchte mich daher verabschieden, Mrs. Knightley. Für den Dienst, den Sie mir erwiesen haben, bin ich Ihnen wahrlich zu großem Dank verpflichtet."

„Aber Captain Price, Sie wollen uns doch nicht schon verlassen?", rief Emma aus, nun restlos verwirrt. „Ich wollte Sie keinesfalls vertreiben. Lassen Sie uns nicht mehr von unangenehmen Dingen sprechen. Ich hatte gehofft, Sie würden zum Dinner bleiben."

Mr. Knightley bekräftigte die Einladung, doch William lehnte umgehend ab. „Das ist zu freundlich, doch ich darf keine Zeit verlieren. Es ist schon sechs, doch wenn ich mich spute, könnte ich den Acht-Uhr-Eilwagen noch erwischen, denn ich habe schon gepackt."

„Den Acht-Uhr-Eilwagen?", wiederholte Mr. Knightley und half seinem Gast, der sich offenkundig nicht mehr umstimmen ließ, in den Mantel. „Sagten Sie nicht, Sie würden erst morgen Vormittag losfahren?"

„Ja, das sagte ich. Nun aber muss ich zuvor in Winchester Station machen. Dafür könnte meine Zeit gerade noch reichen. Ich habe unglaubliches Glück."

„Für uns ist es kein unglaubliches Glück", warf Emma ein. „Aber Sie wollen doch nicht etwa heute Abend noch nach Winchester?"

„Nein, aber ich dürfte es immerhin bis Guildford schaffen. Verzeihen Sie mir, Mrs. Knightley, ich weiß, ich bin furchtbar unhöflich. Was müssen Sie nur von mir denken? Aber bitte seien Sie dieses eine Mal nachsichtig. Nur die allerdringlichste Angelegenheit kann mich zwingen, vorzeitig von Ihnen Abschied zu nehmen."

Sein Lächeln und seine charmante Art waren unwiderstehlich, und Emma musste ihn wohl oder übel ziehen lassen, freilich nicht ohne anzumerken, dass sie eines Tages über diese allerdringlichste Angelegenheit aufgeklärt zu werden wünschte. William schien mit zwei Schritten an der Haustür zu sein und wollte sie schon öffnen, als der Hausherr ihn eingeholt hatte und ihm noch eine Erfrischung anbot, die er nicht ausschlug. Mr. Knightley gab ihm die Hand und sagte: „Nun, William, es tut mir leid, dass sie so übereilt fort müssen, zumal wir Sie nun lange Zeit nicht sehen werden. Und es ist doppelt arg, weil Ihre rätselhafte Planänderung natürlich unsere Neugier geweckt hat."

„Es ist ein Jammer, Sir, ich weiß ... wenn mir doch nur mehr Zeit bliebe ... allein, das morgige Auslaufen lässt mir keine Wahl ... wenn Sie bescheid wüssten, würden Sie verstehen, dass ich unverzüglich aufbrechen muss. Ich werde Ihnen schreiben und berichten, wie es mir ergangen ist. Bitten Sie Mrs. Knightley in meinem Namen noch einmal, sie möge mir verzeihen."

„Für unverzeihlich dürfte Mrs. Knightley lediglich halten, dass Sie heute wohl nichts mehr zu Abend essen werden. Ja, wir würden uns freuen, von Ihnen zu hören. Leben Sie wohl und möge Ihnen das Glück hold sein."

Das Glück war ihm schon hold, dachte William, als er auf die Straße trat, die nun nicht mehr düster und trist wirkte, da ihm die ganze Welt in neuem Licht erschien. Welch glücklicher Zufall, dass er heute Abend Mr. Knightley begegnet war! Er hatte die Knightleys in ihrem Haus auf dem Land vermutet und war gar nicht auf die

Idee gekommen, sie zu besuchen. Er wäre am nächsten Tag durch Winchester gefahren, vorbei an Georgiana, ohne von Kittys Verlobung zu wissen. Ohne zu wissen, dass er frei war! Nur ein Tag später – die Vorstellung raubte ihm beinahe den Atem –, und es wäre zu spät gewesen, um mit ihr noch sprechen zu können, selbst wenn sich irgendjemand die Mühe gemacht hätte, ihn von Miss Bennets Verlobung zu unterrichten. Sogar Mrs. Knightley war nicht bewusst, welche Bedeutung Miss Bennets Verlobung für ihn hatte. William versagte sich die Überlegung, was sie stattdessen vermutet hatte. Nun galt es einzig, so schnell wie möglich zu Georgiana zu gelangen. Er musste sie unbedingt sprechen, noch bevor sein Schiff auslief, alles andere würde sich von selbst fügen. Was, wenn er sie nicht anträfe? Wenn sie außer Haus war oder schon wieder zurück auf Pemberley? Allerlei Befürchtungen befielen ihn, die mit Argumenten oder tatkräftigem Handeln niedergerungen werden mussten. Seine Ungeduld war so groß, dass er die folgenden Stunden wie besinnungslos erlebte: zunächst die rasante Fahrt zur Eilwagenstation, dann die Frage nach einem freien Platz, der Kauf der Fahrkarte und das müßige Herumstreichen bis zur Abfahrt; die vielen Verzögerungen auf der Fahrt; die Ankunft in Guildford, die Anmeldung einer Mitfahrt in der Postkutsche und das Aufstehen vor Tagesanbruch am nächsten Morgen; unterwegs noch das hastige Frühstück in Farnham und schließlich die nahezu endlosen letzten zwanzig Meilen, bis er endlich den sanften Hügel hinab in Winchester einfuhr, als die Turmuhr der Kathedrale gerade elf Uhr schlug.

Nachdem er sein Gepäck in einem Gasthof gelassen hatte, begab er sich geradewegs zum Haus der Wentworths, das er von früheren Besuchen kannte. Dort wurde er in ein Zimmer geführt, in dem Captain und Mrs. Wentworth saßen. Sein unangekündigtes Erscheinen sorgte gleichermaßen für Verblüffung und Freude. Die Wentworths nahmen zunächst an, er habe seine Absage noch einmal überdacht. Seine erregte Frage, ob Miss Darcy noch bei ihnen weile und er sie sprechen könne, ließ sie dann für einen Moment befürchten, er habe ihr schlechte Nachrichten zu überbringen. Doch schnell wurde klar, dass er in einer völlig anderen Mission unterwegs war.

„Sieh mal einer an, Price, Sie Schlitzohr, Sie sind also wegen Miss Darcy hier?", rief Captain Wentworth fröhlich aus. „Nun, wir gratulieren Ihnen zu ihrer guten Urteilskraft, nicht wahr, Anne? Doch warum um alles in der Welt sind Sie nicht schon früher gekommen?"

William vermied es, darauf zu antworten. Da den Wentworths die Dringlichkeit der Angelegenheit noch immer nicht bewusst schien, sah er sich gezwungen, noch einmal von der *Medusa*, von Portsmouth und dem Auslaufen am folgenden Morgen zu erzählen. Nun wurde keine Zeit mehr vergeudet. Anne verließ das Zimmer, kehrte aber kurz darauf wieder zurück und teilte ihm mit: „Captain Price, es tut mir leid, doch Miss Darcy ist offenbar unterwegs. Sie hatte zwar davon gesprochen, in der Stadt einige Besorgungen machen zu wollen, doch ich ahnte nicht, dass sie schon aufgebrochen ist. Was können wir tun?"

William wusste, dass nur eines zu tun war, nämlich: Miss Darcy zu suchen, und so fragte er, welche Geschäfte sie vermutlich aufsuchen würde. Mrs. Wentworth nannte zwei oder drei und rief ihm, als er schon forteilte, noch nach, er solle es, falls er sie dort nicht fände, in der Parkanlage von Wolvesey Castle versuchen. Angesichts des schönen Wetters sei durchaus denkbar, dass sie im Anschluss an ihre Besorgungen dort spazieren gehe, denn es sei einer ihrer Lieblingsorte. Nun lief William los.

Es war ein Glück, dass er auch diese Information erhalten hatte, denn seine Suche in der High Street blieb erfolglos. Und so lenkte er seine Schritte an der Kathedrale vorbei, ging durch den Torbogen und die College Street hinunter, bis er sich schließlich in der Parkanlage von Wolvesey Castle wiederfand, wo er sogleich auch Georgiana erspähte, die mit einem Buch in einer lauschigen Ecke der Ruinen saß. Sie selbst sah ihn erst, als er schon fast vor ihr stand. Sie sprang auf und traute, tief errötend, kaum ihren Augen. Auf sämtliche Erklärungen verzichtend, die er hatte geben wollen, trat William auf sie zu und rief: „Ach, wie froh ich bin, Sie hier zu finden. Ich bin zurückgekommen ... konnte nicht anders ... alles ist gut ... jetzt werden Sie mich doch anhören ... oder komme ich zu spät? Darf ich mir Hoffnung machen ... die geringste Hoffnung?“

Georgiana reichte ihm unwillkürlich die Hand, wich dann aber wieder ein wenig zurück und sagte stockend: „Aber ... was ist mit Kitty?“

Noch außer Atem und voller Furcht vor ihrer Reaktion, wusste William kaum, ob seine Worte verständlich gewesen waren, doch etwas in Georgianas Blick zeigte ihm, dass sie ihn, obgleich sie zögerlich schien, verstanden hatte und sogar freudig empfing. Schon ihre Frage war für ihn eine Antwort gewesen, und dass seine Antwort, so knapp sie auch war, zu Georgianas gänzlicher Zufriedenheit ausfiel, war unverkennbar. Nachdem er schon verzweifelt befürchtet hatte, in der kurzen ihm zur Verfügung stehenden Zeit nichts mehr ausrichten zu können, machte er nun die herrliche Erfahrung, dass seinem Werben doch noch Erfolg beschieden war.

Noch herrschte eine gewisse Ungläubigkeit, bis sich beide schließlich nicht mehr gegen die Einsicht sträubten, ganz unverhofft vom Glück begünstigt worden zu sein. Über Kitty und den Umstand ihrer Verlobung ließ sich später einmal mit Muße sprechen. In diesem Augenblick gab es nur zwei Menschen auf der Welt, und diese beiden konnten sich nun, ungehemmt von Schuld- oder Verantwortungsgefühlen, der Wonne eingestandener und erwiderter Liebe hingeben. William wiederholte nun ungleich wortgewandter alles, was er im Bildersaal auf Pemberley gesagt hatte, und Georgiana konnte ihm nun die Gefühle offenbaren, die in jenem Gespräch zum Leben erweckt worden waren. Ihr fiel es deutlich leichter zuzuhören als zu sprechen, denn nachdem sie ihre Gefühle so lange verdrängt hatte, wurde sie von Erleichterung geradezu überwältigt. Ihr Herz war zu tief berührt gewesen und ihre natürliche Schüchternheit ließ sich nicht so leicht überwinden. Doch Williams Glückseligkeit ob der Erfüllung seiner Hoffnungen, die alles übertraf, was er je zu erträumen gewagt hatte, wie auch seine Dankbarkeit ihr gegenüber, mussten in Worte gefasst werden, und er tat dies in der ihm eigenen aufrichtigen und beflissenen Art, von Feierlichkeit durchdrungen, wie es einer solchen Gelegenheit angemessen ist.

Es war einer jener herrlichen Vormittage, wie es sie in den unwirtlichen frühen Monaten des Jahres manchmal gibt, zur Erinnerung daran, dass es auch wieder Frühling werden wird. Der Sonnenschein brachte nun, da es auf Mittag zuging, sogar ein wenig Wärme, und die Liebenden spazierten umher und setzten sich dann wieder in jene geschützte Ecke, die Schauplatz ihres Wiedersehens gewesen war, während ein sanfter Wind im Efeu raschelte und das Murmeln eines Baches jenseits der alten Gemäuer zu ihnen herüber drang. Georgiana hob ihr freudestrahlendes Gesicht zum blauen Himmel und beobachtete die emsigen Krähen in den nahen Ulmen, während gelegentlich weitere Geräusche herüberwehten, die, in jenen Momenten noch unbemerkt, den Eindruck vervollständigten, der ihnen von dieser Stunde ewig im Gedächtnis bleiben sollte: die von jugendlichem Eifer tönenden Stimmen der Schuljungen am Tor zum College, das sanfte Glockengeläut vom Turm der nahen Kathedrale ...

Georgiana wusste nun zum Teil schon von Williams Plänen, doch erfahren zu müssen, dass der Abschied unmittelbar bevorstand, war ein Schlag für sie. Aber beide fassten schnell tröstliche Gedanken und erinnerten einander daran, auf welche Probe ihre Liebe und Geduld gestellt worden wäre, hätte William England unter anderen Umständen verlassen müssen. Natürlich glaubte keiner von beiden, dass ihre Gefühle füreinander in diesem Fall gelitten hätten. Und doch war es tröstlich zu wissen, dass ihre Beziehung von nun an durch vorübergehende Trennungen nur noch inniger werden würde, und dass im hellen Licht ihres gegenseitigen Vertrauens keine Missverständnisse mehr gedeihen könnten. Beide bedauerten zutiefst, dass es William, bevor er in See stach, nicht mehr möglich war, Mr. und Mrs. Darcy zu sprechen. Doch für Georgiana waren Einwände von deren Seite schlicht undenkbar, und diese Gewissheit krönte eine Glückseligkeit, von der sie kaum glauben konnte, dass es die ihre war.

Captain Wentworth und seine Frau zeigten sich von Herzen erfreut, ganz so, wie es in Anbetracht ihrer Sympathie für die beiden jungen Leute zu erwarten gewesen war. William blieb noch bis vier Uhr nachmittags bei ihnen, was genug Zeit ließ, um allerlei Pläne zu schmieden und die wichtigsten Briefe zu schreiben. Und als er schließlich Lebewohl sagte, munterte er sich und Georgiana mit dem Versprechen auf, schon in sechs Monaten zurückzukehren und förmlich um ihre Hand anzuhalten.

Als er fort war, ging Georgiana hinauf in ihr Zimmer. Nach diesem Tag der Wunder hatte sie das dringende Bedürfnis, allein zu sein und sich zu sammeln. Bei dem Gedanken daran, dass William sich von Minute zu Minute weiter von ihr entfernte, wo sie diese neue Beziehung doch gerade erst in all ihrer Herrlichkeit und Unzweifelhaftigkeit zu begreifen begann, konnte sie sich der Tränen nicht erwehren. Doch es waren keine bitteren Tränen, keine Tränen der Hoffnungslosigkeit, wie sie sie in den vergangenen Monaten so oft vergossen hatte.

Seine Abwesenheit würde ihr in jedem Fall lang werden, und das Schicksal der Zurückgelassenen würde hart sein. Doch Georgiana war bereit, in stiller Dankbarkeit und festem Vertrauen darauf zu warten, was die Zukunft bringen würde. Dass sie womöglich mit Sorgen und Ängsten leben musste, wusste sie, doch ihr Herz, das nun auf ewig William Price gehörte, war ebenso voller Tapferkeit wie voller Zärtlichkeit, und die Erinnerung an die ausgetauschten Liebesschwüre überstrahlte alles andere.

Wenige Tage später trafen Elizabeth und Mr. Darcy wie verabredet in Winchester ein, um Georgiana abzuholen. Die Neuigkeit, die sie mit allerlei Erklärungen kund tat, kam für beide gleichermaßen überraschend, und Darcy hielt es für angebracht, einige Erkundigungen über den jungen Mann einzuholen, der nun offenbar enger mit der Familie Darcy verbunden zu sein wünschte, als man zunächst angenommen hatte. Zwar tat es ihm für seine Schwester leid, welchen Beruf William Price ausübte, doch seine Zustimmung konnte er nicht verweigern, nachdem sie ihn davon überzeugt hatte, wie sehr ihr Glück an dieser Verbindung hing. Außerdem hörte Darcy von allen Seiten nur Gutes über Captain Price, und während Lady Catherine, nachdem sie anfangs große Bedenken zur Schau getragen hatte, William inzwischen immerhin sein beträchtliches Vermögen und seine enge Beziehung zu den Bertrams zugute hielt, waren ihr Neffe und Elizabeth schon sehr bald gänzlich von seinem tadellosen Charakter und hohen Ansehen überzeugt.

Alles entwickelte sich so erfreulich, wie Georgiana es sich nur hatte wünschen können. Darcy, der zunächst geneigt gewesen war, Mr. Bertrams Zurückweisung zu beklagen, fand so großen Gefallen an der Vorstellung, dass Mr. Bertrams Cousin nun dessen Platz einnahm, dass Georgiana die befürchtete Schelte gänzlich erspart blieb. Captain Wentworth wiederum versprach, dass er und sein Schwager, Admiral Croft, sich mit aller Kraft dafür einsetzen würden, Williams Beförderung zu beschleunigen und seine Abwesenheiten zu verkürzen, schließlich könne man, so erklärte er, einer Dame gar nicht genug behilflich sein, die – früheren Vorurteilen zum Trotz – ihr grenzenloses Vertrauen in die Treue der Seeleute beweise, indem sie einen von ihnen heiraten wolle.

Georgiana stellte viele Fragen zu Kittys Verlobung und konnte sich anhand dessen, was Elizabeth ihr gemäß Janes Schilderung berichtete, die Geschichte bald halbwegs zusammenreimen. Morland hatte sich wohl ernsthaft bemüht, Kitty zu vergessen, doch als sie, bezaubernder denn je, nach Desborough zurückgekehrt war, hatte er die Vergeblichkeit seiner Bemühungen erkannt. Als dann nach der Ankunft seiner Schwester die engen Beziehungen zwischen dem Pfarrhaus und dem Herrenhaus neu belebt wurden, hatten sich mit den Umständen anscheinend auch Kittys Gefühle für Mr. Morland verändert. Und wäre es da ein Wunder gewesen, wenn sie ihm, gerührt von seiner anhaltenden Verehrung, und ein klein wenig getrieben vom Bedürfnis nach allgemeiner Aufmerksamkeit, zu verstehen gegeben hätte, dass ein zweiter Versuch anders als der erste beantwortet werden würde? Georgiana war ungemein froh, dass Kitty sich selbst zu trösten verstand, und dass sie Mr. Morland nun ebenso von ganzem Herzen anhimmelte, wie sie einst Mr. Price angehimmelt hatte.

Die beiden jungen Damen tauschten Gratulationsbriefe aus, doch sie vermochten nicht mehr, einander in der früheren Offenheit zu schreiben, auch wenn es zumindest Georgianas Wünschen nicht an aufrichtiger Herzlichkeit mangelte. Kitty gab an, zu beschäftigt mit den Vorbereitungen ihrer Hochzeitsgarderobe zu sein, um einen längern Brief verfassen zu können, und womöglich war es doch eine Spur von Missgunst, die sie zu der Bemerkung veranlasste: „Ich hatte mir die ganze Zeit schon gedacht, dass du in ihn verliebt bist und es nur nicht zugeben wolltest."

Eigentlich aber hatte Kitty keinen Grund, auf Georgiana neidisch zu sein. Hatte sie sich denn nicht das Privileg sichern können, als erste der drei Bräute getraut zu werden? Ihre Hochzeit in der Pfarrkirche von Longbourn fand an Mittsommer statt, und zahlreiche Verwandte und Freunde gaben sich die Ehre. Die Darcys hatten wenig später das Vergnügen, auch der Hochzeit von Mary Crawford und Colonel Fitzwilliam beizuwohnen, die im darauffolgenden Monat in London gefeiert wurde.

Mary und der Colonel ließen sich in London nieder, erwarben aber auch einen kleinen Jagdsitz in Leicestershire, von wo aus sie gewiss häufig nach Pemberley und wieder zurück fahren würden – hoffentlich in weniger großer Eile und Aufregung als jene zwei Menschen, die diese Fahrt an jenem unheilvollen Tag im Januar unternommen hatten.

Es dauerte eine Weile, bis William die wahre Geschichte des zweiten Besuchs seines Cousins auf Pemberley erfuhr. Georgiana konnte sich daran längst wieder mit einem Lächeln erinnern, als drei Monate nach Bekanntgabe ihrer eigenen Verlobung bei den Darcys und den Bingleys die Hochzeitskarten von Mr. Thomas Bertram und Miss Isabella Thorpe eintrafen.

ENDE

Nachwort

Von Sybil Grace Brinton kennt man kaum mehr als ihre Geburtsdaten: geboren am 12. August 1874 (wahrscheinlich in Stourport-on-Severn in der Grafschaft Worcestershire), gestorben 1928. Offenkundig mochte sie die Autorin Jane Austen (1775-1817), wie wäre sonst zu erklären, dass sie 1913 eine »Fortsetzung« der Romane der verehrten Autorin erscheinen ließ, die erste überhaupt. In »Old Friends and New Fancies« verknüpfte sie die losen Enden miteinander, die Jane Austen in ihren Romanen hinterlassen hatte. Warum sollte man nicht eine unverheiratete Protagonistin aus »Pride and Prejudice« auf eine ebenso unverehelichte männliche Hauptfigur aus »Mansfield Park« treffen lassen? Dass hier eher das Personal der zweiten Reihe in den Blick geriet, versteht sich von selbst, denn Gestalten wie Elizabeth Bennet und Emma Woodhouse waren ja schon erfolgreich unter die Haube gebracht worden. Diese nehmen nun ihrerseits das Schicksal von Verwandten und Freunden in die Hand.

Wahrscheinlich wuchs Sybil G. Brinton auf dem Landsitz Moor Hall auf, der um 1870 in den Besitz der Familie Brinton übergangen war. Das im ersten Viertel des 19. Jahrhundert erbaute Anwesen in Stourport war stattlich: In der Nähe des Flusses Severn gelegen und von einem Park umgeben, verfügte es über ein Empfangszimmer mit korinthischen Säulen, einen elegant geschwungenen Treppenaufgang, einen ovalen Salon, je ein Ess-, Frühstücks- und Herrenzimmer, einen Wintergarten, sechs Schlafzimmer, ein Ankleide- sowie einen Unterrichtsraum, ganz zu Schweigen von den Unterbringungsmöglichkeiten für die Bediensteten. 1871 waren dies immerhin eine Haushälterin, eine Kammerzofe, zwei Dienstmädchen, ein Koch, ein Hausmädchen, eine Amme mit ihrer Untergebenen, ein Küchenmädchen und ein Laufbursche. Es ist anzunehmen, dass die Amme für die zahlreichen Kinder des damaligen Hausbesitzers

John Brinton und seiner Frau, die aus dem irischen Limerick stammende Mary Chaytor, verantwortlich war: Mary (geboren 1866), John (1867-1951), Reginald (1870–1942) und den noch im Kindesalter verstorbenen William (1871–1872). In den folgenden Jahren sollten noch Percival (1873–1961), Sybil, Oswald (1876–1973), Martha (1878-1962) und Cecil (1883–1970) folgen. Man sieht, Ammen und Unterrichtsraum wurden in jenen Jahren in Moor Hall dringend benötigt, zumal es auch noch fünf weitere Kinder gab, die aus einer ersten Ehe John Brintons stammten. Nach Marys Tod im Jahr 1887 ging er noch zwei weitere Ehen ein.

John Brinton war ein Unternehmer in zweiter Generation. Sein Vater Henry hatte 1783 in Chaddesley eine Garnspinnerei gegründet, die 1820 im nahegelegenen Kidderminster in größerem Maßstab weiterbetrieben wurde. Der 1827 geborene John trat 1848 in das Familienunternehmen ein. Neben seiner Tätigkeit als Präsident der Teppichfabrik (seit 1857) betätigte er sich auch als Politiker für die liberale Partei und wurde 1880 ins Parlament gewählt. Nebenbei ließ er Moor Hall erweitern, den Park bepflanzen und an dessen Eingang eine Plakette mit dem Familienmotto anbringen: „Lux et Salus – Licht und Wohlbefinden".

Seinen älteren Bruder William (1823–1867) hatte es, nebenbei erwähnt, zur Wissenschaft hingezogen und er wurde als Mediziner ein Spezialist für Darmverschlüsse. Darüber hinaus verfasste der begeisterte Alpinist auch launige Artikel über seine Besteigung des Großglockners und er beherrschte die deutsche Sprache gut genug, um Gabriel Valentins zweibändiges Lehrbuch der Physiologie ins Englische zu übersetzen.

Von Sybils Bruder Reginald dagegen wissen wir, dass er zwischen 1903 und 1909 bleibenden Ruhm als Cricket-Spieler errang. 1914, nach dem Tod des Vaters, übernahm er die Präsidentschaft der Familienfirma und bekleidete außerdem bis 1916 das Amt des Bürgermeisters von Kidderminster. Ein 1937 von seiner zweiten Frau Ruby M. Carr angefertigtes Ölgemälde, das sich heute als Geschenk der Künstlerin im Rathaus der Stadt Kidderminster befindet, zeigt ihn in Kniebundhosen und mit Spitzenjabot.

Noch zu Lebzeiten des Vaters heiratete Sybil am 25. Januar 1908 George Percival Preen, den Sohn eines Teppichwebers und Kammgarnspinners, den sie vermutlich über das elterliche Unternehmen kennengelernt hatte, denn 1904 war er auf Firmenkosten in die Vereinigten Staaten gereist, was vermutlich in Zusammenhang mit der Eröffnung eines kanadischen Ablegers der Teppichfabrik stand. Der aus Kidderminster stammende George war bei der Hochzeit 25 Jahre alt, Sybil bereits 33.

Spätestens jetzt, als verheiratete Frau, begann Sybil ihre Beschäftigung mit »Old Friends and New Fancies«. Und man muss den Dank an ihre Freundin Edith Barran, ohne die das Buch laut Vorwort nie geschrieben worden wäre, wohl ernst nehmen, denn es blieb das einzige aus der Feder der Autorin. Als der Roman dann am Vorabend des Ersten Weltkriegs im Verlag Holden & Hardingham erschien, dessen Programm eher populär ausgerichtet war, scheint es zunächst keine große Aufmerksamkeit erregt zu haben. Erst mit seiner Wiederentdeckung 1998, mit Ablauf der Urheberschutzfrist, war die Zeit reif für eine Neuauflage der ersten Weiterführung der Austen-Romane, wozu damals nicht zuletzt der Hype um die Verfilmungen derselben beigetragen haben mag.

Sybil war aber nicht die Einzige von den Geschwistern, die ein Buch schrieb: 1953 veröffentlichte ihr Bruder Percival »A Gathering of Fragments«, einen Band mit Gedichten in englischer und lateinischer Sprache.

Mit dem Tod des Vaters ging die Zeit auf Moor Hall zu Ende, erst zogen die ehemaligen Gärtner der Brintons als Hauswärter ein, dann diente das Haus im Ersten Weltkrieg als Genesungsheim für Offiziere, bevor es 1917 verkauft und der Grundbesitz in Parzellen aufgeteilt wurde. Nachdem 1938 der letzte Bewohner von Moor Hall verstorben war, wurde das Haus auf Abbruch verkauft und verschwand in den folgenden Jahren spurlos.

Da war Sybil bereits zehn Jahre tot. Es ist die Rede davon, dass sie stets mit einer schwachen Gesundheit zu kämpfen hatte, doch Genaueres lässt sich nicht herausfinden. Auch eine Photographie der Autorin sucht man leider vergebens.

Die von Sybils Großvater Henry gegründete Teppichfirma Brintons verblieb bis in unser Jahrhundert in Familienbesitz und machte sich einen Namen mit gediegenen Teppichen und Teppichböden, die beispielsweise den VIP-Bereich des Londoner Wembley-Stadions und diverse Luxusliner zieren; 2011 kauften amerikanische Finanzinvestoren die traditionsreiche Firma auf, die seit 1958 britischer Hoflieferant ist.

Pourquoi activer mon Code en ligne :

Selon mon édition, l'activation de mon Code me permet d'accéder aux enrichissements suivants, sur ordinateur, tablette et smartphone :

	CODE ÉDITION LIMITÉE*	CODE ÉDITION CLASSIQUE
Lettre d'actualité du Code	✓*	✓*
Accès aux codes officiels secs	✓	✓
Mise à jour en continu		✓
Liens vers la jurisprudence		✓
Accès aux commentaires et textes complémentaires		✓
Accès aux articles des revues Dalloz		✓

www.activation-dalloz.fr

La clé d'activation se trouve sous l'étiquette de couverture pour les codes édition classique et en première page pour les codes limités.

* Disponible pour les titres suivants :
Code civil, Code de procédure civile, Code pénal, Code de procédure pénale, Code de commerce, Code du travail.

Notre innovation, c'est vous.
DALLOZ AVOCATS